ENTRE CHIEN
ET LOUP

ENTRE CHIEN
ET LOUP

TONI ANDERSON

Traduit par Diane Garo
pour Valentin Translation.

AUTRES LIVRES DE TONI ANDERSON EN FRANÇAIS

Le sommeil des justes

Dans l'ombre de la loi
Par une nuit si froide
Entre chien et loup

Consultez le site web de Toni Anderson pour connaître toutes ses nouvelles parutions en français :
www.toniandersonauthor.com/french-translations

À CJMA,

la lumière de mes jours.

CHAPITRE UN

— JE NE le sens pas, glissa Scarlett Stone à sa meilleure amie de toujours, Angelina LeMay.

— Ils ne savent pas qui tu es, répondit Angel en lui tapotant le bras. Détends-toi et profite, pour une fois. Je n'arrive pas à croire que tu sois venue, mais j'apprécie vraiment.

Son amie n'aurait pas été aussi compréhensive si elle avait su ce que Scarlett cachait dans sa culotte. Elle prit une gorgée de champagne. C'était une idée stupide. Pour qui se prenait-elle : James Bond ?

Elle sentit la peur s'insinuer en elle à cette idée. Trop proche de chez elle. Trop réel.

Mais ce n'était pas de l'espionnage de secrets d'État. Elle enquêtait sur une vieille affaire, cherchant à faire éclater la vérité avant qu'il ne soit trop tard. Personne ne voulait l'aider. Dieu sait qu'elle les avait tous suppliés au fil des ans et qu'ils avaient tous refusé. Maintenant, c'était à elle de jouer.

La salle de réception où l'ambassadeur de Russie aux États-Unis organisait sa fête de Noël annuelle avait des airs de palais, avec ses plafonds étonnamment hauts, ses murs blancs glacés incrustés de dorures et deux énormes lustres brillants comme une galaxie de petites étoiles. Un piano à queue sur le côté égrenait doucement ses notes en arrière-plan. Les senteurs subtiles du pin mêlées aux parfums et aux épices du vin chaud avaient un côté écœurant, mais créaient une atmosphère étrangement nostalgique. L'endroit était bondé. Le sentiment d'opulence, le poids de l'histoire étaient stupéfiants.

Jusqu'en 1994, la résidence avait abrité l'ambassade de Russie et été le théâtre de la folle histoire des luttes de pouvoir secrètes. Plutôt approprié au vu des circonstances. Son père lui avait raconté qu'à l'époque, le KGB opérait à partir de deux caravanes dans l'arrière-cour, à l'ombre de l'immense bâtiment du Washington Post. Elle ne savait pas où se trouvait l'équivalent moderne du KGB, le SVR, et elle espérait ne jamais le savoir.

Les parents d'Angel – son père était le député Adam Le-May – avaient reçu une invitation pour la fête de Noël de ce soir-là, mais n'avaient pas voulu y assister. Angel avait supplié Scarlett de se faire passer pour sa sœur, partie explorer le désert de Mojave. Étant donné que le nouvel ambassadeur était Andrei Anatoly Dorokhov, Scarlett n'avait pas pu refuser, même si son plan était dangereux et désespéré. Elle n'avait pas le choix.

Elle prit une nouvelle gorgée de champagne. Elle avait besoin d'un petit remontant, peut-être même d'un calmant.

— Scar, ne regarde pas tout de suite, fit Angel à voix basse, manquant de s'étouffer, mais je crois que mon futur mari vient de passer la porte.

Angel LeMay tombait régulièrement amoureuse.

— J'espère que vous serez très heureux ensemble, dit Scarlett sans se retourner.

Son amie s'éventa de sa main libre.

— Tenue de gala de la marine et large ceinture dorée. Je suis amoureuse.

— Je croyais que tu te mariais seulement pour l'argent ? la

taquina Scarlett.

Angel sourit, faisant ressortir ses fossettes.

— Je suis prête à faire une exception pour un héros de guerre, et aussi bien, il est plein aux as.

Angel avait beau être sa meilleure amie, Scarlett voyait tout de même ses défauts. Ses parents cédaient à ses moindres caprices. Elle *travaillait* au Capitole dans le bureau de son père, faisant Dieu sait quoi. Elle répondait probablement au courrier à en croire leur présence ce soir-là. Scarlett se disait que seule une atrophie du cerveau pouvait expliquer les goûts désastreux d'Angel en matière d'hommes. Non pas que les siens soient vraiment meilleurs. Elle ne sortait qu'avec des rats de laboratoire et des universitaires, et « sortir » était un bien grand mot. « Partager un café entre deux expériences » était probablement plus exact.

Par-dessus l'épaule d'Angel, Scarlett vit un homme portant un smoking noir se diriger vers elles. Son regard intense et charbonneux ne quitta pas les fesses de son amie. Angel portait une petite robe noire. « Petite » était le mot. Peu d'hommes étaient capables de lui résister, et rares étaient ceux qui essayaient. Il leva les yeux et surprit Scarlett en train de le regarder. Une fossette apparut sur sa joue et ses yeux d'ébène s'illuminèrent. Il ne manifestait aucun remords qu'elle l'ait surpris à reluquer les fesses de son amie. Il dégageait un sentiment de légitimité : s'il voulait regarder, personne ne l'en empêcherait. Sûr de lui et puissant. Il devait avoir une petite trentaine d'années. Avec son beau visage, ce devait être un vrai tombeur.

Il s'approcha et se présenta.

— Bienvenue chez l'ambassadeur de Russie aux États-Unis. Permettez-moi de vous dire que c'est un plaisir d'accueillir de si belles jeunes femmes. Je m'appelle Sergio Raminski et je suis l'assistant personnel de l'ambassadeur.

Ses *W* ressemblaient vaguement à des *V*, mais à part cela, son accent était impeccable.

Il ressemblait plus à un garde du corps qu'à un assistant personnel, mais elle était peut-être paranoïaque. En fait, il n'y avait pas de *peut-être*. Un frisson d'inquiétude vint balayer sa peau. Si quelqu'un correspondait au profil de l'agent de renseignements étranger, c'était bien Raminski.

Selon son père, certains membres du personnel de l'ambassade étaient en fait des agents du Kremlin, de la même manière que certains Américains à Moscou faisaient plus que tamponner des passeports. Angel déclina son identité avant de présenter Scarlett comme sa sœur, Sarah. Scarlett et son look ringard étaient passés entre les mains d'une pro. Angel adorait la relooker à la moindre occasion, et ce depuis la maternelle. Sarah et elle se ressemblaient vaguement à présent qu'Angel lui avait appliqué une couche de maquillage et lui avait tiré les cheveux en arrière. Scarlett avait emprunté une robe argentée sans bretelles qui brillait à la lueur des bougies. Elle avait un jupon en filet et des doubles couches de soie froncée qui voltigeaient autour de ses genoux. Avec ses talons de 10 cm, elle arrivait presque au menton de la plupart des hommes de la pièce.

Sergio fit d'abord un baisemain à Angel, puis à Scarlett. Lorsqu'elle voulut retirer sa main, il la surprit en la gardant pendant un moment. Son rythme cardiaque s'accéléra, mais pas pour les bonnes raisons. Elle sentit le rouge lui monter aux joues et retira sa main fermement.

— Votre père n'a pas pu venir ? demanda Sergio.

Scarlett resta bouche bée.

Angel intervint.

— Après l'enterrement du vice-président aujourd'hui, il s'est senti un peu mal. Il vous présente ses excuses.

Scarlett ravala le nœud qui s'était formé dans sa gorge. Son père était la véritable raison de sa présence en ces lieux.

— Rien de grave, j'espère ?

Ses yeux noirs brillaient d'intérêt.

La mise en garde de son père lui revint à l'esprit.

Les informations internes, aussi triviales qu'elles puissent paraître, intéressent toujours les agents russes.

— Juste quelque chose qu'il a mangé au déjeuner.

Angel sourit. Elle était passée maître dans l'art de mentir et de manipuler les gens pour obtenir ce qu'elle voulait. À la lueur dure qu'elle voyait dans ses yeux, Scarlett aurait parié que Raminski était encore plus doué.

— Vous avez de la chance de ne pas être tous malades.

Raminski arbora un sourire plus chaleureux.

— Je serais passé à côté de la meilleure partie de la soirée : rencontrer deux jeunes femmes aussi charmantes.

Gloups.

Ce n'étaient pas seulement les répliques mièvres de Raminski qui la mettaient mal à l'aise. Elle était sur le point de faire quelque chose qui pourrait conduire à son arrestation. Cette idée lui donnait des maux d'estomac. *C'est une occasion unique*, se rappela-t-elle. Et même inespérée. Le destin. Un heureux hasard. Saisir l'occasion. *Quel est le pire qui puisse arriver ?*

Ils pourraient l'enfermer et jeter la clé.

Et merde.

Elle prit une nouvelle rasade de champagne.

Angel, qui avait le flirt dans le sang, adressa à l'homme un sourire électrisant et passa ses mains sur son ventre concave, comme s'il fallait attirer davantage l'attention sur sa silhouette de déesse.

— Je voulais rentrer dans ma robe ce soir, alors j'ai été sage au déjeuner.

L'expression de ses yeux suggérait qu'elle n'était pas sage en temps normal.

— Vos efforts sont très appréciés, Mlle LeMay.

Raminski inclina la tête avec courtoisie vers Angel, puis vers Scarlett.

Il n'était *vraiment* pas son genre. Elle aimait les hommes qui appréciaient le cerveau d'une femme au moins autant que son corps. Pas les beaux mecs musclés qui ne voulaient qu'une partie de jambes en l'air torride, moite et abrutissante.

Ce serait bien de revoir tes critères, se plaignit une voix intérieure.

Puis elle eut le déclic. *C'était* sa chance. Angel et Sergio Raminski étaient tous deux distraits, occupés à flirter. Elle n'avait besoin que de dix minutes seule.

— En fait, dit-elle en touchant son propre ventre, je ne me sens pas très bien. Si vous voulez bien m'excuser un instant, je dois aller aux toilettes.

Elle recula d'un pas et heurta le coude de quelqu'un derrière elle.

— *Mer…* credi, dit une voix masculine grave.

Elle fit volte-face et se retrouva nez à nez avec le futur mari d'Angel. Elle le reconnut, car elle venait de renverser du champagne sur sa tenue de gala.

— Je suis vraiment désolée.

Elle prit une serviette en tissu blanc à un serveur qui passait et tamponna la chemise blanche et la ceinture dorée de l'homme.

— Je suis vraiment nulle.

— Ce n'est pas la première chose qui me vient à l'esprit en vous voyant.

Son expression la prit au dépourvu. Il la regardait avec une admiration très masculine. Elle cligna des yeux. Il lui prit la serviette des mains et elle ressentit un frisson très éloigné du dégoût.

Cet homme était… eh bien… il était magnifique. Et sexy. Assez grand pour qu'elle doive lever la tête, même en portant ces talons ridicules. Il avait des cheveux courts façon militaire, d'un blond foncé, qui brillaient sous les lustres. Un visage maigre, une mâchoire ferme, des yeux noisette clair qui affichaient un amusement évident que sa bouche tentait de réprimer. Elle résista à l'envie de s'éventer comme Angel l'avait fait plus tôt. Ses yeux descendirent sur ses larges épaules et sa poitrine débordant de médailles qui la tirèrent de son examen minutieux. C'était un héros américain. Il n'était pas fait pour les femmes comme elle.

Sergio Raminski tenta d'intervenir.

— Laissez-moi vous aider.

— Ça ira, merci.

L'homme leva la main fermement comme pour éloigner le Russe.

Captain America rencontre le Prince des Ténèbres.

— Je ne suis pas un grand fan de champagne, de toute façon.

— Vous allez être tout collant, fit Scarlett avec une grimace d'excuse.

— Sarah LeMay !

Angel éclata d'un rire sonore et grivois, et Scarlett devint rouge de honte.

Elle ouvrit la bouche pour insister sur le fait qu'il n'y avait pas de double sens, puis la referma. L'étincelle dans le regard du marin s'intensifia et le rictus de Raminski devint un véritable sourire. Elle roula des yeux. *Formidable.* Tout simplement génial.

— Si vous souhaitez vous débarbouiller, je peux vous emmener dans une des suites réservées aux invités, ou…

Raminski pencha la tête sur le côté et bascula vers une hospitalité onctueuse.

— Mlle LeMay allait justement aux toilettes. Peut-être pouvez-vous y aller ensemble ?

L'Américain soutint le regard de l'homme si longtemps que Scarlett commença à se sentir mal à l'aise. Puis il se tourna vers elle et lui tendit le coude dans un geste courtois.

— Bien sûr, laissez-moi vous escorter. Nous pouvons nous perdre ensemble.

— Je sais qui j'aimerais perdre, murmura-t-elle doucement en jetant un coup d'œil à Raminski alors qu'ils s'éloignaient.

Le marin lui adressa un sourire. La dernière chose qu'elle voulait, c'était d'une escorte, surtout celle que les gens remarquent avec une belle allure et des médailles scintillantes, mais elle avait besoin de sortir de là, et faire des histoires attirerait trop l'attention. Scarlett Stone aurait pu s'enfuir et se cacher, mais les filles du député avaient été élevées dans l'opulence et les privilèges. Elles s'attendaient à être traitées comme des princesses mondaines. Dans le couloir, un serveur leur indiqua un long couloir faiblement éclairé. D'après les plans qu'elle avait étudiés, c'était là qu'elle devait aller.

Ses talons claquaient sur le parquet, ses pas résonnant bruyamment dans le calme relatif du couloir vide. Il se déplaçait en silence, mais elle était pleinement consciente de l'homme à ses côtés – sa taille, son apparence et son corps chaud à côté du sien. Ils s'arrêtèrent lorsqu'ils atteignirent les toilettes des hommes et elle dégagea rapidement son bras.

— Je suis vraiment désolée pour le champagne.

— Ce sont des choses qui arrivent, fit-il en haussant les épaules et en lui tendant la main. Matt Lazlo.

Elle serra sa main à la peau chaude et sèche. Sa poigne était ferme, mais sans chercher à l'écraser. Elle faillit donner son vrai nom, l'espace d'un instant, avant de se souvenir de qui elle était censée être.

— Sarah LeMay. Je suis ici avec ma… sœur, Angel.

Elle ne pouvait pas soutenir son regard, mais elle pouvait difficilement lui avouer la vérité juste parce qu'il avait de beaux yeux et qu'il portait bien l'uniforme. Quel piètre agent secret elle aurait fait auquel cas ! Elle résista à l'envie de lever les yeux au ciel.

Les lèvres de l'homme se resserrent et son expression devint sérieuse.

— Je suis désolée qu'ils vous aient mis mal à l'aise là-bas.

Elle le regarda d'un air étonné. Elle avait passé sa vie à être mal à l'aise et peu de gens l'avaient remarqué. Elle frotta ses bras nus pour faire disparaître sa chair de poule.

— Ne vous en faites pas. C'est de ma faute si vous vous êtes retrouvé recouvert de champagne. J'ai tendance à être maladroite, sauf au travail.

Ses mains étaient alors aussi fiables que des lasers et il fallait qu'elles le soient.

— Que faites-vous comme métier ?

Et merde.

— Oh, rien de très important, dit-elle vaguement.

Sarah travaillait pour une agence de publicité, mais Scarlett ne voulait pas s'étendre sur les mensonges qu'elle avait déjà racontés et, dans ces circonstances, elle pouvait difficilement lui dire qu'elle était experte en physique des solides.

— Jolies boucles d'oreilles.

Il désigna l'une des boucles d'oreilles pendantes et étincelantes qu'Angel lui avait prêtées. Scarlett la toucha timidement, n'ayant pas l'habitude de porter quoi que ce soit de tape-à-l'œil.

Elle désigna ses médailles.

— Assez impressionnantes aussi. Je vois que vous avez servi notre pays dignement.

Ces mots la mettaient mal à l'aise, non pas parce qu'elle n'était pas sincère, mais parce que s'il savait qui elle était vraiment, il ne voudrait pas de son admiration. À cette pensée, elle baissa les épaules, se renfermant un peu sur elle-même. L'Amérique pensait que sa famille abritait le nec plus ultra des traîtres, prêt à vous poignarder dans le dos. À moins qu'elle ne parvienne à prouver le contraire, les choses ne changeraient pas.

Elle remarqua deux petits trous sur sa veste d'uniforme. Une autre décoration avait dû s'y trouver. Elle tendit la main et passa les doigts sur le bord rugueux du tissu.

— Qu'est-ce que vous aviez là ?

Elle leva les yeux vers lui et vit ses pupilles s'agrandir sous l'effet de la surprise.

— Rien.

Elle retira sa main.

— Alors, pourquoi l'avoir enlevée ?

Un côté de sa bouche se retroussa. Mon Dieu qu'il était beau.

— Enlevé quoi ?

Elle lut toute son intelligence dans ses yeux noisette. Ils devinrent soudain un million de fois plus séduisants, lui envoyant comme une décharge électrique. Le moment était vraiment mal choisi pour commencer la moindre relation – mais n'était-ce pas là l'histoire de sa vie ? Elle fit machine arrière.

L'idée de ce qu'elle allait faire balayait le plaisir de rencontrer un homme aux yeux magnifiques et au sens de l'humour aiguisé.

— Je suppose que je ferais mieux de me dépêcher et de retourner voir Angel.

Il fit une grimace, visiblement aussi désireux qu'elle de retourner à la fête.

— Pourquoi êtes-vous venu ce soir ? demanda Scarlett, soudainement curieuse.

— Un ordre direct de mon patron. Et vous ?

Il se tenait debout, les jambes écartées, la regardant comme s'il avait tout le temps du monde.

Elle n'avait pas tout le temps du monde – elle n'avait que ce bref moment pour essayer de réparer une terrible erreur. Cela risquait même de ne pas suffire.

— Mes parents m'ont forcée à venir, lui dit-elle.

Ce n'était pas vraiment un mensonge.

Ils se tenaient là, à se regarder dans les yeux, et Scarlett faillit oublier de respirer. C'était l'un de ces rares moments où l'on rencontre quelqu'un et où l'on aimerait passer la nuit entière à apprendre à mieux le connaître. Elle rompit finalement la connexion. Cela ne pourrait jamais fonctionner. Elle s'éloigna et se dirigea vers les toilettes des dames. Lorsqu'elle se retourna, Matt Lazlo avait disparu.

Ce n'était pas l'homme qu'il lui fallait, même si elle aurait préféré qu'il en soit autrement. Son uniforme aurait dû être un avertissement suffisant.

La citation préférée du père de Scarlett était « Le prix de la liberté est la vigilance éternelle », mais il avait tout de même fini dans une prison de haute sécurité où il purgeait de multiples peines à vie pour trahison. Scarlett s'apprêtait à franchir un cap en matière de vigilance. Elle risquait gros si elle se faisait prendre.

En arrivant aux toilettes, elle tint la porte à une femme qui sortait. Depuis sa semi-cachette derrière la grande porte en chêne, elle repéra l'ambassadeur russe sortant d'une pièce située de l'autre côté du couloir, une pièce qui, selon ses recherches, était son bureau. Elle avait déjà vu son visage sur des photos officielles – des cheveux blonds hirsutes et un front anguleux. Il était petit, trapu, mais il dégageait une beauté brutale et puissante. Quatorze ans plus tôt, il occupait le poste d'attaché diplomatique ici même à Washington. Il était retourné à Moscou peu avant l'arrestation de son père.

Simple coïncidence ? Scarlett n'y croyait pas.

Son père s'était toujours méfié d'Andrei Dorokhov, mais il n'avait trouvé aucune preuve concrète d'espionnage contre lui. Il avait dû devenir trop dangereux et le Russe avait trouvé un moyen de le piéger – Scarlett espérait découvrir comment, afin de blanchir son père.

L'ambassadeur lissa sa somptueuse veste blanche et arpenta le couloir à grandes enjambées. Un autre homme sortit à sa suite, partant dans la direction opposée. Scarlett observa la porte du bureau qui se refermait lentement. Son plan était de placer son appareil dans un placard à balais qui partageait un mur avec le bureau de Dorokhov. La technologie devrait suffire à capter les conversations, mais ce n'était pas l'idéal. Profitant de l'occasion, elle se précipita dans le couloir, retint la porte juste avant qu'elle ne se ferme et se glissa dans le bureau, fermant doucement derrière elle.

Il faisait sombre et elle alluma le plafonnier pour s'assurer qu'il n'y avait personne d'autre dans la pièce. Il était plus facile de feindre l'innocence dans les premières secondes que de fouiner et de trouver quelqu'un assis dans le noir, qui l'aurait observée commettre un crime. La pièce était belle, avec son opulence d'antan. Une cheminée de marbre surmontée d'un grand miroir au cadre doré constituait le point central de la pièce, et de lourds rideaux de velours rouge l'isolaient du reste du monde. Un bureau massif en bois sombre, au fini satiné, reposait sur sa droite.

Si elle se faisait prendre, elle ne savait pas ce qu'ils lui feraient, mais ce ne serait pas beau à voir.

Elle repéra sur le bureau une lampe en laiton ouvragée parfaite pour ses besoins. Elle releva sa jupe et fouilla dans sa culotte, en retirant un petit sac en plastique. Elle coucha soigneusement la lampe sur le bureau et sortit son petit tournevis extensible du sac. C'était délicat, mais il ne lui fallut que quelques secondes pour retirer le socle de la lampe et regarder à l'intérieur.

Une vague d'horreur glacée déferla sur ses épaules nues et le long de sa colonne vertébrale. À l'intérieur de la lampe se trouvait un autre dispositif d'écoute électronique. Un modèle sophistiqué. Ce n'était pas un vestige de la Guerre froide. *Bordel de merde.* Elle aurait voulu crier, mais elle serra les lèvres. Sa peau se couvrit de sueur et ses paumes devinrent moites. Quelqu'un espionnait déjà Andrei Dorokhov, ou son prédécesseur. Et quelqu'un pourrait la surveiller en ce moment même.

Ce n'est pas possible.

Elle ferma les paupières très fort. Puis elle se ressaisit. C'était bien réel, et elle devait sortir de là. Rapidement.

Elle remonta la lampe et effaça ses empreintes en toute hâte. Il était fort probable que celui qui espionnait les Russes vienne de la voir tenter de faire la même chose. Ou peut-être n'avaient-ils que le son ? *Faites qu'ils n'aient que le son.*

Elle fourra le petit sac en plastique avec son matériel dans son corset, et éteignit la lumière avant d'ouvrir la porte de quelques millimètres. Comme il n'y avait personne en vue, elle traversa rapidement le couloir et se glissa dans les toilettes. Elle jeta l'émetteur dans la cuvette et le tournevis à la poubelle.

Elle avait laissé passer sa chance. Peut-être n'avait-elle jamais vraiment existé – peut-être était-ce juste un autre espoir fragile de maintenir l'illusion en vie. Elle appuya son front contre la porte en bois des toilettes alors que son cœur martelait sa cage thoracique. L'adrénaline lui donnait le vertige. Sa peau était moite. Son corps alternait entre le chaud et le froid, sa réaction passant de la panique au désespoir. Il fallait qu'elle sorte de là. Elle n'arrivait pas à croire qu'elle ait été si stupide et naïve. Elle pensait pouvoir le faire, mais c'était peut-être de cette façon que son père avait été piégé. La stupidité et la naïveté devaient être de famille, tout comme la crédulité et la malchance.

L'AGENT SPECIAL DU FBI Matt Lazlo regarda Sarah LeMay fouler le somptueux tapis pour retrouver sa sœur. Elle l'intriguait. Elle était moins sûre d'elle que sa sœur. Pas d'une beauté aussi évidente, mais certainement plus attirante à ses yeux, en tout cas. Des pensées profondes se cachaient sous la surface – des pensées qu'il aimerait bien explorer et, à bien y penser, une surface à qui il aimerait bien réserver le même sort. Elle sentait même bon – le citron acidulé, à la fois doux et frais.

Elle n'était pas son type habituel, avec ses grands yeux noirs et sa silhouette filiforme. Il aimait les belles courbes, les cheveux longs et les sourires laissant augurer du bon temps.

Sa sœur avait des courbes, mais, sans qu'il sache pourquoi, c'était Sarah qui avait attiré son attention. Ils avaient partagé quelque chose un peu plus tôt. Il aurait fallu qu'il soit mort pour ne pas le remarquer, et même s'il avait failli être tué à de nombreuses reprises, il était encore de ce monde. Il avait été tenté de lui demander son numéro, mais l'idée d'emmener la fille d'un politicien pour une virée nocturne en ville risquait de ne pas coller avec son budget serré.

Mais tout le monde avait le droit de s'amuser, non ?

— C'est l'une de vos amies ? demanda la femme de l'ambassadeur de Russie.

Et merde. Il n'aurait pas dû baisser la garde. Elle l'avait coincé quand il était revenu à la réception et l'instinct de survie de Matt s'était activé. Les agents du FBI ne devaient pas fréquenter les belles femmes de l'ambassade de Russie. Si quelqu'un d'autre que l'agent spécial adjoint responsable, Lincoln Frazer, lui avait demandé de le faire, il se serait posé des questions. Mais Frazer était la rock star du FBI – il aurait probablement pu former sa propre division s'il le voulait. Il avait reçu une invitation inattendue à dîner avec le président des États-Unis et avait demandé à Matt de le remplacer à la dernière minute. Matt aurait préféré être sur son bateau à boire de la bière, mais il était difficile de dire non à Frazer, surtout le jour où ils avaient enterré le vice-président. Ce dernier était mort d'une crise cardiaque chez lui, dans le Kentucky. Et ce au terme d'une série d'événements qui avaient conduit l'un des meilleurs amis de Matt à se faire tirer dessus. Le président, lui, avait frôlé la mort. Remplacer Frazer à une réception de Noël semblait être un moindre mal compte tenu des circonstances.

Matt avait rejoint le FBI pour la paix et la tranquillité, et de meilleurs horaires de travail. Les six dernières semaines avaient été tout le contraire. Il avait hâte de pouvoir prendre des congés à Noël.

La femme de l'ambassadeur le regardait avec impatience.

— Non, madame. Je l'ai rencontrée tout à l'heure, quand elle a renversé du champagne sur ma chemise.

Natalie Dorokhov avait les cheveux noirs et les lèvres rouge rubis, mais un côté plus méchante sorcière que Blanche-Neige. La femme but une gorgée de champagne et le regarda attentivement.

— Elle a l'air d'avoir quinze ans.

Ses yeux étaient bleu ciel et semblaient avoir bien plus de quinze ans.

Matt sourit poliment. Sarah LeMay n'était pas une petite fille. Elle avait juste cette jeunesse qui défiait les années. S'il le faisait remarquer à cette femme, ses propos seraient accueillis comme une MST et il préféra donc changer de sujet.

— Appréciez-vous Washington, madame ?

Natalie sourit avec suffisance.

— J'aime rencontrer de nouvelles personnes. Mon mari était en poste ici il y a des années, avant notre rencontre, il connaît donc la ville et a des amis ici.

Elle haussa ses épaules dénudées.

— Bien que je n'aime pas être traitée comme un agent du Kremlin chaque fois que je vais prendre le thé.

— C'est lié au territoire, je suppose.

Hors de question qu'il parle sécurité russe avec elle.

Sarah chuchota avec empressement à l'oreille de sa sœur avant de commencer à la traîner vers la porte. Sergio Raminski parut contrarié. Matt ne lui faisait pas confiance, et fut heureux de voir que les sœurs LeMay mettaient un peu de distance entre elles et lui. Matt aurait voulu reparler à Sarah, mais elle ne jeta pas même un regard dans sa direction. Il avait dû imaginer leur connexion.

Dommage. Il reporta son attention sur Natalie.

— Votre anglais est excellent, madame.

Son sourire s'élargit, comme si elle cachait un secret.

— Merci. J'ai eu de très bons professeurs.

Son expression changea.

— Ah, mon mari essaie d'attirer mon attention.

Elle posa sa main sur son biceps et le serra. *Au secours*, pensa-t-il instantanément.

— Ce fut un plaisir de vous rencontrer, Matthew.

Comme il se présentait sous le nom de Matt, les gens tiraient des conclusions qu'il prenait rarement la peine de corriger.

— J'espère que nous nous reverrons bientôt.

Lui ne l'espérait pas.

— Natalie.

Il inclina la tête. Il appelait la femme de l'ambassadeur de Russie par son prénom… ? Ses vieux copains des SEAL Teams riraient à gorge déployée, sans parler de ses collègues du FBI. Que Dieu lui vienne en aide.

Matt consulta sa montre, estima qu'il avait fait son devoir et remit son verre au serveur le plus proche. Il était épuisé après avoir enchaîné les journées de quinze heures pour essayer de faire disparaître les monstres des rues.

Sarah LeMay et sa sœur avaient disparu. Il haussa les épaules. Ce n'était pas une femme pour lui dans tous les cas. Sarah ne semblait pas être du genre à faire dans les coups d'un soir sans attaches, et il était trop occupé par son travail et par les soins de sa mère pour s'impliquer dans une relation. Il envoya un SMS au chauffeur de Frazer et descendit. La limousine se garait le long du trottoir de la 16e rue lorsqu'il sortit.

Angel et Sarah LeMay se disputaient dehors. Angel n'était manifestement pas contente de sa sœur. Il ne pouvait pas entendre exactement ce qui se disait, mais elle secouait le doigt devant le visage de Sarah et jurait comme un chef. Il sentit une envie irrésistible d'intervenir et de protéger la femme la plus frêle.

Frazer avait totalement chamboulé ses plans pour la soirée et lui avait dit de s'amuser.

— Puis-je vous déposer, mesdames ?

L'expression furieuse d'Angel se dissipa immédiatement. Sarah saisit son bras et tenta de la retenir.

— Avec plaisir, mon joli.

Angel se dégagea et marcha vers lui de manière décontractée. Il faillit avaler sa langue lorsque son manteau s'entrouvrit et laissa apparaître ses cuisses. *Mince alors.* Le fait qu'il ne l'ait pas remarqué plus tôt était ahurissant, car cette femme avait de *sacrées jambes.* Cela l'agaçait. Il était un observateur entraîné et il avait été distrait. Qu'avait-il manqué d'autre ?

Angel se glissa dans la limousine et commença à chercher

le bar. Sarah, toujours sur le trottoir, le regardait, l'air hagard. Son menton se releva un peu et sa gorge trembla. Angel était une dragueuse, mais sa sœur était une créature totalement différente.

— Vous venez ? lui demanda-t-il.

Les émotions se bousculaient dans ses yeux et on aurait dit qu'elle voulait s'enfuir.

— Tout va bien ?

Il fit un pas vers elle.

Elle serra ses lèvres et s'empressa d'acquiescer.

— Oui, merci.

Mais elle avait une petite voix qui n'avait plus rien de rieur. Ce n'était pas la même femme qui l'avait taquiné plus tôt. Il y avait quelque chose de fragile chez elle. Vu la nature cynique de son travail, il fut surpris que cela l'attire autant. Il ne côtoyait pas la fragilité. Il choisissait la fermeté et la fougue. Des femmes qui n'avaient rien à lui donner de spécial et qui n'en attendaient pas plus de lui. Des femmes qui ne se fâchaient pas quand il ne les rappelait pas le lendemain, ni même jamais. Sarah LeMay semblait à l'opposé de son type habituel et il n'avait aucune idée de la raison pour laquelle elle l'attirait autant.

— Vous voulez monter ?

Elle ferma les paupières pendant un instant, puis elle cligna des yeux comme si elle avait peur de baisser la garde. Elle se dirigea vers lui, relevant sa jupe pour grimper à côté de sa sœur.

— Où voulez-vous aller ? demanda-t-il en montant à côté d'elles.

— Dans un club.

Angel semblait frustrée par le manque d'alcool dans le

véhicule. Bienvenue au FBI.

— Chez nous, rectifia Sarah d'une voix tremblante. Je ne me sens pas bien.

Cela expliquait son changement de comportement en si peu de temps.

Angel regarda sa sœur en plissant les yeux.

— Scar, je jure devant Dieu…

— Scar ? demanda Matt.

— C'est un surnom, expliqua rapidement Sarah. Pouvez-vous nous déposer au 145 sur la 19e rue, s'il vous plaît ?

Matt donna l'adresse au chauffeur tout en observant les échanges entre les deux sœurs.

Il y avait quelque chose d'étrange. Angel avait les lèvres pincées. Elle tapotait impatiemment son genou nu de son index. Sarah regardait fixement par la fenêtre. Matt sentit ses cheveux se dresser sur sa nuque.

Ce n'étaient pas ses affaires.

Angel se retourna vers lui et brisa le silence tendu.

— Et où allez-vous, monsieur le marin ?

Sarah lui lança un regard furieux.

— À la maison.

— Et où est cette maison ?

Elle jeta ses mèches blondes par-dessus son épaule gauche.

— En Virginie.

Voyant qu'il ne lui donnerait pas plus de précisions, Angel recommença à tapoter sur son genou.

Si c'était Sarah qui avait posé la question, aurait-il répondu différemment ? Peut-être. Aurait-il proposé de la ramener à la maison ? Il y avait des chances. Plus il la regardait, plus il se rendait compte qu'elle était jolie. Des sourcils plus foncés, des cils noirs, des lèvres parfaites. Des mèches d'or parmi les cheveux châtains négligemment attachés sur sa nuque. Angel était magnifique – tout comme la femme de l'ambassadeur –, mais aucune des deux n'avait cette… qu'est-ce que c'était au juste ? Douceur ? Vulnérabilité ? Intelligence ?

La jeune femme tremblait littéralement sur place. Il résista à l'envie de lui prendre la main pour la rassurer.

Ils arrivèrent à leur domicile dans un silence gênant. Il sortit le premier et leur tint la porte. Angel monta les marches de pierre de la maison de ses parents avec des talons qui auraient pu faire office d'armes mortelles. Des talons mortels, une robe mortelle et un visage mortel. Mais tout cela le laissait indifférent.

Sarah sortit de la limousine plus lentement.

— M… Merci de nous avoir ramenées.

— De rien. J'espère que vous vous sentirez bientôt mieux.

Matt l'observa attentivement, espérant qu'elle croiserait son regard, voulant l'inviter à sortir. Elle se détourna et suivit sa sœur sur les marches.

Frustré par cette lâcheté qu'il ne tolérait habituellement pas chez lui, Matt remonta dans la limousine et le chauffeur démarra. Il se retourna pour regarder à travers la vitre arrière. Sarah LeMay se tenait sur la première marche et le regardait comme si elle partageait ses regrets.

Bon sang.

CHAPITRE DEUX

S CARLETT SUIVIT ANGEL dans la maison des LeMay. Avec ses murs blancs et son bois clair, elle était élégante et propre à recevoir les gros bonnets, tout en étant une maison familiale chaleureuse et accueillante. Scarlett s'y était toujours sentie la bienvenue. À présent, elle avait l'impression d'être une usurpatrice.

— Vous rentrez tôt.

La mère d'Angel, Valerie, sortit du salon et vint les accueillir dans le hall, les embrassant toutes les deux sur la joue.

— Je croyais que vous alliez en boîte de nuit ?

— Scar ne se sentait pas bien alors on est rentrées plus tôt.

La voix d'Angel était lourde de reproches, mais sa mère ne s'en rendit pas compte. Sa meilleure amie était sérieusement contrariée et Scarlett ne lui en voulait pas.

Valerie posa une main froide sur le front de Scarlett. La femme était encore plus petite qu'elle. Ses yeux marron la scrutèrent avec une inquiétude affectueuse.

— Tu n'as pas de fièvre, mais tu es pâle. Tu veux rester ici ce soir ?

— Merci, Mme LeMay.

Scarlett l'appelait toujours « Mme LeMay », même si depuis des années, elle lui disait de l'appeler Valerie.

— Je devrais probablement rentrer chez moi. J'ai du travail

demain.

— La veille de Noël ?

Ses yeux marron s'écarquillèrent.

Scarlett acquiesça.

— C'est un bon moment pour aller au labo. C'est calme. Maman est partie pour la semaine rendre visite à papa…

Le silence s'abattit comme un arbre qu'on aurait coupé. *Et merde.*

— Tu viens dîner à la maison pour Noël, n'est-ce pas ? demanda Valerie.

Scarlett secoua la tête.

— J'ai une expérience…

— N'importe quoi… Tu viens, un point c'est tout. Je ne veux rien entendre d'autre.

Valerie fit un signe de tête appuyé ; la décision était prise.

— D'accord, merci, obtempéra Scarlett sans conviction.

En supposant qu'on ne l'ait pas arrêtée et jetée en prison d'ici là…

Valerie leva la main vers son oreille droite.

— Oh, ma chérie. Tu as perdu une boucle d'oreille.

Scarlett se figea alors qu'elle tendait le bras pour vérifier. Pourvu qu'elle ne soit pas tombée dans le bureau de Dorok-hov. Il y avait peu de chances que ce soit le cas. Elle avait dû tomber dans la salle de réception ou dans les toilettes ou encore dans la limousine. Elle n'avait passé que quelques minutes dans le bureau.

Ne pas s'inquiéter. Facile à dire…

— Je vous laisse. Ton père et moi, on regarde *La vie est belle*, déclara Valerie. On en est à mon moment préféré où ils tombent dans la piscine.

Angel secoua la tête.

— Tu vas réussir à gérer toute cette excitation, maman ?

— C'est pour ça qu'il faut s'amuser quand on est jeune, parce que quand on est plus âgé, on a juste envie de rester à la maison et de regarder de vieux films avec son bon vieux mari.

Elle embrassa sa fille sur le front et regagna le salon en fermant la porte derrière elle.

— Tu as à peu près autant d'entrain que ma mère, tu le sais ? marmonna Angel. Sauf que quand elle avait notre âge, elle savait faire la fête. Quand tu auras atteint la cinquantaine, tu seras bonne à enterrer.

Scarlett tressaillit et croisa les bras. Angel avait un doctorat en méchanceté, qu'elle mettait à profit lorsqu'elle était en colère. Il était plus facile de traverser la tempête que de se battre. Scarlett suivit son amie dans les escaliers. Elle voulait se changer et s'en aller. Elle avait besoin d'être seule.

— Je ne sais pas ce qui ne va pas chez toi, poursuivit Angel. On tombe sur deux des mecs les plus sexy que j'ai vus de *toute* ma vie, et tu me traînes comme si on était en danger de mort. Tu aimes les hommes, au moins ?

Scarlett soupira.

— J'apprécie les hommes.

— Je parle des beaux gosses, pas des blaireaux avec qui tu sors.

Angel monta à l'étage et ouvrit à la volée la porte de sa chambre.

La maturité n'était pas son point fort. La loyauté l'était.

Au vu des circonstances, Scarlett n'avait pas eu d'autre choix que de quitter la fête, sans pouvoir expliquer ses raisons à Angel. Elle ne pouvait pas prendre le risque de l'impliquer dans un scandale potentiel qui risquait de sérieusement mal finir compte tenu de l'identité de son père. Angel serait furieuse si elle découvrait la vérité et Scarlett ne voulait pas avoir à s'en occuper pour l'heure. Sa mâchoire lui faisait mal à force de serrer les dents. Elle n'avait pas très bien planifié les choses, trop excitée à l'idée de placer un mouchard pour penser aux conséquences si cela tournait au vinaigre.

Elle laissa tomber la boucle d'oreille restante sur la coiffeuse d'Angel.

— Désolée d'avoir perdu ta boucle d'oreille.

Angel grogna et jeta ses talons.

Scarlett remplacerait le bijou dès qu'elle pourrait se rendre au magasin.

Angel n'en avait pas fini.

— Ça fait combien d'années que je te soutiens ? Est-ce que je t'ai déjà demandé quelque chose en retour ?

Constamment.

— J'ai vingt-cinq ans et j'ai l'impression d'être déjà piégée dans ma vie ennuyeuse. On était censées faire la *fête*, tu te souviens ? Et ce marin – *Oh mon Dieu, Scarlett*, as-tu seulement remarqué la façon dont il te regardait ?

— J'ai renversé du champagne sur sa chemise. Il m'a regardée comme si j'étais une idiote.

— C'est faux, dit Angel en secouant la tête. Il était hyper sexy et à fond sur toi. Tu n'as même pas pris son numéro. Tu crains tellement.

Scarlett se débarrassa de son manteau et passa la porte attenante à la chambre de Sarah pour l'accrocher au dos de sa porte. Oui, elle avait remarqué comment Matt Lazlo l'avait regardée. Encore un aspect bien pourri d'une nouvelle journée merdique. Elle avait toujours voulu qu'un homme la regarde comme ça, et à présent que ça arrivait… *Hasta la vista, bébé.*

À long terme, elle s'était probablement épargné un grand

chagrin d'amour. Ce n'était pas du fatalisme, c'étaient quatorze longues années d'expérience qui parlaient. Elle savait ce qui se passait quand les gens découvraient qui était son père.

Elle trouva la fermeture éclair au dos de la robe et la fit glisser, ôtant les talons en même temps que la robe. Sarah était l'opposée de sa sœur à bien des égards, bien qu'elle aime les jolis vêtements. C'était une mordue des activités en plein air. Randonnée, escalade, ski. Le seul intérêt qu'Angel avait pour le plein air était de savoir si elle allait ou non être décoiffée ou démaquillée en cas d'averse.

Scarlett se débarrassa de l'épaisse couche de maquillage dans la salle de bains, puis enfila rapidement un jean, un pull noir et des baskets. Elle garda ses cheveux attachés et les recouvrit d'une casquette en tweed. Elle prit sa veste verte en laine sur le lit, ainsi qu'une longue écharpe qu'elle enroula autour de son cou à deux reprises pour lutter contre le froid hivernal.

Angel était allongée sur son lit en sous-vêtements. Son corps était tout simplement parfait. Elle regardait son téléphone et souriait.

— Je dois y aller.

Scarlett se tenait maladroitement dans l'embrasure de la porte.

Angel plongea ses yeux bleus dans les siens.

— Tu dois t'en remettre, Scar, il est plus que temps. Ton père est en prison. La plupart des gens ne se souviennent même pas de ce qu'il a fait…

— Il n'a rien fait, cracha Scarlett.

Angel sauta sur ses pieds et saisit le bras de Scarlett. Elle lui serra le bras, lui faisant mal.

— Il l'a fait. Il a fait tuer six agents des services secrets américains et a vendu les États-Unis aux Russes. Tu dois l'accepter et aller de l'avant. Tu n'es pas ton père.

Scarlett fixa le visage de sa meilleure amie et prononça les mots qu'elle avait gardés enfouis en elle depuis que sa mère les avait prononcés la semaine précédente.

— Il est mourant. Mon père a un cancer et il est mourant.

Les yeux d'Angel s'élargirent, puis se fermèrent avant qu'elle n'attire Scarlett dans une étreinte féroce. Scarlett s'effondra et elles s'écroulèrent toutes les deux sur le lit. Elle enroula ses bras autour de sa meilleure amie et essaya de contenir les sanglots qui voulaient s'échapper.

— Pourquoi tu ne m'as rien dit ?

Angel lui caressait le dos, de haut en bas, en un geste chaleureux et apaisant.

— Pourquoi est-ce que tu ne me dis jamais rien jusqu'à ce que je t'arrache la vérité en me comportant comme une vraie connasse ?

Scarlett essuya ses joues mouillées.

— Tu avais l'air de t'amuser, alors…

— Pfff.

Angel la libéra et Scarlett s'assit.

Elle étudia l'épais tapis de laine à ses pieds.

— Je ne pouvais pas en parler, c'était trop récent.

Elle leva les yeux.

— Je suis désolée d'avoir grillé tes chances d'obtenir le numéro de Raminski.

Angel haussa un sourcil.

— Qu'est-ce qui te fait croire que je n'ai pas eu son numéro ?

Elle lui sourit d'un air rusé et espiègle.

Scarlett ouvrit la bouche.

— Tu as agi comme une Cendrillon qu'on aurait traînée hors du bal, mais tu as oublié de laisser ta chaussure.

— Pas question de laisser une chaussure derrière moi.

Les chaussures d'Angel coûtaient plus cher que la voiture de Scarlett. Elle l'observa de ses yeux bleus.

— Mais plus important encore, j'ai aussi le numéro du marin… Tu le veux ?

Était-ce du bluff ? Angel ne pouvait pas être sérieuse.

Scarlett se souvint de la façon dont il l'avait regardée avant qu'elle ne monte dans la limousine. Comme s'il se souciait d'elle, ce qui était dingue, car il ne la connaissait pas. S'il avait su qui elle était, il serait parti en courant. Lorsqu'ils découvraient qui elle était, les gens fuyaient généralement. Ce serait encore pire pour un héros de guerre américain.

Elle déglutit pour humidifier sa gorge soudain desséchée.

— Non, je n'en veux pas.

Mais le mensonge lui brûla la langue.

MATT ETAIT ALLONGE à l'arrière de la limousine, les yeux fermés. Il avait fait un rapide détour par la Maison-Blanche pour rejoindre son ami Jed Brennan qu'il n'avait pas vu depuis qu'on lui avait tiré dessus. Jed logeait à présent dans un hôtel chic de Washington avec une très jolie rousse. Il était si manifestement amoureux de la femme et de son mignon petit garçon que Matt s'était senti comme étouffé. Jed allait faire un excellent père, ce que tous les enfants devraient avoir, ce dont Matt avait manqué. Mais cela avait fait de lui un homme meilleur à long terme. Le connard qui l'avait engendré aurait fait un piètre modèle.

Matt était sur le chemin du retour. Encore un jour avant Noël, et bien que les désaxés ne s'arrêtent jamais, même les analystes comportementaux du FBI pouvaient sombrer dans un coma post-dinde pendant quelques heures. Matt avait hâte de rattraper son manque de sommeil et de passer du temps avec sa mère – elle ne s'en rendrait pas forcément compte, mais cela ne l'empêcherait pas d'être là pour elle.

Son portable sonna et il le sortit de sa poche. Il fronça les sourcils quand il regarda l'écran.

Pourquoi diable l'ASAC Jon Regan, chef d'unité des Ta-cOps I, l'appelait-il si tard ?

— Lazlo, répondit Matt.

— Vous êtes seul ?

Matt jeta un coup d'œil au chauffeur de la limousine, mais la cloison était abaissée.

— Je suis dans une limousine du gouvernement.

— Vous étiez à la résidence de l'ambassadeur de Russie ?

Matt ôta ses jambes du siège et s'assit, soudain bien réveillé.

— Vous me faites suivre ?

Regan rit, mais son rire semblait forcé.

— Non. Vous pouvez me dire ce que vous faisiez là ?

Matt passa une main dans ses cheveux courts. Les TacOps I se spécialisaient dans les entrées discrètes afin de placer des dispositifs d'écoute et de surveillance sophistiqués à des endroits ciblés. En gros, il s'agissait de cambrioleurs cautionnés par le gouvernement et dotés d'une panoplie d'outils d'espionnage qui auraient fait baver James Bond.

— L'ASAC Frazer m'a demandé de le remplacer à une réception de Noël. Un vrai calvaire.

Il pensa à Sarah LeMay et pinça les lèvres. Il n'avait jamais de regrets en temps normal – une chose qu'il avait héritée de son père –, mais il en nourrissait pourtant concernant cette femme aux grands yeux marron, qui ne lui avait pas laissé son numéro.

— Pourquoi ?

— Je vais vous envoyer une photo. Je veux savoir si vous connaissez cette fille.

Matt attendit de recevoir l'image. La photo montrait un mignon petit derrière, enveloppé dans une robe à couper le souffle, avec tous ces jupons fous, alors qu'elle se penchait sur un bureau. Aussi distrayante que soit la vue, il se concentra sur ce qu'elle faisait – on aurait dit qu'elle démontait une lampe. *Merde*.

— Eh bien ? demanda Regan.

— Son nom est Sarah LeMay.

— La fille du député LeMay ?

— Oui. Elle était là avec sa sœur, Angel. Elle a renversé du champagne sur ma chemise et je l'ai accompagnée aux toilettes pour pouvoir me nettoyer.

— Vous pensez que c'était un accident ?

Matt se rejoua la scène.

— C'est ce que je me suis dit. Qu'est-ce qu'il se passe ?

— Cette photo est un cliché récent d'elle en train de retirer le socle d'une lampe dans le bureau de l'ambassadeur Dorokhov.

La bouche de Matt devint aussi sèche qu'un chalumeau. C'était une opératrice ? Dans ce cas, elle s'était comportée comme une pro. Elle l'avait attiré dans ses filets avec son étalage d'apparente vulnérabilité innocente. Était-*il* une cible ? Quelle enflure.

Regan s'éclaircit la gorge.

— Elle a essayé de placer un mouchard dans le bureau de l'ambassadeur, mais elle a découvert que quelqu'un l'avait devancée.

— Quelqu'un ? demanda sèchement Matt.

— C'est exact, fit Regan d'un ton où perçait l'humour.

— Pourquoi diable aurait-elle mis sur écoute le bureau de l'ambassadeur russe ?

— Je n'en ai pas la moindre idée, d'où mon appel. Vous êtes partis en même temps.

Matt hocha la tête, pas étonné qu'il y ait des caméras de surveillance dans la rue. Surveiller les allées et venues au niveau des ambassades étrangères devait être habituel pour les services de contre-espionnage.

— Je les ai ramenées chez elles.

— Autre chose ?

La voix était plus prudente à présent.

Qu'est-ce qu'il se passe ?

— Si je réponds « J'aurais bien aimé », je devrais suivre une formation de sensibilisation ?

— Aucun honnête homme sur Terre n'a besoin de suivre une formation pour avoir dit la vérité. Ces femmes étaient sexy. Et vous auriez dû voir où elle avait caché le tournevis.

Matt se faisait une assez bonne idée de la chose, étant donné la robe serrée qu'elle portait. *Et merde.* Il se massa le front. L'idée de s'être fait duper ne lui plaisait pas.

— Je les ai déposées chez le député et le chauffeur m'a conduit à la Maison-Blanche…

— Vous êtes allé à la Maison-Blanche ?

On aurait dit que Regan s'étouffait à l'autre bout du fil.

— Pas à l'intérieur. Juste au niveau de l'entrée de derrière pour retrouver un de mes amis quelques instants. Ce n'était pas prévu, et je ne lui ai pas dit que j'allais là-bas.

Il y eut un long silence tendu.

— Pouvez-vous me retrouver au Centre ?

Matt était passé juste à côté en rentrant chez lui.

— Maintenant ? Ai-je le choix ?

— Non.

— J'avais le sentiment que vous diriez ça.

— C'est la saison pour donner de la joie.

— Croyez-moi, si quelqu'un doit me donner de la joie, je ne veux pas que ce soit vous.

Son esprit visualisa les traits de lutin de Sarah LeMay. Une opératrice qui l'avait neutralisé avec ses grands yeux marron. Il avait visiblement perdu la main.

— J'arrive dans dix minutes. Assurez-vous qu'il y a suffisamment de café.

———

ANDREI DOROKHOV OUVRIT la porte de son bureau et entra dans la pièce. Sa femme et Sergio le suivirent, bras dessus bras dessous. Natalie était ivre, mais cela ne le dérangeait pas. Elle flirtait avec tous ceux qu'elle rencontrait, hommes ou femmes, mais elle ne le trahirait jamais. Elle n'oserait pas.

Il n'en était pas de même de Sergio.

Son « assistant » était impitoyable et ambitieux, mais il n'était pas stupide. Sergio Raminski ne le chercherait pas à moins d'avoir quelque chose à y gagner. Andrei comprenait Sergio mieux que quiconque. Il avait été exactement comme lui.

Andrei se dirigea vers la cheminée et ouvrit une boîte de

cigares cubains, en offrit un à Sergio, puis coupa le bout d'un autre avant de l'allumer. L'arôme apaisant du tabac sucré se diffusa dans ses poumons. Natalie leur versa un verre de vodka chacun.

— À une soirée réussie.

Elle lui tendit le verre et lui sourit comme avant, comme s'il était le seul homme dans la pièce.

Il avait de la chance de l'avoir. Il leva son verre.

— *Vashe Zdoroviye, lyubov moya.*

Il but une gorgée. Il n'était pas fatigué. Il avait passé la plupart de ses nuits à arpenter les rues de différentes villes du monde, se cachant dans des ruelles sombres, faisant passer de l'argent et des instructions via des boîtes aux lettres mortes. Exécution d'agents. Récupération d'informations. Transmission. C'était un monde où il était à l'aise et sûr de lui. C'était ici même, dans cette ambassade, qu'il s'inquiétait de ne pas être à la hauteur des souhaits de ses supérieurs. Il avait insisté pour avoir ce poste. Il voulait un moyen de rentrer aux États-Unis tout en restant intouchable.

Un sentiment de nostalgie s'empara de lui – ce devait être l'esprit de Noël ou un toast de trop à la santé des dames. Pendant près de vingt ans, il avait dirigé des réseaux d'espionnage dans le monde entier. Le frisson du passé lui manquait, mais il était à Washington pour s'assurer que le passé reste enterré et certains mensonges avec. Les agents russes avaient toujours été meilleurs que leurs homologues américains. Andrei avait travaillé dur et fait de nombreux sacrifices pour que cela reste ainsi. Un seul homme l'avait vraiment soupçonné, mais Andrei s'était occupé de lui comme il s'occupait de tout, avec une efficacité impitoyable.

Sergio se dirigea vers les rideaux. L'homme était beau et

charmant, visiblement désireux de s'envoyer en l'air avec une femme plutôt que de s'occuper des désirs de son supérieur. Sergio avait l'allure et les compétences nécessaires pour aller loin dans le corps diplomatique – plus important encore, il avait de puissants alliés qui s'enrichissaient tous à mesure que la Russie étendait son empire énergétique.

Le premier signe de la gueule de bois lui vrilla le crâne. Il prenait de l'âge. Mais c'était une faiblesse qu'il ne laisserait pas paraître.

— Quel est le programme de demain ? demanda-t-il.

— Déjeuner avec l'ambassadeur canadien, puis réception dans l'après-midi à l'ambassade pour tous les diplomates et le personnel de l'ambassade. Après ça, vous êtes libre jusqu'au cocktail du Smithsonian, le vingt-sept.

Les Russes ne fêtaient pas Noël avant le 7 janvier, et ce n'était rien à côté des festivités auxquelles les Américains s'adonnaient. La seule religion qui avait prospéré en Russie au cours du siècle dernier était le communisme. Andrei appréciait la saison des fêtes, même s'il ne voyait pas vraiment de lien entre la naissance du Christ et le shopping. Malgré cela, sa femme l'aurait étripé s'il ne lui avait pas fait de généreux cadeau. Il avait prévu de leur offrir quelques jours de ski à la montagne, quelque part avec un jacuzzi pour tremper ses os endoloris à la fin d'une journée sur les pistes.

Sergio continuait à faire les cent pas, puis il s'arrêta, recula, se pencha et ramassa par terre un petit objet qui scintillait à la lumière.

Andrei fronça les sourcils, puis s'avança et prit l'objet dans la paume de son assistant. Une boucle d'oreille. Il regarda sa femme en haussant les sourcils.

— Est-ce que c'est à toi ?

Elle ouvrit grand les yeux devant son ton et elle secoua la tête.

— Non.

Sergio regarda la paume d'Andrei de plus près et pinça les lèvres.

— C'était peut-être la boucle d'oreille d'une des invitées de la soirée. Avez-vous emmené une femme ici ? demanda Andrei à voix basse.

Sergio plissa les yeux.

— Non, Votre Éminence.

— Fouillez la pièce.

— Elle a été fouillée plus tôt dans la journée, Votre Excellence.

On pouvait lire l'impatience dans les yeux noirs de l'homme.

Andrei prit Sergio à la gorge et serra.

— Fouillez. Là. Encore. Mais correctement, cette fois. Démontez tous les luminaires. Chaque téléphone. Examinez chaque câble. Personne ne dormira avant que je sois certain que tout le bâtiment est sécurisé !

Il était fou de rage. Il repoussa l'homme et jeta son verre en cristal contre la cheminée où il se brisa en mille morceaux. Un liquide clair coula sur le marbre blanc.

Il se dirigea vers la porte.

— Andrei, lança Natalie. Ce n'est qu'une boucle d'oreille.

— C'est la preuve que quelqu'un était ici alors qu'il n'aurait pas dû l'être.

Il claqua des doigts et, bien qu'en plissant les yeux, elle ferma la bouche et le suivit hors de la pièce sans dire un mot de plus. Bien. Il n'était pas d'humeur à discuter avec sa femme. Il n'était pas d'humeur à être gentil, poli ou diplomate. Ces personnes ne saisissaient pas les enjeux. Elles le croyaient peut-être, mais ce n'était pas le cas. Il ne voulait pas laisser les Américains prendre le dessus. Ils descendirent les escaliers, Sergio leur emboîtant le pas. Ils passèrent devant des pièces dédiées à diverses fonctions sociales et administratives, traversèrent les cuisines avant de prendre un ascenseur pour descendre au sous-sol.

Mishka, son chef de la sécurité, vint à sa rencontre.

— Avez-vous besoin de quelque chose, Votre Excellence ?

Andrei lui montra la boucle d'oreille, qui scintillait dans la faible lumière.

— Je l'ai trouvée sur le sol de mon bureau. Comment est-elle arrivée là ?

Il écarta l'homme et entra dans la pièce, se dirigeant droit vers les écrans qui diffusaient les images de toutes les caméras de la résidence. Il n'y en avait pas dans toutes les pièces – par-dessus tout, il comprenait la valeur de la vie privée. Mais toutes les zones publiques, tous les couloirs, étaient sous vidéosur-veillance.

Le garde en uniforme qui scrutait les écrans regarda ner-veusement son patron.

— Montrez-moi les images du couloir de mon bureau ce soir. À partir de 19 h 20.

Il avait quitté son bureau peu après.

L'agent de sécurité revint en arrière puis lança l'enregistrement au double de la vitesse normale.

— Arrêtez. Elle.

Sergio montrait du doigt une femme vêtue d'une robe charbonneuse, parlant à un homme en uniforme de la marine. Le garde revint à la vitesse normale.

Andrei l'observa attentivement et remarqua qu'elle portait

des boucles d'oreille très semblables à celle qu'il tenait à la main.

Le militaire et elle se tenaient très près l'un de l'autre, comme envoûtés. *Comme c'est mignon.* Puis elle tourna les talons et s'éloigna. L'homme entra dans les toilettes des hommes et elle entra dans celles des femmes. Une autre femme sortit, puis il se vit lui-même sortir de son bureau, ajustant ses manches, impatient d'aller à la fête.

Il s'éloigna et, quelques instants plus tard, la femme en jolie robe argentée sortit des toilettes et traversa le couloir pour se rendre dans son bureau avant que la porte ne se referme.

— Avance rapide, ordonna Andrei.

La sueur brillait sur le front du garde. Il ne fallut pas longtemps avant que la femme sorte de son bureau et retourne en courant aux toilettes. Elle avait l'air effrayée et bouleversée. Une de ses boucles d'oreille avait disparu.

— Je ne sais pas comment j'ai pu rater ça, dit le garde, la voix tremblante. Je vous jure que je n'ai jamais quitté mon poste.

Le chef de la sécurité lui donna un coup à l'arrière de la tête.

— *Mudak.*

— Qui est-ce ? demanda Andrei.

— Sarah LeMay, répondit rapidement Sergio. Elle était ici avec sa sœur, Angel.

Andrei se glaça.

— LeMay ?

Sergio fit un signe de tête.

— La fille du député ?

— Elles ont été invitées à votre demande.

Sergio fronça les sourcils.

Andrei avait envoyé l'invitation par jeu, à titre d'avertissement. Il n'avait jamais imaginé que l'une d'elles viendrait.

— L'homme en uniforme, qui est-ce ? demanda-t-il.

Ça sentait mauvais. Très, très mauvais.

Natalie répondit.

— Un jeune homme appelé Matthew Lazlo.

— Il représentait l'agent du FBI Lincoln Frazer, précisa Sergio. Un changement de dernière minute.

Andrei avait voulu rencontrer l'autre employé fédéral.

— Donc Matthew Lazlo est aussi du FBI ?

Natalie haussa les épaules. Sergio fit un signe de tête.

Andrei sentit la rage couler dans ses veines, froide comme de la glace, tranchante comme une lame de rasoir. Il fouilla dans la veste de Sergio. Les pupilles de l'homme s'embrasèrent tandis qu'il lui prenait son arme. Andrei frappa le garde à la tempe avec la crosse du pistolet. Il tomba inanimé sur la console.

— Il a de la chance que je ne l'ai pas tué.

Il cracha sur l'homme.

— Renvoyez-le chez lui. Nous ne tolérons pas les amateurs.

Il rendit l'arme à Sergio, qui la prit avec précaution.

— Voulez-vous déposer une plainte officielle auprès des Américains ? demanda Sergio d'une voix égale.

— *Nyet*.

Le FBI le surveillait-il à l'intérieur de l'ambassade ? Impossible. Les enjeux étaient trop élevés, et les représailles potentiellement trop risquées. Il devait savoir ce qui se passait.

— Trouvez-moi la fille, *sans faire de vagues*, dit Andrei. Il faut que je lui parle.

La conversation risquait de ne pas être jolie jolie.

— Et trouvez tout ce que vous pourrez sur cet homme.

Il se tourna vers son chef de la sécurité.

— Plus d'erreurs, Mishka. La prochaine fois, je ne serai pas aussi compréhensif.

CHAPITRE TROIS

À TOUS EGARDS, le Centre top secret d'opérations tactiques ou le Centre, comme l'appelaient généralement les initiés, ressemblait à un bâtiment industriel. Il était situé hors de la base du corps des Marines à Quantico pour des raisons de sécurité et de discrétion.

Jon Regan brandit un détecteur ressemblant à une sorte de baguette. Pas du genre magique.

Matt leva les bras et garda la bouche fermée jusqu'à ce que l'homme ait fini de faire courir la chose sur son corps. *Formidable.* Un autre homme examinait la limousine. À quoi cela rimait-il ?

— Très bien, venez avec moi.

Jon s'éloigna.

Matt lui emboîta le pas, et ils passèrent une porte puis une autre, jusqu'à atteindre une pièce sans fenêtres à l'intérieur d'une pièce. Sur l'un des grands écrans, Sarah LeMay apparaissait en couleurs en train d'actionner un interrupteur. Sur un autre écran, il y avait un flux en direct de la même pièce.

— Lancez la vidéo, ordonna Regan, debout, les mains sur les hanches, en regardant les écrans. L'équipe qui surveille les caméras nous a prévenus dès qu'elle l'a repérée. On s'est connectés au flux juste après.

Le technicien appuya sur un bouton et Sarah se mit à bouger. Elle entra dans la pièce luxueuse, regarda un moment autour d'elle et se dirigea vers le bureau. Elle remonta ses jupons, révélant une paire de jambes bien galbées dans ces talons aiguilles. Il distingua quelques centimètres de dentelle noire. L'atmosphère dans la pièce close se fit chaude et tendue alors qu'elle plongeait ses doigts dans sa culotte. Il ne voyait que de la lingerie, mais cela n'empêcha pas son imagination de se mettre en branle. Sa peau se couvrit de sueur.

Il n'avait jamais rien soupçonné.

Elle avait démonté la lampe avec une réelle dextérité tandis qu'il se demandait s'il devait l'inviter à sortir avec lui. Elle s'était jouée de lui. L'expression de son visage lorsqu'elle vit l'autre micro était révélatrice. Tout comme lorsqu'elle prit conscience, en balayant nerveusement la pièce du regard, qu'il y avait peut-être une caméra cachée quelque part. Cela le rasséréna quelque peu.

— Et merde. C'est parti.

Le technicien désigna l'écran diffusant le flux en direct. Quatre hommes entrèrent dans la pièce et commencèrent à ramasser des objets et à les examiner en détail.

— Ce n'était qu'une question de temps, dit Regan les bras croisés.

Il avait l'air énervé.

Dans la vidéo, Sarah avait tout remonté, mais Matt aperçut quelque chose de brillant tomber par terre.

— Elle a perdu sa boucle d'oreille ?

Regan fit un signe de tête.

— C'est pour ça qu'on ne porte pas de bijoux lors d'une opération. Ils l'ont déjà trouvée.

Ce qui expliquait les hommes de main qui fouillaient la

pièce de fond en comble.

Matt regarda la femme mettre le petit sac en plastique dans son corset avec beaucoup plus de discrétion cette fois. Il n'avait pas remarqué sa boucle d'oreille manquante quand il l'avait vue après, trop fasciné par ses yeux. *Pauvre type.*

On frappa à la porte. Jon Regan alla ouvrir. L'agent spécial adjoint responsable, Lincoln Frazer, entra dans la pièce. Il était vêtu d'un smoking coupé sur mesure. Il avait dû quitter la Maison-Blanche peu après Matt.

— Je commence à me sentir mal habillé, fit sèchement Regan.

Puis il demanda au technicien :

— Repassez-la.

Cette fois-ci, lorsque Matt regarda la vidéo, il garda un œil sur l'expression de son visage, sur son langage corporel.

— Elle n'agit pas comme une pro.

Frazer s'appuya sur ses talons, en l'observant.

— C'est plutôt qu'elle est forcée de faire quelque chose qu'elle ne veut pas faire. Pourquoi avez-vous mis Dorokhov sur écoute ? demanda-t-il à l'homme des TacOps.

— Ça reste à déterminer, répondit Regan sur un ton d'excuse.

— J'ai besoin de savoir, insista Frazer.

Les lèvres de Regan formèrent un sourire.

— Ouaip. Je reviendrai vers vous à ce sujet.

— Les Russes ont installé une caméra dans ce couloir, souligna Matt.

Même aveuglé par le charme apparemment innocent de Sarah LeMay, il l'avait repérée dans le recoin sombre.

— Elle est active ?

Regan fit un signe de tête.

— Quand nous sommes entrés, de nuit, en l'absence des gros bonnets, nous avons piraté le système de sécurité et joué une boucle de l'endroit dans l'obscurité. C'était du gâteau.

Sarah LeMay avait un sens de l'observation étonnant. Elle avait repéré l'endroit où il portait habituellement sa Budweiser, surnom donné au Trident des SEALs qu'il avait gagné en réussissant la formation de démolition sous-marine basique. Il l'avait enlevée parce qu'il ne se sentait pas à l'aise à l'idée de clamer son passé dans les opérations spéciales en territoire ennemi. Dommage qu'elle n'ait pas remarqué la caméra de surveillance qui filmait le couloir. Un véritable opérateur l'aurait fait. Alors, qu'était-elle, si elle n'était pas une opératrice ?

— Elle n'a rien fait de tout cela, dit Frazer à voix basse. Donc il ne leur faudra pas longtemps pour découvrir qu'elle était là. Pourquoi voudrait-elle mettre Dorokhov sur écoute ?

— Pour le faire chanter ? Ou peut-être qu'elle travaille pour une autre agence ou un autre pays ? suggéra Regan en haussant les épaules.

— Peut-être que c'est personnel, dit Matt.

— Qu'avez-vous pensé d'elle ? lui demanda Regan. Je ne parle pas de son physique, bien sûr.

Matt s'affala sur une chaise vide.

— Elle semblait vulnérable. Timide. Mal à l'aise.

— Essayez de marcher en talons hauts avec un tournevis dans votre culotte et vous verrez si vous êtes à l'aise, plaisanta le technicien.

Matt rit, mais à l'intérieur, il était dévasté. Il s'était fait duper.

— Ce n'était pas ça.

Il allait passer pour une mauviette.

— Elle semblait… fragile.

Il haussa les épaules.

— En y réfléchissant, elle semblait aller bien avant d'essayer de placer le micro, mais sur le chemin du retour, elle a à peine dit un mot, sauf qu'elle ne se sentait pas bien.

— Ce n'est pas étonnant. Elle a merdé et elle le savait.

Le ton de Regan ne montrait aucune pitié.

— Elle et sa sœur se sont disputées à propos de quelque chose. Probablement l'échec de sa mission.

C'était pour cela qu'elles avaient pris leurs jambes à leur cou, mais Angel n'avait pas voulu partir…

— Vous pensez que la sœur était une distraction ? demanda Frazer.

— Vous avez vu ses jambes ? fit Regan.

Matt secoua la tête.

— Je ne sais pas. La seule personne avec qui j'ai vu la sœur parler est un connard du nom de Raminski.

— On s'est renseignés sur lui. C'est un ancien militaire, probablement du GRU ou du SVR, qui fait office d'assistant de l'ambassadeur et de garde du corps au besoin. Il est doué dans son travail. Il s'entoure de femmes qu'il quitte régulièrement. Il a l'air aussi réglo que n'importe quel Russe à Washington.

On estimait généralement qu'ils travaillaient tous pour les services de renseignements russes. C'était plus simple ainsi.

— Quel est le lien entre le député LeMay et Dorokhov ? demanda Matt.

Regan leva les bras en signe d'impuissance.

— On n'a rien.

— Il a été invité, donc il y a forcément un lien, insista Matt.

— Hé, Frazer a été invité lui aussi.

Regan se tourna vers lui.

— Quelle est la nature de votre relation ?

— Je suis un type populaire ?

L'expression de Frazer se fit plus sérieuse.

— Dorokhov a envoyé des dizaines d'invitations cette année. J'ai eu l'impression qu'il allait à la pêche, essayant de faire bonne impression et d'établir des relations. J'ai demandé à notre consultant Alex Parker de voir s'il pouvait trouver un lien quelconque entre l'ambassadeur et le député.

Alex Parker était un ancien de la CIA et le cogérant d'une entreprise de cybersécurité à Washington. Il était également fiancé au plus récent membre de leur équipe du DSC-4, Mallory Rooney, et d'après ce que Matt pouvait voir, Frazer profitait pleinement de son expertise et de ses relations.

Tant que cela portait ses fruits.

— J'ai entendu dire que Parker était doué.

Regan avait l'air de vouloir le débaucher pour les TacOps, mais il était trop malin pour dire quoi que ce soit devant Frazer. Il avait déjà essayé de recruter Matt pour ses compétences en tant qu'ancien Navy SEAL. Matt aimait le Département des sciences du comportement et ses horaires préférables à ceux des TacOps. C'était un travail différent et, à l'heure actuelle, il répondait à ses besoins.

— Eh merde.

Le technicien jeta son écouteur par terre lorsque la caméra et le micro s'éteignirent.

Jon Regan jura et éteignit son casque.

— Je ne sais pas ce que manigançait LeMay, mais elle vient de ruiner six mois de travail de surveillance minutieux et nos chances de tirer quoi que ce soit de neuf pour au moins les six prochains mois.

Étant donné l'état du monde, ce n'était pas une bonne nouvelle.

— Même le père Noël ne pourrait pas entrer là-bas sans avoir le droit à une fouille corporelle, fit remarquer le technicien.

— Est-ce qu'ils peuvent remonter jusqu'à nous ? demanda Matt, en pointant les écrans vidéo.

— Non. Mais les Chinois sont sur le point de recevoir beaucoup d'appels diplomatiques énervés.

Matt regarda l'image figée de Sarah LeMay, sa jupe relevée sur ses cuisses. Il avait le sentiment que tous les gars des TacOps auraient vu cette image d'ici Noël. Cette pensée lui envoya une décharge de quelque chose de sombre et de laid dans le sang. C'était de la folie. Puis il fut frappé par une autre pensée, bien pire celle-là.

— Pas les Chinois.

Merde.

— S'ils ont trouvé la boucle d'oreille, la première chose que les Russes vont faire sera de vérifier les images de surveillance du couloir et de s'en prendre à cette fille. Et ils savent exactement où elle habite…

Sa fatigue disparut et un sentiment d'urgence le poussa à bondir vers la porte.

— Il faut qu'on retourne à Washington le plus vite possible.

LE PISTOLET A la main, Raminski entra dans la maison par les portes du jardin au niveau du patio situé à l'arrière de la propriété. La télévision bêlait au loin. Il vérifia les lieux avant de traverser rapidement la buanderie, puis la cuisine impeccable, jusqu'à la porte voûtée. Le couloir s'ouvrait, à droite, sur une porte vitrée qui donnait accès au salon. Le son du téléviseur était à fond. Le député et sa femme étaient blottis sur le canapé, tournant le dos à la porte. Bien. Il prit les escaliers dans la pénombre, se déplaçant en silence. Il entendit une autre télévision en haut.

Au dernier étage, il y avait deux portes. Une ouverte, avec les lumières éteintes. Il entra et constata que la pièce était vide. La robe que la femme portait plus tôt ce soir-là était accrochée à l'arrière de la porte. Il vérifia la salle de bain. Il n'y avait personne.

Il s'avança vers la porte de communication et l'entrouvrit. La blonde sexy, Angel, était allongée à plat ventre sur le lit, les genoux pliés, les pieds en l'air. Elle portait une chemise de nuit courte et soyeuse ainsi qu'une culotte assortie. Elle regardait un film. Il ignora l'effet qu'elle avait sur son corps et balaya la pièce du regard. Elle était seule.

Où était l'autre ? C'était l'autre dont il avait besoin.

Pas le temps de jouer. Il mit son pistolet dans son étui et sortit la seringue de sa poche, en amorçant l'aiguille. En deux enjambées, il était dans la pièce. Il lui plaqua un genou en travers des omoplates alors qu'il enfonçait son visage dans le matelas pour étouffer ses cris, tandis qu'il lui enfonçait l'aiguille dans les fesses. Il lui injecta le contenu de la seringue. Il ne pouvait pas se permettre qu'elle voie son visage. Elle se débattit, mais le tranquillisant ne tarda pas à faire effet. Au bout de trente secondes, elle perdit connaissance. Il recouvrit l'aiguille et remit la seringue dans sa poche. Il inspecta la pièce, mais la femme était seule. Il fouilla dans ses tiroirs et en sortit un pantalon de yoga et un sweat à capuche. Des chaussettes et une paire de baskets. Il l'habilla, faisant bouger ses membres comme si c'était une poupée de chiffon. Il trouva son téléphone portable et le glissa dans sa poche. Il la souleva par-dessus son épaule et sortit son arme de son étui en redescendant les escaliers. Il s'arrêta sur le palier du deuxième étage et se cacha lorsque quelqu'un tira la chasse d'eau au rez-de-chaussée. Il demeura immobile jusqu'à ce que le député retourne au salon. Il ne referma pas la porte complètement.

La jeune fille pendait mollement sur son épaule. Il descendit les escaliers en silence. Il tendait l'oreille et gardait les yeux rivés sur la porte du salon. Les parents ne détournèrent pas les yeux du téléviseur. Sa bouche se tordit en un rictus lorsqu'il reconnut le film qu'ils regardaient. Le seul ange qui se verrait pousser des ailes ce soir-là serait leur fille Angel, qu'il venait de leur enlever.

Il sortit avec elle par la porte de derrière, traversa le jardin et déboucha dans la rue. La petite berline qu'il avait volée était toujours garée là. Il ouvrit le coffre et plaça la fille avec précaution à l'intérieur. Il referma le coffre, grimpa sur le siège conducteur et démarra.

Elle n'était pas celle qu'il voulait, mais elle était un moyen de pression. Il ne lui faudrait pas longtemps pour trouver l'autre.

SCARLETT DECIDA DE rentrer chez elle à pied plutôt que de prendre un taxi. Cette partie de Washington était généralement sûre et elle avait besoin de temps et d'espace pour se ressaisir. Une partie d'elle savait que c'était stupide. Une autre partie s'en fichait. Ce soir-là, elle avait essayé de mettre l'ambassadeur russe sur écoute. Tout le reste semblait sans importance en comparaison. Les rues étaient silencieuses. Tamisées. Personne ne lui prêtait attention. Tout le monde se préparait pour Noël.

Elle enfonça ses mains plus profondément dans les poches de sa veste, et toucha l'un des émetteurs qu'elle avait conçus et fabriqués. Ses baskets frottaient doucement contre le trottoir en béton. Son souffle créait un nuage givré qui correspondait à son humeur. La neige tombée quelques semaines plus tôt avait fondu, se transformant en un froid humide qui s'infiltrait à travers la peau et vous glaçait jusqu'à la moelle. Elle claquait des dents. À cet instant, elle se dit qu'elle ne pourrait plus jamais avoir chaud.

Sa mère et elle avaient décidé d'aller à tour de rôle à la prison pour multiplier le nombre de visites que son père recevrait pendant son traitement. De plus, ses parents méritaient de passer du temps seuls – même s'ils étaient constamment surveillés. Scarlett ne pouvait qu'imaginer la douleur de voir la personne que vous aimez vous être volée par les personnes mêmes qui étaient censées assurer ses arrières. C'était déjà assez dur de perdre son père, mais perdre l'amour de sa vie ?

Insupportable.

Un sapin de Noël brillait par la fenêtre d'un salon, avec ses lumières multicolores et une étoile dorée au sommet. Une tristesse profonde et douloureuse la traversa.

Par une froide journée d'hiver, quatorze ans plus tôt, son père était parti travailler comme d'habitude et n'était jamais rentré. Cet après-midi-là, les fédéraux avaient frappé à la porte et fouillé leur petite maison en briques, des combles au faux plafond. Ils avaient tout abîmé, y compris sa confiance et son innocence.

Elle avait douze ans à l'époque.

La presse avait transformé cette époque horrible en pure torture. Ils avaient campé sur la pelouse devant leur maison. Avec des caméras pointées sur chaque fenêtre. Des reporters fouillant dans leurs ordures.

Comme il lui était devenu impossible d'aller à l'école, sa mère l'avait scolarisée à domicile. Cela avait été la période la plus solitaire de sa vie et elle s'était consacrée corps et âme à ses études. La plupart de leurs soi-disant amis les avaient abandonnés. La seule personne à l'avoir soutenue avait été Angel. Les deux familles étaient proches depuis des années. Naturellement, le député avait pris ses distances après l'arrestation de son père. Qui aurait pu le lui reprocher ? Mais Angel avait toujours été là pour elle. Scarlett ne savait pas ce qu'elle aurait fait sans elle.

Le FBI n'avait jamais douté qu'ils avaient le bon gars. Les seules personnes qui l'avaient cru innocent étaient elle et sa mère. L'avocat l'avait persuadé de plaider coupable pour éviter la peine de mort, ce dont Scarlett était reconnaissante puisque son père n'avait pas été exécuté, mais c'était encore plus difficile de prouver son innocence.

Sa mère se serait éteinte des années plus tôt si Scarlett ne l'avait pas poussée et incitée à continuer, à ne pas abandonner. Ce n'était pas facile, et si son père mourait, Scarlett était convaincue que sa mère ne tarderait pas à le rejoindre. Parfois, elle avait déjà l'impression d'être orpheline.

Un type en sweat à capuche s'avança vers elle et un frisson de peur instinctif lui remonta le long de la colonne vertébrale. Lorsqu'elle se promenait seule la nuit, il lui arrivait de souhaiter être un homme. Elle observa l'individu du coin de l'œil, mais il poursuivit son chemin, sans lui prêter attention.

Deux minutes plus tard, elle arriva à la maison qu'elle gardait pour son patron, et entra. Il était en congé sabbatique en Écosse jusqu'à la fin du mois de juin. Ils travaillaient dans les technologies de pointe, permettant aux appareils de communiquer entre eux, comme le réfrigérateur capable d'indiquer à Internet qu'il n'avait plus d'œufs. Scarlett s'attaquait aux vulnérabilités permettant à un appareil de détourner le système et d'ajouter du code malveillant. Les connexions USB étaient particulièrement vulnérables. D'une certaine manière, ces recherches pouvaient sembler triviales, mais quelque part, elles étaient la clé de l'avenir de toute communication sécurisée.

Lorsqu'elle gardait la maison, elle n'avait qu'à arroser les plantes de son patron et à vérifier s'il avait reçu du courrier important. Dans le laboratoire, elle était également chargée de ses étudiants de troisième cycle et d'éteindre les feux métaphoriques. Elle adorait faire partie de son équipe et elle appréciait particulièrement quand il n'était pas là. Liberté maximale. Interférences minimales. Cela lui permettait de fabriquer et de tester plus facilement ses propres appareils d'écoute électronique.

Elle regarda autour d'elle. C'était une magnifique maison dans un quartier agréable, mais elle fut soudain frappée par son silence. Elle était vide. Solitaire. Froide. Désolée.

Comme sa vie.

La plupart du temps, cela lui convenait d'être seule, elle préférait même, mais parfois, juste parfois, elle aspirait à une compagnie humaine minime. Le visage de Matt Lazlo lui traversa l'esprit. Il y avait quelque chose dans ses yeux. Peut-être pas quelque chose de réel ou de durable, mais un intérêt certain, qui aurait tenu la froide solitude à distance au moins l'espace d'une nuit.

Mais c'était une illusion. Il regardait la séduisante Sarah LeMay, et non la simple et ennuyeuse Scarlett Wilson Stone, fille de l'espion le plus célèbre depuis la fin de la Guerre froide.

Son portable sonna. Elle n'avait pas envie de répondre, mais c'était Angel.

— Quoi de neuf ?

— Si vous voulez revoir votre amie vivante, retrouvez-moi sur le parking de Rock Creek Park Trails dans trente minutes, à l'extrémité nord de Virginia Avenue. Venez seule, dit une voix au fort accent russe. Ne contactez pas la police.

Puis la communication fut coupée. *Non.* Tout se mit à tourner autour d'elle, tandis que le monde déviait de son axe. *Ils avaient Angel.* Les Russes avaient compris ce qu'elle avait essayé de faire ce soir-là, et son amie allait en payer le prix.

———

Raminski etait assis dans la voiture sur un parking de New Hampshire Avenue. Il composa le numéro de Dorokhov sur un téléphone crypté.

— Vous l'avez trouvée ?

— Elle n'était pas à la maison, alors j'ai pris l'autre fille qui était avec elle à la soirée. J'ai découvert quelque chose d'intéressant.

Il consultait la liste de contacts sur le smartphone d'Angel LeMay, passant en revue les photos de profil.

— La fille qui s'est introduite dans votre bureau n'est pas celle qu'elle prétendait être. Ce n'est pas l'autre fille LeMay.

— Qui est-ce ? demanda Dorokhov.

Il attendit une seconde.

— La fille de Richard Stone.

L'air nocturne se teinta de malveillance, épaisse et envahissante.

— Que voulez-vous que je fasse d'elle ?

Le silence s'étira. Raminski attendait les ordres.

— Tuez-la.

Une voix douce. Calme.

Intéressant.

— Et la fille du député ?

Il y eut une autre hésitation, calculatrice, cette fois.

— Gardez-la en lieu sûr. Il faut que je lui parle.

— Cela pourrait s'avérer risqué.

De bien trop de façons pour toutes les citer.

— Faites-le.

Dorokhov raccrocha.

Raminski démarra. Il appela un deuxième numéro et répéta à son nouvel interlocuteur ce qu'il avait dit à l'ambassadeur. Il reçut des ordres identiques. La fille de Richard Stone devait mourir ce soir-là.

CHAPITRE QUATRE

MATT MONTA LES marches de la maison où il avait déposé les femmes plus tôt, enfonça son doigt sur la sonnette et l'y laissa jusqu'à ce qu'il entende des bruits de pas. Il aurait préféré monter sur le toit en hélicoptère et s'introduire par une fenêtre à l'étage plutôt que de jouer l'amoureux transi.

Le député Adam LeMay ouvrit la porte. Heureusement, il n'était pas encore couché. Ses sourcils se rapprochèrent et son regard s'attarda sur le t-shirt noir, le treillis et les bottes de combat empruntés par Matt.

— Député LeMay. Je m'appelle Matt Lazlo. Je dois parler à vos filles, monsieur.

L'homme haussa les sourcils, visiblement très surpris. Il ouvrit la bouche pour répondre, mais quelqu'un l'interrompit.

— Qui est-ce, Adam ?

La porte s'ouvrit plus largement et révéla une femme d'une cinquantaine d'années aux cheveux noirs et aux courbes prononcées. Elle avait l'air abattue, s'attendant clairement à recevoir de mauvaises nouvelles aussi tard dans la nuit.

Un SUV noir aux vitres teintées s'arrêta le long du trottoir. Ils avaient récupéré Alex Parker et Mallory Rooney dans l'appartement de Parker à Washington. Ils étaient désormais dans la voiture, occupés à mettre sur écoute les téléphones portables et les lignes fixes des LeMay pour avoir une idée de ce que ces femmes avaient fait et comprendre pour qui elles travaillaient. Frazer avait demandé une faveur personnelle et obtenu un mandat signé par un juge fédéral, qui se trouvait être le père de l'agent Rooney.

Ils n'étaient même pas sur l'affaire, mais il n'était pas question que Matt laisse Sarah LeMay à la merci du mécontentement des Russes. Frazer craignait qu'il ne s'agisse d'une sorte de vendetta personnelle entre les LeMay et Andrei Dorokhov, et voulait agir avant que cela ne se transforme en un incident diplomatique à part entière au pire moment possible étant donné le climat tendu est-ouest. Il était vital de faire preuve de rapidité et de discrétion. Et, oui, une petite revanche personnelle ne serait pas mauvaise pour l'ego de Matt, vu que Sarah l'avait fait passer pour un imbécile.

— J'ai rencontré vos filles plus tôt ce soir. L'une d'elles a laissé quelque chose dans mon véhicule.

— C'était une boucle d'oreille ? demanda la femme.

Elle a perdu bien plus qu'une boucle d'oreille.

— Vous n'avez pas pensé qu'il était un peu tard pour passer ?

Les yeux de la femme brillèrent d'amusement lorsqu'elle consulta sa montre. Minuit.

C'était la raison pour laquelle les enfants ne devraient pas vivre avec leurs parents après vingt et un ans.

— Je suis désolée pour le dérangement, insista-t-il, mais il ne bougea pas.

Le député semblait déconcerté. La mère parut se rendre compte qu'il voulait sérieusement les voir.

— Très bien. Attendez ici. Je vais monter et voir si elle veut vous parler.

Matt ouvrit la bouche pour insister sur la nécessité de parler à ses deux filles, mais le député changea d'avis, comme résigné.

— Vous feriez mieux d'entrer.

— Angel. Angel ?

La voix de la mère devenait de plus en plus forte dans les étages.

— En fait, c'est à Sarah que je voulais parler, précisa Matt.

— Sarah ? répéta le député comme s'il ne se souvenait pas qu'il avait une deuxième fille.

— Adam ! cria Mme LeMay dans la cage d'escalier. Vérifie la cuisine, chéri, elle n'est pas dans sa chambre.

Obéissant, le député se rendit à l'arrière de la maison et se mit à crier le nom d'Angel. Pas de réponse. Matt sentit le malaise s'insinuer en lui. La loi de Murphy. Tout ce qui pourrait mal tourner tournerait mal.

— Est-ce qu'elle est dans la chambre de Sarah, Valerie ?

Le député commença à monter les escaliers et Matt le suivit, laissant la porte grande ouverte derrière lui parce qu'il avait le sentiment que les choses allaient tourner au vinaigre.

Il entra dans ce qui était clairement la chambre d'une jeune femme. Il y avait des vêtements jetés par terre, dont la robe qu'Angel portait plus tôt. Il franchit la porte ouverte pour entrer dans la pièce voisine. Il repéra la robe argentée que Sarah portait, accrochée au dos de la porte. Aucun signe de l'une ou l'autre femme. Il avait un mauvais pressentiment à ce sujet.

— Faites attention à ce que vous touchez.

Ils le regardèrent tous deux, choqués.

— Que voulez-vous dire par « Faites attention à ce que vous touchez » ? fulmina le député en se tournant vers sa femme. Vous ne pensez pas qu'il est arrivé quelque chose, n'est-ce pas ?

— Peut-être qu'elle est rentrée avec Scarlett ?

Valerie se mordit la lèvre, puis prit le téléphone fixe à côté du lit et composa un numéro.

Qui diable était Scarlett ? Matt avait un horrible sentiment familier. Angel avait appelé Sarah « Scar » dans la limousine.

— Scarlett ne répond pas. Je vais essayer le portable d'Angel.

La femme composa un autre numéro. Son visage devint livide.

— Elle ne répond pas.

Elle leva les yeux.

— Elle a toujours son téléphone.

— C'est à Sarah que je veux parler, dit prudemment Matt.

— Sarah ?

Le visage du député LeMay exprimait la confusion la plus totale.

— Quand avez-vous rencontré Sarah ? demanda la mère.

Matt savait qu'il lui manquait un tas de pièces du puzzle et n'allait pas s'étendre sur son ignorance avant d'avoir glané tout ce qu'il pouvait auprès de la famille.

— J'ai besoin que vous descendiez tous les deux en discuter, déclara-t-il avec fermeté.

La mère plissa les yeux et le scruta.

— Qu'est-ce qu'il se passe ?

— En bas. Maintenant.

Matt invoqua l'instructeur qui sommeillait en lui et les LeMay obtempérèrent enfin.

Frazer se tenait dans l'entrée en bas.

— Aucune des deux femmes n'est là, dit Matt à son patron.

Frazer hocha la tête et se présenta aux LeMay.

— Où vos filles auraient-elles pu aller à cette heure de la nuit, monsieur ?

— Qu'est-ce qu'il se passe ? demanda la mère. Angel nous prévient toujours si elle sort. Elle sait que je ne dors pas bien si je ne sais pas qu'elle est en sécurité.

— Et Sarah ? demanda doucement Matt.

Le député le regarda avec impatience.

— *Sarah* n'est pas en ville.

— On me l'a présentée ce soir à la résidence de l'ambassadeur de Russie aux États-Unis.

Valerie écarquilla les yeux et son visage devint livide. Elle s'affaissa et son mari la rattrapa.

— Vous devez vous tromper.

— Je suis presque sûr que j'étais là et que je n'ai pas rêvé.

— Lazlo, avertit Frazer.

— Angel a emmené *Scarlett* à l'ambassade de Russie ? demanda le député à sa femme avec horreur. Elle n'aurait pas fait ça.

— Apparemment, si.

Les lèvres de la femme étaient exsangues. Elle les pinça, puis inhala, comme pour reprendre des forces.

— Qui est Scarlett ? demanda Matt.

De toute évidence, la femme qu'il avait rencontrée plus tôt dans la soirée avait menti sur son identité.

Les doigts de Valerie se tordirent.

— Scarlett Stone. Je ne vois toujours pas le rapport avec la disparition d'Angel.

— Scarlett est une bonne amie d'Angel, déclara le député. Je n'arrive pas à croire qu'elles soient allées à cette fête alors que je lui avais expressément dit de décliner l'invitation. J'ai besoin d'un verre.

Il semblait sur le point de s'évanouir.

Scarlett Stone...

— Pourquoi est-ce que je connais ce nom ? demanda Matt.

Alex Parker apparut dans l'embrasure de la porte.

— Parce que c'est la fille de Richard Stone.

— Richard Stone, l'*espion* ? lâcha Frazer.

Putain de merde. Les choses tournaient effectivement au vinaigre.

Alex leur fit signe à Frazer et lui de s'approcher de la porte, et murmura :

— Le téléphone portable d'Angel vient d'être utilisé pour appeler Scarlett Stone. Quelqu'un avec un accent russe a dit à Mme Stone que si elle voulait revoir son amie vivante, elle devait le retrouver dans trente minutes. Seule.

Matt sentit ses lèvres frémir. Un salaud utilisait une femme pour menacer l'autre, ce qui signifiait que Scarlett et son amie étaient toutes les deux en danger. Il consulta sa montre. Le temps était compté.

— Vous pensez qu'ils ont Angel ? demanda Frazer.

— Ils ont son téléphone portable et elle a disparu. Je pense que c'est assez clair, dit Parker.

Le regard compatissant de Frazer se posa sur les LeMay, mais il baissa la voix pour qu'ils ne puissent pas l'entendre.

— On ne peut pas les mettre au courant. Pas encore. Ils vont impliquer tout le monde au Capitole et les deux filles seront mortes avant le matin.

— Alors occupez-vous d'eux pendant que je vais chercher Mlle *Scarlett* et que je tends un piège à celui qui détient la fille LeMay, dit Matt à son patron. Rooney peut venir avec moi.

Frazer resta silencieux pendant ce qui sembla être plusieurs minutes, mais le silence ne dura en réalité pas plus de quelques secondes.

— J'ai besoin de Rooney ici. Ses relations politiques pourraient jouer en notre faveur.

— Très bien. Je vais y aller seul, pas le temps d'attendre les renforts.

Matt était impatient de passer à l'action. L'heure tournait.

— Je vais vous accompagner. J'ai une certaine expérience en la matière.

La voix d'Alex Parker portait une trace d'ironie.

Frazer hocha la tête et consulta sa montre.

— Je m'occupe de limiter les dégâts. Je dois passer quelques coups de fil pour éteindre autant de foyers que possible avant que ces gens ne déclenchent une nouvelle guerre.

Il se pinça l'arête du nez.

— Comme si nous n'avions pas assez de choses à faire en ce moment.

Le pays était déjà au bord d'un conflit avec la moitié du Moyen-Orient suite à l'attaque terroriste d'un centre commercial américain deux semaines plus tôt. Avec la mort du vice-président qui avait encore accru la tension et l'inquiétude générale dans le pays, ce n'était pas le bon moment pour accuser l'ambassadeur russe d'avoir kidnappé la fille d'un député. Pas sans preuves solides, et même dans ce cas, la situation serait un champ de mines politique.

Matt se dirigea vers la portière du SUV. Sa priorité était de retrouver Angel LeMay et Scarlett Stone vivantes, puis il allait s'assurer qu'elles regrettent profondément d'avoir menti à un agent fédéral.

Mallory Rooney attendait sur le trottoir. Elle lui adressa un sourire mesuré – un sourire qui signifiait qu'elle n'était pas encore certaine de pouvoir lui faire confiance. C'était la fille d'une sénatrice américaine, et certains de leurs collègues du DSC-4 avaient été plus que froids lorsqu'elle était arrivée dans l'unité fin novembre, contournant les protocoles d'entrée habituels. Lorsque le chef d'unité de l'époque avait démissionné inopinément et que Frazer avait été promu, les autres agents de l'unité s'étaient attendus à ce que Rooney reçoive ses ordres de transfert. Au lieu de cela, Frazer lui avait apporté tout son soutien. C'était suffisant pour Matt. Elle était douée, bien qu'elle n'ait pas encore beaucoup d'expérience.

Avait-*il* été accueillant ? se demanda Matt. Il n'en était pas sûr. Il s'était concentré sur ses propres problèmes et ses propres affaires. C'était toujours le cas. Il se radoucit.

— Le patron a besoin de vous à l'intérieur. Un possible enlèvement, mais ne le dites pas aux parents.

— Merci, agent Lazlo, dit-elle froidement.

Il se radoucit plus encore. Cette femme s'était récemment retrouvée face à un tueur en série qui avait enlevé sa sœur jumelle qui lui ressemblait comme deux gouttes d'eau, dix-huit ans plus tôt. Elle était probablement plus expérimentée qu'il ne le pensait.

— Appelez-moi Matt.

Son sourire illumina ses yeux et il se dit qu'il n'avait pas dû être si amical que cela. Il se rattraperait, mais pour l'heure, il n'avait pas le temps.

Son esprit se reporta sur la mission qui l'attendait. Il se dirigea vers le coffre et enfila un des gilets en Kevlar des TacOps – ils avaient emprunté le véhicule, ainsi que des vêtements moins voyants à Jon Regan pour ne pas avoir à rentrer au DSC ou chez eux pour se changer. Les TacOps venaient de quitter une mission locale lorsqu'ils avaient reçu l'appel concernant Sarah/Scarlett et n'avaient pas eu l'occasion de décharger le SUV. Le coffre était rempli de joujoux bien utiles pour un raid tactique, ainsi que de gilets d'employés municipaux, de cônes de signalisation, de kits de crochetage auxquels aucune serrure n'aurait résisté, d'une petite réserve de C4, d'un grand sac de friandises pour chiens et de tranquillisants au cas où les friandises ne suffiraient pas.

Le véhicule était probablement équipé d'un traçage électronique, ce qui pourrait s'avérer utile, car ils n'avaient pas eu beaucoup de temps pour planifier cette opération. Au moins, s'ils se faisaient tuer, les TacOps récupéreraient leurs jouets.

Parker le rejoignit et s'équipa avec rapidité et efficacité. Frazer l'envoyant par ailleurs avec Matt dans une situation périlleuse, les rumeurs devaient donc être vraies. Ce type n'avait pas le profil habituel de l'informaticien.

— Où allons-nous ? demanda Matt.

— À l'extrémité nord de Virginia Avenue. Près de la rivière. Le parc près du club nautique.

Matt vérifia son arme et vit l'homme à côté de lui faire la même chose. Il remplissait ses poches de munitions.

— Vous savez quelque chose à ce sujet ?

Parker secoua la tête.

— L'affaire Stone, ça remonte.

Quatorze ans plus tôt, Matt avait passé la formation BUD/S. Le jour où il avait obtenu son diplôme avait été le plus beau de toute sa vie. Par la suite, il avait été trop occupé à s'entraîner pour prêter attention à un homme qui aurait vendu des secrets à la Russie. Il ne pouvait que le mépriser par principe.

Matt monta côté conducteur. Alex prit un fusil de chasse.

Matt roulait vite, gyrophare allumé, sirènes éteintes.

— Plutôt audacieux de kidnapper la fille d'un député.

— Les Russes ne reculent devant rien. Ces types ne font pas les choses à moitié quand ils sont contrariés. Dorokhov a la réputation d'être colérique et mauvais quand on le cherche. Ce n'est pas idéal pour un diplomate, mais il a des relations. Vous étiez un Navy SEAL ?

Matt haussa les sourcils. Il ne parlait pas de son passé. Jamais.

— Vous piratez les fichiers de tout le monde ou j'ai le droit à un traitement de faveur ?

Parker ne quitta pas des yeux l'ordinateur portable sur ses genoux.

— Je me renseigne sur tout le monde. J'aime savoir avec qui je travaille.

— Avec qui votre fiancée travaille, plutôt.

Matt plissa les yeux et le regarda en coin.

Parker était occupé à taper sur l'ordinateur, mais Matt savait qu'il avait toute son attention.

— Je protège les gens que j'aime, dit-il simplement.

Matt aurait voulu paraître offensé au nom de Rooney, mais il comprenait cet état d'esprit. Il avait ressenti la même chose pour ses frères d'armes des SEAL Teams. Il aurait été prêt à tuer et à mourir pour chacun d'entre eux. Il s'était fait des amis au FBI, mais rien de comparable à ce lien forgé dans l'acier. Cela lui manquait.

— Vous étiez dans l'armée ?

Parker haussa les sourcils. Il n'était pas le seul à aimer savoir avec qui il travaillait. Alex Parker avait reçu la croix pour service distingué et avait connu son lot d'action.

— J'ai repéré votre cicatrice de lobotomie, fit Matt avec un rictus. Combien de cadets faut-il pour visser une ampoule ?

— Un seul. Il tient juste l'ampoule et s'attend à ce que le monde tourne autour de lui.

Parker sourit.

— Pourquoi avoir quitté les Teams ?

Et il aimait visiblement les questions difficiles.

— On ne peut pas y rester éternellement.

Matt haussa les épaules comme s'il s'en fichait et que cela ne lui manquait pas. Mais il n'aurait pas dupé un détecteur de mensonges et il ne pensait pas non plus avoir dupé Parker.

— Le FBI doit être plutôt tranquille après avoir sauté depuis des avions et défoncé des portes.

— À vous de me le dire.

Matt s'enfonça dans son siège, se mettant à l'aise alors que l'adrénaline coulait dans ses veines.

— La rumeur dit que vous étiez à la CIA ?

— Ce n'est pas comme être un soldat. Ça ne me manque pas.

L'expression de Parker était implacable, mais les ombres dans ses yeux laissaient supposer qu'il avait connu l'enfer et y avait réchappé. La CIA était douée pour la clandestinité, mais ce n'était pas facile d'y travailler pour autant.

Le regard de Parker lui indiqua qu'il savait exactement ce que l'ancienne carrière de Matt avait signifié pour lui. Les militaires pouvaient râler et se chamailler, mais cela n'en restait pas moins une famille. La CIA fonctionnait différemment. Matt se demandait ce que l'homme avait dû faire exactement, mais il savait que cela ne se demandait pas.

— Vous avez du nouveau ? demanda Matt, en faisant référence à l'ordinateur sur lequel Parker travaillait.

— Non, dit doucement Parker. Mais je m'inquiète pour les deux femmes.

Matt renifla.

— La petite sorcière m'a bien eue.

— Scarlett Stone est foutue, quoi qu'il arrive. Si les Russes l'attrapent, ils risquent de la blesser ou de la tuer, mais si le gouvernement américain l'attrape… Le FBI pourra se dédouaner et prétendre qu'il n'a rien à voir avec l'espionnage des Russes. Une femme comme ça, filmée ? C'est le bouc émissaire idéal.

— Une femme comme quoi ? ne put s'empêcher de demander Matt.

L'idée que tout le monde regarde cette vidéo le rendait fou, ce qui était stupide.

— Intelligente, séduisante, avec une robe et des talons hallucinants, entrant dans la résidence de l'ambassadeur russe sous de faux prétextes, son père étant ce qu'il est ? Ils pourraient l'enfermer et jeter la clé. Elle remplit vraiment tous les critères.

Matt serra les dents.

— Elle n'a même pas posé le micro.

— Peu importe.

Bon sang.

Il n'aurait pas dû s'en soucier. Scarlett n'était rien pour lui. Elle lui avait menti et avait probablement provoqué un incident diplomatique majeur qui pourrait avoir un impact négatif sur lui et sa carrière. Contrairement à certaines princesses mondaines, il avait besoin de son maudit travail. Angel LeMay avait disparu et Dieu seul savait ce que les Russes pourraient lui faire s'ils n'obtenaient pas ce qu'ils voulaient. Sans parler du député qui allait devenir fou de rage s'ils ne ramenaient pas rapidement Angel indemne. La situation était un véritable désastre. Mais en repensant à ce qu'il avait lu dans ses yeux plus tôt dans la soirée, à cette étincelle élémentaire qui s'était allumée entre eux, il sentit ses entrailles se tordre.

Il appuya sur l'accélérateur et résista à l'envie de griller tous les feux rouges de la ville. Le manque d'informations sur la situation le tracassait, mais Scarlett – en supposant qu'elle décide d'aller au rendez-vous pour essayer de sauver son amie – courait un vrai danger, et l'idée qu'elle souffre lui était insupportable.

L'ordinateur portable émit un léger bruit et Parker consulta un fichier. Il émit un sifflement admiratif.

— Ce n'est peut-être pas une bonne exécutante, mais j'ai fait des recherches approfondies sur le mouchard qu'elle a essayé de placer, car j'étais incapable de l'identifier – ce qui aurait été simple s'il avait été breveté.

— Qu'avez-vous trouvé ?

Son intérêt était piqué au vif, malgré lui. Il sortit son arme de son étui et la posa sur ses genoux. Ils y étaient presque. Il éteignit le gyrophare.

— Scarlett Stone n'a pas seulement un joli visage. C'est une chercheuse de renom à Georgetown. Elle est titulaire d'un diplôme en microélectronique et d'un diplôme d'études supérieures en physique des solides, avec une spécialisation dans les circuits intégrés spécifiques aux applications. Elle a obtenu son doctorat à vingt-deux ans.

— Vous me dites qu'elle a fabriqué son propre dispositif d'écoute ? Bon sang.

Ils avaient un visuel sur la rivière. Parker ferma l'ordinateur portable. Il alluma le plafonnier pendant que Matt éteignait les phares. Ce dernier se gara sur le bord de la route une vingtaine de mètres avant le parking de Rock Creek Park Trails. Alex Parker prit quelque chose dans la boîte à gants et le lui jeta. Des lunettes de vision nocturne. Cela pourrait s'avérer utile.

— Je vais longer la rivière vers le nord, vous contournez le parc côté est ?

Parker fit un signe de tête.

— Vous savez utiliser un SIG ? demanda Matt.

— Je me débrouille, répondit Parker d'un ton amusé.

Tant mieux. Matt se glissa hors de la voiture. Il aurait préféré avoir des renforts, mais il n'avait pas le temps, et un déluge de flics disperserait les intéressés aux quatre vents. Ils devaient trouver les deux femmes avant que quelqu'un ne soit blessé. Il était temps de passer aux choses sérieuses.

SCARLETT S'EMMITOUFLA DANS son manteau. Elle frissonnait de façon incontrôlable. Elle était cachée parmi les arbres, non loin du ruisseau qui donnait son nom au parc. Elle entendit un bruit dans un buisson à côté d'elle et son cœur explosa en un staccato qui fit naître une douleur lancinante dans une de ses côtes. Elle agrippa sa poitrine, avant de soupirer de soulagement en voyant une petite silhouette s'éloigner. Un écureuil.

Ce soir-là, elle avait appris qu'elle devait s'en tenir à ce qu'elle savait faire de mieux, à savoir la physique. Comment avait-elle pu penser qu'elle s'en tirerait ? Certes, elle était capable de fabriquer un dispositif d'écoute, mais le cacher sans que personne ne le découvre ? Même pas en rêve.

Il lui avait fallu presque trente minutes pour se rendre sur place à pied, en courant sur la majeure partie du trajet. Ses poumons brûlaient à cause de l'effort. Des branches nues s'entrechoquaient dans le ciel, dépouillées de leurs feuilles par le vent impitoyable de l'hiver. Elle n'avait pas d'arme, personne à qui demander de l'aide. L'homme au téléphone avait dit pas de flics et les LeMay auraient certainement impliqué la police s'ils avaient découvert ce qu'il se passait. L'homme au téléphone n'avait pas l'air très commode. On aurait dit un tueur à gages russe effrayant.

Elle ne savait pas comment traiter avec un tueur à gages.

Ses doigts planaient au-dessus du numéro des secours. Son père lui avait appris à faire confiance aux hommes et aux femmes en uniforme, mais ils l'avaient trahi, et ses expériences personnelles n'avaient pas été très concluantes. Lorsque les forces de l'ordre avaient réalisé que Scarlett et sa mère croyaient Richard Stone innocent malgré le fait qu'il ait plaidé coupable, les policiers avaient montré peu de sympathie à leur égard. Cependant, la fille d'un député avait été enlevée et son sauvetage serait donc une priorité… à supposer qu'ils croient à son histoire et qu'ils arrivent dans les cinq minutes qui suivaient.

Bon sang.

Il y avait aussi un léger inconvénient. Si la police découvrait ce qu'elle avait essayé de faire ce soir-là, elle irait en prison. Le cancer de son père progressant rapidement, elle risquait de ne pas sortir à temps pour lui dire au revoir. Elle ne le reverrait peut-être jamais.

Quelle idiote !

Elle ne pensait pas que les Russes la tueraient pour avoir essayé de poser un mouchard, surtout vu son échec spectaculaire. La Guerre froide était finie et elle n'avait glané aucun secret, important ou non. Peut-être qu'ils essaieraient de lui faire peur. Qu'ils la malmèneraient. Qu'ils essaieraient de la forcer à travailler pour eux, de leur dévoiler des avancées technologiques inconnues des revues spécialisées.

Ils la puniraient certainement, mais elle pourrait le supporter. Elle frissonna encore plus.

Si Angel n'avait pas été en danger, elle aurait pu s'enfuir pendant quelques jours en espérant qu'ils l'oublieraient, mais elle avait soutenu Scarlett au pire moment de sa vie. Angel n'avait pas la moindre idée de ce que Scarlett avait essayé de faire ce soir-là, ce qui aggravait sa trahison.

Angel était innocente et Scarlett était stupide ; une inversion des rôles qui prêtait à réfléchir.

Peut-être que tout le monde avait raison de laisser tomber. Son père était incarcéré depuis quatorze ans. Il allait mourir en prison. Il aurait fallu un miracle pour prouver son innocence et bien que ce soit Noël, les miracles restaient relativement rares.

Demander pardon. Mettre Angel en sécurité. Accepter sa punition. Se concentrer sur son travail.

Elle frissonna lorsque le vent froid se glissa entre son écharpe et sa peau. Des voix s'élevèrent près du terminal des ferries. Elle scruta l'obscurité, mais ne vit rien.

Il n'y avait que deux voitures vides sur le parking et les environs semblaient déserts. Peut-être s'était-elle trompée d'endroit ? Elle se mordit la lèvre. Elle avait consulté le panneau et c'était bien là que l'homme lui avait donné rendez-vous. En regardant au loin, elle vit une bande de jeunes entrer dans le parc par l'entrée sud, près de la route. Et merde. Elle se tapit dans l'ombre en espérant que son cœur ne la lâcherait pas sous l'effet du stress. Cette histoire de cape et d'épée n'était pas bonne pour sa santé. Quelle personne saine d'esprit voudrait être un espion ?

Elle ne pensait pas que la bande l'ait vue. Les mains tremblantes, elle se laissa glisser au pied d'un arbre et serra ses bras autour d'elle, regrettant d'avoir ignoré son instinct qui lui dictait de ne jamais s'approcher des Russes.

C'était au ravisseur de faire le prochain pas.

———————

LE POTOMAC QUI coulait à proximité masquait les éventuels bruits révélateurs. Le club nautique était tout près, le terminus du ferry de Georgetown se trouvait à l'ouest, mais à cette heure de la nuit, l'endroit était calme et sombre. Une bande de voyous rôdait non loin de là. S'ils cherchaient les ennuis, ils les trouveraient probablement, mais ce ne serait pas son problème. Matt enfila ses lunettes de vision nocturne et attendit silencieusement en balayant la zone, qu'il voyait tout en vert. Le vent sifflait à travers les branches au-dessus de sa tête alors qu'il avançait prudemment, caché par de robustes troncs d'arbres. Tous ses sens étaient en alerte. Il cherchait à repérer Scarlett Stone, Angel LeMay, ou le ravisseur. Alex Parker était probablement de l'autre côté du parking à l'heure qu'il était. Matt ne voyait aucun signe de lui, bien qu'il sache qu'il était là.

Il repéra soudain quelque chose. Une silhouette blottie au pied d'un arbre, les bras enroulés autour d'elle pour se protéger. Il balaya le reste de la zone du regard, mais ne vit rien. Deux voitures étaient garées sur le parking, mais elles semblaient vides. Il se rapprocha prudemment de la silhouette recroquevillée. S'agissait-il d'une personne liée à toute cette histoire ou simplement d'un sans-abri à la recherche d'un endroit tranquille pour s'abriter du vent glacial ? Il ne voyait pas ce que la silhouette tenait entre les mains. Était-elle armée ? Il posa une main sur son SIG Sauer, prêt à sortir son arme s'il était repéré.

La lumière d'un téléphone portable révéla les traits délicats d'une jeune femme, Scarlett Stone. Mais avec ses lunettes de vision nocturne, l'éclat de l'écran était si vif qu'il cligna des yeux et détourna le regard. Une seconde plus tard, le tir d'un fusil extrêmement puissant déchira la nuit.

Bon sang.

Scarlett poussa un cri perçant et roula sur le côté, puis prit ses jambes à son con, tête baissée, tandis qu'un autre tir atteignait le tronc où elle était assise un instant plus tôt. Matt courut vers elle et réussit à saisir un de ses bras et à la traîner derrière un arbre juste assez large pour les abriter tous les deux. Elle hurla. Il plaqua une main contre sa bouche et l'attira contre lui. Elle se débattit furieusement et il peina à la maintenir en place.

— Ne bougez pas, bon sang. Je ne vais pas vous faire de mal, grogna-t-il dans son oreille.

Elle devint raide comme un cadavre.

Reconnaissait-elle la voix qu'elle avait entendue plus tôt dans la soirée ? Cette idée lui procura un étrange sentiment de satisfaction sauvage. Il ne savait pas pourquoi c'était important. Elle n'était plus qu'une mission désormais, rien de plus. La tête de Scarlett forçait contre sa main. Elle essayait d'apercevoir son visage, mais il faisait trop sombre pour qu'elle puisse voir quoi que ce soit et il portait des lunettes.

Il se déplaça, essayant de voir qui était là. Parker devait se trouver non loin de là. Matt resta immobile, lui laissant la possibilité de se mettre en position, sachant qu'il donnait aussi au tireur le temps de se repositionner pour obtenir un meilleur angle. L'idée que quelqu'un l'ait dans sa ligne de mire était loin d'être réjouissante, mais ce n'était pas la première fois qu'il était pris entre deux feux.

Il était temps de partir.

— On va courir vers la droite et s'enfoncer sous les arbres.

— Mais ils….

Il remit sa main sur sa bouche et la porta. C'était plus rapide que de débattre. Ils firent près de cinq mètres et ils atteignirent un grand chêne, mais Matt voulait s'éloigner encore plus et poursuivit donc. Le bruit d'un second coup de feu et d'une balle qui lui effleura l'épaule lui indiqua que le tireur était bon, et que ce n'était pas passé loin. Il se cacha derrière un imposant bouleau blanc et déposa Scarlett à ses pieds, la serrant fermement contre lui. Puis il changea de position pour la plaquer contre le tronc. Il pouvait ainsi la couvrir. Elle atteignait à peine ses épaules, mais chaque centimètre de son être lui rappelait que c'était une femme.

Son parfum le frappa, le doux arôme des citrons, un rappel indésirable de la soirée où il s'était intéressé au contenu de ses sous-vêtements pour des raisons totalement différentes.

Dommage.

Il ne savait pas où se trouvait le tireur, mais il devinait qu'il devait être de l'autre côté du ruisseau, peut-être dans l'un des appartements.

— Matt ? C'est vous ? chuchota-t-elle.

— Agent spécial Lazlo du FBI.

Son hoquet de surprise lui parut authentique. Il voyait clairement son visage grâce aux lunettes de vision nocturne. Peut-être ne s'était-elle pas jouée de lui depuis le début.

— Comment avez-vous su que j'étais là ? Je… Je ne comprends pas.

L'incertitude de sa voix laissait entendre qu'elle pensait que l'attention qu'il lui avait accordée plus tôt était feinte.

Il aurait aimé que ce soit vrai. Il aurait souhaité que ce soit elle qui ait été dupe.

— Votre petite incursion chez l'ambassadeur de Russie a été filmée.

Abasourdie, elle gonfla la poitrine sous l'effet de la surprise et ses seins se retrouvèrent pressés contre lui. Certaines parties de son corps se mirent au garde-à-vous.

— Vous avez réussi à énerver plus de gens que vous ne l'imaginez avec votre cirque…

— Mais comment m'avez-vous trouvée *ici* ? demanda-t-elle d'un ton pressant, ignorant son discours énervé. Quelqu'un s'est connecté au GPS de mon portable ?

Il haussa les épaules, ne comptant pas admettre une chose techniquement illégale sans mandat.

— Vous savez qu'ils ont enlevé Angelina ?

Elle se tortilla, essayant de gagner un peu d'espace pour respirer, mais frôla de plus près certaines parties de son corps qui ne comprenaient pas la différence entre fusillade et sexe. Elle se figea un moment, puis l'ignora.

— Je dois aller les retrouver, insista-t-elle. Il a dû vous voir et supposer que j'avais prévenu la police. Si je pouvais juste expliquer…

Une balle vint se loger dans le tronc à quelques centimètres de sa tête. Il la rapprocha de l'arbre, son corps pressé contre le sien, déterminé à la protéger malgré le fait qu'elle se soit mise toute seule dans cette situation.

— Je ne pense pas que cet homme soit venu pour négocier, *Scarlett*.

La nuit se fit soudain très calme. Ils tendirent l'oreille,

cherchant à repérer un éventuel mouvement.

Après trente secondes de tension, elle s'étira sur la pointe des pieds et lui chuchota à l'oreille :

— Je suis désolée de vous avoir menti.

Son souffle chaud contre son cou le fit frissonner. Cette femme lui faisait quelque chose, mais il n'était pas assez bête pour le montrer.

— Je me fiche de votre nom.

C'était un nouveau mensonge, parce qu'il détestait qu'on se joue de lui, même s'il y était habitué à présent.

— Pourquoi essayer de mettre les Russes sur écoute ? Pourquoi Dorokhov ?

Ses yeux sombres étaient à présent énormes. Sa bouche s'ouvrit et se ferma à plusieurs reprises.

Quelqu'un leur tirait dessus et elle lui cachait la vérité ?

— Crachez le morceau.

— Mon père est…

— Richard Stone, l'espion.

Elle tenta de se défaire de son étreinte, mais il ne bougea pas. Il n'aimait pas intimider physiquement les femmes, mais il faisait une exception dans le cas présent. Elle avait failli se faire tuer ce soir-là et elle n'était pas encore hors de danger. Il voulait qu'elle ait peur. Il voulait qu'elle obéisse. Il voulait qu'elle soit en sécurité.

— Mon père est innocent.

Matt éclata de rire et elle eut l'air blessée. Il tenta de nuancer le scepticisme de sa voix.

— Il a avoué.

— Ne posez pas de questions si vous ne voulez pas de réponses.

Elle plissa les yeux et serra la mâchoire.

D'un air amusé, il dit :

— Allez-y.

— Mon père soupçonnait Dorokhov d'être impliqué dans des activités d'espionnage dans les années précédant son arrestation.

— J'aurais pensé qu'il connaissait les principaux intéressés.

Elle lui donna un coup de pied dans le tibia.

Et merde !

— Agression d'un agent fédéral en plus des accusations d'espionnage ? On dirait que votre Noël ne va pas être très joyeux, ma jolie.

Elle lui donna un nouveau coup de pied, plus fort.

— Je ne fais jamais les choses à moitié.

Aïe. Bon sang.

— Le tireur est parti, dit la voix d'un homme sortant des ténèbres – Alex Parker –, mais je ne voulais pas vous interrompre.

Matt regarda par-dessus son épaule et vit l'homme qui se tenait à moins de trois mètres.

— Vous êtes sûr ?

— Il est parti dans une berline Ford. J'ai relevé la plaque.

— Beau travail.

Matt s'éloigna de Scarlett, n'aimant pas la façon dont son corps protestait contre la distance. Elle était chaude. C'était une nuit froide.

Elle mit sa main dans sa poche et il saisit son poignet.

— Hé ! s'écria-t-elle.

Il récupéra son portable, puis vérifia l'autre poche. Pas d'armes.

— Je dois essayer de recontacter le ravisseur.

Sa voix monta dans les aigus sous l'effet de l'agitation.

— Je dois protéger Angel.

Matt jeta le portable à Parker, qui l'attrapa d'une main.

— Vous auriez dû y penser avant de la mêler à tout ça.

Il se prépara à faire son travail, sortit une paire de menottes et lui mit une main dans le dos. Ses poignets étaient minuscules, son ossature fine et délicate. C'était généralement la partie du travail qu'il aimait le plus et qu'il faisait le moins.

Cette fois, cela lui laissa un goût amer dans la bouche.

— Scarlett Stone, vous avez le droit de garder le silence…

CHAPITRE CINQ

L'AGENT SPECIAL LAZLO du FBI la tenait par le coude comme si elle allait s'enfuir. Dire qu'elle l'avait trouvé séduisant et regretté de ne plus jamais le revoir. Elle *espérait* à présent ne plus jamais le revoir. Le fait d'être escortée menottée au siège du FBI dans le centre-ville de Washington lui rappela toutes les humiliations qu'elle et sa famille avaient endurées. Était-ce ce que son père avait ressenti ? Pire encore probablement, car il avait été emmené par ses collègues et accusé de les avoir trahis contre de l'argent, d'être responsable de la mort d'autres agents à l'étranger.

S'habituait-on à la morsure du métal sur la peau tendre ? À la condamnation et à la dérision dans le regard des gens ? Ou bien chaque nouvelle blessure était-elle un nouveau coup ? Cette idée était trop lourde à porter. La pensée de son père dépérissant dans ces conditions, sans traitement adéquat, emprisonné pour quelque chose qu'il n'avait pas fait…

Elle l'avait supplié de lui dire pourquoi il avait avoué, mais il avait fermé les yeux et refusé de parler. Il avait évité la peine de mort, mais à quel prix ? Quelqu'un avait dû menacer sa mère s'il ne portait pas le chapeau. Ou elle.

Elle n'était plus une enfant. Elle s'était dit qu'elle n'avait rien à perdre hormis sa propre liberté en essayant de faire éclater la vérité, mais à présent Angel avait été kidnappée et tout était de sa faute. Elle releva le menton et refoula ses émotions. Elle devait y remédier. Elle devait trouver un moyen d'arranger les choses.

Ils passèrent par l'entrée arrière du bâtiment J. Edgar Hoover. Une succession de couloirs, de détecteurs de métaux et de contrôles de sécurité, plus humiliants à chaque fois. Elle croisa le regard d'Alex Parker. Il lui adressa un petit sourire. Pas rassurant. Plus un sourire d'excuse. De compassion. Cela n'augurait rien de bon.

Ils pénétrèrent dans un bureau, et un homme aux cheveux blonds bien soignés et aux yeux bleus les plus clairs qu'elle ait jamais vus leva la tête vers elle. Il parlait à une jolie femme – un agent également – aux cheveux bruns coupés courts. L'homme portait une cravate noire et ne semblait pas se soucier du fait qu'il était trop habillé pour le travail. Elle avait dû gâcher ses plans pour la soirée – apparemment, c'était tout ce qu'elle avait su faire cette nuit-là. Il posa les yeux sur ses poignets menottés et haussa les sourcils. Du coin de l'œil, elle vit Parker faire une grimace, mais son geôlier, Matt Lazlo, ne sourcilla pas. Cela la démangeait de lui administrer un autre coup de pied.

De beaux mâles alpha débordant de testostérone l'entouraient. Elle se sentait petite et insignifiante. Elle ne se souvenait pas que les collègues de son père avaient ce physique, mais elle était encore une enfant. Même la femme aurait pu botter le cul de Scarlett avec classe. Si Angel avait été là, elle aurait flirté malgré les menottes. Mais si Angel avait été là, Scarlett n'aurait pas eu l'impression qu'on lui faisait un trou dans la poitrine avec une scie à main.

Elle ravala sa culpabilité et ses remords. Si Angel était blessée, Scarlett ne se le pardonnerait jamais. Ils *devaient* la laisser régler le problème. Sauf qu'elle savait par expérience qu'ils n'avaient pas à faire la moindre chose qu'ils ne voulaient pas. Ils n'avaient pas à enquêter sur ses déclarations selon lesquelles son père était innocent malgré le fait qu'il ait plaidé coupable. Ils n'avaient pas à être indulgents alors qu'elle avait essayé de mettre sur écoute une superpuissance étrangère. Et ils n'avaient pas à se soucier du fait qu'elle voulait juste la vérité.

Elle regarda l'horloge au mur et réalisa que c'était le bureau où son père avait autrefois travaillé. Ils avaient remis les lieux au goût du jour et installé des box et de la moquette grise, mais l'horloge au mur était exactement la même que lorsqu'elle était venue là, à douze ans, les yeux écarquillés.

— Où voulez-vous qu'on l'amène pour l'interrogatoire, patron ? demanda Lazlo.

Elle sentit une boule d'émotion dans sa gorge. Elle était stupide de se sentir trahie par cet homme. Il ne lui devait rien. Elle lui avait menti. Il lui avait sauvé la vie. À quoi s'attendait-elle ?

Mais elle ne parvenait pas à chasser ce sentiment. Et dire qu'elle avait pensé rencontrer un homme avec qui elle s'était *liée*. Elle aurait toujours voulu établir une connexion. Entre sa botte et son tibia, une dernière fois.

L'homme en smoking s'approcha, un dossier à la main.

— Je suis l'agent spécial adjoint responsable Lincoln Frazer. Allons dans l'une des salles d'interrogatoire, si vous le voulez bien.

Il était jeune pour occuper un poste aussi élevé. Sans aucun doute du type politiquement ambitieux, ce qui n'augurait rien de bon pour elle. Scarlett se dirigea vers la pièce, sachant qu'il serait inutile de se plaindre. Ces gens ne se souciaient pas d'elle. Ils ne se souciaient pas de son père. Elle commençait à se demander s'ils se souciaient même de la justice.

— Agent spécial Lazlo, dit l'ASAC Frazer alors qu'il se retournait pour s'en aller.

Il leva un de ses sourcils parfaits d'un air interrogateur.

— Les menottes, s'il vous plaît ?

À contrecœur, Lazlo s'approcha d'elle par-derrière et inséra la clé. Sa peau était chaude contre la sienne. L'odeur de son eau de Cologne épicée flottait au-dessus d'elle, lui rappelant l'illusion qui l'avait séduite, ce qui lui semblait être une éternité auparavant. Ses gestes étaient doux, mais elle savait qu'il lui en voulait d'avoir menti. Peut-être qu'ils étaient quittes, après tout.

— Merci.

Elle massa ses poignets douloureux.

Il s'arrêta un instant, mais ne répondit pas. Elle avait compris. Elle était l'ennemie désormais. Les agents du FBI ne frayaient pas avec l'ennemi. Peu importe. Son père lui aussi était droit dans ses bottes, toujours à suivre les règles. Ironiquement, Matt Lazlo le lui rappelait un peu. Inutile de se demander comment il réagirait si elle lui faisait part de ce rapprochement.

Elle précéda Frazer dans la salle d'interrogatoire. Lazlo suivit, ce qui la surprit. Il avait l'air mal à l'aise dans son t-shirt sombre, avec son pantalon noir et son gilet pare-balles. Il faisait plus militaire qu'agent du FBI, mais il avait manifestement été dans la marine, à en juger par l'uniforme qu'il portait plus tôt – en supposant que ce soit un vrai et non une sorte de couverture. L'avait-on envoyé pour la suivre à la fête ? Cela semblait impossible, sachant qu'elle n'avait parlé à personne de son projet de mettre l'ambassadeur sur écoute.

Elle s'assit sur une chaise en plastique inconfortable en face de l'ASAC Frazer, de l'autre côté de la table. Lazlo se positionna près de la porte. Les bras croisés, appuyé contre un mur. Ses yeux noisette avaient perdu toute trace d'humour. Elle doutait qu'il lui sourie à nouveau de cette façon. Cela n'avait pas d'importance. Elle se détourna.

— Dr Stone, commença l'ASAC Frazer.

Donc, il connaissait son passé. Elle retira son couvre-chef et le mit dans sa poche. Elle passa une mèche de cheveux derrière son oreille. Elle espérait vraiment que son patron ne découvrirait jamais ce fiasco. Ses yeux se tournèrent vers l'homme à la porte et elle pinça les lèvres.

— Je dois passer un coup de fil.

— Je dois d'abord vous poser quelques questions sur ce qui s'est passé ce soir…

Elle se pencha en avant, les mains posées sur la table.

— Écoutez, je ne nie pas l'avoir fait. Mais mon amie a été enlevée. Il *faut* que vous la retrouviez. Elle n'a rien à voir avec tout ça.

— Vous ne lui avez pas fait part de vos intentions ?

Elle secoua la tête.

— Et c'était un pur hasard qu'elle vous ait demandé de l'accompagner à cette fête et qu'elle ait menti à ses parents à ce sujet ?

— Elle voulait y aller, alors elle a accepté en son nom et en celui de sa sœur. Ensuite, Sarah est partie à l'aventure dans le désert, alors elle m'a demandé de la remplacer. Elle pensait que ce serait amusant et savait qu'ils ne me laisseraient pas approcher de cet endroit en temps normal.

— Pour des raisons évidentes, intervint Lazlo. *Très drôle.*

Scarlett martelait impatiemment la surface de la table de

ses ongles.

— Angel essaie toujours de me faire rencontrer du monde, mais je refuse généralement.

— Et pas cette fois ?

Scarlett secoua la tête.

— J'aurais voulu décliner l'invitation, mais je savais que c'était peut-être ma seule chance de découvrir la vérité.

Elle regardait fixement la table, incapable de croiser leur regard et d'y lire le jugement cynique qui les habitait. Ils croyaient peut-être au système judiciaire, mais c'était leur problème, pas le sien. Sa confiance avait volé en éclats bien longtemps auparavant.

— Angel était aux anges quand je lui ai dit que je l'accompagnerais.

Et elle l'avait laissée tomber.

— Elle était furieuse quand je l'ai forcée à partir plus tôt.

Elle était incapable de regarder l'homme avec lequel elle avait flirté à la fête. L'homme qui l'avait ramenée chez elle. Elle préférait fixer les yeux bleus et froids de Frazer.

— Vous devez me laisser l'aider. S'il vous plaît.

Elle sentit les larmes monter, mais elle les chassa en clignant des yeux. Les larmes vous font paraître faible, or c'était faux. Elle n'était pas faible. Sa mère n'était pas faible. Tous ceux qui avaient vécu ce qu'elles avaient vécu savaient tout de l'armure d'acier et de l'endurance émotionnelle que cela impliquait.

Frazer observait ses traits comme un détecteur de mensonges humain, mais il conservait la même expression.

— Nous avons des hommes qui travaillent sur l'affaire. Les négociateurs sont avec les LeMay en ce moment même.

— Il a pris son téléphone. À moins qu'il n'ait désactivé le

GPS, vous devriez pouvoir le suivre à quelques mètres près.

Ses ongles s'enfoncèrent dans ses paumes. Ces types n'étaient-ils pas censés faire quelque chose ?

— On a retrouvé son téléphone près de la zone où on vous a tiré dessus.

Et merde.

— Ils ont dû voir vos agents arriver et ont cru que j'avais appelé la police. Laissez-moi essayer de parler à la personne qui l'a enlevée. Pour lui expliquer qu'elle n'a rien à voir avec tout ça.

— Qui l'a enlevée, à votre avis ?

— D'après vous ?

Elle fronça les sourcils. Il n'était sûrement pas si stupide.

— Votre avis m'intéresse, Dr Stone.

— Laissez-moi parler aux ravisseurs, et je vous dirai tout ce que je pense depuis le jour où vous avez arrêté mon père il y a quatorze ans.

— Vous pensez que ça a un rapport avec l'affaire de votre père ?

Scarlett garda le silence. Ils voulaient connaître ses motivations, c'était la seule monnaie d'échange dont elle disposait pour le moment.

— Vous ne préféreriez pas parler à un avocat ?

— J'ai vu ce que les avocats ont fait pour mon père, dit-elle, dépitée.

Elle retrouva rapidement son sérieux.

— Je veux juste sauver mon amie. Si elle est blessée à cause de ce que j'ai fait…

— Nous avons des professionnels qui s'occupent de ce genre de choses.

— Mais c'est moi qu'ils veulent et les premières heures

sont cruciales dans les affaires d'enlèvements, rétorqua-t-elle. Donnez-moi un téléphone, et j'appellerai la personne responsable.

Frazer se pencha en arrière sur sa chaise, un sourire naissant sur les lèvres qui ne parvint pas à réchauffer ses yeux.

— Alors vous avez l'intention de faire quoi ? Appeler l'ambassade de Russie ? Peut-être même discuter avec l'ambassadeur Dorokhov lui-même ? Croyez-vous vraiment qu'il va admettre avoir kidnappé la fille d'un député ?

Le cœur de Scarlett battait fort contre sa cage thoracique. Frazer avait raison, Dorokhov ne lui parlerait jamais. Elle passa ses mains sur son visage. Qu'avait-elle fait ? Elle était si stressée qu'elle pouvait à peine penser, mais il devait y avoir un moyen de remédier à cela. La résolution de problèmes était son point fort.

— Écoutez. J'ai entendu Alex Parker dire à l'agent Lazlo qu'il avait relevé la plaque d'immatriculation de celui qui nous a tirés dessus.

— Qui *vous* a tiré dessus, la coupa Lazlo. Le tireur *vous* visait.

Pour la première fois, elle remarqua une déchirure dans le t-shirt qu'il portait.

— Vous avez été *touché* ?

Sa voix monta dans les aigus sous l'effet de l'inquiétude.

Lazlo échangea un regard avec son patron.

— Ce n'est qu'une égratignure.

Il haussa les épaules comme pour souligner que cela ne faisait pas mal.

Le visage de Frazer se crispa, mais il n'insista pas. *Bon, très bien.* S'ils étaient déterminés à faire comme si se faire tirer dessus était leur lot quotidien, qu'il en soit ainsi.

— Mais vous pouvez retrouver la voiture, non ?

Sinon, comment pourraient-ils sauver Angel ?

— Ils veulent l'échanger contre moi. Vous n'avez qu'à me livrer et Angel sera en sécurité. Je pense que cela vous rendrait très heureux.

Elle adressa à Lazlo un sourire fragile.

— Ils vont vous tuer. Vous ne vous souciez pas de votre propre survie ?

Lazlo avait mordu à l'hameçon.

— Bien sûr que je m'en soucie, rétorqua-t-elle. Mais ils ne me tueront pas.

Il haussa les sourcils comme pour dire « sérieusement ? ».

Elle se redressa.

— Pourquoi voudraient-ils me tuer ? Je n'ai rien *fait*.

Lazlo ouvrit la bouche pour rétorquer quelque chose, mais elle leva un doigt.

— Oui, j'ai essayé de mettre Dorokhov sur écoute, mais quelqu'un m'a battu à plate couture.

Elle eut une soudaine prise de conscience.

— Et la raison pour laquelle vous m'avez suivi au parc, c'est que vous le savez déjà. Vous savez ce que j'ai trouvé quand j'ai essayé de mettre mon mouchard dans ce bureau parce que le FBI surveillait déjà Dorokhov. Pourquoi ?

Personne ne répondit. Évidemment. Mais elle comprit alors ensuite ce qu'ils savaient déjà.

Et merde.

— Dorokhov ne sait pas que le mouchard de la lampe n'était pas à moi, n'est-ce pas ?

Elle évita de regarder Lazlo, concentrée sur Frazer.

— Le FBI ne va probablement pas admettre que ce sont eux qui l'espionnaient, même pour sauver ma peau, grogna-t-elle. Surtout pour sauver *ma* peau.

Ses yeux pivotèrent vers ceux de Lazlo.

— Je pense que je vais prendre cet avocat maintenant.

La crispation sa mâchoire et la tension de ses épaules n'étaient pas de bon augure. Il s'éloigna du mur et ouvrit la bouche.

Frazer le devança.

— Vous êtes libre de partir.

Scarlett secoua la tête, certaine d'avoir mal entendu.

— Je vous demande pardon ?

— Vous êtes libre de partir, répéta Frazer en fermant le dossier devant lui avec le calme d'un agent fédéral maîtrisant parfaitement ses émotions.

Elle pointa du doigt Lazlo.

— Mais… Il m'a arrêté.

— C'était un malentendu.

Frazer sourit, ce qui lui donna un air effrayant.

Et alors ? Cela n'avait pas d'importance. Ils la laissaient partir. Elle sentit le soulagement la gagner. Elle repoussa sa chaise. Elle pourrait rentrer chez elle et attendre que le ravisseur la recontacte. Peut-être que la police l'attraperait cette fois et trouverait Angel.

— Elle a agressé un agent fédéral, laissa échapper Lazlo entre ses dents qui semblaient soudées.

Frazer détailla sa silhouette à elle, puis se retourna vers son agent.

— Vous faites près de 30 cm de plus qu'elle et vous pesez probablement 50 kg de plus qu'elle. À quel point vous a-t-elle agressée ?

— Ce n'est pas la question et vous le savez.

Le grognement de Lazlo s'intensifia. Elle ressentit sa désapprobation jusqu'à la moelle.

— Laissez tomber, insista Frazer.

Lazlo plissa les yeux.

— Monsieur, il faudrait que je vous parle. Maintenant.

Son ton était sans appel. Elle se leva de sa chaise. Elle devait s'éclipser tant qu'elle le pouvait. Il la montra du doigt.

— Restez là.

Sérieusement ?

— Je ne suis pas un chien.

Mais elle ne voulait pas l'énerver et s'assit anxieusement sur le bord de sa chaise pendant que les deux hommes sortaient pour parler. Il fallait qu'elle sorte de là avant qu'ils ne changent d'avis. Elle devait trouver un moyen de mettre son amie en sécurité, car elle ne pensait pas que le FBI était à la hauteur de la situation. Le seul agent du FBI décent qu'elle ait jamais connu s'était retrouvé sous les verrous, et ses collègues avaient jeté la clé. Elle ne voulait en aucun cas qu'Angel devienne une autre victime innocente de l'incompétence fédérale.

———

MATT NE SAVAIT pas ce qui se passait, mais cela ne lui disait rien qui vaille. Il ne s'agissait pas de soigner son ego ou de faire respecter la loi. En temps normal, un coup de pied dans le tibia équivalait à un deux sur son échelle d'énervement. Il se blessait davantage lorsqu'il effectuait le parcours du combattant. Il s'agissait de protéger Scarlett Stone contre sa propre folie. Il préférait la voir sous les verrous plutôt qu'en train de courir dans Washington façon Veronica Mars.

Ils s'entassèrent autour de la table où Mallory Rooney était au téléphone avec le département de la police métropolitaine, essayant de retrouver la voiture du tireur grâce aux caméras de circulation. Alex Parker était également au téléphone. Matt soupçonnait les employés de sa société de cyber sécurité de faire des heures supplémentaires pour trouver ces mêmes réponses.

Rooney posa le téléphone.

— Aucun signe du véhicule pour l'instant. Ils regardent.

Deux agents assis à leur bureau les regardaient avec curiosité. Le directeur adjoint leur avait donné l'autorisation d'utiliser la salle et les installations d'interrogatoire, mais attendait en retour un briefing complet.

Parker activa une sorte de brouilleur de signal sur son porte-clés et une petite lumière rouge s'alluma. Il le posa sur le bureau qui les séparait. Il veilla à s'exprimer à voix basse.

— Ça empêche tout appareil d'écoute électronique de capter notre conversation dans un rayon de sept mètres. Mais ça n'empêche pas les gens à proximité d'entendre ce qu'on dit. On peut parler en toute tranquillité, mais sans trop hausser le ton.

Matt haussa les sourcils. Ce dont ils discutaient était très sensible, mais Parker pensait-il sérieusement que le siège du FBI était sur écoute ? Peut-être était-il paranoïaque à force de travailler dans la sécurité ? Ou peut-être savait-il quelque chose que Matt ignorait ?

Cela n'avait pas d'importance.

— Vous ne pouvez pas sérieusement la laisser partir, dit Matt à son patron.

— Ordres directs du chef de la division de contre-espionnage, Ridley Branson.

Frazer croisa les bras sur sa poitrine. Il n'avait pas l'air content.

— Pensez-y. Les Russes ne vont pas porter plainte ; ça ferait d'eux la risée de toute la communauté du renseignement – et s'il y a bien une chose que les Russes détestent, c'est que l'Occident se moque d'eux. La fille de Richard Stone est entrée sans qu'on la reconnaisse. Ce n'est pas rien.

Matt tenta de réfréner son impatience.

— Je ne m'inquiète pas que les Russes portent plainte. Je ne veux pas qu'elle se retrouve dans un goulag soviétique pour avoir essayé d'espionner les affaires de Dorokhov. On peut sûrement la garder enfermée pour un délit mineur ?

— Si c'est *nous* qui l'arrêtons, cela revient à admettre que c'était *nous* qui les espionnions, et non les Chinois. Sinon comment saurions-nous qu'elle a des ennuis ?

— N'avons-nous pas déjà dévoilé notre jeu en l'interceptant au parc ce soir ?

Frazer leva son index.

— Regardez les choses du point de vue russe. Que savent-ils ? Un bel agent du FBI est repéré en train de discuter avec la fille d'un espion condamné dans la résidence de l'ambassadeur russe.

Matt s'employa à conserver une expression neutre.

— Scarlett Stone entre ensuite dans le bureau de l'ambassadeur sans y être invitée et lorsqu'ils le fouillent, ils trouvent des dispositifs d'écoute. On lui tire dessus dans le parc et on l'amène pour l'interroger.

— Ils vont penser qu'on la surveillait activement, fit Rooney. Ils vont penser qu'elle était la cible de Matt depuis le début et que nous avions des soupçons sur ses intentions ou ses activités.

— Ils ne risquent pas de penser qu'elle travaille pour

nous ? demanda Matt.

Le visage de Frazer montra clairement que c'était impossible.

— Certainement pas. Son père a humilié cette agence et il est toujours mal vu par les dirigeants actuels du FBI.

Matt échangea un regard avec Alex Parker. Il restait impassible, mais selon lui, Scarlett aurait fait le bouc émissaire parfait pour couvrir les activités du FBI. Il avait raison.

— Scarlett Stone court donc un réel danger si on la laisse sans protection, reprit Matt. Vous avez dit vous-même que les Russes détestent être ridiculisés. Au bout de quelques heures, ils lui mettront la main dessus. Elle est sans défense.

Matt serra les dents.

— *Elle* ne devrait pas avoir à payer pour les activités d'espionnage de notre pays.

Frazer pencha la tête.

— C'est elle qui a pénétré dans son bureau avec une idée bien précise en tête.

— C'est elle qu'ils ont attrapée, corrigea Matt.

Rooney posa la question qu'ils avaient posée aux TacOps plus tôt :

— Pourquoi est-ce qu'on espionne Dorokhov ?

Frazer haussa les épaules, mais à en juger par ses lèvres serrées, il n'appréciait pas plus le manque d'informations que Matt.

— On ne sait pas grand-chose sur ce type, mais les gens qu'il rend nerveux me rendent nerveux. Il y a eu cet incident à Istanbul, il y a quelques années, que personne ne peut lui attribuer avec certitude, mais…

Parker s'interrompit.

— Quoi ? demanda Matt.

— Il a découvert qu'un de ses sous-fifres couchait avec sa maîtresse – c'était avant son mariage. Le type a été retrouvé mort dans une ruelle. La femme s'est retrouvée à l'hôpital.

— Battue ?

— Quelqu'un lui avait jeté de l'acide au visage.

Mon Dieu.

Parker l'observa attentivement.

— Voilà toute l'histoire.

Le regard de Frazer se fit glacial.

— Ce ne sont que des rumeurs. Des ragots. C'est l'ambassadeur de Russie, pas un parrain de la mafia.

Mais les personnes au pouvoir en abusaient souvent. Ce n'était pas nouveau.

Le silence s'installa dans la pièce pendant un moment. Tout le monde réfléchissait.

— Si on libère Scarlett Stone, le point positif est que le ravisseur pourrait tenter de la recontacter. Dans ce cas, Parker devrait être en mesure de tracer l'appel et nous de localiser Angel LeMay avant qu'ils ne décident qu'elle n'en vaut pas la peine.

— Vous vous foutez de moi ?

Matt ne perdait pas souvent son calme, et jamais devant son patron.

— Le point *positif* ? Ils lui ont tiré dessus.

Bon sang. La situation se détériorait, et il n'aimait pas ce qu'il voyait. C'étaient de foutues questions politiques. Il faisait confiance à son patron, mais ce dernier semblait être aveugle – ou indifférent – au danger qui planait sur la femme dans la pièce voisine.

— Et la détention protectrice ?

Les lèvres de Frazer se tordirent de colère.

— Pour la fille de l'espion le plus célèbre de l'histoire des États-Unis ? Parce qu'elle s'est introduite dans la résidence de l'ambassadeur russe et a tenté de mener une surveillance illégale ? Vous pensez que cette demande pourrait être approuvée ?

— Si on la laisse partir, elle est morte, déclara Matt sans ambages.

Il serra les dents. Ambassadeur de Russie ou pas, elle était naïve de croire que Dorokhov ne la punirait pas sévèrement pour cette intrusion.

— On peut la faire suivre pendant quelques jours. Demander à des voitures de patrouille de passer devant sa maison. La hiérarchie ne fera rien s'ils ne la croient pas en danger de mort…

Et merde.

— Elle l'*est*. Bien sûr qu'elle l'est.

— Quand bien même…

Matt se prit la tête entre les mains. Il aurait aimé pouvoir revenir six heures plus tôt et dire à Frazer d'aller au diable quand il lui avait demandé d'assister à la fête de Noël. Ou peut-être huit heures plus tôt pour pouvoir boire pendant deux bonnes heures et ne pas se soucier du reste. Sauf que Scarlett aurait quand même essayé de mettre les Russes sur écoute, aurait été repérée et serait probablement déjà morte.

— Et merde.

— Elle ne peut s'en prendre qu'à elle-même.

L'expression de Frazer était impénétrable. Matt tenta de maîtriser sa colère.

— Et vous la lâchez. Vous comptez vraiment les laisser la tuer ?

— Et si elle avait raison à propos de son père ? demanda

Rooney à voix basse.

— Il a avoué, fit Matt, balayant cette idée.

— Les Russes ont toujours nié qu'il était leur agent, soutint Rooney.

— Ils le font toujours, sauf s'il y a un échange en perspective, dit Frazer.

Ce qui n'arriverait jamais pour Stone.

— Sinon, pourquoi s'en prendrait-elle à Dorokhov ? insista Rooney.

Elle écarta ses cheveux de son front. Elle avait des cernes sous les yeux et ses joues étaient pâles. Matt avait entendu des rumeurs selon lesquelles elle était enceinte. Elle ne se plaignait pas. C'était peut-être une nouvelle recrue, mais elle était appliquée. Intelligente.

— Ça n'a de sens que si elle pense connaître la vérité.

— Les enfants se font souvent des illusions sur leurs parents.

Lui s'était fait des illusions sur son père.

— Elle pourrait travailler pour quelqu'un d'autre – espionnage industriel ou d'État, suggéra Parker. Ou bien on l'a fait chanter pour qu'elle place le micro à d'autres fins. Elle travaille dans les technologies de pointe. Peut-être était-ce une sorte de test ?

Cela sonnait faux pour Matt. Scarlett n'était qu'une enfant de plus, déçue d'abord par ses parents, puis par le système. Ce n'était pas une excuse pour prendre les choses en main, mais une balle en pleine tête semblait être un peu extrême.

— Voyez ce que vous pouvez trouver, dit Frazer à Parker. Je ne veux plus de surprises.

Deux hommes que Matt ne reconnut pas entrèrent dans l'open space et Frazer se redressa soudain.

— Monsieur, vous n'étiez pas obligé de vous déranger.

Parker cacha dans la paume de sa main son brouilleur de signal.

Ridley Branson avait une silhouette trapue. Des cheveux gris, des joues creuses et une peau d'ébène.

— Je ferais un bien piètre chef du contre-espionnage si je ne me tenais pas informé de ce qui se passe dans la communauté du renseignement.

Son humour badin laissa Matt bouche bée. Il n'y avait rien de drôle. Les bras croisés, il s'efforça de ne pas jeter un regard noir à cet enfoiré.

— Voici l'ASAC Guy Clarkson du bureau régional de Washington, fit Branson, leur présentant un homme de taille moyenne, aux cheveux blonds coupés courts. Nous avons travaillé ensemble sur l'enquête Stone il y a quatorze ans.

Branson se dirigea vers le miroir sans tain où ils voyaient tous Scarlett marteler nerveusement de ses ongles le plastique de la table. Il poussa un profond soupir.

— Elle n'a pas beaucoup changé.

— Vous la connaissez ? demanda Matt.

Le chef lui jeta un regard froid. Matt ne s'était pas vraiment adressé à lui poliment, ni même présenté.

— J'ai travaillé avec son père, ici même, dans ce bureau. Il l'a amenée avec lui plusieurs fois, pour récupérer des dossiers.

Branson grimaça comme si, rétrospectivement, il se demandait ce que contenaient ces dossiers.

C'est cela oui. Un peu tard pour ces six agents américains morts. Quelqu'un s'était planté. Et ce n'était pas Matt.

— L'équipe de libération d'otages est avec les LeMay en ce moment même. Je les ai persuadés qu'il était dans l'intérêt de leur fille de ne pas en parler à la presse. Je m'attends à ce qu'elle soit libérée saine et sauve dans un avenir proche. Les Russes ne voudront pas d'un incident diplomatique majeur.

— J'aimerais avoir la permission d'interroger Richard Stone sur les activités de sa fille, monsieur, demanda Frazer. Pour soir s'il l'a poussée à faire ça.

Des sillons profonds creusèrent le visage de Branson qui semblait porter le poids du monde sur ses épaules.

— Préparez la paperasse, mais ne vous faites pas d'illusions.

Son regard s'adoucit.

— Richard est mourant. Un cancer. Il ne tiendra probablement pas plus de quelques mois et le Bureau des prisons n'est pas connu pour sa rapidité ou sa clémence, même dans ces circonstances.

Et merde. Matt reporta son attention sur Scarlett qui faisait les cent pas dans la petite salle d'interrogatoire. La compassion l'emporta sur la colère. C'était la raison de son geste. Un dernier effort pour sauver l'homme qu'elle aimait malgré ses aveux. Une loyauté folle et mal placée. Une part de lui était un peu jalouse de l'amour qu'elle portait à son père. Si ça avait été le sien, il aurait jeté la clé.

— Libérez-la. Les Russes savent qu'on la surveille. C'est à peu près tout ce qu'on peut faire pour elle.

Matt opina du chef, cachant ce qu'il pensait de l'homme. Il ne comptait pas la laisser livrée à elle-même avec une cible dans le dos. Il n'avait pas consacré sa vie à servir son pays pour sacrifier une femme sans défense pour avoir fait exactement la même chose que ses collègues. Certes, ils avaient la loi de leur côté, et alors ? Les règles étaient une chose, mais un homme devait pouvoir se regarder dans le miroir sans détester la personne en face de lui. Il n'allait pas laisser Scarlett Stone mourir sous sa surveillance. Pas ce soir.

Le FBI ne le soutenait pas, ce qui lui laissait deux options : la séduction ou la sédation.

CHAPITRE SIX

LINCOLN FRAZER SAVAIT que quelque chose clochait dans ce scénario, mais ne laissa pas transparaître le moindre doute dans son expression ou ses actions. Le travail d'espionnage et de contre-espionnage était une danse complexe de mouvements et de contre-mouvements, et il ne prétendait pas connaître tous les acteurs ou les ramifications impliqués.

Matt Lazlo entra dans la salle d'interrogatoire et fit un signe de tête pour indiquer à Scarlett Stone de le suivre. La tension de l'agent était palpable. Il était loin d'être enchanté par la situation, et Frazer ne pouvait pas lui en vouloir. Il ne s'en rendait peut-être pas compte, mais il regardait la femme avec un mélange de désir et de compassion réticente – et ces deux facteurs allaient compliquer une situation déjà particulièrement complexe. Lazlo était un sacrément bon agent qui travaillait comme un fou, dévoué et avec une bonne intuition. C'était également un ancien Navy SEAL, ce qui lui permettait d'être efficace en équipe, tout en ayant des idées et en faisant preuve de créativité.

C'était aussi un homme. Et les hommes commettaient des erreurs.

Une chose que Frazer avait apprise au fil des ans, c'était que s'il pouvait dire à quelqu'un quoi faire, il ne pouvait pas lui dire quoi penser. Il pouvait rappeler les règles, les textes de loi et leurs devoirs à ses collaborateurs, il pouvait les réprimander pour avoir merdé. Mais les gens intelligents prenaient leurs propres décisions en fonction de leur situation individuelle. Les circonstances faisaient la différence. Les actes passés ne suffisaient pas à prédire les actions futures de quelqu'un. Aux grands maux les grands remèdes. Il était la preuve vivante de cette regrettable vérité comportementale.

Quand Scarlett Stone arriva à la porte, ses yeux se tournèrent vers Branson. Elle tanguait légèrement. On aurait dit qu'une forte brise risquait de la renverser. Il comprenait pourquoi elle faisait ressortir les instincts protecteurs de Lazlo, mais n'avait pas l'intention de se laisser aspirer. Elle tendit une main pour se stabiliser contre le montant de la porte.

— Agent Branson, j'ai failli ne pas vous reconnaître. Ça fait longtemps.

— Je suis le chef de la division de contre-espionnage maintenant, Scarlett, lui dit Branson avec sévérité.

Il s'assit sur le coin d'un bureau, balançant ses jambes comme s'il était détendu et insouciant. Frazer n'y crut pas une seule minute.

— Oh, bien sûr, *Chef* Branson, fit-elle, l'amertume perçant dans sa voix. Comme vous n'êtes pas venu me rendre visite depuis quelques années, je n'ai pas été informée des promotions au sein du FBI. Vous vous êtes bien débrouillé. Votre femme et vos enfants doivent être très fiers.

Elle le regardait, inébranlable, le menton levé.

Il y eut un silence gêné. Clarkson gardait les yeux rivés sur le sol. Branson étira les lèvres.

— Essaie d'éviter les ennuis, d'accord, Scarlett ? Sois une gentille fille.

Elle plissa les yeux devant son ton condescendant, mais elle chassa toutes les pensées qui lui traversaient l'esprit. *Bon choix.* Branson était un homme puissant, et les hommes puissants n'aimaient pas être humiliés par de jeunes femmes, même celles qui avaient le QI d'un génie.

Lazlo lui prit le bras et la conduisit hors de l'open space. Frazer ressentit un pincement au cœur pour la jeune fille, car elle courait un grave danger. Elle avait sans doute de sacrés bagages avec les actes de son père, mais ce n'était pas une excuse pour aller espionner les puissances étrangères. Il comprenait ce à quoi Scarlett Stone était confrontée : se charger de faire la loi soi-même était tentant quand on avait l'impression que c'était justifié, mais ce n'était pas acceptable pour autant.

Son supérieur passa ses pouces dans son pantalon, dans un geste viril.

— Tenez-moi au courant de l'avancée de la situation. Récupérer la fille LeMay saine et sauve est la priorité du FBI. Avec un peu de chance, elle sera à la maison pour le dîner de Noël.

— Oui, monsieur.

— Essayons de garder ça pour nous, d'accord ?

Branson les regarda tous dans les yeux, puis Clarkson et lui tournèrent les talons et sortirent.

Le regard de Rooney était interrogateur.

— Qu'est-ce qu'on fait maintenant, patron ?

Frazer sursautait chaque fois qu'elle l'appelait ainsi. Cela lui rappelait à quel point il avait merdé et combien il devait travailler dur pour réparer ses erreurs. Il faisait autant – sinon plus – confiance à Rooney et à Parker qu'aux personnes avec lesquelles il avait travaillé pendant des années. Leur relation s'était forgée dans le sang, la mort et la nécessité, mais aussi dans un acte d'amour et de miséricorde. Le fait qu'elle l'appelle patron témoignait de son dévouement à son métier. Il devait se montrer digne de ce titre.

La chose à faire était de prendre ses distances et de partir du principe que le reste du FBI saurait faire son travail sans son intervention. Son rôle consistait à diriger l'unité 4 du Département des sciences du comportement, à aider les autres services de police à traquer les tueurs, les trafiquants, les violeurs et autres dégénérés. Et ils avaient assez d'affaires pour les occuper jusqu'au prochain millénaire. Ils analysaient des rapports de police, des scènes de crime et des preuves ; ils ne menaient pas d'enquêtes ou d'opérations de contre-espionnage.

Mais il avait perdu confiance dans le système.

Il ne croirait plus jamais rien sans preuve.

Et si Scarlett Stone avait raison à propos de son père ? Et s'il avait *bien* été piégé ? Qui, dans ce bâtiment, envisagerait cette possibilité ? Qui se soucierait de la quête naïve de justice d'une jeune femme vulnérable ? Et qui pouvait être corrompu ?

Frazer consulta sa montre.

Ce n'était pas son travail de remettre en question la véracité des anciennes affaires. Le président des États-Unis avait demandé de l'aide pour une question d'importance nationale, et ils devaient traquer et attraper une meurtrière avant qu'elle ne tue à nouveau. Il y avait des dossiers urgents sur son bureau. C'était la veille de Noël. L'équipe de libération d'otages était chargée de l'enquête sur l'enlèvement ; il aurait donc dû rentrer chez lui et s'offrir quelques heures de sommeil. Il aurait dû.

Frazer sortit son portable et composa un numéro. Lazlo répondit.

— Je veux que vous soyez son garde du corps jusqu'à ce que nous comprenions exactement ce qui se passe. Tenez-la à l'écart des médias et dites-lui qu'Angel a été retrouvée saine et sauve. Cela devrait la faire taire pour l'instant. Si ce n'est pas le cas, faites preuve d'initiative. En attendant, nous trouverons un moyen de neutraliser la menace qui pèse sur sa sécurité.

Il espérait qu'il ne faisait pas de promesses qu'il ne pourrait pas tenir ou qu'il n'allait pas se mettre à dos tous ses collègues du FBI. Mais il n'avait pas rejoint le FBI pour se faire des amis. Il s'était engagé pour protéger ceux qui ne pouvaient le faire eux-mêmes.

— Faites profil bas et surveillez vos arrières.

SCARLETT SENTIT LE regard désapprobateur de Matt Lazlo dans son dos pendant tout le trajet. Ils arrivèrent à une porte. Il passa devant elle et l'ouvrit, l'invitant à le précéder. Le gentleman poli avait pris la place de l'agent du FBI intimidant.

Elle était déconcertée. Le personnage de héros américain qu'il portait comme un manteau invisible était l'antithèse de son monde, où le doute et la suspicion s'accrochaient à tout ce qu'elle ou sa famille touchait. Le fait qu'elle soit attirée par lui sur le plan physique n'aidait pas. Elle soupçonnait que beaucoup de femmes étaient attirées par Matt Lazlo, même celles qui ne l'avaient pas vu en uniforme.

— Alors, quel est votre plan maintenant ?

Il essayait de faire preuve de nonchalance, mais elle n'était pas dupe. Il était toujours en colère.

Concernant les Russes, ses options étaient limitées. L'une d'elles consistait à frapper à la porte de la résidence de l'ambassadeur et à implorer son pardon, l'autre consistait à rentrer chez elle et attendre que le ravisseur la contacte. La troisième impliquait de s'enfuir, mais Angel était en danger. De plus, Scarlett avait une vie ici, une carrière – en supposant que son patron ne découvre pas ce qu'elle faisait pendant son temps libre et ne la vire pas, ce qui ne lui faciliterait pas la tâche pour trouver un nouvel emploi. Bon sang.

Elle avait été tellement stupide de penser qu'elle pouvait espionner Andrei Dorokhov. Elle avait eu du mal à trouver quoi que ce soit d'utile. Elle avait prévu de susciter une réaction en l'appelant et en écoutant ce qu'il dirait après avoir raccroché. Excellente idée en théorie. Inutile si vous vous faisiez prendre en flagrant délit à la fois par le FBI et par la Fédération de Russie.

Lazlo pressa une main chaude sur son dos, juste au-dessus de sa taille. Un frisson lui parcourut l'échine et elle trébucha.

— Je vous tiens.

Le contact de son corps l'affectait plus qu'elle ne voulait l'admettre. Malheureusement, l'une des fois où il l'avait touchée, il lui avait passé les menottes. Il n'était pas son petit ami. Il n'était pas son cavalier. C'était un agent du FBI et elle savait jusqu'où ils étaient prêts à aller pour avoir leur « homme ».

— Scarlett ?

— Quoi ?

— Est-ce que ça va ? demanda-t-il comme s'il répétait la question.

Sa voix était douce, attentionnée même. Elle ne lui faisait pas confiance, ni à lui, ni à l'effet qu'il avait sur elle.

Elle réalisa tardivement qu'elle avait cessé de bouger.

— Oui.

— Vous avez un plan ?

Elle s'éloigna difficilement de lui. Sa proximité la distrayait, obscurcissait son processus de pensée. C'était dans sa nature de résoudre les problèmes. Arranger les choses, c'était sa spécialité, mais elle ne pouvait pas arranger la situation présente, pas plus que celle de son père. L'humiliation et la colère se disputaient la place sur ses joues.

— Je dois trouver un moyen de protéger Angel.

Il lui tint une autre porte.

— Le FBI a mis une équipe sur le coup. Si vous intervenez, elle risque de se faire tuer.

— Mais c'est *moi* qu'ils veulent.

C'était clair comme de l'eau de roche.

— Et alors quoi ? Vous allez vous livrer sur un plateau ?

— Vous avez une autre idée ?

Elle était ouverte aux alternatives.

Quelque chose vibra dans la poche de Matt. Il leva un doigt pour lui indiquer de patienter un moment. Il sortit son portable et écouta attentivement. Elle s'arrêta de marcher alors même que la liberté l'attendait. Si elle fuyait, cela risquait d'activer l'instinct de prédateur de Matt. De plus, elle ne voulait pas paraître faible. Il l'avait déjà sauvée deux fois ce soir-là. La première fois en la ramenant chez elle, la seconde en lui évitant une balle.

Son expression changea, mais elle ne parvint pas à déchiffrer ce qu'elle voyait dans ses yeux.

— Compris.

Il y eut une longue pause, puis :

— C'est une bonne nouvelle. Formidable. Merci de

m'avoir tenu au courant.

Il raccrocha et croisa son regard.

— Vous n'avez pas besoin de vous sacrifier. Ils ont retrouvé Angel LeMay errant près de DuPont Circle. Elle est un peu groggy, mais en un seul morceau.

Ses genoux manquèrent de lâcher, mais elle tint bon.

— Je peux la voir ?

— Ils l'ont emmenée à l'hôpital.

Il inclina la tête en serrant les lèvres. Il la regarda avec pitié.

— Je doute que les LeMay veuillent vous voir pendant un moment.

Oh, merde. Elle doutait qu'ils veuillent encore avoir affaire à elle. Elle avait trahi leur confiance et Angel avait été enlevée à cause d'elle. Elle porta sa main à sa gorge. Sa voix n'était plus qu'un murmure.

— Mais elle va bien, n'est-ce pas ?

Il acquiesça sèchement.

Elle avait besoin de parler à Angel, de s'excuser, mais un peu de temps pour se remettre et se calmer pourrait être une bonne chose. Elle espérait que ces salauds ne lui avaient pas fait de mal. Il fallait qu'elle mette un terme à tout ça. Immédiatement. Avant que quelqu'un d'autre ne soit blessé ou terrorisé.

— Je suppose que mon plan est d'aller chez l'ambassadeur russe, de lui demander pardon, et d'espérer qu'il décide de me laisser tranquille.

Il la regarda comme si elle était stupide.

— Sérieusement ? C'est *ça* votre plan ? Vous rendre et demander grâce ?

— Si je rentre chez moi, ils me retrouveront. Même si je

m'enfuis pendant quelques semaines ou quelques mois, ils attendront mon retour. Je reviendrai alors à la case départ, sans emploi et sans la plupart de mes économies. Et je ne peux pas abandonner ma mère et mon père en ce moment.

Elle ne serait pas difficile à trouver dans le Colorado.

— La seule façon de mettre un terme à tout ça est de m'excuser et de promettre que je ne le ferai plus. Mon père m'a toujours dit que les Russes aimaient que les gens rampent, alors je vais ramper.

Savoir son père mourant était pire que de devoir s'excuser auprès de l'homme qui, selon elle, avait contribué à le mettre en prison. Bien pire.

— Vous êtes vraiment incroyable.

Sa colonne vertébrale se raidit.

— Eh bien, merci beaucoup, agent spécial Lazlo. Vous êtes vraiment incroyable, vous aussi.

Elle tourna les talons et sortit par la porte principale. La plupart des femmes tombaient probablement à ses pieds, aveuglées par sa carrure de héros et sa poitrine bardée de médailles. Elles n'avaient pas été arrêtées ni insultées par cet homme.

À l'extérieur, l'air glacé lui coupa le souffle, mais le parfum de liberté compensait le froid. La liberté pourrait ne pas durer longtemps.

Elle se recroquevilla en sentant le poids de la défaite s'abattre sur elle. Il était temps d'assumer les conséquences de ses actes.

— Je dois appeler un taxi.

Elle fouilla dans sa poche, cherchant son téléphone portable avant de se rappeler qu'elle ne l'avait pas. Dans sa hâte de s'échapper, elle l'avait laissée à Alex Parker. Il n'était pas question qu'elle retourne à l'intérieur, juste au cas où ils changeraient d'avis sur sa libération. Elle n'aurait qu'à marcher et voir si elle parvenait à trouver un taxi.

— Je vous emmène, proposa Lazlo.

Elle recula.

— Vous n'êtes pas obligé de faire ça. Je vous ai causé assez d'ennuis pour la nuit.

— Madame, vous m'avez causé assez d'ennuis pour toute une vie.

Un sourire ironique s'afficha sur son visage, mais il y avait quelque chose dans ses yeux… une patience, un calme qui lui indiquaient qu'il était habitué à faire ce qu'il voulait.

Elle battit des cils de façon théâtrale.

— Vous êtes un tel charmeur, agent spécial Lazlo. Je ne sais pas comment les dames vous résistent.

— Et pourtant, elles s'obstinent à le faire.

— C'est peut-être pour ça que vous avez été si rapide avec les menottes ? suggéra-t-elle en haussant les sourcils. Pour éviter que les dames ne s'enfuient en courant à la première occasion ?

Une lueur d'amusement passa dans ses yeux.

— Je n'y avais pas pensé, mais merci pour le tuyau.

Avant qu'elle n'ait le temps de refuser, il lui passa un bras autour des épaules et la dirigea vers le SUV qu'il avait garé dans le parking sécurisé. *Très bien.* Il l'aida à monter sur le siège avant. Grinçant des dents à l'idée de se laisser faire, elle inspira profondément pour se calmer. C'était le moyen le plus rapide de se rendre à la 16e rue. Elle aurait donc dû se montrer reconnaissante.

Évidemment.

Il était à la hauteur de ses yeux. Leurs visages étaient si

proches qu'elle pouvait voir l'épaisseur de ses cils encadrant ses yeux hypnotiques. Elle essaya de contrôler les frissons qui secouaient son corps. Elle ne savait pas si c'était le froid, la peur ou la proximité de cet homme qui l'affectait. Probablement une combinaison des trois.

— Merci.

Il afficha un sourire prédateur.

— De rien.

Il claqua sa porte et elle sursauta. Ensuite, elle l'entendit ouvrir le coffre et défaire quelque chose. Il parla brièvement au téléphone. Lorsqu'il se rassit au volant, il avait enlevé son gilet pare-balles et retroussé ses manches. Ses avant-bras musclés se contractèrent lorsqu'il prit le volant. Ses yeux se tournèrent vers lui. Il n'était pas seulement beau, il était parfait.

Son odeur corporelle se mêlait à son eau de Cologne, dégageant un parfum chaud, masculin, viril. *Et merde !* Elle se tortilla, mal à l'aise. Pourquoi ne pouvait-il pas avoir une bedaine et un peu de lard ? Peut-être un nez cassé ou un monosourcil, ou une odeur corporelle laissant à désirer ?

Ce ne sont que des phéromones, se rappela-t-elle. Principe biologique de base. Mais ses récepteurs de phéromones dansaient allègrement et elle se mit à respirer péniblement tandis que son pouls s'accélérait.

Dieu merci, elle portait suffisamment de vêtements pour dissimuler l'excitation indésirable du reste de son corps, mais à l'éclat de ses yeux, il savait exactement l'effet qu'il lui faisait. Elle regarda par la fenêtre, mais son reflet la fixait dans la vitre et elle en eut le souffle coupé. Mauvais moment, mauvais endroit, mauvais homme.

Sans aucun doute, mauvaise femme.

— J'aurais bien besoin d'un café, et vous ? C'est peut-être

votre dernière chance ?

Ses mots étaient nonchalants, à la limite du cynisme.

Elle se tourna vers lui, bouche bée. *Qu'est-ce que… ?*

Il haussa les épaules, presque avec décontraction.

— Eh bien quoi ? J'ai besoin de café. Vous êtes déterminée à le faire. On m'a ordonné de me retirer. Je ne peux pas vous arrêter, mais je peux au moins vous offrir un verre.

Elle croisa les bras sur sa poitrine. Il se disait probablement qu'elle méritait ce qui lui arrivait, et il avait peut-être raison. Mais elle ne voulait pas aller chez les Russes. Elle ne voulait pas ramper devant Dorokhov.

— Je ne vois pas d'alternative.

— Vous pourriez vous enfuir ? Disparaître de la circulation ?

— Ils me retrouveront. Contrairement au FBI, je ne dispose pas de ressources illimitées. En plus, j'aime mon travail. Je suis douée pour ça.

— Dommage que vous n'y ayez pas pensé avant.

— Mon père est en train de *mourir*. Je sais qu'il n'a pas fait toutes les choses dont on l'accuse.

Sa voix se brisa. Embarrassée, elle détourna les yeux.

Il démarra la voiture, mit le chauffage, s'éloigna et emprunta la 9e rue sans faire d'autres remarques sarcastiques. Il lui fallut un moment pour maîtriser ses émotions. Elle était fatiguée, effrayée, abattue. Elle n'avait pas besoin qu'il lui mette le nez dedans.

Après quelques minutes, il trouva un café encore ouvert et il se gara, laissant le moteur tourner, le chauffage en marche.

— Qu'est-ce que vous prenez ?

C'était le milieu de la nuit, elle était fatiguée. De la caféine serait la bienvenue.

— Un chocolat chaud, merci.

Elle fouilla dans son portefeuille pour trouver de la monnaie, mais il était déjà parti. Elle déposa un billet de cinq dollars dans le porte-monnaie de la console. Elle pivota pour voir s'il y avait des voitures qui les suivaient, mais, à l'exception des quelques véhicules qui étaient déjà là à leur arrivée, il n'y avait personne sur la route.

Elle doutait que les Russes les suivent depuis le siège du FBI. Ils pouvaient se permettre d'être patients. Elle ne le pouvait pas.

Lazlo revint quelques minutes plus tard et lui tendit un grand gobelet.

— Le serveur vous a mis de la crème fouettée. J'espère que ça vous va ?

Elle aurait bu de l'essence tant que c'était chaud.

— C'est parfait, merci.

Il se laissa tomber dans le siège en cuir, soufflant sur son café pour le refroidir.

— Je suis tellement épuisé que je pourrais m'évanouir.

— Je suis désolée de vous garder éveillé.

Bon sang. Il manquait sérieusement de tact.

— C'était un sacré coup de folie de votre part. Vous auriez dû séduire Raminski et mettre sa chambre sur écoute plutôt.

L'idée la fit frémir.

— Je ne suis pas du genre séductrice. C'est plus le fort d'Angel.

— Oh, je ne sais pas.

Au début, il regarda droit devant lui. Puis il la regarda dans les yeux.

— Vous auriez pu me séduire avec très peu d'efforts.

La platitude de son ton lui indiquait qu'il était trop tard à présent.

L'idée qu'elle ait eu une chance avec un homme comme lui fit naître une sensation douloureuse dans sa poitrine. Les beaux mecs comme Lazlo ne sortaient pas avec des intellos comme elle. Mais quelque chose dans son expression, la façon dont il l'avait regardée lorsqu'elle se tenait sur le trottoir devant l'ambassade, lui disait qu'elle aurait en effet pu le séduire. Et elle avait tout gâché, ça et tout le reste.

De toute façon, tout aurait volé en éclats dès qu'il aurait appris son identité ; il n'y avait donc pas lieu d'avoir de regrets. Mais le rappel de cette connexion antérieure était troublant. Les *si* et les *peut-être* tournaient en boucle dans son esprit comme des brisants sur une plage. Pour masquer son inquiétude, elle prit une grande gorgée de chocolat chaud. Elle s'essuya la bouche avec le dos de la main.

— Vous auriez eu un sacré choc si vous étiez allé plus loin.

Il s'étouffa avec son café.

Son rire lui fit du bien. Il semblait honnête.

Elle sourit doucement.

— Je ne voulais pas vous impliquer dans mes problèmes, agent spécial Lazlo. Je suis vraiment désolée.

— Appelez-moi Matt et, croyez-moi, j'ai compris.

— Matt, c'est le diminutif de Matthew ?

Quelque chose dans sa question l'amusa. Des plis se for-mèrent aux coins de ses yeux.

— Matthias. Mon père prétendait être un Rom bulgare et m'a nommé en conséquence.

— Vous venez d'une famille de gitans ?

Elle chercha des indices sur son visage, mais n'en trouva aucun.

Il haussa les épaules.

— Mon père était un connard au patrimoine douteux. Ma mère est une aristocrate britannique, ce qui fait de moi un bâtard. Il l'a épousée dans l'espoir de mettre la main sur une fortune et l'a quittée lorsque ses parents l'ont rayée du testament.

Son expression changea. Il devint tendu. Elle essaya d'alléger l'atmosphère en le taquinant.

— Cela fait-il de vous un Lord ?

— Non, mais vous pouvez m'appeler « Monsieur » si vous le souhaitez.

Il eut un sourire espiègle avant de se souvenir de la personne avec laquelle il flirtait. Il dessoûla immédiatement.

— Le titre a probablement été récupéré par un cousin perdu de vue depuis longtemps.

— Vous n'en savez rien ?

La chaleur du SUV la rendait somnolente. Combiné au contrecoup émotionnel, cela la fit bâiller.

— Vous n'avez pas regardé *Downton Abbey* ?

Il haussa un sourcil interrogateur comme s'il ne savait pas de quoi elle parlait.

— Ma mère s'est fait renier par sa famille quand elle a épousé mon père. Mon père l'a quittée quand elle est arrivée aux États-Unis, mais ils ne lui ont jamais tendu la main pour l'aider. Inutile de dire que je n'ai jamais ressenti le besoin de chercher à revoir mes grands-parents.

— C'est dur.

— Pas vraiment. Ma mère était une battante.

Il but une gorgée de café. Il n'était visiblement pas pressé de partir.

— Elle s'en est bien sortie. Elle a trouvé du travail dans une école et m'a élevé seule. Elle n'aimait pas qu'on laisse entendre qu'elle avait besoin d'un homme pour subvenir à ses besoins.

— Où vit-elle maintenant ?

Elle avait posé la question pour gagner du temps, mais elle réalisa qu'elle voulait réellement en savoir plus sur lui. Elle but une nouvelle gorgée de chocolat, se délectant de cette douce chaleur qui la réchauffait de l'intérieur.

Il se racla la gorge.

— Près de chez moi. Elle a souffert d'un anévrisme cérébral il y a deux ans et ne s'est jamais vraiment remise.

Oh, non.

— Elle est dans une maison de retraite. Elle ne s'est pas réveillée après sa deuxième attaque.

Il prononça ces mots avec tant de contrôle qu'elle comprit que cela l'affectait énormément.

Elle savait à quel point il était difficile d'avoir un parent malade que l'on ne pouvait pas aider, en dépit de toute notre volonté. Elle aurait voulu placer sa main sur la sienne, mais n'en avait pas le courage.

— Vous vous occupez d'elle. C'est tout ce que vous pouvez faire.

— Qu'est-ce que je pourrais faire d'autre ? Je suis son fils, pas son connard de mari, grogna-t-il, puis il lui adressa un sourire rempli de tristesse. Désolé.

— Est-ce que je sens une certaine colère refoulée ? Je connais un bon thérapeute si vous en avez besoin.

— Oh. Parce que vous êtes très équilibrée, vous ? Donnez-moi son numéro, je m'assurerai qu'il n'a pas obtenu sa licence dans une pochette surprise.

— Très drôle.

Elle bailla à s'en décrocher la mâchoire, et mit sa main devant sa bouche.

— Oh, désolée. Je suis terriblement fatiguée tout d'un coup.

Matt ôta le gobelet de ses doigts engourdis. Il le glissa dans le porte-gobelet.

— Fermez les yeux pendant quelques minutes. Je vous réveillerai quand on sera arrivés.

— D'accord.

Elle luttait pour garder les yeux ouverts, mais plus elle essayait, plus ses paupières devenaient lourdes.

— Je suis désolée pour votre mère, marmonna-t-elle, voulant qu'il sache qu'elle comprenait sa douleur et qu'elle s'en souciait malgré tout ce qui s'était passé.

— Reposez-vous, dit-il d'une voix rauque.

Une sieste de cinq minutes lui suffirait. Elle serra les mains sur ses genoux et pria pour que Dorokhov ne soit pas branché souvenirs macabres. Elle n'était pas une personne courageuse. Elle avait tendance à battre en retraite face au danger. Tout ce qui s'était passé ce soir-là ne lui ressemblait pas, et il suffisait de voir ce que cela lui avait rapporté. Des problèmes. Un gros tas de problèmes. Il n'était pas question qu'elle tente à nouveau une telle chose. Avec un peu de chance, Dorokhov, gagné par l'esprit de Noël, la laisserait peut-être nettoyer le sol de sa résidence pendant une semaine. Elle était prête à tout pour retrouver sa vie normale et ennuyeuse.

IL ETAIT DEUX heures du matin et Andrei Dorokhov était assis devant sa cheminée, sirotant un brandy très cher. Natalie s'était couchée une heure plus tôt, irritée par sa mauvaise humeur. Elle ne comprenait pas. Il espérait qu'elle ne comprendrait jamais. Le téléphone portable dans la poche de son pantalon sonna. Il l'en sortit. Il ne connaissait pas l'interlocuteur, mais il répondit quand même.

C'était la voix d'un homme. Facilement reconnaissable même après quatorze années de silence.

— La dernière fois qu'on a parlé, j'ai tenu un couteau sous ta gorge et je t'ai fait promettre de ne jamais revenir aux États-Unis. Tu as déjà oublié, Andrei ?

— Je n'oublie rien, *blyat*.

— Tu as causé un vrai merdier. Tu ne pouvais pas laisser tomber, pas vrai ? Ton putain d'ego russe ne pouvait pas supporter une quelconque atteinte à ta virilité. C'est juste une enfant qui cherche des réponses et tu essaies de l'éliminer ? Que pensais-tu qu'elle découvrirait en te mettant sur écoute ?

— À ton avis ? suggéra Andrei d'un air sournois.

Il y eut une longue pause.

— Tout était fini. Pourquoi a-t-il fallu que tu reviennes ?

— Tu perds ton sang-froid, mon vieil ami ? fit Andrei d'un ton narquois.

— Je ne suis pas ton ami, connard.

Il n'était pas sûr de savoir lequel d'entre eux avait le plus à perdre si la vérité venait à éclater, mais il ne voulait pas non plus que cela se produise.

— Tu oublies comme on s'est amusés à raconter toutes ces histoires.

— Ça n'a jamais été *amusant*, répliqua l'homme d'un ton cinglant.

— Les photos suggéraient le contraire.

Andrei glissa le rappel comme un couteau, mais il le regretta immédiatement.

— Tu n'es pas le seul à avoir des photos, Andrei.

De la sueur se forma sur son dos.

— C'était une mise en scène et tu le sais très bien.

Il avait été drogué et on lui avait fait des choses dégoûtantes. Cela le rendait malade rien que d'y penser. Un jour, il allait étriper l'homme au bout du fil, et prendre un malin plaisir à le faire.

— Ça n'avait pas l'air d'une mise en scène de mon point de vue. Il est évident que les acteurs sont très bons, parce que même endormi, on a l'impression que ça te plaît.

Andrei sentit la moutarde lui monter au nez.

— Quoi qu'il en soit, fit la voix d'un ton à présent enjoué, nous savons tous combien le Politburo était homophobe. Je ne pense pas que les Russes aient beaucoup progressé dans ce domaine, mais je me trompe peut-être. Hé, tu te feras probablement beaucoup d'amis en…

— *Ya nei goluboy* !

— Sérieusement, Andrei, ce sont tes affaires.

Andrei aurait voulu fracasser le téléphone par terre, mais cela aurait été une erreur. Il se calma et comprit que l'homme prenait sa revanche. Il l'avait méritée. Cependant, des questions plus importantes étaient en jeu. La fierté devrait attendre.

— Ça suffit de ressasser le passé. Nous avons tous les deux des choses à cacher. Il est temps de régler ces derniers détails avant qu'ils ne nous mettent tous les deux hors-jeu.

— Rien ne doit permettre de remonter jusqu'à nous, prévint-il.

— Pas d'erreurs, acquiesça Andrei. Tu t'occupes du vieux problème, je m'occupe du nouveau.

— Si tu foires, la prochaine fois, ce sera une balle, pas un couteau.

— Je vois que tu as perdu ton sens de l'humour, Marlon.

— Ne m'appelle pas comme ça…

Andrei raccrocha. Il n'aimait pas être menacé, mais l'idée que ces photos soient rendues publiques lui plaisait encore moins. Il était revenu en Amérique pour trouver un moyen de les récupérer auprès de son ancienne source. Scarlett Stone avait ralenti sa mission et s'était mise en travers de son chemin. Pire encore, elle l'avait pris pour un imbécile. Elle était sur le point d'apprendre ce qui arrivait à ceux qui s'en prenaient aux puissants de la Fédération de Russie.

Les petites filles qui jouaient avec le feu finissaient par se brûler.

CHAPITRE SEPT

L ES REFLETS ARGENTES de la lune baignaient l'horizon. La mer semblait indécise, comme si elle n'arrivait pas à se décider entre le calme et la tempête ; un peu comme ce qu'il ressentait pour la femme qu'il portait dans ses bras. Intelligente ou stupide ? Loyale ou délirante ? Son instinct lui soufflait la première option chaque fois, mais c'était peut-être dû à son attirance pour elle. Il avait besoin de son travail. Il ne pouvait pas se permettre de commettre des erreurs stupides.

Matt ajusta sa prise. Heureusement qu'elle n'était pas une Amazone de 1,80 m. Il espérait qu'elle ne chercherait pas à porter plainte à son réveil. Le kidnapping ne faisait pas partie de son répertoire habituel, mais Matt s'adaptait à tout. C'était totalement illégal, sans parler du côté immoral de la chose, mais il s'en fichait au vu des circonstances.

Le courant poussait les bateaux de la marina de Quantico vers le quai et le gréement sifflait dans le vent. Il sentit ses poils se hérisser sous l'effet de la brise glaciale. Le yacht de huit mètres de long où il habitait présentait plusieurs avantages par rapport à un hébergement standard. Tout d'abord, le loyer était bon marché. Chaque centime comptait pour payer les soins de sa mère. Deuxièmement, il était à deux pas du travail. Les inconvénients étaient l'exiguïté de l'habitation – et le fait qu'il était à deux pas du travail.

Il contourna la jetée extérieure jusqu'à atteindre le poste d'amarrage numéro dix-sept et monta maladroitement à bord, en faisant attention à ce que la tête de Scarlett ne vienne pas heurter le bastingage. Elle allait être furieuse contre lui à son réveil, mais c'était toujours mieux que d'être morte ou brutalisée. Si quelqu'un le voyait, on pourrait le prendre pour un tueur en série – exactement le genre de malade qu'il traquait au quotidien.

Il déverrouilla la porte de la cabine et alluma, augmentant le chauffage. Puis il emmena Scarlett dans la cabine principale et l'allongea sur le lit. Il lui enleva ses baskets et releva la couette jusqu'à son menton. Ses traits étaient plus doux pendant son sommeil et, sans maquillage, elle semblait encore plus jeune qu'à la fête. Vingt-six ans. Il avait dix ans de plus et il avait plutôt l'impression d'en avoir cent. C'était l'effet que la guerre pouvait avoir sur un homme. La guerre et le fait de voir défiler des victimes de crimes au quotidien. Non pas qu'il regrettait ses choix de carrière. Tous deux lui avaient permis de se rendre utile à la société, ce qu'il appréciait après avoir eu un bon à rien de père. Il avait rendu sa mère fière et cela lui suffisait.

Scarlett gémit dans son sommeil et ce bruit lui fit quelque chose au creux de l'estomac. Elle allait paniquer en se réveillant. Elle allait devenir folle, surtout quand elle découvrirait qu'il avait menti à propos d'Angel. Mais Frazer lui avait demandé de veiller sur elle et honnêtement, il n'avait pas vu d'autre solution que de l'assommer jusqu'à ce qu'il puisse la persuader de ne pas se sacrifier sur l'autel de l'ambassadeur russe.

Il lissa une mèche de cheveux sur son front et recula. C'était trop malsain. Cela lui rappelait trop ce que faisaient certains criminels avec leurs victimes. Il se rendit à la cuisine et alluma les brûleurs à gaz pour faire bouillir de l'eau pour le thé. Il avait besoin de sommeil, mais il devait d'abord se réchauffer et décompresser.

Il enleva son t-shirt et passa une serviette en papier sous l'eau chaude, essuyant le sang qui avait séché sur sa peau – souvenir de la balle qui l'avait frôlé plus tôt. Malgré le léger picotement, ce n'était pas bien grave. Il dénicha la solution antiseptique et nettoya la plaie. Il avait passé des années à esquiver les balles, en tant que SEAL, et il n'avait pas peur de côtoyer la mort. Quand votre temps était écoulé, il était écoulé. Inutile de s'en inquiéter. On veillerait sur sa mère aussi longtemps que nécessaire et le seul point positif de son état était qu'elle ne saurait jamais qu'elle l'avait perdu.

Certes, ce n'était peut-être pas très réjouissant, mais c'était tout ce à quoi il pouvait se raccrocher.

Son état ne laissait que peu d'espoir. Ayant survécu à son anévrisme initial, elle avait subi une seconde attaque quelques jours plus tard. Au moins, il avait été avec elle à l'époque, lui tenant la main pour l'aider à affronter la douleur. Les médecins lui avaient dit qu'elle avait peu de chances de survivre. Quelques semaines plus tard, alors qu'elle n'avait montré aucun signe d'amélioration, ils avaient voulu la débrancher. Matt savait qu'elle n'aurait pas voulu être maintenue en vie par des machines. Il s'était donc rangé à leur décision. Lorsqu'ils l'avaient débranchée, sa mère avait commencé à respirer toute seule. Elle n'était pas en état de mort cérébrale. Elle était dans un coma profond, dont il doutait qu'elle en sorte un jour, mais elle était là à l'intérieur, quelque part. Les médecins avaient été incapables de détermi-ner l'étendue des dommages cérébraux et les chances de guérison étaient minimes. Il faisait donc ce qu'il pouvait pour elle. Il espérait qu'elle savait, au fond d'elle-même, qu'il la chérissait et qu'on veillait sur elle.

Elle était dans un bon établissement de soins. Le meilleur. Ils veillaient à répondre à ses moindres besoins, et elle était en sécurité. Il lui rendait visite tous les jours lorsqu'il n'était pas en déplacement. Et chaque jour, son état lui rappelait que personne ne vivait éternellement.

Personne.

Il valait donc mieux s'assurer que ce qu'on faisait dans la vie comptait.

Il prit du lait dans le réfrigérateur, versa de l'eau bouillante sur un sachet de thé et laissa infuser quelques instants avant de sortir le sachet et de le jeter à la poubelle. Descendre quelques bières était tentant, mais il devait d'abord se réchauffer. L'hiver, vivre sur un bateau pouvait être éprouvant, mais l'été offrait une compensation suffisante.

Son portable sonna. Il jeta un coup d'œil à l'écran. Son patron. Il hésita sur la marche à suivre : faire durer les choses ou en finir. Le devoir l'emporta.

— Elle est avec vous, dit Frazer sans préambule.

— Ouaip.

— Elle est furieuse ?

Matt rit.

— Pas encore, mais ça va venir.

Frazer marqua un temps d'arrêt.

— Je ne devrais probablement pas chercher à en savoir plus.

Sage décision.

— Le MPD a une piste sur la voiture utilisée par le tireur. On l'a trouvée abandonnée près de l'observatoire.

— Aucun signe de la fille LeMay ?

Il baissa la voix au cas où Scarlett se réveillerait. C'était peu probable compte tenu de la dose de tranquillisant qu'il lui avait administrée pour la faire dormir, mais on n'était jamais assez prudent.

— Non. Parker surveille les communications téléphoniques et je suis en contact avec le responsable de l'équipe de libération d'otages qui est un vieil ami. Tant que les ravisseurs ne prennent pas contact, ils n'ont rien à quoi se raccrocher. Des agents sont chargés de retrouver Angel, mais… disons que je pense que Parker a plus de chances. J'espère que le fait qu'elle soit la fille d'un député l'aidera à rester saine et sauve. Ils veulent Scarlett, pas Angel. Rooney et Parker cherchent toujours un lien entre LeMay et Dorokhov, mais il se pourrait qu'il n'y ait rien de plus que ça : en tant que député, LeMay a reçu une invitation, et Scarlett s'est servie de leur lien pour se rapprocher de l'ambassadeur. Dorokhov a envoyé des centaines d'invitations à sa fête de Noël cette année.

Résultat, Matt était coincé là à garder une femme contre sa volonté pendant que d'autres faisaient tout le travail. Il se frotta les yeux.

— Qu'est-ce que je vais faire d'elle demain ? Est-ce que c'est la journée « emmenez vos enfants au travail » ?

— Elle ne ressemblait pas vraiment à une enfant quand je l'ai vue. Vous avez besoin d'aller chez l'ophtalmo ?

Frazer avait-il deviné qu'il était attiré par elle ?

— Ma vision est de 20/20 et vous le savez.

— On va suivre l'évolution de la situation et on en reparlera demain matin. Dormez un peu.

— Pendant que tous les autres travaillent 24 heures sur 24 ?

Formidable.

— Votre travail consiste à la cacher jusqu'à ce que quelqu'un découvre où ils retiennent Angel LeMay prisonnière. Pendant ce temps, j'essaie de voir ce que je peux utiliser pour faire reculer Dorokhov. Cette mission devrait être du gâteau pour un homme avec votre expérience.

Matt grogna.

— Vous espérez trouver une carotte ou un bâton à utiliser sur Dorokhov ?

— À ce stade, je prendrai tout ce que je peux obtenir. Un bâton serait probablement plus satisfaisant, mais plus difficile à manier. Même si nous trouvons des preuves qu'il a commis un crime, son immunité diplomatique le rend presque intouchable à moins que la Russie ne lui ôte ses privilèges. Mais on peut lui mettre des bâtons dans les roues s'il décide de menacer la haute société et les chercheurs américains.

— Scarlett a dit que son père soupçonnait Dorokhov d'être un espion russe. Est-ce qu'il aurait pu travailler avec lui ?

— Je ne sais pas. Je prends un avion pour le Colorado dans quelques heures, je ne manquerai pas de lui demander. J'ai réussi à obtenir une copie du dossier de l'affaire Stone. Je vous en enverrai un exemplaire avant mon départ. Occupez Scarlett jusqu'à ce que nous retrouvions la fille LeMay.

Cela semblait assez facile. Il pouvait travailler depuis la maison. La voix de son patron se fit grave et basse.

— Juste une chose. Ne vous laissez pas avoir par ses grands yeux marron. Scarlett Stone a obtenu un doctorat en physique des solides à l'âge de vingt-deux ans. Elle est loin d'être idiote. Ne baissez pas la garde.

Matt se décomposa au téléphone.

— Avez-vous déjà vu mon travail être influencé par un joli

visage ?

— Non, dit doucement Frazer. Mais certaines femmes apprennent à profiler les hommes comme nous dans l'utérus. Nous sommes tous vulnérables, dans certaines circonstances, face à certaines femmes. Nous avons tous un talon d'Achille.

— Même vous ?

Frazer demeura silencieux.

— Ne vous inquiétez pas, patron. Je suis immunisé contre les charmes de la beauté. Je fais dans l'honnêteté et l'intégrité au quotidien.

— Alors la blonde que vous avez rencontrée à la fête de Noël, avec ses longues jambes et sa belle…

— Hé !

— … chevelure était honnête et intègre ?

— Au moins, elle n'a pas construit son propre dispositif de surveillance électronique et n'a pas accédé à l'ambassade russe sous de faux prétextes, fit Matt.

— Oui, mais vous souvenez-vous de son nom ?

Et merde.

— Bien sûr que oui.

— Menteur, lui lança Frazer. Mais les femmes comme Scarlett Stone, nous nous souvenons de leur nom. Ne vous attachez pas. Elle est dans une mauvaise passe et n'a pas d'amis. Les femmes comme ça… elles peuvent vous mettre à genoux.

Frazer était fou. Matt avait passé des années de sa vie à saigner littéralement pour son pays et c'était avant qu'il ne rejoigne le FBI. Il n'allait pas bafouer ses principes ou tomber amoureux d'une personne aussi intrinsèquement compromise que Scarlett Stone, peu importe la beauté de son visage ou la douceur de ses lèvres. Frazer avait pourtant la réputation de savoir cerner les gens – visiblement, même les super-agents avaient des jours sans.

— Trouvez juste comment la renvoyer chez elle sans cible sur le front. Je veux retrouver ma vie d'avant.

Mais il parlait dans le vide.

———————

RAMINSKI AVAIT ETE obligé d'appeler des renforts, car l'idée de frapper la femme lui avait retourné l'estomac.

— Où est-elle ? demanda Mikhail Churnokov, chef de la sécurité personnelle de l'ambassadeur russe.

Ancien du KGB, l'homme utilisait des tactiques de la vieille école avec la subtilité d'un char T-72 se faufilant dans le National Mall.

— Là-dedans.

Raminski fit un signe de tête en direction d'une porte. Il était trois heures du matin et il n'avait aucune idée de ce qu'était devenue Scarlett Stone après avoir quitté le siège du FBI. Les fédéraux dans le parc avaient ruiné ses plans soigneusement élaborés, l'obligeant à revoir rapidement sa stratégie. Il ne s'attendait pas à ce que Stone appelle les fédéraux à l'aide.

Mais personne ne savait où elle était allée. Elle n'était pas rentrée chez elle. Elle n'était pas retournée au travail.

Ils étaient dans un entrepôt, au milieu d'un quartier difficile, sordide. Mais les lieux étaient sécurisés. Peu de gens étaient assez stupides pour s'en approcher. Personne ne répétait cette erreur.

Mikhail ouvrit la porte à la volée et elle vint buter contre la paroi intérieure. Angel LeMay était allongée sur un matelas sale, les mains attachées dans le dos, bâillonnée et les yeux bandés. Elle semblait dormir, mais Sergio n'était pas dupe.

Mikhail s'avança dans sa direction et la souleva par les cheveux. Elle se mit à crier. Elle ne dormait certainement plus. L'homme la traîna sur ses pieds et elle se mit à sangloter de douleur et de terreur. Elle n'était pas bien lourde. Raminski doutait qu'elle pèse plus de 45 kg toute mouillée.

Il essaya de chasser son sentiment de regret. Elle et sa « sœur » les avaient pris pour des imbéciles et avaient menacé son existence même. Il devait découvrir ce qu'elle savait. Il devait trouver l'autre femme avant que quelqu'un d'autre ne le fasse.

— Où est ton amie, *sooka* ?

Angel poussa un cri aigu alors que l'homme lui tordait le coude. Raminski ne comprenait rien à cause de son bâillon.

— Laissez-lui la possibilité de répondre, ordonna-t-il en russe.

Parler dans sa langue maternelle était probablement le meilleur moyen de dissimuler son identité tout en restant dans la pièce et de s'assurer que l'homme ne la tue pas, connaissant l'enthousiasme avec lequel il effectuait son travail.

Ils avaient besoin d'Angel vivante. Sinon, leur *moyen de pression* se transformerait en un motif de représailles.

Mikhail lui jeta un regard furieux, puis lâcha les cheveux d'Angel et essaya de défaire le bâillon, ses doigts épais se débattant avec le nœud. Finalement, il le tira vers le bas violemment et le laissa pendre autour de son cou. Il était clair que l'homme n'appréciait pas beaucoup Raminski. Le sentiment était réciproque.

Tant qu'ils étaient du même côté, cela n'avait pas d'importance.

Mikhail attrapa ses cheveux et tira sa tête en arrière, dévoilant sa gorge. Le bandeau resta en place.

— Où est votre amie, Scarlett Stone ?

Angel LeMay se lécha les lèvres, puis cracha au visage de Mikhail. Sergio grimaça quand Mikhail lui donna une gifle du dos de la main. Elle tomba à genoux sur le matelas et Mikhail lui donna un coup de pied, l'atteignant en haut de la cuisse.

Sergio réfréna son envie d'intervenir. Il ne pouvait pas se trahir. Il se devait de se comporter comme un fidèle serviteur de la mère Russie.

— Où est-elle, *vlagalische* ?

— Et comment le saurais-je ? cracha Angel, essayant de se défendre en se recroquevillant en position fœtale.

— Ça suffit.

Sergio leva la main pour attirer l'attention de Mikhail. L'homme respirait comme un buffle. Il le soupçonnait de prendre son pied en démolissant les gens.

— Demandez-lui si elle a posé d'autres micros, ou seulement ceux dans le bureau de l'ambassadeur ?

Mikhail répéta ses questions en anglais.

— Je ne sais pas de quoi vous parlez, dit rapidement Angel, la voix remplie de peur et de colère.

Raminski ne s'était pas attendu à ce qu'elle se défende.

— Je ne sais pas qui vous êtes ni ce que vous pensez que j'ai fait, mais…

Mikhail la frappa de nouveau et l'estomac de Raminski fit un bond quand le sang coula de son nez et dégoulina sur le sol en béton sale.

— Dites-lui que nous savons qu'elle a menti pour faire entrer Scarlett Stone dans le bâtiment.

Angel cracha du sang et releva le menton.

— Qu'est-ce que Scarlett a à voir avec ça ?

Elle souffrait, mais n'était pas effrayée. Son admiration pour elle grandit. Il espérait qu'elle survivrait à cette épreuve. Il espérait qu'ils survivraient tous les deux.

— Attendez.

Elle essaya de s'asseoir sur le matelas. Il s'attendait à ce qu'elle soit juste bonne à pleurer après la raclée que Mikhail lui avait infligée, mais elle était plus coriace qu'elle n'en avait l'air.

— J'ai *bien* emmené Scarlett avec moi. Elle ne voulait pas, mais je l'ai forcée. Mes parents n'en savaient rien non plus.

Le sang lui maculait le menton. Sa pommette était ouverte.

— Alors, elle doit savoir que son amie Scarlett a placé des micros dans le bureau de l'ambassadeur. Dites-lui.

Mikhail répéta ses mots dans un anglais guttural avec un fort accent.

La bouche d'Angel s'ouvrit, puis se referma.

— Non. Non ! C'est impossible. Vous vous méprenez à cause de l'identité de son père. Scarlett n'aurait jamais fait quelque chose d'aussi… *fou*. Vous vous trompez.

Sa voix monta dans les aigus tandis qu'elle se répétait.

— Mon père va paniquer…

Mikhail la frappa à nouveau, une gifle particulièrement violente cette fois-ci qui dut lui faire très mal, car elle cessa de parler.

— Où est-elle ?

Angel s'éloigna de son agresseur et se laissa tomber sur le matelas.

— Je ne sais pas ! On s'est disputées parce qu'elle voulait quitter la fête plus tôt.

Elle s'interrompit comme si elle réalisait ce qu'elle venait de dire.

— Elle voulait partir parce qu'elle avait posé un mouchard.

— Non. Non.

Angel secoua la tête et Mikhail lui donna un coup de pied dans le ventre, qui ne l'atteignit heureusement pas de plein fouet.

Raminski grimaça. Et merde. Il devait trouver l'autre femme, mais celle-ci devait être encore vivante au matin. Il tenta d'ignorer ses cris alors que Mikhail utilisait à nouveau ses poings.

Les cris se transformèrent en grognements, puis en supplications.

— Arrêtez, je vais vous dire où elle se trouve. S'il vous plaît, ne me faites pas de mal.

Elle pleurait à présent.

— Elle gardait la maison de son patron. Je n'ai pas l'adresse. Elle se trouve au niveau du bloc 1800 sur California Street, à l'angle de la 24e rue. Elle a une porte d'entrée vert foncé.

Des larmes coulaient sur ses joues et elle sanglotait contre le matelas.

— Assez, ordonna Raminski.

Il la croyait. Même si ce n'était pas le cas, il ne pouvait pas supporter autant de violence. Mikhail recula lentement.

Le téléphone de Raminski sonna dans sa poche et il répondit. La voix à l'autre bout du fil lui indiqua qu'ils avaient une nouvelle piste sur Scarlett Stone. *Bien*. Il s'avança et s'accroupit à côté de l'endroit où Angel LeMay gisait, tremblante. Du sang coulait sur son visage. Heureusement, le bandeau lui cachait les yeux.

Dans un murmure rauque et grave, il dit en anglais :

— Si vous dites la vérité et que nous la trouvons, vous

serez chez vous pour Noël.

Il laissa cette image s'insinuer dans son esprit. Il lui toucha la joue doucement. Elle tressaillit et recula.

— Mais si vous mentez, mon ami ici présent aura son cadeau de Noël en avance et pourra décider exactement de ce qu'il veut vous faire. Ensuite, nous laisserons les autres se relayer jusqu'à ce qu'ils aient eu leur dose. Après quoi, vous passerez votre vie à écarter les jambes devant des étrangers jusqu'à ce que vous soyez trop fatiguée pour vous en soucier. Personne ne voudra de vous après ça. Même pas vos parents.

Il glissa sa main sous son haut et lui toucha la poitrine. Elle se mit à pleurer et se tordit pour s'échapper, mais il lui pinça le mamelon, la contrôlant par une douleur ciblée, la forçant à hocher la tête, à se soumettre à lui. Il était libre de lui prouver qu'il pouvait faire ce qu'il voulait de son corps et de son esprit.

— Sois une gentille fille et les choses iront bien pour toi. Si tu te comportes mal, les choses risquent de mal tourner.

Il la relâcha, regrettant que les choses aient dû se passer ainsi alors que quelques heures plus tôt, il s'était prêté au jeu de la séduction. Elle tourna son visage contre le matelas crasseux et sanglota.

C'était Scarlett Stone la responsable. C'était de sa faute.

Ses menaces n'étaient pas réelles. Ils n'avaient pas de réseau sexuel, même s'il aurait facilement pu trouver quelqu'un qui en avait un. Mais il avait besoin qu'elle croie qu'il était sérieux. Il avait besoin qu'elle soit effrayée, obéissante et silencieuse pendant qu'il cherchait l'autre fille. Angel LeMay pourrait survivre si elle se comportait bien. Scarlett Stone n'avait aucune chance.

SCARLETT SE SENTAIT groggy quand elle ouvrit les yeux. Sa tête était lourde. Elle ne souffrait pas, mais il y avait comme un mince voile de brouillard qui obscurcissait ses pensées. Un petit hublot lui indiqua qu'il faisait encore nuit dehors. Ses yeux s'écarquillèrent. Un hublot ?

Que faisait-elle sur un bateau ?

Une épingle à cheveux s'enfonça dans son cuir chevelu, lui rappelant la fête de la veille au soir. Elle se redressa et retira les épingles restantes, les posant sur un meuble fixé sur le côté du bateau.

Du bateau.

Où était-elle ? La dernière chose dont elle se souvenait, c'était d'être allée prendre un café avec Matt Lazlo. *Et merde*. Il avait dû la droguer, ce qui signifiait qu'il avait tout planifié avant de lui proposer de l'emmener. Mais pourquoi ? Elle écarta les couvertures, soulagée de constater qu'elle était entièrement habillée. Il n'avait pas l'air d'un violeur, mais on ne pouvait pas se fier aux apparences. Et à quoi ressemblait un violeur ?

La porte s'ouvrit et l'homme fit son apparition.

— Qu'avez-vous fait ? demanda-t-elle avec colère. Vous avez intérêt d'avoir une bonne raison de m'avoir droguée et amenée ici. Cette fois, c'est vous qui avez commis un crime et vous *me* devez des excuses.

Un sourire creusa ses joues.

— Je vous prie de m'excuser.

Malgré tout, il était bien trop séduisant pour son propre bien-être. Il tenait une tasse dans une main.

— En gage de paix.

Il portait un jean usé et un t-shirt noir. Elle distingua l'égratignure de la balle en haut de son biceps. Cela la frappa

de voir à quel point ils étaient passés près de la mort. Elle n'y
avait même pas pensé la nuit précédente ; trop choquée, trop
occupée à essayer de se racheter et de se sortir de la situation
dans laquelle elle s'était si bêtement mise. Matt Lazlo lui avait
sauvé la vie et elle était si reconnaissante qu'il était difficile
d'être en colère contre lui. Pourtant, elle ne savait pas ce qui se
passait réellement ni ce qu'il attendait d'elle.

Elle regarda la tasse dans sa main. Sa gorge était desséchée,
ses membres lourds.

— Comment savoir si elle n'est pas droguée aussi ?

— Je n'ai rien mis dedans.

Il prit une gorgée pour le prouver, et elle remarqua qu'il
devait pencher la tête pour tenir dans la pièce. Il lui tendit la
tasse et elle la prit, surprise de sentir un thé parfumé plutôt
que le café auquel elle s'attendait.

— Je pourrais mentir et vous dire que vous vous êtes endormie et que j'ai décidé de vous ramener chez moi pour que
vous puissiez dormir quelques heures avant de vous livrer aux
Russes.

— Mais je ne suis pas si stupide.

Il haussa les sourcils, laissant entendre qu'il ne ferait pas
de commentaire.

— Qu'est-ce que vous m'avez donné ?

— Quelque chose qu'un de mes amis utilise sur les chiens
de garde.

— Vous m'avez donné de la drogue pour chien ? *Bon sang.*
Comment avez-vous su quelle dose utiliser ?

— J'ai fait appel à un expert pour obtenir des conseils. On
a décidé de doubler la dose habituellement administrée aux
Jack Russell.

Elle détourna le regard, essayant de ne pas sourire. Même

après tout ce qui s'était passé la veille au soir, il l'amusait.

Était-elle prisonnière ou lui avait-il vraiment donné la chance de ne pas se livrer sur un coup de tête à la miséricorde incertaine d'Andrei Dorokhov ? Mais même à présent, elle ne voyait pas quel autre choix elle avait.

Elle repéra une broche représentant un trident sur la coiffeuse exiguë à côté de la porte. Les trous dans son uniforme prirent soudain sens.

— Vous étiez un Navy SEAL ? demanda-t-elle en pointant du doigt le trident. Pourquoi l'avez-vous enlevé hier soir ?

— Je ne voulais pas tout divulguer me concernant aux gens de l'ambassade.

— Un peu comme moi, alors.

Elle lui adressa un sourire artificiel en battant des cils.

— Pas tout à fait comme vous, Dr Stone. Je n'avais rien d'électronique dans mes sous-vêtements.

— Hum. C'est ce que vous dites.

Il haussa les sourcils.

Elle sentit ses joues s'empourprer. Elle était dangereusement proche de flirter avec cet homme. Il l'avait arrêtée. Enlevée. *Il t'a aussi sauvé la vie.* Elle souffla sur le thé pour qu'il refroidisse afin de pouvoir le boire plus rapidement. Elle commençait à se sentir vraiment stupide à propos de tout ce qui s'était passé, mais cela ne changeait rien au fait qu'elle avait de gros problèmes avec peu d'options. Elle s'extirpa des draps et enfila ses baskets, la vulnérabilité de sa situation la frappant à nouveau.

— Avez-vous des nouvelles d'Angel ?

Il secoua la tête.

— Mais elle va bien.

Il pinça les lèvres en la regardant faire ses lacets.

— Suis-je votre prisonnière, agent spécial Lazlo ? demanda-t-elle sans détour.

— Pas exactement.

Il croisa les bras sur sa poitrine, faisant ressortir ses muscles. Elle n'avait jamais réalisé que des bras pouvaient être aussi attirants. Il le faisait peut-être fait exprès. Tactiques de distraction des Navy SEALs.

— On m'a demandé de vous surveiller pendant que mes collègues du FBI cherchent à conclure un accord pour vous protéger.

— Vraiment ?

Elle se mordit la lèvre. C'était plus d'aide qu'elle n'en attendait et certainement plus qu'elle ne le méritait.

— Comme un garde du corps ?

— « Garde d'enfants » est le terme qui me vient à l'esprit.

Son sourire n'atteignit pas ses yeux.

Scarlett releva le menton et soutint son regard. Il n'avait pas pensé qu'elle était une enfant la nuit précédente et ils le savaient tous les deux. Il détourna le regard, lui concédant ce point. Aucun des deux ne voulait se souvenir du fait qu'ils avaient été si manifestement attirés l'un par l'autre.

— Que faites-vous au sein du FBI ? Vous faites partie de l'équipe de libération d'otages ? demanda-t-elle.

— Je suis analyste comportemental.

Elle cligna des yeux, surprise.

— C'est étrange de mettre un soldat d'élite derrière un bureau.

Son sourire s'atténua. Ses lèvres se retroussèrent.

Elle fit rapidement machine arrière.

— Enfin… Je vois bien que vous êtes intelligent. C'est juste que vous ressemblez plus au héros qui sauve les demoiselles en détresse qu'à un homme derrière un bureau qui répond au téléphone et collecte des données.

Elle se tordait les mains, signe d'agitation. C'était exactement ce qu'il avait fait pour elle la nuit précédente : il l'avait sauvée, elle, la demoiselle en détresse.

— Les héros sont de toutes les formes et de toutes les tailles, Scarlett. Il n'y a pas de « type ».

Pensait-il vraiment qu'elle était stupide ?

— Je le sais bien. Mon père m'a toujours dit de ne pas ignorer les intellos de la classe et les timides, juste parce que le capitaine de l'équipe de football m'avait demandé de sortir avec lui.

— Avez-vous suivi son conseil ?

L'humiliation s'empara de son visage.

— Aucun garçon ne m'a jamais demandé de sortir avec lui, agent spécial Lazlo. Après l'arrestation de mon père, j'ai étudié à la maison.

Elle ne voulait pas se trouver dans cet espace clos avec un homme qu'elle trouvait attirant, mais qui la considérait avec mépris. Elle était déjà passée par là. Elle savait ce que cela faisait.

— Je ne sortais avec personne à l'époque. Je me suis consacrée à mes études et j'ai trouvé une chose pour laquelle j'étais douée, quelque chose qui ne mentait pas, qui montrait comment le monde fonctionnait vraiment.

Elle se leva, mal à l'aise à l'idée de s'ouvrir de la sorte. Personne n'aimait les gens pathétiques, et encore moins elle.

— Pourquoi avez-vous rejoint le FBI après les SEALs ? Vous auriez pu faire fortune en tant qu'entrepreneur privé.

— On avait besoin de moi aux États-Unis.

— Votre mère ?

Il la regarda d'un air aiguisé.

— Vous avez une bonne mémoire.

— Même sous sédatif, apparemment.

Elle acquiesça. Elle mit sa main dans sa poche et effleura l'autre dispositif d'écoute.

— C'est ce qui m'a amenée là où je suis aujourd'hui.

— Je croyais que c'était votre quête incessante de la justice et votre croyance naïve en un homme qui aurait dû réfléchir.

Elle inspira profondément, prête à défendre son père.

Il y eut un léger coup sur le côté du bateau. Matt fronça les sourcils et inclina la tête pendant une fraction de seconde. Lorsqu'elle ouvrit la bouche pour répliquer, il lui fit signe de rester silencieuse. Il écouta attentivement. Puis il bougea si vite qu'elle manqua de retomber sur le lit. Il lui prit la main, arracha le trident de la commode, le mit dans sa poche et se dirigea vers la cabine principale. Il enfila sa veste, prenant son portefeuille, son badge, son téléphone et ses clés. Il prit à nouveau sa main.

— Qu'est-ce que… ?

Scarlett n'eut pas l'occasion de poser sa question. Il la traîna sur le pont arrière.

— Faites profil bas, murmura-t-il, une arme surgissant de nulle part dans sa main gauche.

Il faisait encore nuit, mais à l'ouest, l'horizon commençait à se parer des teintes rougeoyantes de l'aube. Il l'aida à descendre de la passerelle, sprinta jusqu'à la digue et se jeta par-dessus. Elle fut en quelque sorte emportée avec lui. La pierre lui écorcha légèrement la peau. Ils se trouvaient sur le côté extérieur de la digue, sur un rebord d'environ 60 cm de large qui s'étendait sur toute la longueur de la jetée. Le vent froid vint balayer sa peau chaude, faisant disparaître les derniers vestiges de sommeil. Il la tira le long du rebord, à quelques mètres seulement des vagues qui venaient lécher doucement les rochers. Ils s'accroupirent, hors de vue. Une fois arrivés au bout de la jetée, la plus proche de la terre ferme, Matt s'arrêta de courir et s'assit, la serra contre lui, son corps massif la serrant contre le rocher.

— Qu'est-ce qu'on fait là ? murmura-t-elle contre son torse, essayant d'ignorer l'envie qu'elle avait de le croquer, blottie contre son corps musclé et chaud.

— Silence.

Formidable.

Elle inhala son parfum chaud et masculin alors que son cœur battait fort contre sa joue. Aussi agréable que ce puisse être de se retrouver dans les bras d'un homme aussi magnifique, elle commençait à penser qu'il était fou. Bon à enfermer.

Elle fit une nouvelle tentative.

— Matt.

BOUM !

L'explosion fit trembler les rochers en dessous d'eux, et pendant quelques secondes, Scarlett n'entendit plus rien. La vague de chaleur déferla au-dessus de leurs têtes. Il se mit à pleuvoir du feu. Des bouts de toile et de corde furent projetés à près de cinq mètres dans les airs, retombant en arrosant la mer et le port de flammes.

CHAPITRE HUIT

*O*H, MON DIEU.

Scarlett resta bouche bée.

— Est-ce que quelqu'un vient de faire exploser votre bateau ?

— Ouaip. Chut.

Il pressa un doigt sur ses lèvres et elle le regarda bêtement. Elle avait dû crier, mais ne s'en était pas rendu compte, car elle n'entendait plus rien. Le cœur de Matt martelait avec une force rassurante la poitrine de Scarlett, alors qu'il la maintenait serrée contre lui.

Elle essaya de chuchoter tandis que la pression s'équilibrait dans ses oreilles :

— Comment vous avez su qu'on devait partir ?

— J'ai placé des milliers de charges sur des milliers de coques – j'ai reconnu le bruit, mais je ne l'avais jamais entendu sur mon bateau avant.

Il haussa les épaules comme si sa réaction instinctive ne venait pas de leur sauver la vie à tous les deux.

— La démolition sous-marine est une spécialité des SEALs, vous vous souvenez ?

Elle le regarda, bouche bée. Il prenait les choses calmement.

— Mais quelqu'un vient de faire exploser votre *bateau*.

Ses yeux sortaient de leurs orbites.

— Ils essayaient de me tuer, n'est-ce pas ?

Matt hocha la tête.

— Ça fait deux fois en douze heures. Mais je ne pensais pas qu'ils nous viseraient, moi et mon bateau.

Oh, mon Dieu.

— Ancien bateau. Vous avez une assurance ?

Il fronça les sourcils, mais elle lut de l'amusement dans ses yeux noisette.

— Je ne suis pas sûr qu'elle couvre ce genre de dégâts, mais oui, j'ai une assurance.

Tout était de sa faute.

— Je vous achèterai un nouveau bateau, agent spécial Lazlo.

L'homme venait de lui sauver la vie à *nouveau.*

— Combien ça coûte ?

Elle n'en avait aucune idée.

— Je vais probablement avoir besoin d'un prêt.

— On s'occupera de ça plus tard.

Il lui prit la main, gardant la tête baissée, alors qu'ils sautaient sur le rivage et qu'ils disparaissaient derrière les arbres.

— Je vous avais bien dit que vous aviez un complexe de héros, dit-elle d'un ton tremblant.

Matt observait son visage. Il voulait voir comment elle tenait le coup. Pas très bien, en réalité.

Un côté de la bouche de l'homme se retroussa.

— Et une nouvelle demoiselle en détresse secourue. Je dois assurer mon quota quotidien.

Cet homme venait de perdre son foyer, mais il plaisantait avec elle, même si c'était sa faute. Il était fou à lier. Elle s'arrêta. Elle mit sa main sur sa bouche alors que l'énormité de ce qui s'était passé la frappait.

— C'est terrible. Je ne sais pas quoi faire.

Il posa les deux mains sur ses épaules.

— Vous savez ce qu'on dit dans les SEAL Teams, Scarlett ?

C'était la première fois qu'il prononçait son nom avec autre chose que de la dérision.

Elle secoua la tête.

— La seule journée facile, c'était hier.

— Mais hier, c'était *horrible*, lui rappela-t-elle.

— Vous avez survécu, n'est-ce pas ? Et la journée d'aujourd'hui commence bien.

— Wouhou ? murmura-t-elle d'un air incertain.

Il la poussa à avancer.

— On a survécu à une autre tentative d'assassinat et, en supposant qu'on reste cachés, il faudra un certain temps avant qu'ils sachent qu'ils ont échoué.

Ils marchaient rapidement le long d'une route secondaire. Il la prit sous son bras et la poussa à aller plus vite. Ils ressemblaient à de jeunes amants qui se promenaient tôt le matin – c'était bien entendu l'image qu'il cherchait à donner. C'était agréable d'être tenue ainsi, protégée et chérie. Elle n'avait jamais connu cela. Elle ne pouvait pas se permettre de s'y habituer.

— Vous voulez toujours vous rendre à Dorokhov ?

Le Russe voulait sérieusement la tuer et elle n'avait aucune idée de ses motivations – hormis le fait qu'elle s'était introduite dans son bureau et avait essayé de l'espionner. Encore ce mot. *Espionner*. Cela lui donnait mal au crâne.

L'homme avait kidnappé sa meilleure amie et avait tenté de la tuer à *deux reprises*. Et merde.

— Je ne pense pas qu'il va accepter mes excuses, n'est-ce

pas ?

— Non, je ne pense pas qu'il va accepter vos excuses, Scarlett, acquiesça Matt.

Sa vie était finie.

Elle ne savait même pas si elle tiendrait jusqu'à Noël. Elle garda cette pensée pour elle. Inutile de s'apitoyer sur son sort auprès d'un homme qui lui avait fait tout un discours sur le fait de prendre sur soi. Elle prendrait sur elle jusqu'à ce qu'elle s'effondre ou meure, ce qui ne signifiait pas qu'à l'intérieur elle n'était pas paralysée par la terreur.

Une idée germa dans son esprit.

— Croyez-vous qu'il pense que j'ai trouvé quelque chose pour l'incriminer et absoudre mon père ?

Matt lui lança un regard exaspéré et son bras se serra sur ses épaules.

— Je pense que vous l'avez énervé et que ce fou pense qu'il est assez puissant pour s'en tirer avec un meurtre.

— Alors, qu'est-ce que je dois faire selon vous ?

Elle demandait conseil à un homme qui l'avait arrêtée et qui avait ensuite perdu sa maison. Il risquait de ne pas être très impartial, mais toute logique avait disparu depuis qu'elle s'était glissée à cette fête sous un faux nom.

— Vous devez disparaître pendant un certain temps.

Elle pensa à son travail. C'était tout ce qu'elle avait et elle risquait de le perdre. Elle sentit le désespoir la gagner.

— Ça ne va pas être facile.

— Hé, ça pourrait être pire.

Il lui serra l'épaule, d'un geste si naturel et si approprié qu'elle sentit un éclair de regret.

— En quoi ça pourrait être pire ?

Il lui adressa un sourire sans joie.

— Vous pourriez être en prison. En fait, vous seriez peut-être mieux sous les verrous.

— Si je vous donne un coup de pied, vous me passerez encore les menottes, agent Lazlo ?

— Ne me tentez pas, Dr Stone. Ne me tentez pas.

Mais l'étincelle dans ses yeux avait disparu. Il pensait clairement au fait que quelqu'un venait d'essayer de la tuer et que ce quelqu'un n'avait pas hésité à les emporter au passage, lui et tous ses biens matériels. Rien de tel qu'une bonne dose de réalité pour vous ramener sur terre en un clin d'œil.

———————

RAMINSKI SE PENCHA et tira sur la fermeture éclair de sa combinaison étanche, satisfait de s'en débarrasser. Il sifflotait sans bruit en enlevant le pantalon noir en néoprène et le t-shirt sous sa combinaison, tous deux légèrement humides après sa longue immersion.

L'appel à l'entrepôt la veille au soir provenait d'une personne qui avait retrouvé l'agent Matt Lazlo du FBI. Lorsque Sergio avait découvert que l'agent fédéral vivait sur un bateau, toutes ses prières avaient été exaucées.

Les Américains n'étaient pas les seuls à être formés à la démolition sous-marine.

Les caméras thermiques FLIR avaient identifié deux personnes à bord du voilier. Ils avaient retrouvé deux gobelets provenant d'un café du centre-ville sur le siège avant de la voiture de fonction de Lazlo, et un chapeau, très semblable à celui que Scarlett Stone portait dans le parc la nuit précédente, posé sur le tableau de bord. Sergio était presque sûr qu'elle était la plus petite des deux sources de chaleur. Ou plutôt, l'avait été.

Après avoir accroché la mine ventouse à la coque du yacht de l'agent du FBI Lazlo, Sergio avait quitté le port à la nage et regagné le promontoire où il avait laissé son véhicule. Il avait senti l'explosion lorsqu'il avait déclenché la bombe, mais il se trouvait suffisamment loin pour ne pas être gêné par l'impact, largement absorbé par la digue. Lazlo était un regrettable dommage collatéral, mais la femme aurait pu faire des révélations à l'agent spécial du FBI.

Le garder en vie était trop risqué.

Sergio se débarrassa du froid de l'Atlantique alors que les sirènes se faisaient plus fortes et plus insistantes. La brise était glaciale et il frissonna. Il rangea la combinaison étanche dans le coffre avec le reste de son équipement. Mission accomplie. Il devait à présent se remettre au travail. Sergio Raminski avait des devoirs qui ne pouvaient pas être mis de côté. Et plus tard, il devait aller voir la prisonnière. S'assurer qu'elle était encore vivante et que personne ne l'avait touchée. Il espérait pouvoir obtenir sa libération dès qu'il aurait informé Dorokhov de la mort de Scarlett Stone.

Il ne s'autorisait pas à éprouver des remords pour avoir tué la femme. Elle avait pris une part active au jeu. C'était une participante volontaire. Angelina LeMay, quant à elle, était une femme qui s'était retrouvée au mauvais endroit avec la mauvaise amie. Elle était innocente et il n'avait jamais aimé voir les innocents souffrir. C'était peut-être pour cela qu'il faisait ce qu'il faisait. C'était peut-être pour cela qu'il risquait sa propre vie en doublant non seulement l'ambassadeur de Russie, mais également toute la Fédération de Russie.

———————

MATT FORÇA SCARLETT à presser le pas le long de la route. Il devait la faire disparaître le plus vite possible et parler à Frazer. Le fait que son bateau ait explosé en mille morceaux le contrariait, mais il canalisait cette colère vers le plus important, mettre cette femme à l'abri. Au moins, il avait fini par réussir à la convaincre de ne pas se livrer à Dorokhov, mais cela risquait de changer si elle découvrait la vérité sur Angel LeMay.

L'équipe de libération d'otages était toujours en attente d'une demande de rançon. Matt imaginait que la rançon serait la jeune femme à ses côtés – ou du moins la nouvelle de sa mort.

Ils dépassèrent une usine et quelques habitations. Sur fond de sirènes, ils se faufilèrent dans un champ d'herbe gelée qui craquait sous leurs pieds. Il avait envisagé de se rendre sur le site des TacOps, non loin de là, mais Scarlett n'était pas habilitée à entrer. Même s'il était convaincu qu'elle cherchait seulement à racheter son père, il n'allait pas ignorer le protocole ou risquer d'exposer ses collègues. L'enjeu était trop important.

Il espérait qu'aucun de ses voisins n'avait été blessé dans l'explosion. C'était l'hiver, et personne à part lui, ne vivait à l'année sur son bateau de ce côté-là de la jetée. Pourtant, les bateaux entourant le sien avaient forcément été endommagés. Ils avaient peut-être même coulé. Putains de Russes.

Scarlett trébucha et il resserra son bras autour de ses épaules. Il aimait la sentir pressée contre lui, même si c'était une situation qui ne se reproduirait pas. Une couverture. Autant en profiter. Le reste de la matinée avait été catastrophique, mais au moins ils étaient encore en vie.

Le temps passé chez les SEAL Teams lui avait appris à

apprécier les bonnes choses de la vie et à ne pas ruminer les mauvaises. Des choses horribles arrivaient. Tous. Les. Jours.

Il leur fallut quinze minutes pour atteindre la destination prévue et le temps qu'ils y arrivent, Scarlett haletait, courant presque pour suivre ses longues foulées. Il n'avait pas le temps d'être courtois et de ralentir l'allure. Pour sa survie, Scarlett devait disparaître le plus rapidement possible.

Il la guida jusqu'à la porte arrière de la maison de retraite où sa mère vivait désormais. Il la cacha à côté d'un buisson près d'une sortie de secours.

— Je vais entrer par la porte de devant, et m'enregistrer. Donnez-moi cinq minutes et je vous ferai entrer par cette porte coupe-feu.

Elle lui attrapa le bras, l'air désespéré.

— Il n'y aura pas d'alarme ?

Ses cheveux étaient en désordre et elle ne portait pas de maquillage. Ses yeux marron étaient si sombres qu'ils étaient presque noirs, et elle avait des taches de rousseur visibles seulement de près. *Des taches de rousseur.* Les taches de rousseur le rendaient fou, tout comme les lèvres roses et douces.

— Je m'en occupe.

Elle acquiesça. Il la fixa du regard.

En apparence, elle était jolie, mais rien de spectaculaire. Une beauté féminine qu'il voyait tous les jours dans le cadre de son travail. Alors, qu'est-ce qui l'avait attiré dès le début chez cette femme ? Il avait cru que c'étaient les talons ou la robe, mais même à présent, ébouriffée et en jean, il aurait voulu la serrer contre lui et poser ses lèvres sur les siennes.

Qu'avait dit Frazer à propos de Scarlett ? *Ne pas s'attacher ?* Il savait de quoi il parlait. Agacé par sa réaction, il fit un pas en arrière et elle baissa le bras. L'expression de Scarlett devenait de plus en plus incertaine à mesure qu'il continuait à la fixer. Il secoua la tête. Ce n'était pas le moment de penser aux femmes. Il avait un travail à faire.

— Attendez-moi ici, ordonna-t-il.

Il fit le tour de la maison de retraite – Glen Lawn – et se dirigea vers la réception, passant devant un faux sapin de Noël couvert de plus de guirlandes qu'à Hollywood. Il n'y avait pas de caméra de surveillance à l'avant. Juste une sonnette et un système d'alarme.

— Bonjour, Matt. Vous êtes bien matinal, aujourd'hui.

La voix amicale appartenait à Rhonda, une infirmière qui faisait généralement les nuits.

— Bonjour, Rhonda.

Il se pencha sur le comptoir et lui adressa un sourire. C'était une bonne personne.

— Je voulais prendre des nouvelles de maman avant d'aller au travail.

En réalité, il n'avait aucune idée de la date à laquelle toute cette affaire serait résolue. Non pas que Scarlett soit son problème. Il *pourrait* se contenter de la livrer. Mais ces connards avaient fait monter les enchères en faisant exploser son bateau, essayant de tuer un agent du FBI qui se trouvait être aussi un ancien Navy SEAL décoré. Cela devrait suffire à mettre les autorités sur le qui-vive.

— J'aimerais faire entrer quelque chose par la porte latérale, vous voulez bien désactiver l'alarme pour moi ?

Ils le faisaient régulièrement pour les objets lourds, car cette porte coupe-feu était plus proche des chambres.

— Pas de soucis.

Elle actionna un interrupteur.

— Pas de changement, j'en ai peur. Votre mère a passé une nuit paisible.

Après plus de sept cents jours, il ne s'attendait à rien d'autre.

— Merci. Je ne serai pas long.

Matt fit un signe de tête et s'éloigna.

— Joyeux Noël, Matt.

Il marqua une pause. Même avec toutes ces décorations brillantes, il avait oublié que c'était la veille de Noël. Il n'avait jamais été un grand fan des fêtes de fin d'année, trop de rappels de son père, ou pas assez.

— Joyeux Noël, Rhonda.

Il poussa les doubles portes et pénétra dans l'un des couloirs principaux, le descendit, tourna à droite, puis ouvrit la porte latérale et fit entrer Scarlett. Elle avait l'air totalement abattue et il ressentit un pincement de compassion. En même temps, elle ne pouvait s'en prendre qu'à elle-même. C'était elle qui avait commencé, mais les Russes voulaient très certainement en finir.

Il n'aimait pas les brutes, il n'aimait pas les hommes qui s'en prenaient à des femmes et des enfants innocents – bien qu'il soit exagéré de dire que Scarlett était innocente. Naïve, sans aucun doute. Innocente ? Il revit cette image d'elle en train de récupérer ce foutu tournevis et se sentit durcir. Il serra les dents et ignora la chose.

— Qu'est-ce qu'on fait là ? demanda-t-elle à voix basse.

Il était à peine six heures du matin et les couloirs étaient vides.

Il mit son doigt sur ses lèvres et lui prit la main. À des fins d'efficacité bien entendu, rien à voir avec l'envie de sentir ses doigts fins contre les siens… Il la tira vers lui et elle dut trotter pour le suivre. Le meilleur moyen de protéger Scarlett Stone, avait-il compris, serait de la maintenir en déséquilibre. Lui donner trop de temps pour réfléchir serait une erreur.

Ils prirent l'ascenseur et montèrent au premier, puis tournèrent à gauche. Il remonta le couloir jusqu'à atteindre une porte marron portant le numéro trente-deux. Il frappa doucement et, n'entendant pas de réponse, se faufila avec elle à l'intérieur. Sa mère était seule et dormait sur un lit jumeau avec une tête de lit en bois orné. Il avait décoré la chambre deux ans plus tôt avec le même papier floral qu'elle avait chez elle. Il avait loué sa maison à une jeune famille parce qu'il n'avait pas pu se résoudre à la vendre. Divers tubes étaient fixés à sa mère, ainsi qu'un moniteur cardiaque, mais à part cela, on aurait dit la chambre type d'une personne âgée.

Elle avait tout sacrifié pour lui lorsqu'il était petit, et il avait l'intention de veiller sur elle aussi longtemps qu'elle en aurait besoin. Sa mère avait déjà été abandonnée par un connard du nom de Lazlo et il n'allait pas laisser la situation se reproduire.

Elle est allongée sur le dos, bien que le personnel infirmier la retourne régulièrement pour éviter les escarres. Ses cheveux étaient d'un blanc éclatant, presque incolore. Elle était à la fin de la soixantaine, et avait l'air si paisible qu'il était difficile de croire qu'elle ne se réveillerait probablement jamais. Il s'approcha d'elle et l'embrassa sur la joue, fine comme du papier.

— Salut, maman. Je suis juste venu te dire bonjour.

Il l'embrassa à nouveau et s'éloigna, essayant de ne pas penser à l'inanité de la situation.

Perdre des amis au combat faisait *mal*, mais ils avaient choisi de se battre et de se sacrifier pour leur pays et leurs frères. Il respectait ce sacrifice. Sa mère n'avait pas choisi cela. Mais son esprit indomptable refusait de lâcher prise.

Certains jours, il souhaitait qu'elle abandonne, et il se sentait coupable. Mais humain. Trop humain.

Il n'était pas capable de s'occuper d'elle au quotidien. L'amener ici, la garder près de lui était le mieux qu'il puisse faire. La culpabilité de la laisser aux soins d'étrangers le tenait parfois éveillé la nuit, mais il savait que c'était le seul moyen de préserver sa santé mentale. Et c'était ce qu'elle aurait voulu.

Il le savait. Il n'en souffrait pas moins pour autant.

Scarlett pinça les lèvres et eut l'air affligé devant la femme dans le lit.

Il s'approcha d'elle et lui serra le bras dans un geste de réconfort.

— Ne vous inquiétez pas, on ne restera pas longtemps. Asseyez-vous.

Il n'y avait aucune raison de penser que les assaillants les suivraient jusque-là. Vu l'ampleur de l'explosion, ils devaient penser qu'ils servaient de nourriture aux poissons.

Il prit le téléphone de sa mère et se rendit dans la salle de bain. Scarlett le suivit et ferma la porte derrière eux. Et merde. Il aurait préféré qu'elle n'écoute pas.

Son portable était dans sa poche, mais il ne voulait pas l'utiliser et révéler le fait qu'il était vivant à quiconque aurait écouté. Il le sortit et consulta le numéro de Frazer.

Avant qu'il ne puisse le composer, Scarlett lui attrapa le poignet.

— Qui appelez-vous ?

— L'ASAC Frazer.

Ses yeux devinrent énormes.

— Appelez plutôt mon portable.

— Vous n'avez pas confiance en mon patron ?

Elle secoua la tête.

— Ce n'est pas vraiment ça, mais…

Il lut le doute dans ses yeux. Elle croyait toujours que son père avait été piégé et que quelqu'un au sein du FBI était responsable.

— Très bien, appelez Parker à la place.

Ses yeux le suppliaient de faire ce qu'elle demandait.

— D'accord.

Il composa le numéro de Parker. C'était logique à bien des égards, mais Scarlett n'avait pas besoin de le savoir.

— Et ne citez pas de noms. Qui sait ce que la NSA peut signaler de nos jours.

Elle avait l'air si sérieuse qu'il s'abstint de rouler des yeux.

Parker répondit à la troisième sonnerie.

— C'est moi.

— Quoi de neuf ?

Parker ne lui demanda pas pourquoi il appelait d'un numéro inconnu.

— Quelqu'un vient de faire sauter mon bateau.

— Merde. Et la fille ?

Matt remarqua qu'il n'avait pas utilisé son nom non plus. Était-il aussi paranoïaque que Scarlett ? Peut-être Matt était-il naïf. Il l'observa, à côté de lui dans la salle de bain de sa mère et se demanda comment la vie était devenue si compliquée en l'espace de douze petites heures.

— Celui qui a posé la bombe pense probablement que nous sommes tous les deux morts au fond de la marina.

— Vous avez déjà parlé à Frazer ?

— Je vous ai appelé en premier.

— Je suppose que c'était son idée.

— Comment avez-vous deviné ? demanda Matt.

— Parce que vous êtes du genre à suivre les règles et que vous appelleriez immédiatement votre patron. Elle est plus intelligente.

— Je respecte la chaîne de commandement.

— Vous suivez les règles. Vous êtes un penseur linéaire.

Matt n'appréciait pas le fait qu'il ait raison.

— Je vais raccrocher et appeler Frazer d'une seconde à l'autre.

— Ne le faites pas. Vous avez fait le bon choix. Personne ne peut tracer cet appel ou l'écouter. Je peux également détecter toute personne essayant de tracer le signal du portable de Scarlett. Les Russes la recherchent sans aucun doute. Ça pourrait être utile plus tard.

— Comment ont-ils su qu'elle était avec moi ? Je n'ai pas été suivi.

— Je suppose qu'on ne vous a pas ciblé pour votre ancienne carrière ?

Pour des raisons évidentes, il ne se vantait pas d'être un ancien Navy SEAL.

— La même nuit que tout ce merdier ? Ce serait un peu gros, non ?

— Certes, convint Parker. Je présume que les Russes sont remontés jusqu'à vous grâce à la fête. Comme ils ont perdu de vue Scarlett, ils se sont lancés à votre recherche. Est-ce qu'elle entend ce que je dis ?

— Non.

Elle essayait de tendre l'oreille, mais Matt se tenait à l'écart et Parker parlait doucement pour que sa voix ne porte pas.

— La fille LeMay est toujours portée disparue et il n'y a pas encore eu de demande de rançon. Je soupçonne qu'ils la gardent pour faire un échange. J'ai des programmes qui surveillent les Russes de l'ambassade, mais ils n'ont pas encore trouvé où ils pourraient la retenir prisonnière. Pour l'instant. Ils vont trouver, mais ça prend du temps, généralement quelques jours.

Scarlett prit une bouteille de bain de bouche et lui adressa un regard interrogateur.

Elle n'osait pas utiliser de bain de bouche sans autorisation, mais elle n'avait pas de problème à mettre sur écoute les dignitaires étrangers ?

Il fit un signe de tête. Elle dévissa le bouchon et le parfum prononcé de la menthe se répandit dans l'air.

— Frazer veut que nous commencions à examiner l'affaire Richard Stone au cas où quelqu'un aurait fait une erreur. Il faut être subtil. Malheureusement, Rooney et moi devons passer Noël avec sa famille – à mon grand regret – ce qui signifie que je vais travailler sur ce dossier depuis la Virginie occidentale.

Matt sentit un picotement de surprise.

— Il n'espère pas réellement trouver quelque chose dans ces vieux dossiers, n'est-ce pas ?

Le regard sombre de Scarlett se porta sur lui et il vit une étincelle d'espoir jaillir de ses yeux. *Bon sang.*

— Non. Mais il se demande pourquoi les Russes ont réagi de façon aussi excessive. Ça ne va pas le rassurer quand il apprendra que votre bateau a été sabordé.

Matt revit la masse d'objets enflammés qui jaillissaient dans les airs et se dit que le terme *saborder* ne décrivait pas fidèlement la violence de l'explosion.

— On a vérifié les bandes de surveillance du bureau de Dorokhov, mais seuls quelques jours sont conservés – du moins c'est ce qu'on nous a dit. Rien sur les vidéos n'indique quoi que ce soit à part que le gars est un connard.

Matt rit de cet euphémisme.

— Une idée de la raison pour laquelle ils le surveillaient ?

— Non. Je ne suis pas au courant, et Frazer non plus.

Et si Frazer ne le savait pas, il allait être difficile pour eux de le découvrir.

— Pouvez-vous rester là où vous êtes pendant quelques heures ? lui demanda Alex Parker.

Matt réfléchit.

— Non.

Il devait parler à Rhonda, qui quittait son poste un quart d'heure plus tard. Il voulait lui demander d'oublier qu'elle l'avait vu ce jour-là. Mais il y avait d'autres personnes qui travaillaient là et connaissaient son visage. Il ne faudrait pas longtemps à l'un d'entre eux pour appeler la police et leur dire que l'agent du FBI censé être au fond de l'océan était en fait caché dans la chambre de sa mère. Il ne voulait pas attirer les agresseurs à cet endroit. Ils devaient partir le plus vite possible.

Parker réfléchit à toute vitesse, comme le vétéran qu'il était.

— Vous avez plusieurs options. L'une d'entre elles consiste à révéler au monde que vous êtes vivant pendant que nous cachons Scarlett sous bonne garde quelque part. L'autre, c'est que vous disparaissiez tous les deux de la circulation jusqu'à ce qu'on trouve des preuves reliant les Russes à la tentative de meurtre d'un agent fédéral, ce qui devrait au moins permettre d'expulser Dorokhov, quel que soit son statut diplomatique. En fait, c'est à peu près tout…

En résumé, soit il aidait Scarlett à éviter ces connards, soit quelqu'un d'autre s'en chargerait. Matt se frotta la nuque en la regardant. Elle essayait maintenant de se coiffer devant le miroir au-dessus du lavabo, l'air frustré qu'un côté rebique.

— Quoi ? demanda-t-elle en le surprenant en train de la fixer.

Il ne répondit pas.

C'était Noël.

Le moment était très mal choisi pour arracher d'autres agents fédéraux ou US Marshals à leurs femmes et familles pour une durée indéterminée. Après l'incident du Minnesota où deux US Marshals avaient été abattus par une bande de terroristes alors qu'ils protégeaient le fils de Vivi Vincent, âgé de huit ans, l'organisation était encore sous le choc. Matt n'avait pas de projets pour les fêtes, à part prendre quelques jours de congé pour passer Noël avec sa mère, mais en réalité, elle se ficherait pas mal qu'il soit là ou non.

L'autre chose qu'il avait apprise dans les Teams, c'était que le travail passait avant tout. Il n'y avait de place pour la vie privée que quand le brouillard se dissipait. Même s'il voulait retrouver sa vie, il ne voulait pas abandonner Scarlett alors qu'il pouvait la protéger aussi bien que n'importe qui d'autre. Mieux que beaucoup de gens.

— Ces salauds ont fait sauter mon bateau, dit Matt à Parker, ce qui semblait être une réponse suffisante.

— Vous avez accès à un ordinateur ? Je vais vous envoyer les dossiers que Frazer a copiés – ça devrait vous tenir occupé pendant quelques heures.

— Ouaip.

Matt gardait un ordinateur portable dans un bureau fermé à clé pour pouvoir travailler et tenir compagnie à sa mère en même temps.

— Parfait. Ne l'allumez même pas avant que je vous crée

une nouvelle adresse e-mail intraçable. Ensuite, je transférerai l'e-mail sur ce compte. Je dois d'abord vous trouver un moyen de transport et de quoi vous équiper. Ça va prendre du temps. Une heure maximum.

Pour un gourou de la cybersécurité, il était très au courant de ce qu'on devait faire pour disparaître. Les avantages de travailler dans la clandestinité pour la CIA ?

— Merci beaucoup.

— Lazlo, dit Parker, d'un ton sérieux cette fois. Ils pensent que vous êtes morts, tous les deux. Mon conseil : faites en sorte que ça dure.

CHAPITRE NEUF

L A TETE D'ANDREI Dorokhov le lançait, séquelles du manque de sommeil et de l'alcool qu'il avait ingéré pour noyer sa fureur la nuit précédente. La douleur sourde dans son cerveau et l'impression d'avoir du sable dans les yeux étaient en accord avec son humeur. Il descendit du métro à Farragut North et prit l'escalator donnant sur la 17e rue. Prenant son temps, il coupa par le parc, passant devant la statue de l'amiral Farragut et son célèbre « Au diable les torpilles ». La double marque à la craie sur le banc le plus proche de lui indiquait le lieu de rencontre. Un élan de satisfaction le traversa et il laissa échapper un profond soupir. Cela faisait longtemps.

Il ne s'arrêta pas et ne regarda pas trop longtemps la trace de craie. Il se contenta de passer, la tête haute, son feutre noir baissé. Les rues de Washington n'avaient pas beaucoup changé en son absence, et les codes qu'il utilisait pour communiquer avec ses sources étaient gravés dans son esprit.

Il travaillait à l'ancienne, mais parfois c'était plus efficace que les nouvelles méthodes impliquant électronique et biométrie. Dans tous les cas, il était prudent. Le chapeau et les lunettes dissimulaient la plus grande partie de son visage. La canne qu'il portait et son léger boitement trompaient l'œil humain. Dorokhov savait se fondre dans un paysage américain. C'était de la tarte.

Il avait été un bon manipulateur, un véritable maître de l'espionnage, mais à présent, plutôt que de profiter des fruits de son succès, il craignait d'être exposé. Plus d'une décennie après les faits. C'était intolérable. Tout ça parce qu'une gamine stupide n'avait pas compris que le jeu était terminé et qu'il avait gagné.

Il retroussa les lèvres.

Il se rendit au parc Lafayette et observa les lumières de Noël qui décoraient les rues avoisinantes.

Il appréciait généralement les fêtes américaines. Il n'était pas un homme religieux. Il aimait les paillettes, le sentiment superficiel d'affinité pour son prochain, indépendamment de l'idéologie religieuse ou politique. L'avorton de Stone avait tout gâché, mais elle avait payé pour son audace. Un joli petit cadeau de Noël pour l'ancien agent du FBI tombé en disgrâce. Il avait été le fléau de son existence jusqu'à ce qu'il le piège pour les crimes mêmes qu'il l'accusait d'avoir commis. Cela avait été le point culminant de sa carrière au sein du SVR, mais malheureusement, le réseau d'espionnage s'était effondré juste après, et il s'était consacré à son rôle diplomatique, détournant l'attention en devenant inactif. Il n'y avait rien à gagner à livrer ses anciennes sources – cela donnait à l'opposition trop d'informations sur les secrets qui auraient pu fuiter et on ne savait jamais quand un moyen de pression pourrait s'avérer utile. La Russie savait la jouer à long terme, avec plus de patience et de discrétion que les Américains.

Andrei se força à se détendre. La CIA et le FBI n'avaient rien vu quatorze ans plus tôt, aucune raison de penser qu'ils étaient plus intelligents aujourd'hui. Et ils devraient faire très attention avant de l'accuser de quoi que ce soit de fâcheux. Il était l'ambassadeur de Russie, et non un attaché de bas niveau.

Il continua de déambuler dans les rues animées. Les gens s'empressaient de terminer leur travail pour pouvoir rentrer chez eux pour les fêtes. Les politiciens avaient fini, bien sûr, mais leurs sous-fifres maintenaient la ruche bourdonnante d'activité. Il avait toujours aimé les sous-fifres.

Une douleur lui vrilla le front, lui rappelant son penchant excessif pour la vodka et sa situation actuelle. Andrei avait une police d'assurance – la connaissance était le pouvoir après tout –, mais peut-être que cela ne suffirait pas. Peut-être qu'une petite incitation supplémentaire serait sage à ce stade. Son téléphone vibra contre sa hanche. Il répondit.

— Oui.

— Tu as fait sauter un putain d'agent du FBI ? Un Navy SEAL décoré ? Tu as perdu la tête ?

— Tu m'as dit de m'occuper de ma part du problème. C'est ce que j'ai fait.

Dorokhov s'amusa de la colère de son interlocuteur à l'autre bout du fil.

— Je t'ai dit de faire « profil bas ». Maintenant, on a une cellule de gestion de crise sur place et le NCIS qui crie au meurtre. Tous les Navy SEALs du monde ont rejoint la cause. Et merde.

Il descendit du côté ouest de la Maison-Blanche. L'actuel président des États-Unis, Joshua Hague, était un imbécile indécis. Il aimait le voir se tortiller alors que les menaces des extrémistes islamiques frappaient toujours plus près de chez lui. Ils menaçaient sa patrie depuis des décennies.

— Qu'ils s'impliquent tous. Laisse le NCIS et le FBI se battre pour essayer de tirer les choses au clair. Je peux m'arranger pour qu'ils s'inquiètent tous d'un éventuel complot terroriste contre des Navy SEALs retraités, plutôt que de regarder dans ma direction ou dans la tienne.

Il se déplaça pour avoir une bonne vue de la Maison-Blanche depuis le sapin de Noël national. C'était un bâtiment élégant, si petit comparé à toute la puissance qu'il contenait. Un sniper se leva et changea de position sur le toit. Andrei l'observa pendant un moment. La sécurité avait été renforcée à la suite de la récente tentative d'assassinat du président et de la mort inattendue du vice-président.

Dorokhov ne savait pas qui allait remplacer Ted Burger, mais qui que ce soit, ce serait forcément préférable pour le Kremlin. Burger s'était avéré être un grincheux intraitable qui détestait les Russes par principe. Il avait été intelligent et impitoyable. Dorokhov avait des contacts chez les politiciens et une équipe qui se renseignait sur les candidats à la vice-présidence. Pour les hommes comme lui, les scandales valaient plus qu'un œuf de Fabergé incrusté de diamants.

— Le FBI sait que vous en aviez après la fille. Vous allez être en tête de la liste des suspects.

— J'ai un alibi solide, comme tous mes collègues, sans parler de « l'immunité diplomatique ».

L'homme grogna.

— J'aurais dû te trancher la gorge il y a des années…

— *Da*. Tu aurais dû, le nargua Dorokhov.

Ou ne pas trahir ton pays.

— Tu as fait ta part ?

— C'est arrangé.

— Et les derniers détails ?

Dorokhov continua à marcher le long du chemin menant au Mall.

— Je m'en charge.

— Alors on s'est tout dit.

— Attends.

Il y eut un silence.

— Et l'autre femme ?

— Eh bien quoi ?

Dorokhov regarda le ciel d'étain. Il aurait voulu que la neige recouvre la ville de sa beauté et lui rappelle son pays, mais il devrait visiblement se contenter d'une pluie maussade.

La longue pause à l'autre bout de la ligne suggérait que l'homme évaluait ses options.

— Ça pourrait valoir la peine de la garder un moment…

Dorokhov sourit. C'était exactement ce qu'il pensait. Il raccrocha. Il poursuivit son chemin et passa devant le paisible Mémorial du Vietnam, qui scintillait à la lueur de l'aube. Il n'avait jamais été fan de la guerre ; il voyait son ancien rôle comme un moyen d'éviter des morts inutiles en garantissant l'équilibre des pouvoirs. Tous les pays le faisaient. Il avait juste été meilleur que les autres.

Il continua d'avancer. Les rues étaient plus calmes. Les employés étaient au bureau à présent. Il était trop tôt pour les touristes. Il faisait trop froid pour les locaux. Il se dirigea vers le Lincoln Memorial, avec un sentiment d'appréhension familier. Il se sentait à nouveau vivant. Depuis le temps.

Son contact était assis sur l'un des bancs de pierre au niveau des marches inférieures. Avec un bonnet en laine. Un col relevé. Des lunettes de soleil.

Dorokhov s'assit lourdement, à environ 30 cm de lui, soufflant un nuage de brume glacé. L'assise était impitoyable, lui rappelant qu'il était trop vieux pour ce genre de vie.

— Je veux retrouver ma fille.

Il sourit.

— Je ne sais pas de quoi tu parles.

Les articulations de LeMay brillaient sur sa peau claire.

— Tu veux que je t'expose ?

Andrei ricana.

— Et te sacrifier ? Tu n'en aurais pas le courage.

— Je veux retrouver ma fille, répéta LeMay. Je ne plaisante pas.

Dorokhov plissa les yeux. Le mal de tête lancinant lui martelait encore les tempes.

— Qu'est-ce qu'elle faisait là ? Qu'espérais-tu trouver ?

— Je ne savais pas qu'elle était venue avant que les fédéraux ne débarquent. Je lui ai dit *moi-même* de décliner l'invitation.

— Tu me dis que c'est une coïncidence qu'elle ait emmené la fille de Stone ?

— Angel et Scarlett sont les meilleures amies du monde depuis qu'elles sont toutes petites. J'ai essayé de décourager cette relation, mais…

— Tu ne savais pas que la fille de Stone avait installé des mouchards dans mon bureau ?

Le visage de LeMay devint d'une lividité cireuse.

— Elle n'a pas fait ça ?

— Oh que si, elle l'a fait.

— Quelle stupide petite salope. Elle a découvert quelque chose ?

Les yeux de LeMay étaient à présent écarquillés de peur.

L'autopréservation prenait toujours le pas sur la véritable compassion – chose qu'il fallait exploiter. Dorokhov sourit.

— Non. Je suis plus prudent que ça. Donc tu n'es pas derrière tout ça ?

— Pourquoi le serais-je ?

— Peut-être que tu avais envie d'un peu de piment ?

— J'aime ma vie. Le passé est passé.

— Le passé n'est jamais passé. J'ai encore toutes les preuves dont je disposais.

Les lèvres de LeMay se retroussèrent.

— Je ne travaillerai plus jamais pour toi.

— Même pas pour sauver ta fille ?

Ses yeux se déplacèrent nerveusement pour scruter les arbres qui bordaient le Mall.

— Le FBI est chez moi et surveille mes moindres mouvements.

— Tu les as au cul ?

— Bien sûr que non. Je leur ai dit que j'avais besoin d'air. Ils n'ont pas eu le temps de me faire suivre.

La lourdeur des poches sous les yeux de LeMay suggérait un manque de sommeil et l'inquiétude d'un parent.

— Tu sais que je n'aime pas être contrarié. Surtout pas par Richard Stone.

Son rire était amer.

— Je pense que tu as eu ta revanche sur lui. Je ne t'ai pas contrarié, *moi*. Ma fille ne t'a pas contrarié. Scarlett aime son père ; il a dû lui dire qu'il te soupçonnait d'être un espion à l'époque. Mais ça n'a plus d'importance, maintenant. Stone est mourant, tu le savais ?

— Il doit mourir plus vite. Personne ne se moque de moi et ne s'en tire à bon compte.

— S'il te plaît, laisse ma fille partir, tenta de l'amadouer LeMay, mais ce n'était pas son registre de prédilection. Ce n'est qu'une jeune femme qui aime faire la fête, elle ne voulait pas faire de mal.

Dorokhov afficha un petit sourire.

— Je suis sûr qu'elle apprécie beaucoup la fête en ce moment, où qu'elle soit.

— Si tu la touches…

La voix de LeMay vibrait de colère.

Dorokhov rit doucement et se leva.

— Des menaces en l'air, et tu le sais. Tu apprécierais de la récupérer, même en morceaux.

Il s'éloigna, descendant le Mall d'un pas nonchalant. Une fois ses fonctions officielles terminées pour la journée, il pourrait rendre visite à Angel LeMay et voir exactement à quel point elle aimait faire la fête. Il était intrigué, et se sentait quelque peu vindicatif. Il l'avait mérité.

———

RICHARD STONE ETAIT allongé sur le lit après sa chimio. Il aurait préféré être mort. Toutes les cellules de son corps se rebellaient contre le poison dans son système. Il ne savait pas pourquoi il s'en souciait. Peut-être voulait-il faire perdre au système autant de temps, d'efforts et d'argent que possible – une petite revanche par rapport à ce que le système lui avait fait. Peut-être s'accrochait-il parce que la mort était l'ultime aveu d'échec. Ce n'était pas parce qu'il espérait être disculpé. La personne qui l'avait piégée avait veillé bien longtemps auparavant à ce que cela ne se produise pas.

Il regarda les murs en béton autour de lui, le médecin et les infirmières au visage sombre chargés de son traitement. Telle était sa vie, cette existence stérile dans un purgatoire mental et physique. Il aurait préféré être mort. S'il n'avait pas été aussi têtu, il aurait pu refuser le traitement et laisser le cancer envahir son corps et en finir avec lui. Avec la chance qu'il avait, le cancer l'emporterait de toute façon.

Il y avait trois autres patients à l'infirmerie. L'un d'eux était sous dialyse. On contrôlait la glycémie d'un diabétique. Le dernier se tordait de douleur sur son lit.

L'un était un terroriste, un autre un membre d'un cartel de la drogue mexicain, l'autre avait tué quatre personnes en braquant une station-service. C'étaient ses pairs. Pas étonnant qu'il se sente malade. Il était reconnaissant d'être en isolement, mais certains jours il avait l'impression que sa tête allait exploser tant son existence était monotone. Il aurait voulu faire une randonnée en montagne, sentir le soleil sur sa peau et faire l'amour à sa femme.

Aucune chance.

Des années plus tôt, il avait proposé de mener des études psychologiques sur ses codétenus, mais les responsables ne voulaient pas qu'il parle à qui que ce soit. Il savait que la raison officielle était qu'il pourrait transmettre d'autres secrets aux Russes – comme s'il savait quelque chose que le véritable espion n'avait pas déjà divulgué à ses bienfaiteurs russes. La réalité était que quelqu'un, quelque part, ne voulait pas qu'il découvre et révèle exactement qui l'avait piégé. Ils avaient peur de lui, et cela le rendait extatique.

Une autre nausée le prit et il se recroquevilla sur le côté, luttant contre l'envie de vomir. La sueur collait ce qui restait de ses cheveux sur son front. Il sentit une odeur nauséabonde et se rendit compte que c'était la sienne. Formidable. Avec la chance qu'il avait, il n'aurait pas la possibilité de se laver avant la visite de Susan et c'était ainsi qu'elle le verrait la veille de Noël. Puant et malade. *Bon sang.*

La colère face à l'injustice bourdonnait encore dans ses veines, non pas parce que *sa* vie avait été ruinée, mais pour Susan. Personne ne devrait avoir à endurer ce qu'elle avait enduré. C'était rare de s'accrocher à cette haine pendant si longtemps, mais il avait de nombreuses raisons de le faire et peu d'autres façons d'occuper son temps.

Ce n'était pas sain – il sourit sombrement à cette pensée –, mais c'était préférable à la seule alternative possible à la colère dans cet enfer, l'apathie. Il n'avait pas découvert lequel de ses collègues était le véritable espion, mais il avait réduit la liste à six noms – tous des soi-disant amis.

Il avala la salive qui s'était accumulée dans sa bouche.

Quelle différence cela faisait-il ? Il ne pouvait pas révéler leurs noms sans mettre Susan et Scarlett en danger, et c'était hors de question. Il était si fier d'elles, et si navré de tout ce qu'il leur avait fait subir. Il n'avait jamais imaginé qu'il se retrouverait là.

Il avait noté ses soupçons dans un carnet avec un code que Susan et lui avaient élaboré lors de leur première rencontre. À l'époque, c'était un jeu inoffensif. Désormais, c'était une question de vie ou de mort. Il ne faisait aucun doute que le directeur transmettrait ce carnet au FBI après sa mort. Avec sa chance, il tomberait entre de mauvaises mains et personne ne découvrirait jamais ses soupçons.

Personne ne s'en soucierait.

Mais il y tenait tout de même.

Il sentit la nausée le gagner. Il se pencha et vomit dans une barquette en carton, hoquetant jusqu'à ce qu'il ait mal à la gorge. Formidable. Il se rinça la bouche avec un peu d'eau, puis passa sa main dans ses cheveux, arrachant quelques mèches au passage.

Pauvre Susan, elle avait gâché toute sa vie avec lui. Au moins, Scarlett était jeune. Un jour, elle pourrait peut-être mettre derrière elle toutes ces horreurs et avoir une belle vie.

Ses menottes s'emmêlèrent lorsqu'il bougea les jambes. Au moins, il n'avait pas fait dans son pantalon cette fois. Il n'y avait pas de petite victoire.

Un type baraqué avec des tatouages sur chaque centimètre carré de sa peau passa à côté de lui en montrant les dents.

Pauvre type.

Si Richard était « le plus grand traître du nouveau millénaire » selon le juge qui l'avait condamné à six peines à perpétuité sans possibilité de libération conditionnelle, il n'en restait pas moins un ancien agent fédéral aux yeux de nombreux détenus. Il était heureux d'avoir une cellule pour lui tout seul. Au milieu de la population carcérale, il n'aurait pas tenu une heure.

Une autre vague de nausées le submergea. La chimio, c'était vraiment atroce.

Il surprit un mouvement du coin de l'œil et leva instinctivement le genou pour se défendre. Il dévia un surin qui filait droit vers son ventre, et le plastique dur s'enfonça dans sa cuisse, traversant ses muscles comme un couteau chauffé au fer rouge. Une douleur lancinante enflamma son corps. Les menottes de l'autre homme firent du bruit sur le sol. *Et merde !* Le type – le membre d'un cartel de la drogue mexicain – fondit de nouveau sur lui, en visant son visage cette fois. Richard saisit le poignet de l'homme et l'agrippa fermement, essayant de crier, mais rien ne sortit et il n'avait pas vraiment de force dans les bras. Où diable étaient les gardes ?

Des encouragements s'élevèrent tout près, comme lors d'une bagarre de cour d'école.

— Plante-moi cet enfoiré, fit le connard de suprémaciste blanc, offrant un spectacle rare d'harmonie interraciale.

La main de Richard glissait, et le couteau se rapprochait de son œil. *Et merde.* Il ne voulait pas mourir comme ça.

Ses muscles tremblaient, mais il pivota sur le côté, se souvenant de son entraînement du FBI. Le type tomba sur lui, le plaquant sur le lit. Le pied à perfusion s'écrasa sur le sol lors de la torsion, et il enfonça la tête du Mexicain dans son pot de chambre. Le skinhead se mit à rire aux éclats. Finalement, il y eut un cri, et l'alarme fut déclenchée. Les sirènes retentirent. Les lumières clignotèrent.

Dieu merci. Il avait survécu à l'attaque. Puis il sentit quelque chose appuyer contre son abdomen un instant avant de transpercer sa peau et de s'enfoncer profondément. Une vague d'agonie déferla en lui. La douleur inonda la moindre synapse, le moindre nerf. Le Mexicain grimaça, à deux doigts de son visage.

— *Marlon* te passe le bonjour, enfoiré.

Richard était sur le point de s'évanouir lorsque l'homme sortit le couteau et le poignarda à nouveau. Bon sang. La douleur était indescriptible. Il avait vu un millier de films où des gens se faisaient poignarder, mais il n'avait jamais imaginé la nature dévorante de cette douleur. Un garde entra en courant et neutralisa l'homme. Trop tard. Le Mexicain s'en alla tranquillement, avec un sourire malade, visiblement satisfait de lui-même. Richard appuya son bras contre ses blessures. Marlon ? Qu'est-ce que c'était que ce bordel ? Ne mourait-il pas assez vite au goût de ce salaud ? *Et merde.*

Le personnel médical se précipita vers lui. On enferma les autres détenus. Il commençait à avoir du mal à respirer.

— S'il vous plaît, dit-il à un garde qu'il connaissait depuis des années. Dites à Susan de faire attention. Elle est en danger.

Sa vision se pixellisa en un gris monochrome. Il devait à tout prix l'avertir.

— Marlon...

CHAPITRE DIX

S CARLETT FAISAIT LES cent pas dans la suite du motel, qui comprenait un petit salon, une kitchenette et une grande chambre. Elle ne manquait pas d'espace, mais elle ne savait pas combien de temps elle supporterait d'être enfermée. Elle avait du mal à contenir son énergie. Et si elle ne parvenait pas à prouver que son père était innocent? Et si Dorokhov continuait à la poursuivre? Elle avait peur pour sa propre sécurité, mais elle était aussi en colère contre elle-même. Elle avait entraîné d'abord Angel, et maintenant Matt, dans ce pétrin.

Une pensée la frappa.

— Vous ne pouvez pas faire semblant d'être mort. Et si vos amis le voient aux informations? Vous ne pouvez pas leur faire ça.

Elle ne voulait pas que d'autres personnes aient à souffrir de ses actes.

— La plupart d'entre eux sont hors du continent américain et n'en entendront pas parler avant quelques jours, date à laquelle, espérons-le, ce sera terminé. De toute façon, ce sont de grands garçons, ils savent comment ça fonctionne. Ils tiendront le coup. Ma mère ne risque pas de s'inquiéter. Frazer le dira à Jed Brennan, qui travaille avec moi.

Il haussa les épaules.

— C'est tout ce que je peux faire. Les autres devront prendre sur eux pour l'instant.

Ma mère ne risque pas de s'inquiéter. Il l'avait glissé avec tant de désinvolture.

— Et vous ? demanda-t-il.

— Moi ? fit-elle. Personne n'a de raison de croire que j'étais sur votre bateau, sauf peut-être Angel. L'ASAC Frazer pourrait-elle lui faire savoir que je vais bien ?

Il grogna, ce qu'elle prit pour un assentiment. Elle se frotta les bras, contrariée à l'idée d'être séparée de sa meilleure amie quand bien même c'était de sa faute.

— Mon patron est en Écosse et la plupart des étudiants diplômés sont déjà partis pour les fêtes. Je ne manquerai à personne au travail pendant au moins une semaine, probablement deux. Il faudra que je contacte ma mère à un moment aujourd'hui.

Elle lut le refus dans son expression et leva une main.

— Elle s'attend à avoir de mes nouvelles et elle paniquera si elle n'en a pas. Nous avons un code secret pour faire savoir à l'autre que tout va bien. Vous pouvez passer l'appel, ou même Frazer – ce qui serait logique, car il l'appellerait s'il pensait vraiment que je suis morte sur votre bateau, non ?

Il passa une main dans ses cheveux courts.

— En effet. Très bien, on peut probablement trouver quelque chose à dire à votre mère, mais le fait est qu'elle doit faire croire qu'elle s'inquiète pour vous, sinon les Russes se douteront que vous n'êtes pas morte.

Sa mère était bien placée pour comprendre ce qui était en jeu. Scarlett faisait les cent pas, allant de la porte à la table.

— Vous me rendez fou.

Matt était assis à la minuscule table à manger, penché au-dessus d'un ordinateur portable. Il lui indiqua une chaise.

— Asseyez-vous.

— Je suis désolée. Je ne suis bonne à rien.

Elle s'immobilisa, tout en sachant que cela ne durerait pas longtemps. Si son cerveau n'était pas occupé, alors son corps devait l'être.

— Est-ce que je peux consulter mes e-mails ?

— Bien sûr, fit-il d'une voix traînante. Tout le monde sait que les morts téléchargent leurs messages.

Elle sentit la chaleur lui monter aux joues. *Et merde !*

Plus tôt, il avait agi comme s'il était attiré par elle. À présent, il agissait comme si elle était une gamine agaçante, ce qu'elle comprenait. Elle comprenait tout à fait qu'elle lui avait causé beaucoup de problèmes, que son bateau avait explosé et qu'il avait failli se faire tuer à cause d'elle. Mais il avait également fait ses choix, comme la droguer et l'empêcher d'aller chez Dorokhov la nuit précédente. Ces décisions avaient aggravé la situation, même si elles lui avaient sauvé la vie. Ce cauchemar n'était pas entièrement de son fait à elle, ou du moins elle ne l'avait pas forcé à s'embarquer dedans.

Mais ce n'était peut-être pas juste. Il essayait de l'aider. La galanterie existait encore.

— Que faites-vous ? demanda-t-elle.

— Frazer m'a envoyé des fichiers à lire.

— Concernant l'affaire de mon père ?

Il lui adressa un regard dur. Il lui manquait l'éclat qu'elle avait vu dans ses yeux lorsqu'ils s'étaient rencontrés.

Le regret de ne pas pouvoir revenir en arrière et changer ce qu'elle avait fait la tourmentait. Puis elle se souvint des yeux chaleureux de son père et de l'amour profond et durable qu'il avait pour sa famille et son pays, et elle se secoua. Les regrets étaient une perte de temps. Matt et elle n'auraient jamais eu la chance de vivre plus que quelques heures de passion aveugle, et cela à supposer qu'elle ait continué à lui mentir sur son identité.

La passion aveugle semblait être une sacrée alternative à la situation dans laquelle elle se trouvait actuellement.

Un frisson s'empara d'elle.

Ce n'était pas seulement son physique qui l'attirait. Ce qui se passait derrière ses yeux l'intriguait. Elle voulait connaître le vrai Matt Lazlo. L'homme derrière l'uniforme, derrière l'insigne. La tension dans la pièce s'accrut. Sa peau grésilla, comme sous l'effet d'une décharge électrique. Ses tétons durcirent et son pouls s'accéléra. Elle serra les cuisses, essayant de dissiper son excitation, mais cela ne fit qu'empirer les choses. C'était assez pénible de se retrouver coincée là avec un homme qui croyait son père coupable. Elle n'avait pas besoin de le désirer en plus du reste.

Il lui fallait une distraction et vite.

— Est-ce que je peux lire les dossiers ?

C'était peut-être sa seule chance d'examiner les preuves que le FBI avait recueillies.

Matt la fixa longuement et durement, pesant clairement le pour et le contre. Finalement, il haussa les épaules, hocha la tête et tira une deuxième chaise à côté de la sienne.

— Comment va votre épaule ? demanda-t-elle en s'asseyant.

Leurs cuisses étaient si proches qu'elles se touchaient presque. Ses muscles se contractèrent lorsqu'il releva sa manche et elle vit une égratignure de cinq centimètres qui aurait pu être bien pire.

Elle croisa son regard.

— Je suis désolée que vous ayez été blessé.

— Ce n'est qu'une égratignure.

Il rabaissa sa manche.

Elle déglutit, douloureusement consciente de sa présence à ses côtés. *Concentre-toi.* Il l'avait arrêtée, elle ne devait pas l'oublier. Il l'avait menottée et traînée au siège du FBI.

Pour ton propre bien. Pour te protéger.

Ses doigts martelaient la table. Il les regarda fixement et fit un signe de tête vers le dossier à l'écran.

— Vous voulez voir ou non ?

Scarlett commença à lire et parvint presque à oublier que Matt Lazlo était assis si près d'elle qu'elle pouvait sentir sa chaleur et le parfum du savon qu'il avait utilisé sous la douche.

La première série de documents contenait une liste de boîtes aux lettres mortes et de codes supposés avoir été trouvés dans le bureau de son père. Il s'agissait sans aucun doute de codes russes, datant sans doute d'après l'éclatement de l'Union soviétique. La seconde était une liste d'informations prétendument remises aux Russes, y compris les noms d'agents à l'étranger. Puis des preuves que son père avait pu accéder aux informations avec son habilitation de sécurité. Sa gorge se noua en lisant les noms des six agents morts. Deux d'entre eux étaient morts en prison – battus et torturés, bien que les autorités aient nié toute responsabilité. Trois avaient subi de mystérieux « accidents » et un avait avalé une capsule de poison – qui ne lui avait pas été fournie par les États-Unis.

C'était un bilan terrible, mais elle ne croyait pas une seule seconde que son père en était le responsable. Il était aussi une victime.

Ensuite, il y avait l'entretien initial. Elle lut la transcription. Des questions sans fin et répétitives sur son implication.

Chaque fois, il avait nié être le traître et avait exhorté l'enquêteur à continuer à chercher le véritable espion. Il avait été piégé – il avait dû le dire une centaine de fois.

Puis elle en vint aux résultats du polygraphe. L'examinateur avait conclu au mensonge.

— Sur des bases très scientifiques, se moqua-t-elle.

— Le polygraphe n'est qu'un outil, Scarlett. C'est pour ça que ces informations figurent dans le dossier de l'affaire et ne sont pas conservées comme preuves. Elles ne sont pas admissibles devant un tribunal parce que ce n'est pas une science exacte.

— Alors à quoi bon ? marmonna-t-elle avec colère.

— C'est un moyen de pression, dit-il en faisant preuve de patience. Il a échoué au test, puis il a avoué. Point final.

Très bien. Elle n'était peut-être pas une experte de la nature humaine, mais elle comprenait les notions de fierté et de préservation de soi. Elle savait quand se ressaisir et faire machine arrière.

Ensuite venait la confession. C'était difficile à lire. Son père avait admis avoir vendu des secrets aux Russes sur une période de cinq ans, pour plus de trois cent mille dollars en espèces.

— Ils n'ont jamais trouvé un centime.

Elle sentit la nausée la gagna et se félicita de n'avoir rien mangé.

— Il l'a peut-être dépensé ?

— Comment ? La maison était hypothéquée, il conduisait une Pontiac et ma mère avait un van Chevrolet.

— Ou il l'a caché. Peut-être que votre mère sait où il se trouve ?

Il essayait de résoudre une énigme, pas d'être insultant.

Elle essayait de sauver son père et de blanchir son nom. Mais d'un point de vue scientifique, l'objectivité était reine.

— Alors pourquoi ne l'a-t-elle pas récupéré quand la banque a failli saisir notre maison en 2008 ? demanda Scarlett.

Les yeux noisette de Matt étaient d'un vert mousse chaleureux ce jour-là. On y lisait de la compassion et de la pitié. Elle détestait la pitié. Elle détourna les yeux.

L'entretien suivant était complètement différent. Après un premier aveu de culpabilité, son père énumérait les dates et les heures où il avait fait les livraisons.

Elle désigna l'écran.

— Ça n'a aucun sens… Le vingt-neuf novembre, c'est mon anniversaire. À 19 heures, il n'était pas dans un cimetière du Maryland à trahir son pays. Il allumait douze bougies sur mon gâteau d'anniversaire.

— C'était il y a longtemps.

Elle le fusilla du regard.

— Les enfants n'oublient pas ce genre de choses.

Elle sentait la chaleur de son corps tant il était près d'elle. Elle prêtait attention à la moindre de ses inspirations, au moindre de ses mouvements. Ses pupilles se dilatèrent.

— Peut-être qu'il s'est trompé de date ? suggéra Matt, en ignorant la chose étrange qui se passait entre eux.

— C'était un père dévoué avec une fille unique. Ce n'était pas vraiment difficile de se souvenir des anniversaires.

Une lueur dans ses yeux lui en dit plus sur son propre père qu'il ne l'admettrait jamais.

Et merde.

— Personne au service de contre-espionnage n'a vérifié ces dates ? Ce n'est pas censé être leur travail ?

Matt se pencha plus près de l'écran et fronça les sourcils.

— Ils auraient dû. L'affaire n'est pas allée jusqu'au procès, alors peut-être que les suites n'ont pas été versées au dossier, mais ont plutôt atterri sur un bureau.

Il gratta la barbe blonde foncée sur sa mâchoire. Ses iris avaient des taches dorées et des bords sombres qui soulignaient leur couleur inhabituelle.

Irritée, elle détourna le regard. Elle ne voulait pas vivre l'angoisse d'être forcée de rester avec un homme qui savait qu'elle était attirée par lui, mais qui ne ressentait pas la même chose. D'après son expérience, le désir, ou quel que soit le nom qu'on lui donnait, ne valait pas les conséquences désagréables qui s'ensuivaient.

— Donc, même en sachant qu'en écrivant cette date précise, il s'offrait un alibi infaillible, il est toujours coupable ? Pourquoi le reste du FBI ne fait-il pas son travail correctement ? Pourquoi est-il normal qu'ils aient laissé passer des détails alors que toute sa vie dépendait d'eux ?

— Il a *avoué*.

La bouche de Matt se crispa, témoignant de son impatience, mais il fronça les sourcils.

— Pourquoi des alibis infaillibles ?

Il était intéressé et il fallait qu'il le reste.

— Parce que les LeMay étaient avec nous. Ils étaient des amis proches de la famille pendant de nombreuses années avant…

Elle avait l'impression d'avoir un caillou coincé dans la gorge, mais elle ne voulait plus tergiverser à ce sujet.

— … avant qu'il ne soit arrêté pour trahison.

Matt pencha la tête sur le côté, plissa les yeux, mais garda ses pensées pour lui. *Très bien. Peu importe.* Elle aurait aimé pouvoir parler à Angel. *Bon sang.* Scarlett ne pourrait pas en vouloir à son amie si elle refusait de la voir après ça.

— Et si on mettait les informations pour voir où ils en sont dans les recherches ? proposa Scarlett, désireuse d'avoir un bruit de fond pour la distraire de l'homme à côté d'elle.

— C'est inutile. Frazer ou Parker nous contactera s'il y a une véritable percée dans l'affaire. Le reste n'est que désinformation et spéculation.

Elle croisa les bras tandis qu'un frisson la gagnait.

— Vous avez confiance en eux ?

— Frazer ? J'ai travaillé avec lui au cours des trois dernières années. Il peut être un bâtard froid par moments, mais il obtient des résultats et il se soucie de faire ce qui est juste.

Il fit rouler ses épaules comme s'il était resté trop longtemps dans la même position.

— Je ne connais pas Parker. C'est un expert en cybersécurité et un ancien de la CIA par l'intermédiaire de l'armée. Je ne dirai pas que je lui fais *confiance*, pas encore, mais si je me fie à mon instinct ? Alors, oui. En plus, si quelqu'un peut relier les Russes à ce sniper ou à mon ancien bateau, c'est bien Parker. Et Frazer a assez de poids sur la scène politique pour nous aider.

Le nom de Frazer lui semblait familier.

— Est-ce qu'ils ont été impliqués dans cette attaque terroriste récente ? Vous étiez ami avec le type qui s'est fait tirer dessus ?

Matt se tortilla sur son siège, mal à l'aise.

Elle leva la main pour lui dire de passer à autre chose.

— Je suis désolée. Vous n'avez pas besoin de répondre. J'ai oublié à qui je parlais pendant un moment.

Ils n'étaient pas égaux. Elle était intéressée parce que le président avait été attaqué. Mais il parlait à la fille d'un espion condamné d'une chose probablement personnelle, classifiée et qui ne la regardait pas. Le fait qu'il refuse de dire quoi que ce soit faisait de lui un professionnel qu'elle respectait, mais cela lui rappelait leurs différences et cela faisait mal. Elle lui adressa un petit sourire d'autodérision.

— Je suppose que, sur le papier, ce serait l'occasion parfaite pour moi d'essayer de vous séduire et de vous faire coopérer.

Inexplicablement, des larmes lui montèrent aux yeux et elle dut cligner rapidement des paupières pour les cacher. Elle essaya de se lever et de s'éloigner, mais il lui attrapa le bras.

— Qu'est-ce que vous attendez de moi, Scarlett ?

Elle inspira profondément.

— Rien. Je n'attends rien de vous.

Elle essaya de s'éloigner, mais il ne la laissa pas faire. Une boule d'émotion lui nouait la gorge. Que voulait-elle ? Elle voulait qu'il lui fasse confiance. Elle voulait qu'il la traite comme une égale. Pas comme une traîtresse. Elle voulait d'autres choses qui n'étaient pas importantes en ce moment.

— Je veux découvrir qui a piégé mon père. Je veux trouver le vrai traître et je veux que mon pays s'excuse auprès de l'ancien agent du FBI Richard Stone avant qu'il ne meure.

Sa voix tremblait, mais ne se brisa pas.

— Alors, examinons les dossiers. Voyez ce que nous pouvons trouver.

Il le dit de façon rationnelle, sans émotion, parce que ce n'était pas son père qui pourrissait en prison. Et il ne la croyait pas de toute façon.

Elle se rassit. Elle était stupide.

— Bien sûr.

Le temps pressait et les Russes l'avaient acculée dans un

coin.

Elle jeta un coup d'œil aux autres dates des supposés actes de trahison de son père. Des anniversaires, l'anniversaire de mariage de ses parents. Cela ne pouvait pas être une coïncidence. C'était un message. Ses collègues n'avaient pas vérifié, ou ne s'en étaient pas souciés.

— Il a délibérément utilisé des dates pour lesquelles il avait un alibi et personne n'a jamais remis en question l'une d'elles ?

Matt regarda de plus près, puis sortit une série d'images scannées de ce qui semblait être des tracés scientifiques.

— Est-ce que ce sont les résultats du polygraphe ?

Matt acquiesça. Il la regarda fixement.

— Frazer a réussi à mettre la main sur les fichiers audio classifiés aussi. Vous voulez les écouter ?

Elle se redressa sur son siège.

— Bien sûr.

Matt cliqua sur un bouton. Une voix masculine inconnue indiqua la date, l'heure et le numéro de dossier, puis demanda à son père de confirmer son identité.

— Agent du FBI Richard Stone. C'est des conneries, Ken. Tu le sais bien.

Elle avait l'impression d'avoir été percutée par un camion. L'examinateur ne répondit pas au commentaire furieux de son père. Entendre sa voix si forte et si indignée la bouleversa. Matt n'y fit pas attention. Il essayait de suivre l'interrogatoire et de faire correspondre les images scannées des polygraphes.

Oh, papa.

Elle chassa le chagrin. Elle n'avait pas le temps pour ça. Elle ne pouvait pas se permettre de se vautrer dans le chagrin, pas quand il y avait un mince espoir qu'elle puisse encore laver son honneur. Mais le cancer allait le lui enlever plus définitivement encore que le soi-disant système judiciaire. Dans peu de temps, cela n'aurait plus d'importance. Elle ne voulait pas qu'il meure dans le déshonneur. Elle ne voulait pas qu'il meure, tout court.

— Les lumières sont-elles allumées dans la pièce ? demanda l'examinateur.

— Ouaip, répondit son père. C'est éclairé comme le QG de la Gestapo.

Il y eut une longue pause, comme si l'examinateur réprimandait silencieusement son père.

— Sommes-nous mercredi ?

— Oui, Ken, on est mercredi, sauf si tu es en Australie, auquel cas on est déjà jeudi. Ces questions doivent être plus précises, tu sais ? Sinon, tu pourrais finir par faire une grave erreur.

Scarlett avait envie de sourire, mais elle savait que sa bravade n'avait pas duré. À un moment donné, peu de temps après avoir échoué au polygraphe, il s'était effondré et avait capitulé.

Matt continuait à travailler sur le son et les images, les comparant dans les moindres détails, rembobinant certaines parties et les rejouant. Il notait des indications temporelles et écrivait sur un bloc de papier.

Il renouvela le processus encore et encore. Scarlett alla leur faire un café à tous les deux. Ce n'était pas en se détendant, en dormant ou en gardant ses questions pour elle qu'elle avait obtenu son doctorat à vingt-deux ans. Lorsqu'elle revint, Matt était penché sur sa chaise et tapait avec son stylo sur la table. Elle devinait à son expression qu'il avait remarqué quelque chose de curieux. Elle essaya de réfréner son excitation.

— Qu'est-ce qu'il se passe ?

Le visage de Matt se ferma. En tant que SEAL et agent fédéral, il devait probablement garder l'information secrète, mais pour sa partenaire d'enquête, c'était vraiment frustrant.

Ce n'est pas ton partenaire.

— J'ai fait des études de psychologie avant de devenir un homme-grenouille.

— Impressionnant.

Il plissa les yeux.

— On ne peut pas tous être des enfants prodiges.

— Hé, c'est *votre* préjugé qui transparaît, pas le mien. *Moi,* je trouve que c'est impressionnant. Un type avec votre physique aurait pu faire des tas de choses de sa vie n'impliquant pas des études.

Elle grimaça. Bon sang. Ce qu'il ne lui faisait pas dire…

— Joueur de la NFL, flic, maire d'une petite ville du Texas, mannequin, superhéros, danseur du ventre professionnel.

Si elle continuait à parler, peut-être oublierait-il le fait qu'elle lui avait dit qu'elle le trouvait beau. Comme si elle avait besoin de plus de clous pour son propre cercueil.

Il poussa un profond soupir.

— Le fait est que… on s'amusait à se soumettre au polygraphe les uns les autres et on jouait à action ou vérité, dit-il avec un sourire espiègle, alors j'ai une certaine expérience en la matière. Ces tracés ne semblent pas correspondre à l'entretien ou aux réponses données par votre père.

Action ou vérité avec un polygraphe ? Elle n'était peut-être pas la seule intello de la pièce.

— Qu'est-ce que vous voulez dire ? Ce ne sont pas les tracés du polygraphe de mon père ? Pourquoi les aurait-on remplacés ?

Scarlett peinait à contenir son excitation. Il y avait probablement toutes sortes d'explications rationnelles, mais elle n'en croyait aucune.

— Il est probable qu'il ait passé plusieurs entretiens et que cet enregistrement soit celui d'un autre polygraphe.

Il fronça les sourcils devant les images.

— Ou ils ont mélangé les tracés accidentellement.

Il désigna l'écran.

— Ce numéro est-il différent du reste ?

Elle regarda de plus près, consciente du fait que le visage de Matt était si proche du sien que si elle tournait la tête juste un peu, ses lèvres effleureraient sa joue.

— Il est un peu plus sombre que les autres chiffres, et semble un peu décalé.

— Presque comme si quelqu'un avait utilisé du Letraset dessus.

— Letra-quoi ?

Il fit une grimace.

— Peu importe. Vous venez de me rappeler à quel point vous êtes jeune.

Elle tourna la tête et soutint son regard.

— Je ne suis pas si jeune, Matt, et vous n'êtes pas si vieux.

Il la regarda bien en face. Les taches d'or dans ses yeux se mirent à briller.

Elle se força à se détourner. Cette situation n'avait rien à voir avec son attirance évidente pour Matt, cela concernait son père.

— Je pensais que le FBI avait des procédures précises pour ce genre de choses.

Elle refoula l'exaltation qu'elle sentait monter en elle. Elle savait qu'il ne fallait pas se faire de faux espoirs. Mais quelqu'un remettait enfin en question les preuves plutôt que de se contenter de suivre l'hystérie de la haine collective.

— C'est le cas, mais une fois l'affaire classée, il est possible que quelqu'un ait retiré les preuves et les ait mélangées d'une manière ou d'une autre. Ou peut-être que quelqu'un a renversé quelque chose sur la copie papier et a voulu cacher sa bourde.

Il vérifia de nouveau le dossier.

— Avant le 11 septembre, les systèmes n'étaient pas entièrement informatisés. Le FBI était probablement l'organisme d'application de la loi le plus en retard au monde d'un point de vue technologique à cette époque, en raison d'un directeur qui ne croyait pas en la technologie.

Son père s'était souvent plaint des systèmes informatiques au travail, ne lui permettant même pas d'envoyer des pièces jointes par e-mail.

— Peut-être que lorsque cela a été numérisé, quelqu'un a mélangé les choses et a essayé de couvrir ses traces plutôt que de risquer d'être viré.

Scarlett roula des yeux. Visiblement, tout le monde s'en sortait en commettant des erreurs, sauf son père.

Matt s'approcha du canapé, prit l'un des portables prépayés que Parker lui avait fournis et l'appela.

— Pouvez-vous me donner l'adresse d'un certain Ken Maidstone, qui travaillait comme opérateur de polygraphe pour le FBI en l'an 2000 ?

Il écrivit quelque chose sur son petit bloc-notes. Elle regarda par-dessus son épaule. L'adresse se trouvait à environ une heure de route de l'endroit où ils se cachaient.

— Des nouvelles ?

Il demeura silencieux pendant qu'il écoutait la réponse ; mais cela n'avait pas l'air d'être de bonnes nouvelles.

— Il vit assez près pour que je lui rende visite. Les relevés du dossier ne correspondent pas à l'enregistrement audio de la session. J'aimerais lui poser quelques questions. Voir s'il se souvient de l'affaire.

Comme s'il allait oublier l'un des scandales d'espionnage les plus notoires de l'histoire ?

Il raccrocha. Scarlett haussa les épaules dans son pull, puis attrapa sa veste.

— Vous restez là, dit Matt avec fermeté, en vérifiant son arme, sans la regarder.

— Non, je viens.

— Hors de question.

— Ma tête va exploser si je reste ici.

Elle croisa les bras sur sa poitrine. L'idée qu'il la laisse derrière lui faisait mal, mais c'était trop stupide pour qu'elle l'avoue à voix haute.

Il resta immobile. Vu le grand gaillard qu'il était, sa furtivité et son immobilité étaient particulièrement impressionnantes.

— Écoutez, – son ton condescendant lui donna envie de le gifler, ce qui était nettement mieux que le désir qu'elle avait ressenti auparavant – je ne pense pas que ce type ait très envie de parler à la fille d'un homme qu'il a aidé à faire enfermer pour espionnage.

— Je vais rester dans la voiture.

Il n'avait pas l'air convaincu.

— Je *promets* de rester dans la voiture.

Il plissa les yeux, mais sa mâchoire se détendit un peu.

— Allons, agent spécial Lazlo. Je serai sage. Je tiens toujours mes promesses.

Elle était prête à le supplier.

— Ça n'a pas de sens de me laisser ici avec les Russes à mes trousses. Tout peut arriver.

Elle jouait maintenant sur son sens de la chevalerie. Bingo.

— Très bien, Dr Stone. Mais si vous désobéissez à mes instructions de quelque manière que ce soit, je vais vous donner une telle fessée que vous ne pourrez pas vous asseoir pendant une semaine.

Sa colonne vertébrale se raidit.

— Je ne savais pas que vous étiez branché relations abusives…

— Hé, il y en a qui aiment ça.

Il ouvrit la bouche, puis serra les lèvres comme pour empêcher les mots de sortir. L'espace d'un instant, elle croisa son regard de braise avant qu'il ne le camoufle.

La tension sexuelle devint palpable et elle sentit sa bouche s'assécher. Ce n'était pas comme si elle n'avait jamais fait l'amour. Elle avait eu des rapports sexuels – dénués de passion, ennuyeux, de type *c'est bientôt fini ?*

Il était plus âgé qu'elle et avait vu des choses dans l'armée et en tant qu'agent du FBI qu'elle ne pouvait imaginer. Elle comprenait. Et il essayait de l'avertir que malgré l'étincelle entre eux, ils étaient incompatibles.

Pfff.

Ce qu'il ne comprenait pas, c'était que l'incompatibilité était sa norme. Elle n'avait sa place auprès de personne. Nulle part. Être inadaptée, rejetée était tout à fait normal dans son monde. Si ce n'était à cause de son père, c'était à cause de sa place dans le système éducatif, de son âge. Elle n'était pas à sa place. Point final. Elle y était habituée.

C'était la chaleur qui passait entre eux, l'étrange grésillement électrique qui ne semblait pas se soucier qu'il l'ait arrêtée la nuit précédente qui était extraordinaire. Quelques sous-entendus sexuels n'étaient donc pas rebutants, mais excitants, car personne ne lui en avait jamais fait, et encore moins un homme qui l'attirait autant que Matt Lazlo.

Un tel aveu aurait humilié Scarlett et probablement effrayé Matt, alors elle se tut. Le masochisme émotionnel n'était pas son truc. Ainsi, même si l'homme l'attirait physiquement, elle ne comptait pas se jeter à l'eau. Il mettait en place les mêmes barrières qu'elle et c'était une bonne chose. Elle était trop intelligente pour tomber amoureuse de lui. Et, apparemment, il était bien trop professionnel pour tomber amoureux d'elle.

Il prit l'ordinateur portable, l'argent et les téléphones que Parker avait prévus pour eux.

— Très bien. On prend tout. Autant chercher un motel plus proche de l'endroit où vit Maidstone. Ça devrait nous permettre de mettre sur la touche tous ceux qui pourraient nous suivre.

Elle enfila ses baskets. Elle n'avait rien, sauf les vêtements qu'elle portait. Juste avant qu'il n'ouvre la porte, elle lui toucha le bras.

— Merci. Merci d'essayer d'aider mon père.

Des yeux aussi froids que du verre poli la clouèrent sur place.

— Je ne fais pas ça pour aider votre père, Scarlett. J'essaie de comprendre pourquoi les Russes sont si énervés qu'ils se fichent bien de faire tomber d'autres personnes avec vous. J'essaie de vous protéger et de vous permettre de fêter Noël parce que c'est mon travail. Je continue à croire que votre père est un traître envers les États-Unis et l'antithèse de tout ce en quoi je crois et pour lequel je me suis battu.

Ses mots lui firent l'effet d'un coup de poing bien senti à

l'estomac. Heureusement, elle avait l'habitude de cacher la douleur. Elle afficha un certain calme et hocha la tête. Cela ne voulait pas dire qu'elle ne souffrait pas.

Elle retira sa main.

— Bien sûr. Allons-y.

CHAPITRE ONZE

ATT JETA UN coup d'œil à Scarlett. Elle était assise sur le siège passager du SUV que Parker leur avait trouvé, une expression indifférente sur son visage. Matt n'était pas dupe. Il l'avait blessée. C'était inévitable. Il n'allait pas prétendre qu'il faisait cela pour un homme qui avait reconnu ses crimes. Matt avait le souci du détail, et c'était en partie grâce à cela qu'il était si bon dans son travail. Essayer de découvrir pourquoi les Russes étaient si en colère que Scarlett ait tenté de mettre Dorokhov sur écoute était la clé pour mettre fin à cette situation. Ils s'étaient attendus à un certain degré de colère et de représailles. Mais les snipers et les bombes constituaient le niveau supérieur, ce qui signifiait que quelqu'un avait des secrets à cacher ou un ego surdimensionné – ou les deux.

Il descendit une canette de Red Bull – une autre habitude qu'il avait prise dans les Teams et qu'il n'avait jamais abandonnée – et consulta le GPS tandis qu'ils se dirigeaient vers le nord.

Ken Maidstone vivait dans une petite ville au-dessus de Leesburg au nord de la Virginie, au pied des montagnes Blue Ridge. C'était une région historique et viticole, avec le Potomac qui serpentait paresseusement le long de son flanc est.

Selon les informations qu'Alex Parker avait déterrées, la femme de Maidstone était morte d'un cancer du poumon environ cinq ans auparavant, et il avait pris sa retraite du FBI un an plus tôt. Il faisait désormais du conseil en freelance.

En cette veille de Noël, le trafic était dense. Les conducteurs avaient le poing sur le klaxon. Matt n'avait jamais compris l'opposition totale entre la théorie et la pratique en matière de bienveillance envers son prochain. Il n'avait pas été l'un de ces enfants entourés d'un million de proches et d'un énorme dîner autour d'une dinde. Quand il était à la campagne, il n'y avait que sa mère et lui.

Il soupçonnait qu'il avait cela en commun avec Scarlett.

Il ne voulait pas manquer ce Noël avec sa mère. La culpabilité le rongeait, même si quelque part, il savait qu'il l'avait déjà perdue en partie. Mais cela ne signifiait pas qu'il pouvait l'abandonner.

Il jeta un nouveau regard à Scarlett. Peut-être *devrait-il* la placer en détention protectrice auprès du US Marshal Service ? Il sentait que leur relation devenait de plus en plus personnelle, et savait que cela ne leur apporterait que des ennuis. L'idée d'apprendre à mieux la connaître, d'entretenir une relation une fois qu'ils auraient réglé la situation actuelle était tentante. Il évitait de faire ce genre d'erreurs chaque fois que cela était possible, mais l'idée d'une relation avec Scarlett avait échappé à sa garde dès le début.

Une *relation* ?

Il ne la connaissait même pas. Elle avait l'air innocente, mais elle apportait son lot de problèmes.

Elle était également courageuse, intelligente et loyale. Il envisagea la possibilité de la confier à quelqu'un d'autre, et la rejeta. Il était impliqué dans ce merdier à présent – ils avaient déjà prouvé que sa mort était insignifiante à leurs yeux, alors qu'ils aillent se faire voir.

Il était bon de savoir où il en était afin de pouvoir leur rendre la pareille si l'occasion se présentait.

Et l'idée qu'ils puissent faire du mal à une femme… Il ne comprenait pas les hommes comme ça. Que pouvaient-ils bien faire à Angel LeMay en ce moment même ? Quand Scarlett découvrirait qu'il avait menti au sujet de sa meilleure amie, elle serait folle de rage. Frazer ne l'avait pas rappelé pour lui faire part de quelconques avancées en la matière. L'idée que Dorokhov se sente assez puissant pour enlever la fille d'un député américain sans représailles semblait folle, et pourtant, même s'ils cherchaient, il n'y aurait aucune preuve que l'ambassadeur était impliqué.

Que se passait-il réellement ? Qu'avait réveillé Scarlett avec son incursion la veille au soir ?

Il aurait parié que Richard Stone n'était en aucun cas l'homme qu'elle pensait. Il doutait que ce type mérite une personne aussi dévouée et loyale que cette jeune femme qui sacrifiait sa propre vie pour prouver son innocence.

— Pourquoi votre père a-t-il avoué ?

Il voulait la pousser, lui faire voir les choses de son point de vue. Il voulait lui ouvrir les yeux pour que cela lui fasse moins mal quand elle serait finalement confrontée à la vérité.

Elle se retourna pour lui faire face. Jeune, douce, jolie. Des cheveux ébouriffés, de grands yeux foncés, la peau pâle.

— Qu'est-ce que vous voulez dire ?

— Votre père. Il nie tout en bloc, puis il admet tout à coup l'avoir fait. Pourquoi ?

— J'y ai réfléchi – il n'en doutait pas –, quand ils lui ont dit qu'il avait échoué au polygraphe, il savait qu'il avait des chances d'aller en prison. Je pense que quelqu'un a dû nous menacer, ma mère et moi, s'il ne se rendait pas sans faire de vagues. Il savait qu'il ne pourrait pas nous protéger depuis la prison et je suppose qu'il ne savait pas en qui avoir confiance. Et quand je pense à cet aveu qu'il a écrite… si quelqu'un *avait* vérifié les détails ne serait-ce qu'un minimum, il aurait su que toutes les informations qu'il avait données étaient fausses…

— Qu'est-ce qu'un espion, sinon un menteur professionnel ?

Elle pinça les lèvres avec colère, haussa les sourcils, et son intonation devint sarcastique.

— Suis-je bête ! Je pensais qu'ils enseignaient les rudiments de l'application de la loi et apprenaient à vérifier les informations.

Un crétin dans une voiture de sport jaune le doubla et fut accueilli par un concert de klaxons des véhicules venant en sens inverse. Le monde était fou. Le temps était aussi sinistre et oppressant que ses émotions. Noël semblait être à un milliard d'années-lumière.

— Votre père avait-il des points de pression ? Des secrets sombres et bien cachés ?

Elle secoua la tête et se mordit la lèvre. Il aurait vraiment aimé qu'elle arrête de faire ça parce que même s'il essayait de mettre de la distance entre eux, ses dents blanches sur ses lèvres le rendaient dur comme un jeune de dix-sept ans en chaleur.

— Aurait-il pu avoir une liaison ? demanda-t-il.

— Non.

— Gay ?

— Non.

— Pédophile ?

— *Non.*

— Zoophile ?

Elle lui lança un regard rempli de venin, mais sa voix était aussi froide et placide qu'un lac nordique.

— Il aimait les chiens et les enfants comme tout homme bon et sain d'esprit.

— Votre mère et votre père aimaient-ils changer de partenaire, étaient-ils branchés soirées échangistes perverses ?

Elle ouvrit grand les yeux.

— Vous êtes obsédé par le sexe ? D'où vous viennent ces idées ?

— D'autres affaires d'espionnage des années 80 et 90, répondit Matt d'une voix égale. Karl Koecher, la taupe de la CIA, et sa femme ont participé à des orgies sexuelles pour essayer de recueillir des informations. Hanssen a installé une caméra de télévision en circuit fermé pour que son copain puisse le regarder faire l'amour avec sa femme – la femme n'en savait rien.

— Beuuurk, fit-elle en rentrant la tête dans les épaules. Je commence à penser que la plupart des employés fédéraux sont des pervers cachés.

Matt essayait de découvrir le type de personne qu'était son père, mais son dégoût était si sincère qu'il sourit.

— La plupart d'entre nous sont défavorisés plutôt que dépravés.

Ses yeux parcoururent son torse et descendirent le long de ses jambes.

— Défavorisé ? J'en doute.

Gênée, elle sentit le rose lui monter aux joues et détourna le regard, mais il y avait aussi un chatoiement d'intérêt, une certaine chaleur. *Et merde.* Il garda les yeux rivés sur la voiture qui les précédait, refusant de penser au fait qu'elle était attirée par lui. Les mots de Frazer revinrent en force. *Les femmes comme ça… elles peuvent vous mettre à genoux.*

Il commençait à penser qu'il savait de quoi il parlait, car l'idée d'être à genoux devant Scarlett ne lui semblait pas si mauvaise. *Et merde.*

— Je sais ce que vous faites, vous savez, dit-elle.

Vraiment ? Parce qu'il n'en avait pas la moindre idée.

— Vous essayez de me prouver à quel point la plupart des gens sont expérimentés par rapport à moi.

Cela avait peut-être été son intention à un moment donné, mais cela s'était retourné contre lui. Maintenant, il ne pensait plus qu'au sexe. Elle lui avait dit qu'elle n'avait jamais eu de petit copain pendant ses études. Était-elle vierge ? La chaleur, l'*intérêt* qu'il avait vu dans ses yeux aurait pu être de la simple curiosité plutôt que du désir. Il n'aurait pas dû la chercher. Il jouait avec le feu. Il avait envie d'elle, et flirter avec elle n'était pas idéal pour la tenir à distance. Il était temps de faire machine arrière. De rester professionnel. Il croisa son regard.

— Plus rien ne m'étonne, des préférences sexuelles au *Modus Operandi* des meurtres. Je suis désolé si je vous ai mise mal à l'aise. Ce n'était pas volontaire.

La teinte rosée de ses joues lui allait bien, mais elle réussit à soutenir son regard.

— Vous ne me mettez pas mal à l'aise. C'est parler de la vie sexuelle de mes parents qui est gênant. Mon père et ma mère s'aimaient, et pas d'une manière bizarre et effrayante. Mon père travaillait dur, et ma mère était institutrice de maternelle jusqu'à ce qu'elle soit contrainte de rester à la maison avec moi après son arrestation. Ce n'est pas impossible qu'il ait eu une liaison, mais cela ne correspondait pas à la perception de mon enfance. Je n'ai jamais ressenti qu'ils étaient autre chose que follement amoureux l'un de l'autre. Ils le sont toujours.

Ses paroles amenèrent Matt à se remettre en question. Laissait-il ses propres préjugés l'influencer ? Tous les pères n'étaient pas des connards. Apparemment, même les espions condamnés étaient de meilleurs pères que le sien.

— Aurait-il pu avoir un problème de jeu ?

Elle secoua la tête.

— Il n'avait aucun intérêt pour les machines à sous ou le poker à ce que je sache. On jouait au pouilleux quand j'étais petite, mais il détestait ça. Je sais que tout le monde veut croire qu'il est coupable, mais c'est impensable pour moi. Ma mère lui rend visite aussi souvent que possible ; elle est avec lui en ce moment même. Elle porte toujours son alliance et a gardé son nom. Nous avons eu des difficultés financières, mais j'ai réussi à obtenir des bourses d'études à l'université.

— C'est *pour ça* que vous avez travaillé si dur.

Elle déglutit en détournant les yeux.

— Peut-être.

Il n'y avait pas de *peut-être*. Les raisons de ses choix devenaient soudain beaucoup plus claires.

Il était conscient de la finesse de son ossature, à côté de son mètre quatre-vingt-dix et de ses quatre-vingt-dix kilos. Il ne comprenait toujours pas pourquoi elle l'attirait autant. Il ne s'était pas intéressé à une femme depuis un certain temps – même la blonde de la fête de Noël était rentrée seule chez elle malgré une invitation à un tête à tête. Il s'était dit qu'il était trop occupé par son travail et sa mère pour avoir une relation, mais son corps avait réagi à une femme et voilà qu'il se retrouvait en plein road-trip.

C'est pour le travail.

C'est cela oui.

— Écoutez, fit Scarlett comme si elle s'apprêtait à donner un cours magistral, et il sourit. En l'an deux mille, personne ne considérait les Russes comme une menace. Leur économie s'était effondrée et ils étaient censés être nos « amis ». Mais mon père ne leur faisait pas confiance et il était certain que d'anciens éléments du KGB essayaient d'infiltrer toutes les couches de la société américaine dès la base.

— Pourquoi en était-il si sûr ?

— Il connaissait certains des acteurs impliqués depuis ses premières années au FBI et ne pensait pas qu'ils avaient changé.

Sa voix était bourrue, comme si elle retenait l'émotion. Ou des secrets. Il contourna un minivan et se fit klaxonner pour son audace alors qu'il n'avait même pas dépassé les limitations de vitesse. *Putain de joyeux Noël.*

— Il disait qu'ils étaient des escrocs au mieux, des espions au pire, et que la plupart étaient probablement les deux. Personne au FBI n'a voulu l'écouter, alors ils l'ont fait passer sur une affaire de contrefaçon où des milliers de sacs à main et de maillots de football de marque étaient vendus dans tout le pays. Le problème, c'est qu'il a désigné un membre du crime organisé comme le principal coupable, et c'était un autre Russe. Il a perdu toute crédibilité. Les autorités pensaient qu'il avait une dent contre les Russes. Quand ils se sont retournés contre lui et l'ont arrêté pour espionnage, ils ont dit qu'il avait utilisé ses précédentes accusations comme un écran de fumée pour masquer sa véritable allégeance.

— Peut-être était-ce le cas.

Le visage de Scarlett resta impassible, mais il savait ce qu'elle pensait. Qu'il était un abruti fini.

— Peut-être. Ou peut-être qu'on l'a piégé pour qu'il porte le chapeau à la place du véritable espion russe, ce qui permettait de punir l'un de leurs plus grands détracteurs, retirait sa voix de l'arène, tout en protégeant leur véritable source. Une solution plutôt ingénieuse.

Elle se tourna avec raideur pour regarder par la fenêtre.

Si c'était vrai, cela aurait été un joli coup. Il n'y croyait pas. Le FBI valait mieux que ça.

Ils avaient traversé la ville historique de Leesburg et se trouvaient à présent à Thornton.

Aux portes de la zone urbaine, tout était étonnamment préservé, à échelle humaine. Il y avait une petite rue principale avec un café, un magasin d'antiquités et une quincaillerie, tous les uns à côté des autres. La rue était décorée pour la période des fêtes. Un pin de près de dix mètres de haut se dressait sur la place de la ville, drapé de lumières multicolores. Des pères Noël leur faisaient signe au-dessus de leur tête, dans leurs traîneaux en plastique. Les enfants sautillaient à côté de leurs parents, emmitouflés sous plusieurs couches pour avoir chaud. La classe moyenne américaine était bien représentée. Il avait grandi dans une ville similaire. Cela lui manquait parfois. La plupart du temps, il y pensait à peine. Il avait grandi sans père et pourtant il avait eu une enfance fantastique. Sa mère lui manquait, non pas la femme dans la chambre de la maison de retraite, mais celle qui l'avait traîné sur les collines et dans les bois pour apprécier la beauté de la campagne.

La beauté de la nature avait toujours été source de réconfort pour elle, et elle lui avait transmis ce goût de l'extérieur.

Le ciel était gris et semblait prêt à déverser des torrents de pluie ou de neige. *Et merde.* Il détestait avoir froid et être mouillé. Tout homme-grenouille diplômé de la formation

BUD/s aurait dit la même chose. La douche froide, très peu pour eux.

Il tourna dans une rue latérale et pénétra dans une zone résidentielle. Il roulait lentement, ne voulant pas attirer l'attention sur eux. Il gravit une colline, puis prit de nouveau à droite en direction de nouvelles habitations. Les maisons étaient légèrement différentes les unes des autres, mais elles se ressemblaient toutes, d'une manière ou d'une autre.

— Numéro soixante-treize, dit Scarlett en tendant le doigt. Un peu plus haut sur la gauche.

Matt passa devant et fit le tour du pâté de maisons.

— Vous l'avez dépassée.

— Un peu de discrétion ne fait pas de mal, Dr Stone. Un peu comme vérifier si le couloir que vous empruntez pour pénétrer dans le bureau de l'ambassadeur russe est équipé d'une caméra de surveillance.

Elle laissa échapper un profond soupir et croisa les bras sur sa poitrine.

— J'aimerais bien vous voir créer un processeur avec des relais nanoélectromécaniques.

— Quoi ? Pas de condensateur de flux ?

— Croyez-moi, si je pouvais voyager dans le temps, je ne serais pas assise ici avec vous.

— Tenez-vous-en à votre domaine, je m'en tiendrai au mien.

Qui consistait à établir des liens entre les victimes de tueurs en série et créer des profils. Il avait sur son bureau seize dossiers en cours à différents stades d'analyse. Plus de quarante victimes en attente de justice. Malheureusement, il ne pouvait pas faire grand-chose tant qu'il était censé être mort.

Il se gara.

— Ne bougez pas.

Il soutint son regard avec un « ou alors… » muet tandis qu'elle s'enfonçait son siège. Les joues de Scarlett rosirent. Peut-être se souvenait-elle de ce qu'il lui avait dit plus tôt à propos de la fessée qu'il lui administrerait si elle ne faisait pas ce qu'on lui disait ? Sa menace s'était retournée contre lui.

Il sortit de la voiture, enfila des lunettes de soleil d'aviateur et mit ses mains dans ses poches. D'une manière ou d'une autre, Scarlett Stone finirait par causer sa perte.

———————————

C'ETAIT L'HEURE DU déjeuner, la veille de Noël, et il n'avait pas dormi depuis trente-six heures. Lincoln Frazer n'avait pas l'habitude qu'on le fasse attendre. Au lieu d'être au bureau, à traquer les tueurs en série comme il était censé le faire, il se trouvait dans l'une des prisons les plus sécurisées du monde, espérant parler à l'espion le plus notoire de l'histoire du FBI. L'ADX abritait des terroristes, américains ou étrangers, des chefs de cartel, des suprémacistes blancs, des tueurs en série – qu'il avait parfois contribué à mettre sous les verrous – ainsi que de nombreux espions. Frazer ne s'intéressait qu'à Stone qui, sur le papier, avait semblé être un si bon agent avant son arrestation. C'était peut-être pour cela que le reste du FBI était encore énervé. Le bilan de Richard Stone avait été exemplaire, ce qui ne correspondait pas au profil des habituels égoïstes amers et médiocres qui finissaient par trahir leur pays pour de l'argent.

Moins de vingt-quatre heures auparavant, il s'entretenait en privé avec le président des États-Unis de questions de sécurité nationale, et espérait vainement passer un Noël tranquille. Le président lui avait assigné, à lui et à son équipe, une autre tâche qui devrait attendre que ce désordre instigué par Scarlett Stone soit réglé. Jusqu'à présent, Mlle LeMay était introuvable. Aucune demande de rançon n'avait été faite. Ses parents étaient sur le point d'aller voir la presse et de plonger les États-Unis dans une crise diplomatique avec la Russie, qui, combinée aux tensions qui couvaient dans les pays de l'ancien bloc soviétique et au Moyen-Orient, risquait de déclencher une nouvelle guerre mondiale.

Jusqu'à présent, le FBI avait exhorté les LeMay à faire preuve de patience et avait réussi à taire l'histoire de l'enlèvement. Il ne savait pas combien de temps encore cela allait durer.

Richard Stone avait-il envoyé sa fille espionner Dorokhov ? Si oui, pourquoi ? Il devait le découvrir pour pouvoir limiter les dégâts. Il avait parlé à Parker en descendant de l'avion et avait appris la petite évasion de Lazlo. Le fait de devoir se passer d'un de ses agents à cause de cette femme le contrariait. Immunité diplomatique ou pas, Frazer entendait trouver un moyen de faire reculer Dorokhov avant que le mal ne soit fait. Avec un peu de chance, Richard Stone lui apporterait des réponses, car il avait mieux à faire que d'user le tapis d'un autre établissement fédéral.

Il consulta sa montre. Il était dans la zone des visiteurs devant le bureau du directeur depuis quatre-vingt-six minutes. La secrétaire lui envoya un autre sourire douloureux, mais son charme habituel n'opéra pas et la femme ne desserra pas les dents. Il devait perdre la main.

Un homme à l'air soucieux, aux épaules frêles et voûtées entra dans la pièce, suivi d'un agent pénitentiaire qui ressemblait à Mohammed Ali dans la fleur de l'âge. L'homme au costume bon marché s'arrêta net quand il vit Frazer. Il porta la main à son front et son visage afficha une irritation évidente. Le Bureau des prisons n'était pas toujours très agréable avec le FBI, surtout avec les agents qui faisaient jouer tous leurs contacts pour se frayer un chemin dans une prison de sécurité maximale la veille de Noël.

Joyeuses fêtes de fin d'année.

De toute évidence, l'homme avait oublié que Frazer avait un rendez-vous. Il aimait mieux ça plutôt que de savoir qu'on l'avait délibérément fait attendre.

Frazer lui tendit la main.

— ASAC Lincoln Frazer. Merci d'avoir accepté de me recevoir si vite, directeur Baumann.

Il n'avait pas dit à l'homme à qui il voulait parler parce qu'il ne voulait pas dévoiler son jeu.

— Je sais que ce n'est pas le meilleur moment pour demander un entretien avec l'un de vos détenus, mais je peux vous assurer que cela ne prendra pas longtemps. Il est impératif que je parle au prisonnier dès que possible.

Une fois de plus, le charme n'opéra pas, car l'homme entra dans son bureau et se laissa tomber lourdement sur son fauteuil. Le gardien suivit et Frazer leur emboîta le pas.

— Y a-t-il un problème ? demanda-t-il.

— Non, répondit rapidement le directeur – trop rapidement. À qui voulez-vous parler ?

— Richard Stone.

Le directeur perdit le peu de couleur qu'il avait.

— Stone ?

— Oui, monsieur. Y a-t-il un problème ?

— Oui.

L'homme ouvrit le tiroir du bas de son bureau et en sortit une bouteille de scotch. Trois verres à liqueur suivirent, mais Frazer refusa celui qui lui était offert. Le directeur versa deux petits verres et en tendit un au gardien.

Les deux hommes trinquèrent et burent cul sec. Le directeur s'essuya la bouche et les deux hommes claquèrent leurs verres sur la table. Il n'y eut pas de « santé ».

Frazer haussa un sourcil, mais ne dit rien. La journée avait clairement été difficile.

— J'ai bien peur que vous ne puissiez pas voir Richard Stone, ASAC Frazer.

— Et demain ? insista-t-il.

Il ne voulait pas demander davantage de faveurs, mais il était prêt à le faire. C'était trop important pour être bloqué par de petits bureaucrates ou des luttes intestines fédérales.

Le directeur eut un petit rire sans humour qui se transforma en gémissement.

— Le jour de Noël ? Ça doit être vraiment important pour vous.

Il maintint le contact visuel.

— Oui, monsieur.

Le directeur passa une main dans ses cheveux, se décoiffant par inadvertance.

— C'est malheureux, mais j'ai peur que cela ne fasse pas grande différence.

Frazer ouvrit la bouche pour rétorquer quelque chose, mais le directeur Baumann poursuivit.

— Richard Stone a été attaqué ce matin pendant sa chimio. Il a été transporté dans un établissement médical de la base aérienne de Colorado Springs et son pronostic vital est engagé.

Frazer eut l'impression qu'on l'avait frappé à l'arrière de la tête avec une planche. Quelqu'un était arrivé jusqu'à Stone. Ce n'était pas bon. Pas bon du tout. Pourquoi ? Pourquoi après toutes ces années ? S'agissait-il d'une vengeance pour ce que sa fille avait fait, ou d'un moyen de faire taire l'homme, une fois pour toutes ? Pourquoi les Russes tueraient-ils un de leurs propres agents ? Les Russes avaient-ils ce genre de pouvoir ? Frazer ne le savait pas, mais il espérait bien que non.

— Alors, dit l'homme d'un air las, j'ai peur que vous ne puissiez pas lui parler.

— Puis-je voir sa cellule ?

Le type avait manifestement eu une journée de merde, mais celle de Frazer n'était pas terminée.

— Et est-il possible de me transmettre des informations sur la personne qui l'a attaquée ?

Le directeur frotta ses yeux rougis.

— Juan Marquez, il fait partie d'un cartel de drogue mexicain. Marquez est diabétique et se rend presque quotidiennement à l'infirmerie pour faire contrôler sa glycémie. Il a poignardé Stone trois fois, deux fois dans l'estomac. Marquez purge des peines consécutives à perpétuité et ses chances de sortir un jour de prison sont minces. Pourquoi voulez-vous voir la cellule de Stone ?

Frazer décida de fournir un semblant de vérité, élément classique de tout bon mensonge.

— Nous sommes préoccupés par les activités récentes d'un ancien contact russe de Stone. C'est tout ce que je peux dire.

Baumann secoua la tête.

— Le type passe 95 % de son temps seul dans une boîte en béton. Tout son courrier est filtré et copié, et il n'a pas accès à Internet, mais bon, allez vérifier sa cellule. L'officier Knell peut vous escorter.

— La femme de Stone est-elle avec lui ?

Frazer allait devoir demander à Lazlo d'annoncer la nouvelle à Scarlett. Peut-être serait-il préférable de ne rien lui dire avant de savoir si son père allait s'en sortir ou non.

Le directeur décrocha le téléphone.

— On l'escorte à l'hôpital en ce moment même. Stone est sous bonne garde indépendamment de son état. Maintenant, je dois essayer de retrouver la fille pendant que ma femme me reproche de ne pas être à la maison et de ne pas passer assez de temps avec nos petits-enfants.

Les traits pincés de Baumann témoignaient de sa frustration.

Frazer ne lui avait pas dit qu'il savait où se trouvait Scarlett, même si cela lui aurait permis d'économiser du temps et des efforts. Il était impératif qu'elle reste cachée, car dès qu'elle entendrait parler de son père, elle prendrait un vol pour le Colorado. Il ne pouvait pas prendre ce risque. Elle ne pouvait pas prendre ce risque. Si les assaillants découvraient qu'elle était vivante, le jeu repasserait en mode chasse et Frazer voulait lui offrir un peu de répit.

Il remercia le directeur et suivit l'officier Knell jusqu'à la sécurité, où il remit ses armes et son badge.

— Connaissez-vous le prisonnier ? demanda-t-il alors qu'ils marchaient dans les couloirs gris de l'institution, passant porte après porte.

— Plutôt bien. On est arrivés tous les deux à peu près au même moment. Il ne me cause jamais d'ennuis. Comparé à la plupart des gars ici, c'est un vrai saint.

Frazer sentit un poids sur sa poitrine. L'épaisseur des murs et le sentiment oppressant de confinement… C'était son plus grand cauchemar. Cette destruction institutionnalisée de la liberté. Et c'était le but pour ceux qui l'avaient mérité.

Et si le type est innocent ?

Il sentit un frisson de malaise descendre le long de sa colonne vertébrale. Il y avait quelque chose qui clochait. Il ne voyait aucune raison pour Richard Stone d'envoyer sa fille sur une fausse piste après toutes ces années de silence.

Scarlett avait donc agi seule. Probablement. Elle essayait de prouver que son père était innocent.

Alors, *pourquoi* attaquer Richard ?

Et si Richard Stone avait *bien* été piégé et que le véritable espion avait entendu parler de ce que Scarlett avait essayé de faire... ? Et s'ils craignaient qu'elle ait découvert quelque chose ? Ils seraient plus dangereux que jamais.

Stone n'avait plus jamais clamé son innocence, pas après sa confession. Cela avait permis de s'assurer que sa femme recevrait sa pension, mais Frazer ne pouvait s'empêcher de penser que la seule raison vraiment convaincante pour un homme de se taire était de protéger sa femme et son enfant. Stone aurait-il enduré cet enfer simplement pour qu'elles soient en sécurité ?

La réponse était oui. S'il avait cru que la menace était bien réelle.

C'était un sacrifice. C'était un homme qui comprenait le dévouement.

Pourquoi n'avait-il pas demandé à ce qu'elles soient placées en détention protectrice ?

Parce qu'il ne savait pas à qui faire confiance.

Cette pensée fit naître un sentiment de malaise en lui. Son instinct lui disait qu'il y avait quelque chose qui clochait. Plus il creusait, plus ça puait. Il y avait une possibilité croissante que le FBI ait laissé tomber Stone. Ses collègues l'avaient laissé tomber. Et, selon toute vraisemblance, quelqu'un au sein du FBI était mouillé.

Et son secret était bien gardé.

Knell le conduisit vers une porte et la déverrouilla. À l'intérieur, il y avait d'autres barreaux d'acier, que Knell ouvrit, puis il se mit en retrait et le regarda.

— Je vous en prie.

Il fit signe à Frazer d'entrer d'un geste du menton.

Frazer pénétra dans le rectangle de béton avec son lit en béton, son bureau en béton, son tabouret en béton et la fente étroite de dix centimètres de large qui faisait office de fenêtre donnant sur la cour. C'était comme chez La Famille Pierrafeu sans Wilma ou Dino pour améliorer les choses.

Frazer réprima un frisson à l'idée d'être piégé dans un endroit comme celui-ci pour quelque durée que ce soit. Puis il se souvint d'une sombre fosse dans un bois isolé de Virginie-Occidentale où de nombreuses femmes étaient mortes et réalisa que cet endroit était bien plus humain.

Des livres étaient alignés sur les étagères. Du papier et des crayons étaient disposés de façon ordonnée sur le bureau. Une boîte remplie de lettres qui semblaient avoir été écrites par sa femme et sa fille était posée là. Il en lut quelques-unes, mais elles regorgeaient d'événements de la vie quotidienne, déchirants par la banalité de leurs détails ; peindre le hall, réparer le lave-vaisselle, planter des bulbes de tulipe. Même si cela présentait peu d'intérêt pour le reste du monde, cela avait dû représenter une bouée de sauvetage pour le condamné.

Il regarda de nouveau la cellule avec sa petite télévision et sa lourde porte verrouillée. Il y avait des livres sur les étagères. Un peu de tout, de Shakespeare à Ludlum, de Lee Child à la poésie. Il sortit un thriller et en feuilleta quelques pages.

La radio de Knell grésilla et il sortit dans le couloir. Il passa la tête à l'intérieur.

— Je reviens dans cinq minutes.

Frazer acquiesça, reconnaissant d'être seul. Il posa le roman et remarqua un petit carnet plaqué contre l'étagère, derrière les autres livres. Il le sortit, regarda à l'intérieur, vit des gribouillis qu'il était incapable déchiffrer et sentit son cœur s'accélérer. Il le prit rapidement et le glissa dans la poche de son pantalon. Il contenait peut-être quelque chose d'utile. C'étaient peut-être des divagations démentes, mais il n'avait pas le temps de le vérifier pour l'instant et cela pourrait être un indice.

Il passa sa main sous l'oreiller, et trouva une photo de Stone avec ses bras autour de sa femme et d'une jeune Scarlett. Un bel homme, une belle femme, une famille heureuse.

Pourquoi aurait-il compromis tout cela ?

Frazer fixa la photo pendant un long moment. Il la retourna et vit la date écrite à l'encre bleue. Le 12 décembre 2000, le jour où Stone avait été arrêté pour avoir transmis des secrets à la Russie. Frazer fronça les sourcils et la retourna. La photo avait clairement été prise devant le Washington Mall pendant l'été, mais elle était datée de décembre. Pourquoi ? Il la glissa dans sa poche au moment où Knell revenait dans la pièce.

— Vous avez trouvé quelque chose d'utile ? demanda Knell.

— Juste la ferme volonté de ne jamais enfreindre la loi.

Sauf qu'il avait déjà enfreint la loi une fois. La frontière entre le bien et le mal s'était considérablement estompée ce jour-là.

L'homme haussa les épaules.

— Ce n'est pas si mal quand vous rentrez chez vous à la fin de votre service.

Frazer fit un signe de tête et se concentra sur l'ici et maintenant.

— Puis-je prendre les lettres ?

Il pointa du doigt la pile nette.

Knell fronça les sourcils.

— Non, mais je peux m'arranger pour vous obtenir des copies.

— D'accord.

Il passa devant Knell dans le couloir. Le fait de sortir de la cellule n'atténua pas le sentiment d'oppression.

— Stone avait-il des problèmes avec les autres prisonniers ?

Knell lui lança un regard qui signifiait *Vous voulez rire ?*

— Il ne se mêlait pas aux autres prisonniers. Non seulement il était là pour espionnage, mais c'était aussi un ancien agent fédéral. Ils l'auraient étripé en un instant.

— Donc la seule fois où il côtoyait d'autres prisonniers, c'était à l'infirmerie ?

Là où ils l'avaient réussi à le poignarder.

Knell hocha la tête et déverrouilla la première des portes qui menaient vers la liberté.

Quelqu'un savait que la seule chance d'atteindre à Stone était pendant ses séances de chimio, et que la meilleure chance d'y parvenir était d'utiliser un autre détenu, lui aussi habitué de l'infirmerie.

— Une chance de parler à ce Marquez ? demanda Frazer.

— C'est un animal. Il ne vous dira rien d'utile.

Une note de belligérance se glissa dans le ton de Knell.

— Marquez n'a rien à perdre en tuant un autre prisonnier.

Il ne sortira pas. Il a vu une opportunité et l'a saisie. Ça peut être aussi simple que ça quand toute votre existence se résume à cet endroit.

Frazer ne le poussa pas davantage. Il voulait que Knell soit de son côté au cas où il devrait revenir.

Après avoir franchi une nouvelle porte en fer, l'agent pénitentiaire posa une main sur son bras et se pencha vers lui pour lui dire à voix basse :

— Nous sommes dans un angle mort pour les caméras et les micros. Écoutez, le patron ne voulait pas que je le dise à qui que ce soit, mais Richard Stone m'a demandé de prévenir sa femme qu'elle était en danger et de faire attention. Avant de perdre connaissance, on aurait dit qu'il avait prononcé le nom de *Marlon*.

Knell soutint son regard.

— Je ne sais pas ce que ça signifie, mais quand j'ai transmis le message à sa femme, elle a failli s'évanouir. Elle a essayé d'appeler leur fille, mais elle n'a pas décroché.

Frazer acquiesça. Il remercia silencieusement l'homme pour sa confidence. Cela changeait la donne. Il devait communiquer ces nouvelles informations à Parker et Lazlo, et déterminer la prochaine étape.

— Je n'apprécie pas que les gens ramènent leurs guerres dans ma prison. Ça complique les choses, et nous avons déjà assez de danger ici.

Le garde se remit à marcher, comme si rien n'avait changé, mais ils savaient tous deux qu'il n'en était rien. Atteindre Stone dans un endroit pareil était difficile, mais pas impossible. Quelqu'un aurait pu soudoyer Marquez ou menacer sa famille. Frazer mit la photo dans sa poche. Dans sa tête, les rouages d'une possible conspiration s'étaient mis en branle.

Frazer avait fait tomber d'autres personnes qui avaient essayé de manipuler la justice à leurs propres fins et n'avait pas peur de le faire à nouveau. Les personnes qui se servaient de leur position pour faire souffrir des innocents ne méritaient pas de rester au pouvoir. Il espérait juste que Richard et Scarlett Stone survivraient assez longtemps pour que le FBI puisse aller au fond des choses et découvrir la vérité.

CHAPITRE DOUZE

Matt descendait le trottoir du quartier résidentiel tranquille. Cette période de l'année avait l'avantage de permettre à de nombreuses personnes de rendre visite à des amis ou à des parents qu'elles ne voyaient guère le reste de l'année. Les gens arrivaient de toute part. Des voitures inhabituelles garées dans la rue durant l'après-midi n'attiraient pas les soupçons.

Il emprunta l'allée du numéro soixante-treize. Un SUV rouge était garé devant. La maison et la voiture étaient belles, rien de tape-à-l'œil. Un professionnel à la retraite pouvait se permettre ce genre de choses avec un salaire normal s'il avait fait attention à son argent.

Il sonna et attendit. Personne ne répondit. Au bout de trente secondes, il frappa fort à la porte. Toujours pas de réponse. Une porte claqua à proximité. Des voix s'élevèrent dans l'air humide alors que quelqu'un riait, puis une voiture démarra et s'éloigna.

Décidant de jeter un coup d'œil à l'arrière, il passa devant le garage attenant et se glissa par le petit portail du jardin situé sur le côté de la propriété. Il descendit un chemin bordé de pots vides et d'un tuyau d'arrosage, longeant la terrasse. Il monta les marches, s'assurant que ses mains étaient bien visibles. Mieux valait ne pas surprendre un ancien agent fédéral en semblant présenter une menace potentielle.

Il regarda par la fenêtre de la cuisine, mais ne vit personne, aussi se dirigea-t-il vers les portes coulissantes et jeta un œil dans le salon. Son sang se glaça. L'endroit avait été mis sens dessus dessous. Le sapin de Noël était renversé, les décorations éparpillées. Des bibelots et des cadres brisés gisaient sur le sol. Mais il y avait pire : ce qu'il supposa être les pieds de Ken Maidstone était en vue.

Un pied se tordit.

Et merde. L'homme était encore en vie. Matt sortit son SIG de l'étui à sa taille et essaya la porte de la cuisine. Elle s'ouvrit à la volée. Tous les sens en éveil, il pénétra à l'intérieur, traversa le couloir et s'accroupit à côté de Maidstone, qui se trouvait sur le seuil entre le salon et le couloir. Il posa deux doigts sur la carotide de l'homme et sentit un subtil battement contre ses doigts. Il était toujours en vie. À en juger par le sang qui s'était accumulé autour de son corps, il ne tiendrait plus très longtemps sans une prise en charge médicale sérieuse.

Il prit le téléphone sur la table basse et appela les secours.

— J'ai besoin d'une ambulance le plus vite possible. Blessure par balle à la poitrine.

Il raccrocha au nez de l'opérateur. Le coupable était-il toujours dans la maison ? Il n'avait pas le temps de chercher. Maidstone se serait vidé de son sang.

Il posa son arme à côté de lui, mais resta aux aguets, cherchant à détecter toute présence à proximité. Il déchira la chemise de l'homme et vit un impact de balle de petit calibre sur sa poitrine. Il souleva l'homme et découvrit un orifice de sortie beaucoup plus vilain. On aurait dit qu'il avait perdu un de ses poumons. Il avait du mal à respirer. Les yeux de Maidstone le regardèrent. Écarquillés de peur et de douleur.

Matt attrapa un petit coussin sur le canapé, et le plaça contre le dos de l'homme, en appliquant une pression pour essayer d'arrêter le saignement.

Il y avait beaucoup de sang. Une série d'images fusèrent alors dans son esprit. Du sang. Des tripes. Des membres sectionnés. Il secoua la tête pour chasser les souvenirs. Il voyait trop souvent du sang dans son métier, mais jamais lorsque la victime était encore vivante.

— Tenez bon, Ken. Tenez bon.

La respiration de l'homme était rauque et superficielle, ses poumons étaient trop faibles pour qu'il puisse respirer convenablement. Matt avait une formation médicale de base, mais aucun matériel à disposition, et les seules choses qui auraient pu sauver cet homme étaient un chirurgien traumatologue, une transfusion sanguine et une bonne dose de chance.

Le bruit d'une sirène se rapprocha. Matt rangea son arme dans son étui. Quelqu'un se mit à frapper à la porte d'entrée. Il bondit et la déverrouilla, mais ce n'étaient pas les ambulanciers. Scarlett regarda le sang sur ses mains, puis ses yeux se posèrent sur l'homme sur le sol.

— Est-ce qu'il vous a attaqué ? demanda-t-elle tandis qu'il retournait vers l'homme blessé.

Maidstone gémit. Matt fronça les sourcils devant la question de Scarlett.

— Il était comme ça quand je l'ai trouvé.

Pensait-elle vraiment qu'il avait tiré sur cet homme ?

— M. Maidstone. Je suis l'agent Lazlo du FBI et voici Scarlett Stone, la fille de Richard Stone. On vous a tiré dessus.

Hum.

— Tenez bon, l'ambulance est en route.

L'homme se tourna vers Scarlett, entrouvrant les lèvres

comme s'il voulait dire quelque chose.

Scarlett serra la main de Maidstone.

— Tenez bon, M. Maidstone. Je vous en prie, tenez bon. Qui vous a fait ça ?

Elle s'agenouilla à ses côtés, sans broncher au contact du sang qui s'infiltrait dans son jean au niveau des genoux.

Maidstone émit un bruit rauque. Matt et Scarlett se penchèrent tous les deux pour entendre ce qu'il disait.

— Ma…

— Ma ? le pressa Matt.

L'homme fit une nouvelle tentative.

— Marlon.

— C'est lui qui vous a fait ça ? demanda Scarlett, au bord des larmes.

L'homme perdit connaissance et elle regarda Matt, les yeux écarquillés de peur. Scarlett ne comprenait pas la signification de ce nom, mais lui, oui.

Marlon était le nom de code utilisé par les Russes pour désigner l'espion que Richard Stone avait avoué être. Ce nom n'avait jamais été rendu public et ne figurait pas dans les dossiers qu'il avait laissé lire à Scarlett. Pourquoi Stone aurait-il souhaité la mort de cet homme après toutes ces années ?

Réponse : aucun intérêt pour lui.

Et merde. Matt avait un très mauvais pressentiment à ce sujet. Il fallait qu'ils sortent de là. La police et les secours feraient ce qu'ils pourraient pour sauver Maidstone, mais s'ils les trouvaient sur place, Scarlett et lui, ils sembleraient suspects. Ils seraient séparés, et le fait qu'ils aient tous deux survécu à l'attentat serait porté à la connaissance du public. Scarlett serait exposée non seulement aux Russes, mais aussi à cette nouvelle menace. Parce que si Marlon n'était pas Richard

Stone, il – ou elle – avait tout à perdre si on l'identifiait.

Matt attrapa la main de Scarlett et l'entraîna après lui.

— On ne peut pas le laisser !

— Il le faut.

Il la força à s'enfuir. Lorsqu'il arriva à la voiture, il ouvrit la portière et la poussa à l'intérieur. Le tireur les surveillait peut-être en ce moment même. Il entra dans le véhicule et fit marche arrière dans l'allée d'un voisin avant de faire demi-tour et de prendre la direction opposée. Heureusement, l'homme ne vivait pas dans un cul-de-sac. Matt roulait vite, sachant qu'ils n'avaient que quelques secondes pour sortir de là sans se faire arrêter – et on les aurait arrêtés. Ils avaient des informations. Ils s'étaient retrouvés sur une scène de crime, mais ils n'avaient pas tiré sur l'homme et ne savaient pas qui l'avait fait.

Et merde. Ses empreintes étaient sur le téléphone. Il envisagea de faire demi-tour, mais les gyrophares dans le rétroviseur lui firent abandonner cette idée. Avec ce seul acte, il avait peut-être ruiné sa carrière.

Il appela Frazer qui ne répondit pas, alors il tenta Parker, ralentissant en arrivant sur la route principale pour quitter la ville.

— Maidstone s'est fait tirer dessus. Les secours viennent d'arriver sur les lieux. Sa maison semble avoir été cambriolée, mais il y avait encore de nombreux objets de valeur.

Il avait remarqué un iPad, une grosse télé. Son portefeuille sur la table.

— Est-il vivant ? demanda Parker.

— À peine. Devinez quoi, il a dit que « Marlon » lui avait tiré dessus.

Le silence à l'autre bout du fil était lourd de sens.

— J'ai appelé les flics et je suis sorti. Mes empreintes sont sur le téléphone et ma voix sera sur l'enregistrement de mon appel aux secours, bien que je ne me sois pas identifié.

Et merde.

Il regarda Scarlett, assise à côté de lui, tremblante. Ils étaient tous deux couverts de sang, mais son jean à lui était plus ou moins propre, et cela ne se voyait pas sur son t-shirt noir.

— On a besoin d'un endroit où faire profil bas et déterminer que faire par la suite.

Il avait besoin de réfléchir.

Matt entendit des bruits étouffés de conversation, puis Parker reprit le téléphone.

— Rien de tout ça n'a l'air normal. Je vais rappeler Frazer – il n'a pas donné signe de vie ces dernières heures. On doit organiser la protection de Maidstone au cas où il survivrait. Je peux m'en charger.

Il leur donna une adresse où se rendre. Matt la répéta à Scarlett, qui l'entra dans le GPS.

Matt restait attentif à la police, tout en réfléchissant à voix haute.

— Pourquoi tirer sur ce type maintenant ? Quelqu'un savait qu'on allait le voir ?

— Ils ne pouvaient pas écouter nos conversations téléphoniques ni intercepter nos e-mails – je m'en suis assuré. Mais Frazer a obtenu la permission d'accéder au dossier de l'affaire la nuit dernière. Quelqu'un sait que nous examinons les preuves.

Sous-entendu, quelqu'un *au sein* du FBI.

— On dirait que quelqu'un essaie de faire le ménage.

— Ça dépasse de loin l'entrée par effraction de Scarlett

dans le bureau de Dorokhov la nuit dernière.

— Elle a remué un nid de frelons. Elle pensait que Dorokhov pouvait avoir quelque chose à voir avec l'arrestation de son père. Si son père n'était pas *Marlon*, peut-être que le vrai espion a paniqué.

Ce qui faisait probablement de Maidstone un complice qu'il fallait faire taire.

— Dorokhov aurait-il *pu* piéger Richard Stone ? demanda Matt.

Les Russes avaient de l'argent et donc du pouvoir, mais auraient-ils pu piéger un agent du FBI ?

— Pas sans une aide à l'intérieur.

L'idée de s'être fait duper lui retourna les tripes.

L'idée que les Russes aient infiltré son agence, qu'ils aient menti et manipulé les aveux et la condamnation d'un innocent était… inconcevable. Mais dans le cas contraire, pourquoi quelqu'un se donnerait-il la peine de faire le ménage ? Deux tentatives d'assassinat sur la personne de Scarlett, l'explosion de la résidence d'un agent du FBI, la tentative de meurtre de l'homme selon qui Richard Stone avait échoué au polygraphe. Cette accumulation d'événements était trop importante pour qu'on puisse penser qu'il n'y avait aucun lien entre eux.

Stone s'était fait prendre au niveau d'une boîte aux lettres morte avec des informations top secrètes. Il avait affirmé qu'elles étaient déjà là quand il était arrivé et qu'il avait suivi un tuyau. Et s'il avait dit la vérité ? Et si Scarlett avait eu raison au sujet de son père depuis le début ?

Matt n'arrivait pas à croire qu'il commence à envisager la possibilité que le père de Scarlett soit en fait innocent. *Et merde.* Si c'était vrai, Richard Stone était un patriote qui avait été trahi, enfermé et oublié, et tout ce qui lui était arrivé, à lui et à sa famille, était une victoire pour les Russes et une insulte à l'Amérique. Et Scarlett était la seule à chercher à obtenir la justice qu'on avait jusqu'alors refusée à sa famille.

Il croisa son regard.

— Est-ce que c'est de ma faute ? Est-ce que c'est à cause de moi qu'on a tiré sur cet homme ?

Elle avait de grands yeux et il se souvint immédiatement du moment où il l'avait rencontrée pour la première fois dix-huit petites heures plus tôt.

Matt secoua la tête.

— Non, mais je pense que vous avez fait peur à quelqu'un, qui a décidé de passer à l'action.

— Alors j'avais raison ?

Matt ne voulait pas que Scarlett se fasse de faux espoirs. Il était difficile de croire que le système auquel il s'était consacré pendant si longtemps présentait une telle faille.

— C'est peut-être juste un cambriolage qui a mal tourné. Même si Maidstone a été tué parce que les résultats du polygraphe ont été trafiqués, ça ne veut pas *forcément* dire que votre père est innocent.

Mais il n'était pas très convaincant ; on aurait dit qu'il se raccrochait aux branches.

Elle serra ses lèvres déjà exsangues et hocha la tête. Sa peau était d'une blancheur glaciale tandis qu'elle absorbait le choc.

— Je comprends. Je comprends même le fait que vous devez croire au système judiciaire que vous représentez. Mais attention, Matt. Mon père y croyait tout aussi farouchement que vous. Et regardez ce qui lui est arrivé.

LES MAINS DE Scarlett tremblaient sur ses genoux. Le fait de voir un homme blessé par balle lui avait fait prendre conscience de l'ampleur du risque qu'elle avait pris. Le fait qu'elle ne soit pas la seule à se retrouver exposée ne faisait qu'empirer les choses. Elle avait eu tort d'essayer de faire bouger les choses. Elle aurait dû accepter tout ce qui s'était passé.

Mais son père était innocent.

Comment pouvait-elle accepter la destruction de sa famille ? Comment pouvait-elle vivre dans une société avec un système judiciaire de pacotille ?

Matt conduisait lentement et sûrement vers la sortie de la ville. Ses mains étaient maculées de sang, mais sa respiration était normale, ses yeux particulièrement alertes dans le rétroviseur. Calme au milieu d'une crise. Il avait été formé pour des situations comme celle-ci. Contrairement à elle.

Ses dents s'entrechoquaient bruyamment.

— D… Désolée. Je ne peux pas m… m'empêcher de frissonner.

Le sang qui s'était infiltré dans son jean séchait, rendant le tissu plus rigide. La sensation collante lui donnait des démangeaisons. Son estomac se contracta. Elle ne pouvait plus le supporter. Elle détacha sa ceinture de sécurité. Défaisant son bouton et sa fermeture éclair, elle souleva ses hanches pour se glisser hors du jean. Les yeux de Matt descendirent jusqu'à ses jambes.

— Que faites-vous ?

— Je ne le supporte plus. Ça me rend malade.

Elle enleva jean et baskets, puis les éloigna du pied. Elle sortit des mouchoirs d'une boîte sur la console, cracha sur l'un d'entre eux et frotta les taches couleur rouille qui maculaient ses genoux.

— Je ne supporte pas l'idée d'avoir son sang sur mon corps. Ça peut paraître horrible et égoïste, mais je ne peux pas.

Matt poussa un profond soupir.

— Très bien. Je comprends.

Il augmenta le chauffage.

— Mais n'enlevez rien d'autre sans me prévenir. Je risquerai d'aller droit au fossé.

Il fit la dernière remarque sous cape.

Elle tira sur son t-shirt le plus possible pour recouvrir le haut de ses cuisses, et boucla sa ceinture de sécurité.

— Est-ce qu'on va être considérés comme suspects ?

— Si quelqu'un nous a vus sortir de là couverts de sang et a relevé la plaque, on sera clairement suspects. Le fait que je fasse partie des fédéraux ne nous sera d'aucun secours.

Elle ne le savait que trop bien.

— Il faut qu'on trouve où nous poser pour reprendre nos esprits. J'ai l'impression d'être un poulet sans tête qui court partout sans avoir la moindre idée de ce qui se passe.

Elle ramena ses genoux sur sa poitrine et serra les jambes.

— Vous pensez que Maidstone est impliqué ?

Matt tourna vers elle ses yeux noisette. De l'or brillait à l'intérieur.

— Honnêtement ? C'est une sacrée coïncidence qu'il se soit fait tirer dessus s'il n'est pas impliqué d'une manière ou d'une autre dans cette affaire.

— Savez-vous qui est Marlon ?

Il hésita, se demandant clairement s'il devait lui dire la vérité ou non. Elle pensait qu'ils avaient dépassé ce stade. *Bon sang.*

Il hacha brusquement la tête.

— Marlon est le nom de code que les Russes utilisaient

pour désigner leur espion. L'espion que votre père a été reconnu coupable d'être.

— Vous ne pensez pas que mon père a orchestré ça, n'est-ce pas ?

Ses doigts se crispèrent sur le volant.

— Je ne vois pas pourquoi votre père aurait organisé ça à moins qu'il ne cherche à se venger avant de mourir. Mais ça n'a aucun sens…

— Vu la façon dont Maidstone a prononcé son nom, c'était comme si Marlon lui-même l'avait tué.

Matt acquiesça.

— C'est l'impression que j'ai eue, moi aussi.

— Ce qui voudrait dire que mon père n'est pas « Marlon » et est donc innocent, fit Scarlett, décidant de mettre des mots dessus.

L'heure des simples allusions était révolue.

— À moins qu'il y ait eu deux espions et qu'ils n'en aient attrapé qu'un, suggéra Matt.

Et merde. Si elle n'arrivait pas convaincre cet homme, elle ne convaincrait jamais personne.

— Pourquoi n'envisagez-vous même pas qu'il puisse avoir été piégé ?

Il crispa la mâchoire en réfléchissant à sa réponse.

— Parce qu'il est plus facile d'accepter l'idée qu'un seul homme soit impliqué, que l'idée que le FBI, en tant qu'institution, ait merdé, ait emprisonné le mauvais type et ait détruit sa famille.

Il la croyait. Il la croyait enfin. Elle n'était pas certaine qu'il le réalise encore.

Ils restèrent assis en silence tandis que les roues mettaient de plus en plus de distance entre eux et Thornton. Enfin,

Scarlett murmura :

— Comment obtiendra-t-il justice si personne ne se bat pour lui ?

Matt garda le silence pendant un moment avant de dire fermement :

— Vous vous battez pour lui, Scarlett.

— Et si ça ne suffisait pas ?

C'était sa plus grande peur. Ne pas être en mesure de prouver son innocence à temps pour le faire libérer. Ne pas faire le poids face à la paperasserie et à la bureaucratie, même si elle trouvait des preuves.

Matt lui prit la main et la serra.

— Si votre père est l'homme que vous pensez, il comprendra que vous avez essayé. S'il ne l'est pas, alors il n'en a jamais valu la peine de toute façon.

Il y avait dans ses paroles une forte amertume. Scarlett se rendit compte qu'elle ne visait pas son père, mais le sien.

— Tous les pères ne sont pas comme le vôtre, Matt.

Il hocha la tête, ne voulant visiblement pas en parler. Il s'éclaircit la gorge.

— Il faut qu'on prenne une douche et qu'on achète de quoi manger.

Ils approchaient d'une station-service. Matt se pencha en arrière, chercha à tâtons la sacoche de l'ordinateur portable et la posa sur les genoux de Scarlett. Il se gara à côté des toilettes.

— Restez dans la voiture. Je reviens tout de suite.

———

UNE MAIN ARRETA Frazer alors qu'il se dirigeait vers la salle d'opération où les médecins luttaient pour sauver la vie de

Richard Stone. Il ouvrit sa veste pour révéler son badge à l'US Marshal qui lui barrait la route.

— Le directeur a dit qu'il m'appellerait pour me permettre de voir Stone dès qu'il serait sorti du bloc.

L'homme le dévisagea de haut en bas.

— Ce n'est pas le directeur qui commande ici. C'est moi.

— C'est faux, interrompit une infirmière qui arrivait à peine à la poitrine de Frazer. C'est *moi* qui commande. Hors de ma vue, tous les deux.

Elle les regarda fixement jusqu'à ce que le US Marshal baisse la main.

Frazer n'avait pas le temps pour un combat de coqs. Il regarda vers la gauche et vit une femme, probablement dans la cinquantaine, qui faisait les cent pas dans une salle d'attente voisine. Il tourna les talons et frappa à la porte, puis l'ouvrit.

— Mme Stone ?

Elle leva les yeux vers lui. Ses cheveux roux avaient perdu de leur brillance avec le temps, mais ses yeux d'un marron profond combinés à sa structure osseuse lui assureraient de conserver sa beauté jusqu'à la fin de ses jours. Sa fille avait hérité de ses yeux et de son visage. Pas étonnant que Lazlo soit conquis.

Son expression se fit méfiante quand elle vit son badge. Les lèvres pincées, elle peinait à dissimuler son mépris.

— Que voulez-vous ?

— Je suis l'ASAC Lincoln Frazer.

Elle parut encore moins impressionnée.

Il regarda par-dessus son épaule. Le marshal surveillait l'entrée. Combiné à la sécurité militaire, cela devrait suffire à protéger Stone pour l'heure.

— Je suis venu à la prison aujourd'hui pour parler à votre

mari de votre fille.

Susan Stone tendit soudain le cou.

— Scarlett ? Où est-elle ? Que lui avez-vous fait ?

Elle sortit son téléphone et le brandit dans sa direction.

— J'ai essayé de la joindre pour lui parler de son père, mais elle ne répond pas.

Elle se dirigea vers lui. Il fallait bien plus qu'un badge doré ou qu'un titre fédéral pour l'impressionner.

— Est-ce qu'elle va bien ?

— Mme Stone, fit-il en baissant la voix pour qu'on ne l'entende pas de l'autre côté de la vitre. Votre fille est saine et sauve, je vous l'assure – une étincelle de soulagement passa dans ses yeux –, mais il s'est passé quelque chose hier soir dont je dois vous parler.

— Quoi ? Qu'est-ce qu'il s'est passé ?

Il regarda par-dessus son épaule et aperçut le marshal qui le regardait en coin par la fenêtre. Il se retourna.

— J'ai besoin que vous me promettiez que ce que je vais vous dire restera entre nous.

— Et Richard, insista-t-elle. Je n'ai pas de secrets pour mon mari.

Elle s'interrompit et déglutit bruyamment. En supposant que l'homme survive.

— Comment va-t-il ? demanda-t-il doucement.

L'idéal aurait été d'hypnotiser la femme pour essayer de la calmer, mais bafouer ses droits civils semblait malvenu. Elle avait déjà traversé tant de choses.

— Mal. Le couteau lui a entaillé le foie.

Elle se couvrit le visage et ses épaules tremblèrent, mais aucun son ne sortit.

Frazer en profita pour se rapprocher d'elle et poser un bras sur ses épaules pour la réconforter.

Elle s'éloigna, les yeux écarquillés et furieux.

— Ne me touchez pas.

Il recula.

— Écoutez, je n'ai pas beaucoup de temps pour faire tout ce que je dois faire et j'ai besoin de votre aide.

— Pourquoi vous aiderais-je ?

Elle commença à faire les cent pas les bras croisés, si blessée qu'il ne savait pas si elle serait capable d'aider quelqu'un.

— Parce que Scarlett a essayé d'installer un dispositif d'écoute électronique dans le bureau de l'ambassadeur russe la nuit dernière et que maintenant quelqu'un essaie de la tuer.

— Quoi ?

Susan Stone cessa de faire les cent pas et s'effondra sur une chaise.

— Non. Oh, non. Pourquoi ?

Elle secoua la tête en signe de déni, puis fixa le téléphone portable dans sa main et ensuite le panneau sur le mur indiquant que les téléphones portables étaient interdits. Elle eut un rire larmoyant.

— Il semble que je sois le seul membre de cette famille qui sache suivre les règles. Je ne peux même pas me résoudre à appeler d'ici. Je dois aller au café chaque fois.

— S'il vous plaît, donnez-moi quelques instants pour vous expliquer.

Frazer s'assit à côté d'elle. Tout près. Plus près que les étrangers ne le faisaient habituellement. Il avait besoin d'établir un sentiment de confiance, rapidement, et il ne voulait pas que quelqu'un entende ce qu'il avait à dire.

— Elle va bien, mais personne ne doit le savoir – vraiment personne. Il n'y a normalement que sept personnes au monde qui savent qu'elle est vivante et vous êtes l'une d'entre elles. Les membres de mon équipe sont les autres. Continuez à essayer de la joindre sur son portable. Continuez à être contrariée, bruyante et irritable en voyant qu'elle ne répond pas.

Elle le regarda fixement.

— Mais sachez qu'elle va bien pour l'instant.

Susan scruta son visage, à la recherche d'un signe lui permettant de lui accorder sa confiance. Finalement, elle hocha la tête.

— Je suppose que je n'ai pas d'autre choix que de vous croire.

Les traits de son visage se durcirent.

— Et elle ne doit pas être au courant pour son père si elle est en danger. Elle viendra ici si elle l'apprend, et alors ils la retrouveront. Qui que soient ces *ils*, dit-elle amèrement, sans attendre de réponse.

— En ce moment, les gens qui essaient de la tuer pensent qu'elle est morte. Ça ne doit pas changer. Les agents qui veillent sur elle la protègeront, mais je ne peux pas garantir qu'ils ne lui diront rien sur son père s'ils pensent qu'elle a le droit de savoir.

Ils mentaient déjà à propos d'Angel LeMay. Il sortit la photo de sa poche.

— Vous souvenez-vous de cette photo ? Je l'ai trouvé dans la cellule de Richard.

Elle la prit avec un sourire sur le visage et hocha la tête. Puis elle la retourna et fronça les sourcils en voyant la date.

— Ce n'était pas écrit dessus avant, et ce n'est pas l'écriture de Richard.

Elle passa son doigt sur l'encre décolorée puis la retourna.

— Elle était sur le bureau de Richard. Elle a disparu du

cadre le jour où Richard a été arrêté. J'ai supposé…

Elle fronça les sourcils.

— Je ne sais pas ce que j'ai supposé. Que le FBI l'avait prise ? Il y a eu tellement de gens qui sont entrés et sortis de la maison ce jour-là. Un groupe d'enfants jouait dehors après l'école. Je me souviens avoir dû appeler leurs parents pour qu'ils viennent les chercher, alors même que le FBI effectuait la perquisition.

Son rire parut étranglé.

— J'ai fait faire une autre copie de la photo à partir des négatifs – les appareils photo numériques étaient tout récents à l'époque et nous n'en avions pas. Elle était dans la cellule de Richard ? demanda-t-elle.

Frazer acquiesça. Il enverrait la photo aux spécialistes de l'écriture manuscrite du bureau des documents contestés pour voir s'ils trouvaient quelque chose. C'était peu probable, mais pas impossible.

— Je pense que quelqu'un lui a pris quelque chose de personnel, quelque chose venant de votre maison, pour prouver qu'il pouvait vous atteindre quand il le voulait. Il la gardait sous son oreiller pour se rappeler pourquoi il était là.

Il releva les yeux. Il vit Susan Stone qui le surveillait attentivement, mais elle ne lui sauta pas dessus, et ne le remercia pas chaleureusement. Ces trop nombreuses années pendant lesquelles personne n'avait cru à leur histoire avaient gravement endommagé la foi des Stone dans le système.

— J'ai besoin de votre aide pour autre chose.

— Comment pourrais-je aider le FBI ?

Il ne pouvait pas lui reprocher son scepticisme. Il vérifia les environs. Personne ne le vit sortir précautionneusement le carnet de notes de Richard Stone de la poche de son costume.

— Je l'ai trouvé dans la cellule de votre mari aujourd'hui.

Elle le lui prit des mains et l'ouvrit à la première page. Elle écarquilla les yeux à la vue de ces gribouillages inintelligibles. Elle commençait à comprendre.

— Pourquoi vous aiderais-je ?

Il soutint son regard. C'était une femme intelligente. Plus intelligente que ce que les rapports indiquaient – *ne vous occupez pas de la femme, elle est cinglée.* Peut-être y avait-il une raison à cela ou peut-être qu'il réinterprétait le moindre petit détail désormais.

— Je pense que votre mari a peut-être été piégé. Je crois que celui qui a fait ça est, ou était, un agent du FBI. Je pense qu'ils ont essayé de le faire tuer aujourd'hui parce qu'ils ont peur que même après toutes ces années, leurs secrets puissent être dévoilés.

Ses yeux se remplirent de larmes, mais elle ne les laissa pas couler.

— Suis-je censée être reconnaissante que quelqu'un fasse enfin le travail pour lequel Richard était si doué ?

S'ensuivit un silence lourd de reproches.

— Non, madame. Je n'attends pas de reconnaissance. Mais je crois que ce carnet pourrait contenir des indices vitaux, et je n'ai pas le temps de passer par les canaux officiels du FBI, surtout ne sachant pas à qui je peux faire confiance. J'ai donc besoin de votre aide, car je crois que vous connaissez la clé de ce code et je *sais* que vous voulez faire sortir votre mari de prison.

— S'il survit, dit-elle.

Frazer était bien conscient des lacunes du plan. Il poussa un profond soupir de colère. Pas contre elle ou son mari, mais contre le salaud qui avait monté ce coup de manière si convaincante.

— Acceptez-vous de m'aider ? Si vous ne voulez pas, je dois le savoir maintenant pour essayer de trouver un autre moyen.

Il lui fallut quelques secondes pour perdre sa raideur. Elle se renfonça sur son siège et mit ses mains sur son visage.

— Oui, répondit-elle d'un air las. Mais nous avons besoin de l'exemplaire de *Ne tirez pas sur l'oiseau moqueur* qui est chez moi.

Il haussa les sourcils.

— C'est ça la clé ?

Elle acquiesça.

— Je vais m'en charger.

Il fronça les sourcils.

— Je n'ai pas vu le livre dans la cellule de votre mari.

Elle recommença à faire les cent pas.

— Il a mémorisé le code. Scarlett et lui ont cette mémoire prodigieuse. Moi, j'ai besoin du livre.

Il leur faudrait des heures pour récupérer le livre. À qui pouvait-il confier cette mission ? Rooney et Parker étaient coincés en Virginie-Occidentale, passant en revue les preuves des dossiers pour voir s'ils n'avaient rien oublié, essayant de trouver un lien entre les LeMay et Dorokhov, de relier les Russes à l'enlèvement, à la fusillade ou à la bombe en surveillant les enquêtes de police et fédérales. *Et merde.* C'était trop pour eux seuls. Ils n'avaient pas assez de ressources sur ce dossier, mais il ne pouvait pas prendre le risque de demander des renforts, car alors, l'agent corrompu se rendrait compte qu'ils en avaient après lui. Et le dernier endroit où Lazlo penserait à emmener Scarlett serait la maison de la famille Stone. Il se doutait forcément qu'elle était surveillée. En temps normal, il se serait tourné vers Jed Brennan, mais l'agent se remettait encore d'une blessure par balle et même le dîner de la veille au soir l'avait fatigué. Il n'était pas apte aux manœuvres de cape et d'épée, pas encore en tout cas.

Il marqua une pause. Il pensait bien à quelqu'un, mais il n'aimait pas lui devoir de faveurs. Sauf qu'actuellement, il n'avait pas le choix. Heureusement, Patrick Killion était à proximité de Washington.

— Une photocopie fera-t-elle l'affaire ? demanda-t-il.

— Oui.

— Je vais avoir besoin que vous autorisiez quelqu'un à pénétrer dans votre maison.

— Il y a une clé dans le panier avec les pinces à linge dans l'abri de jardin.

Son ami de la CIA n'aurait pas besoin d'une clé.

— Vous ne trouvez pas que c'est un peu laxiste en matière de sécurité ?

Elle haussa les épaules.

— Scarlett est peut-être super intelligente et a une excellente mémoire des faits, mais cela ne veut pas dire qu'elle n'oublie pas régulièrement ses clés. J'ai pris cette habitude quand elle est allée à l'université, et j'avais oublié le double de la clé jusqu'à maintenant. Dites à votre homme que le livre est dans ma table de chevet. Il y a une photocopieuse et un fax dans le bureau de Richard.

Après quatorze années de prison, l'homme avait toujours un bureau qui l'attendait chez lui. Frazer sortit son téléphone portable, mais Susan Stone lui montra le panneau interdisant son utilisation.

— Très bien.

Il avait pris avec lui l'un des gadgets de Parker, il devrait donc être à l'abri des écoutes électroniques une fois dehors.

— Mais je veux que vous veniez avec moi. En fait, nous ne devons pas nous quitter, sauf aux toilettes jusqu'à ce que je puisse vous trouver un garde du corps. Vous êtes en danger. Je dois vous protéger.

— Incroyable – ou peut-être que je suis finalement devenue folle et que j'imagine tout ça ?

Un coin de sa bouche se releva en un sourire triste.

— Si mon mari se rétablit un jour, je pense qu'il pourrait vous apprécier, ASAC Frazer.

— Espérons que nous aurons l'occasion de le découvrir.

CHAPITRE TREIZE

Matt se débarbouilla aux toilettes, reconnaissant de porter une chemise noire masquant les taches de sang. Il se frotta les mains et les avant-bras avec du savon, observant l'eau sale et marron disparaître dans les canalisations. Le souvenir du sang étalé sur la peau de Scarlett n'était pas une chose sur laquelle il voulait s'attarder. Il y avait une possibilité bien réelle que ce soit son sang à la place s'il tardait à découvrir exactement ce qui se passait.

Il ne savait pas à qui faire confiance au sein de son organisation. Il avait besoin de parler à Frazer dès que possible, mais il tombait directement sur la messagerie vocale.

Il se sécha les mains et jeta le papier froissé à la poubelle. À l'intérieur du magasin, il fit le plein de sandwiches, de bouteilles d'eau, de chips, de lingettes, de pansements, de fil dentaire. En parcourant les vêtements, il trouva des t-shirts de touristes assortis, deux chemises de bûcheron épaisses, une paire de chaussettes tricotées à la main qui pourraient garder les pieds de Scarlett au chaud.

S'il pouvait arrêter de s'imaginer ses jambes nues, il arriverait peut-être à sortir de sa tête l'image de son corps nu sous le sien, mais pour l'instant c'était peine perdue. Il trouva une couverture de voyage. Cela devrait faire l'affaire – tant qu'elle serait la seule à être en dessous. Il jeta un coup d'œil à la télévision dans le coin et vit les informations. La caméra fit un panoramique du port de Quantico et dans le coin de l'écran, il se vit dans son uniforme bleu. À l'image, Matt portait une casquette et des lunettes de soleil. Il ne pensait donc pas que la caissière le reconnaîtrait. Elle ne daignait même pas lever les yeux de son portable.

— Puis-je avoir un café et un chocolat chaud, s'il vous plaît ?

Quelque chose pour les réchauffer, Scarlett et lui, qui n'impliquerait pas de frictions.

Il paya en liquide, remerciant une fois de plus silencieusement Alex Parker d'avoir été si prévoyant. Il retourna à la voiture et grimpa dedans.

Scarlett prit les boissons et lui adressa un sourire reconnaissant en les plaçant dans les porte-gobelets.

— Sans sédatif, je présume ?

Il lui adressa un regard triste.

Elle sourit. Ses cheveux étaient en pagaille, mais cela ne semblait pas faire de différence. Son sang se mettait à bouillir chaque fois qu'il la voyait, comme si son corps était fait pour elle, et elle seule. Pourquoi devait-il s'intéresser à *cette* femme en particulier ? Elle était dix ans trop jeune, et plus compliquée que le fisc. Il se pencha et posa les sacs sur la banquette arrière. Il vit une voiture de patrouille s'arrêter à côté d'eux du coin de l'œil.

Matt ne savait pas si la police avait fait le lien entre cette voiture et la fusillade. Plutôt que de s'enfuir et de paraître suspect, il prit le visage de Scarlett doucement entre ses deux mains et l'embrassa.

Il eut l'impression de s'être pris mille volts de plein fouet. Ce baiser fit sauter tous les fusibles de son corps. Il avait eu envie de le faire depuis qu'ils s'étaient rencontrés. Son goût était incomparable.

La chaleur l'inonda. Sa douceur le submergea. Elle ne chercha pas à le repousser. Au lieu de quoi, elle le surprit en ouvrant la bouche et en glissant sa langue avec avidité contre la sienne. S'il n'avait pas été assis, il serait tombé par terre. Il glissa sa main dans ses cheveux doux et intensifia le baiser. Et puis merde, il avait envie d'elle, elle avait envie de lui, à en croire ses lèvres entrouvertes et sa respiration rapide. Il avait une envie folle de l'attirer contre lui. Il lutta contre.

Il recula. Les pupilles de Scarlett étaient larges et dilatées, lui faisant des yeux plus sombres que jamais. Ils affichaient un mélange d'excitation et de méfiance.

Bon sang. Il ne voulait pas être le connard qui la blesserait cette fois-ci.

Sa mâchoire se crispa et elle eut soudain un air déterminé qui remplaça l'incertitude et le désir. Son regard disait qu'elle était prête à tout pour blanchir le nom de son père.

C'était peut-être ce qui l'avait touché chez elle, sa loyauté inébranlable, à toute épreuve. Rien n'avait ébranlé sa foi en son père. Pas même un aveu, pas même une condamnation. C'était une sacrée leçon, sachant que c'était lui qui était censé se battre pour la justice.

Les policiers venaient d'entrer dans le magasin. Il ignora le fait que son cœur essayait de se frayer un chemin à travers sa cage thoracique, et s'éloigna calmement. Il ne savait pas si Scarlett avait vu la police. Mais pourquoi lui expliquer les raisons de ce baiser, alors qu'il ne pensait qu'à sa réaction et au fait que, si jamais ils en avaient l'occasion, il aimerait aller beaucoup plus loin qu'un baiser ?

Frazer l'avait prévenu, mais il s'était dit qu'il saurait le gérer.

Elle avait ramené ses genoux contre sa poitrine, et il ne pouvait pas s'empêcher de regarder ses jambes nues.

Bon sang. De la sueur coula sur son front. Il s'éclaircit la gorge.

— Il fait chaud ici.

Il baissa le chauffage.

Elle inspira profondément.

— Maintenant, oui.

Il se mit à rire. Une partie de la tension qui s'était accumulée se relâcha. Ils avaient des choses plus importantes à régler. Sa libido devrait attendre.

— Quel est le plan ? s'enquit-il.

Il vit le panneau indiquant une aire de pique-nique plus loin.

— Je meurs de faim. On n'a qu'à manger un bout.

Elle roula des yeux, mais parut soulagée.

— Vous êtes *vraiment* un mec, Lazlo.

— Eh bien oui, je *suis* un mec.

Si elle avait besoin d'une preuve, il lui suffisait de l'embrasser à nouveau.

Il conduisit encore pendant près de deux kilomètres, s'éloignant de la ville, et s'arrêta sur une petite aire couverte de gravier en bordure de la route principale. À en juger par la flopée de gens et de chiens qui se dirigeaient vers un sentier voisin, ce devait être un endroit particulièrement couru pour promener son petit compagnon à poils.

Il prit les sacs de courses sur le siège arrière et lui tendit les lingettes.

À voir son sourire, on aurait cru qu'il l'avait inondée de diamants.

— Merci.

Elle ouvrit le paquet et posa son pied sur le tableau de bord, nettoyant chaque centimètre carré de peau.

Et merde. Et merde. Parfait.

Il était clairement un mec, et il était si excité qu'il s'étonnait de ne pas s'évanouir par manque de sang dans son cerveau. Il comprenait maintenant pourquoi il n'y avait pas de femmes chez les SEAL Teams. Devant de telles jambes, tous les gars seraient restés à baver comme des idiots.

Ce qui était une raison idiote pour pénaliser les femmes, réalisa-t-il.

Les femmes étaient en première ligne de tous les conflits de l'histoire, alors peut-être devraient-elles toutes être formées au combat. Ainsi, quand une guerre éclatait, ou que des psychopathes se mettaient à jouer du couteau, elles auraient de meilleures chances de survie.

Il sentit son estomac se nouer à cette idée. C'était déjà assez difficile de savoir ses meilleurs amis en première ligne. À l'idée que Scarlett puisse être blessée, il sentit sa gâchette le démanger.

Lorsqu'elle eut fini de se nettoyer les jambes et de se laver les mains minutieusement, il lui tendit la couverture de voyage, qu'elle étendit sur ses genoux.

Alléluia.

— Merci.

Elle caressa la laine douce et il fit de son mieux pour se concentrer sur le problème en question. Et ne pas penser à ses mains sur lui. De toute évidence, il avait besoin de repos. Ou de sexe. De beaucoup de sexe.

Ou d'une douche froide.

Il déglutit et regarda ailleurs.

Cela ne lui ressemblait pas. Il n'était pas du genre à être fou d'une femme. Bien sûr, à l'époque où il était revenu après avoir passé des mois dans des trous puants avec rien d'autre que des types poilus et la menace constante de la mort pour compagnie… il était obsédé par l'idée de s'envoyer en l'air. Mais ces derniers temps ?

Il pensait qu'il avait mûri. À en juger par les abysses où disparaissait son cerveau, pas tant que ça.

Elle lui tendit le paquet de lingettes humides et il les utilisa sur le volant et le levier de vitesse. Puis il se nettoya les mains et le visage avant de chercher les sandwiches. Il était affamé.

— Jambon ou dinde ?

— Des sandwiches de fête. Génial.

Mais son ton manquait d'enthousiasme.

— Ouaip.

Le visage se Matt se ferma. *Et merde.*

— Désolé, c'est un Noël assez merdique, hein.

Ses lèvres s'affaissèrent tristement.

— C'est de ma faute. Au moins, j'ai de la compagnie.

Puis elle détourna le regard, mais il eut le temps de voir les larmes briller dans ses yeux.

Et puis merde.

Il détacha sa ceinture de sécurité, recula son siège au maximum, détacha sa ceinture à elle et l'attira sur ses genoux. Ses épaules se mirent à trembler lorsqu'elle essaya de lutter, mais il ne la laissa pas faire. Elle se mit alors à pleurer à chaudes larmes, incapable de garder cela à l'intérieur plus longtemps. Il pensa à ce qu'elle avait vécu au fil des ans, et à tout le stress des dernières vingt-quatre heures. Retrouver Maidstone en train de se vider de son sang dans son salon et se dire que quelqu'un avait enfin commencé à croire à son histoire.

Il espérait que le type s'en sortirait. Il y avait de fortes chances que Maidstone leur dise tout ce qu'ils avaient besoin de savoir, à présent qu'il était sur la liste noire de Marlon. Il frotta sa main dans le dos de Scarlett, sentant les arêtes dures de sa colonne vertébrale, sachant qu'elle avait besoin de se détendre et de s'abandonner. Une proximité nouvelle venait de naître entre eux.

— Je suis vraiment désolée de t'avoir entraîné là-dedans.

Elle eut un hoquet. Ses mains agrippèrent son t-shirt avec tant de force qu'il se demanda si elle n'allait pas lui arracher les quelques poils qu'il avait sur le torse. Il s'en fichait.

— Je suis désolée que tu ne puisses pas passer Noël avec ta mère comme prévu.

Une autre crise de larmes l'incita à resserrer son étreinte. Dans ses bras, elle semblait aussi légère qu'une plume, fragile et délicate, mais il savait que c'était trompeur. Elle était aussi robuste qu'une toile d'araignée et elle avait exercé le même pouvoir sur son existence à lui. Et elle était extrêmement intelligente, ce qu'il trouvait vraiment excitant. Le geek qui sommeillait en lui au lycée était au paradis.

Ses jambes étaient froides. Il saisit la couverture et l'étendit sur elle, en posant son menton sur ses cheveux tandis qu'il la berçait. Il fallut quelques minutes pour que la chaleur de Matt parvienne à la réchauffer et elle se serra contre lui. Le choc, probablement. Le désir qu'il ressentait pour elle n'aboutirait à rien, mais pour l'heure, il se contenterait de la serrer dans ses bras jusqu'à ce que ses larmes se tarissent.

— J'ai toujours détesté la veille de Noël.

Il sentit qu'elle se concentrait sur ses paroles pour oublier son propre malheur, et poursuivit donc.

— J'ai tendance à donner l'impression que mon père n'a jamais fait partie de ma vie, sauf qu'il s'est pointé une fois la veille de Noël.

— Comment tu as réagi ?

Ses doigts avaient relâché leur prise sur sa chemise. Il allait avoir des marques.

— C'était comme découvrir que le père Noël existait parce qu'il avait exaucé mon plus grand souhait.

Elle renifla.

— Le père Noël n'existe pas ?

Il éclata de rire.

— Ma mère le laissait passer la journée avec nous, probablement la nuit aussi.

Matt lui aurait bien mis son poing dans la figure pour avoir considéré sa mère comme une marionnette.

— Mais il partait avant que je ne me réveille le lendemain.

Laissant ce petit garçon désespéré, dévasté en ce qui aurait dû être le plus beau jour de l'année.

— Nous n'avons plus jamais entendu parler de lui, mais chaque Noël, je souhaitais de toutes mes forces qu'il revienne…

— Il ne l'a jamais fait ? demanda Scarlett d'une petite voix.

— Pas à cette époque-là. Dieu merci.

Mais le gamin qu'il était n'avait compris que plus tard qu'il était néfaste.

— Il m'a contacté une fois quand j'étais dans la marine. Je lui ai dit que si jamais j'avais à nouveau de ses nouvelles, j'enverrais un de mes potes le tuer.

Ses cheveux lui chatouillaient la mâchoire, mais il ne bougea pas.

— Je plaisantais. Enfin, je crois. Il n'a plus jamais essayé de me contacter.

Ses bras se resserrèrent autour d'elle. Il se sentait bien avec elle. À sa place.

— Je me suis dit que je ne voulais plus qu'il joue avec les sentiments de ma mère. Je n'ai jamais été fan des hommes qui utilisent ou manipulent les femmes contre du sexe.

Il y eut un moment de silence. Puis Scarlett murmura, pensive :

— Peut-être qu'il pensait l'aimer quand il l'a rencontrée ? C'était peut-être une erreur honnête.

Matt s'autorisa à relâcher un peu de tension.

— Peut-être. Mais il l'a épousée, il l'a abandonnée et il l'a blessée. Une fois que j'ai été assez âgé pour le comprendre, je n'ai plus jamais voulu le revoir.

— Quel âge avais-tu ? demanda-t-elle.

— Huit ans.

Elle lui caressa le torse du bout des doigts. Il les recouvrit de sa main.

Elle avait douze ans quand elle avait perdu son père. Richard Stone avait été écarté par le système judiciaire, un système auquel Matt croyait et pour lequel il se battait tous les jours. L'idée qu'il puisse être corrompu n'était pas rassurante. Il ne voulait pas arriver à la fin de sa carrière et découvrir qu'il s'était fait berner par quelque chose en quoi il croyait.

Un grondement résonna dans la voiture.

Les épaules de Scarlett se remirent à trembler, de rire cette fois-ci.

— Désolée, dit-elle en mettant sa main sur son ventre. Je meurs de faim.

Il la reposa sur son propre siège. Il était sacrément fier de lui de ne pas en avoir profité pour l'embrasser.

Un bon point pour Lazlo.

Il avait la situation bien en main. Il ne voulait pas tout gâcher avec toutes les complications qui accompagnaient le sexe.

Puis elle lui sourit et ses yeux brillèrent de bonheur. Le cœur de Matt battait comme celui d'une adolescente. S'il ne s'était pas trouvé dans un lieu semi-public, il l'aurait embrassée, et bien plus encore si elle l'avait laissé faire. *Et merde.* Il était perdu.

Elle prit le sandwich au jambon et lui celui à la dinde. Cela semblait approprié au vu des circonstances. Il consulta son portable. Pas de signal. *Bon sang.* Il devait parler à Frazer.

CHAPITRE QUATORZE

ILS ROULÈRENT ENCORE pendant une bonne heure, sur des routes de campagne tranquilles, traversant de petites villes, toutes décorées pour les fêtes. Elle ne s'attarda pas sur le baiser – elle avait vu les policiers s'arrêter à côté d'eux et savait qu'il l'avait fait pour se couvrir, même si le baiser lui-même avait presque fait fondre les os.

Plus tard, quand il l'avait prise dans ses bras et qu'elle avait pleuré comme un bébé, cela l'avait encore plus affectée. Elle aurait pu compter sur les doigts d'une main le nombre de fois où elle s'était retrouvée dans les bras d'un homme depuis que son père avait été envoyé en prison.

L'étreinte de Matt n'avait rien à voir avec ces étreintes. Elle lui avait semblé surdimensionnée et à l'épreuve des balles. Il était assez fort pour la protéger de Dorokhov. Assez intelligent pour l'aider à sauver son père. Assez gentil pour faire fondre son pauvre petit cœur.

Elle n'avait jamais rencontré quelqu'un comme Matt Lazlo. Ce n'était pas un homme ordinaire, et sa propre réaction à son égard était tout sauf ordinaire. Il y avait des tas de crétins sur Terre, mais Matt n'avait rien à voir avec eux.

C'était un ancien SEAL *et* un agent du FBI.

Malgré ce que son père avait traversé, ces choses avaient un sens pour elle. Elle le respectait. Elle respectait ce qu'il représentait. Ils se connaissaient depuis peu, mais ils étaient devenus des alliés. Et autre chose aussi, même si elle n'osait pas mettre de nom dessus.

Ils dépassèrent un panneau. Greenville. Sans qu'elle sache pourquoi, ce nom lui semblait vaguement familier. Mais il ne lui semblait pas être déjà passée par là.

— Pourquoi est-ce que ce nom me dit quelque chose ?

Il s'éclaircit la gorge.

— On en a parlé aux informations le mois dernier. Tueur en série… *Hum hum.*

Elle fit soudain le rapprochement.

— L'agent Rooney est la fille de la sénatrice Tremont ? Celle dont la sœur a été enlevée il y a tant d'années ? On ne va pas dans la même maison, n'est-ce pas ? demanda-t-elle en frissonnant.

Matt lui jeta un regard de travers.

— Ce type est mort, Scarlett. Personne ne te fera de mal làbas.

Oh, mon Dieu. Elle essaya de ne pas respirer trop fort. De ne pas paniquer. Elle ne supportait pas les films d'horreur et il aurait voulu qu'elle dorme dans cette maison ? La veille de Noël ? Quelle personne saine d'esprit aurait voulu y séjourner ?

Prends sur toi, Scar. De toute façon, c'est de ta faute.

Ils s'éloignèrent encore de la ville de quelques kilomètres, puis bifurquèrent sur une allée verdoyante. Un petit panneau discret indiquait « Eastborne ». Elle s'enfonça dans son siège.

La maison qui apparut dans son champ de vision était à couper le souffle. Un vieux manoir en briques rouges, à l'aile ouest couverte de vigne vierge. Des fenêtres à bordure blanche. Un portique blanc. L'endroit était magnifique, mais une petite fille avait été enlevée dans cette belle maison dix-huit ans plus tôt, et on pouvait presque voir la tristesse gravée dans la pierre.

— On dirait qu'il y a un millier de chambres.

Une pensée la frappa.

— La sénatrice est là, elle aussi ?

La femme venait d'annoncer sa retraite.

Matt acquiesça.

Mettait-elle la sénatrice en danger ? Ou le fait qu'ils soient hébergés par une sénatrice les protégerait-il ? Cela n'avait probablement aucune importance tant que Dorokhov croyait qu'elle était au fond de la mer.

— L'agent spécial Rooney a aidé à attraper l'homme qui a tué sa sœur, non ?

Une lumière s'alluma dans l'une des pièces du rez-de-chaussée. Un frisson de peur s'empara d'elle, lui donnant la chair de poule.

— Ouaip. Et Frazer a abattu le gars. Il est mort. Il ne reviendra pas, Scarlett.

Mais les fantômes des victimes semblaient former un nuage sombre qui planait au-dessus du manoir. Elle avait besoin d'une distraction.

— C'est à ça que ressemblait la maison de tes grands-parents en Angleterre ?

Il haussa les épaules.

— Ils avaient une grande propriété de campagne à Gloucester, mais pas assez de place pour leur plus jeune fille et son jeune fils apparemment. Je n'ai pas fait de recherches. Ma mère n'en parlait pas. Ils ne voulaient pas entendre parler d'elle, alors je ne voulais pas entendre parler d'eux. C'est probablement immature comme attitude, mais ça me va.

Elle sourit.

— Je peux supporter l'immaturité. Je n'aime pas la méchanceté.

— Je n'aime pas la méchanceté non plus.

Ses mains se crispèrent sur le volant. Il se souvenait probablement du travail important qu'il faisait, un travail dont elle l'éloignait.

— Tu as attrapé beaucoup de tueurs en série ?

L'idée d'un prédateur humain était effrayante ; quelqu'un qui aimait tuer pour tuer. Qui ferait ça ?

— Ce n'est pas comme à la télévision. J'ai rarement l'occasion d'arrêter quelqu'un.

Son sourire fugace suggéra qu'il y parvenait parfois, et qu'il y prenait plaisir. Elle faillit faire une blague sur le fait qu'il l'avait arrêtée, mais elle ne voulait pas détruire la trêve qui s'était instaurée entre eux.

— Mes profils permettent de réduire la liste des suspects et de faciliter les condamnations, mais le plus important pour attraper les tueurs en série, c'est d'avoir des forces de police compétentes et de mener correctement l'enquête.

Il était modeste. Il était évident qu'il était doué dans ce qu'il faisait. Doué pour traquer les tueurs. Il était coriace et intelligent – elle le voyait bien affronter des monstres. Même si elle n'aimait pas du tout cette idée.

— Quelles sont les qualifications requises pour être profiler ?

— Analyste comportemental, corrigea-t-il avant de la regarder.

Il avait peut-être réalisé qu'elle avait besoin de penser à autre chose qu'à l'ombre terrifiante que projetait le manoir. Il était stupide de s'inquiéter pour un bâtiment alors qu'elle était poursuivie par quelqu'un d'aussi impitoyable qu'Andrei

Dorokhov et un espion de l'ombre.

— Il faut faire quatre ans d'études et trois à dix ans au FBI dans le domaine des crimes violents. Mais la concurrence est rude, et même en cochant toutes les cases, il faut trouver un moyen de se démarquer.

— Comme être un Navy SEAL ?

— Ça ne peut pas faire de mal, répondit-il avec un nouveau sourire.

Une soudaine bouffée de désir lui rappela la sensation de ses lèvres sur les siennes. Elle préférait penser à son désir pour Matt qu'aux tueurs en série. Il devait avoir dans les trente-cinq ans.

— La qualité la plus importante est de ne pas se faire aspirer par la noirceur des scènes de crime, et d'être capable de voir des indices au milieu d'un bain de sang – j'ai eu l'habitude avec l'armée.

Le silence se fit pendant un moment.

— Il faut aussi avoir une très bonne mémoire.

— J'ai une bonne mémoire.

Scarlett aurait parfois préféré qu'il en soit autrement. Ainsi, les blessures passées ne l'auraient peut-être pas fait tant souffrir. Elle déglutit, la bouche soudain sèche.

— Mais je ne pourrais pas gérer le reste. C'est trop…

Matt acquiesça lentement.

— Ouaip. C'est vrai.

Ils étaient presque arrivés à la maison. Une immense couronne de houx élégante ornait la porte d'entrée. Ce symbole de Noël ne rendait pas les choses plus festives. Elle redressa les épaules. Elle pouvait le faire. C'était juste une maison, pas la *Lubyanka*.

Alex Parker passa la porte d'entrée et leur indiqua de faire le tour de la propriété en voiture. Il portait un jean et un t-shirt gris à manches longues. Ils se garèrent dans un garage pour cinq voitures à côté d'une Bentley, d'un SUV, d'une Audi et d'une Mercedes.

Mince alors.

Matt sortit en claquant la portière. Elle s'empressa de le suivre, la couverture à la taille comme un kilt extralong. Parker haussa les sourcils devant sa tenue, puis leur adressa un signe de tête pour les inviter à le suivre. Même sans son histoire troublante, la maison était si éloignée de son cercle social que toute l'expérience semblait surréaliste. Elle avait l'impression d'être dans un film. Un terrain soigné, en sommeil et froid, entouré d'une forêt dense et sombre. Elle frissonna en se rappelant ce qui s'était passé dans ces bois.

Ils pénétrèrent à l'intérieur, traversèrent le vestibule et débouchèrent sur une grande cuisine très éclairée. Ils y trouvèrent Mallory Rooney en train de verser du champagne dans des verres à jus d'orange. Scarlett s'approcha de manière hésitante de l'îlot central. La dernière fois qu'elle avait vu Rooney, c'était quand Scarlett s'était fait interroger au siège du FBI après avoir pénétré par effraction dans le bureau de l'ambassadeur russe.

Que pensait-elle du fait que la fille de Richard Stone débarque dans la maison familiale ? Surtout pour leur premier Noël depuis qu'ils avaient résolu l'enlèvement de sa sœur.

— Matt, Dr Stone, les accueillit Rooney avec un signe de tête déterminé. Je vais apporter à boire à mes parents au salon et je reviens tout de suite.

Elle s'éloigna avec le plateau.

Parker désigna le poêle.

— Il y a de la soupe et du pain si vous avez faim. La gouvernante est partie pour la messe de Noël, mais elle reviendra plus tard. J'ai dit aux parents de Mal que c'était une question de temps et que moins ils en sauraient, mieux ce serait. Croyez-moi, ils n'interféreront pas.

— Un juge fédéral et une sénatrice à la retraite qui s'occupent de leurs affaires ? Qu'avez-vous mis dans la soupe ? demanda Matt.

Alex sourit.

— J'ai quelques atouts dans ma manche.

— Merci, sourit Scarlett.

Puis son sourire disparut.

— Mais vu ce qui est arrivé à Maidstone, on ne devrait peut-être pas rester ici.

Matt posa ses mains sur ses épaules et elle se détendit quelque peu.

Devant le lien qui les unissait, les yeux d'Alex se mirent à briller. Il se détourna et sortit des bols du placard, les remplissant même si Scarlett n'était pas sûre de pouvoir manger.

— Actuellement, les Russes et les fédéraux croient que vous êtes morts et personne ne vous cherche encore. Mais ça va changer dès que les flics examineront les empreintes de la maison de Maidstone. J'ai placé une alerte dans le système pour qu'on sache quand on doit commencer à s'inquiéter. Ce n'est qu'une question d'heures.

— Je… Je ne veux pas vous déranger, bégaya-t-elle.

— Elle est effrayée par ce qui s'est passé ici, la vendit Matt.

— J'ai fait revoir complètement la sécurité.

Parker soutint son regard et comprit ce qui se cachait réellement derrière sa gêne : de la couardise.

— Vous pouvez vous détendre pendant quelques heures.

Vous êtes en sécurité ici. Je ne laisserais pas Mallory rester là s'il y avait le moindre danger.

L'agent du FBI revint dans la pièce, les sourcils relevés.

— Tu ne me *laisserais* pas rester ?

Parker étouffa un juron.

— Grillé, dit Matt d'un ton amusé.

Parker fit une grimace.

— Que penses-tu de « Je ferais tout ce qui est en mon pouvoir pour te protéger ? »

Rooney se pencha et l'embrassa sur la joue.

— C'est mieux. Mais rappelle-toi que, même si je suis enceinte, je suis aussi un agent fédéral et je peux prendre soin de moi. J'ai un travail à faire et je n'ai pas besoin que tu me protèges.

Parker parvint péniblement à réprimer ce qu'il avait envie de dire.

Rooney tendit à Scarlett un pantalon de yoga.

Elle le prit, surprise et reconnaissante.

— Merci. Au fait, félicitations pour votre grossesse. Je n'étais pas au courant.

Rooney sourit.

— Ce n'est pas encore visible, car ça ne fait pas longtemps. Mais ça devrait vous permettre de comprendre pourquoi Alex est si surprotecteur. Ce pantalon a l'air d'un pantacourt sur moi, donc vous devriez être à l'aise dedans.

Scarlett se dirigea vers le vestibule et enfila le pantalon sous la couverture. Lorsqu'elle eut fini, elle plia la couverture proprement et la plaça sur un tabouret à côté de la porte de derrière pour qu'ils ne l'oublient pas en partant.

Quand elle revint, Matt avait pris un bol de soupe et avait commencé à manger. Apparemment, rien ne pouvait lui couper l'appétit.

— Maidstone est-il encore vivant ? demanda-t-il entre deux bouchées.

Parker fit un signe de tête.

— En soins intensifs, mais il n'a pas l'air bien. Frazer a réussi à mettre en place une surveillance.

— Comment savez-vous que les gardes sont dignes de confiance ? demanda Scarlett, puis elle fit une grimace.

Tous ces gens travaillaient aussi pour le FBI.

Alex Parker sourit.

— Il a pu engager des personnes de mon entreprise à un très bon prix. Croyez-moi, ils veilleront à ce que Maidstone soit en sécurité.

— Mais *pourquoi* devrais-je vous faire confiance ? demanda-t-elle sérieusement. Personne ne m'a jamais écoutée auparavant. Comment puis-je savoir que vous n'essayez pas de m'amadouer en attendant mon arrestation ou que Dorokhov se présente pour réclamer son prix ?

Elle dansait d'un pied sur l'autre, à moitié tentée de s'enfuir, mais ne sachant pas où elle irait. Était-elle idiote ? Se laissait-elle gagner par un faux sentiment de sécurité ? Matt faisait confiance à ces gens, mais *elle* ne les connaissait pas le moins du monde. Elle ne connaissait pas vraiment Matt non plus, d'ailleurs – il l'avait déjà arrêtée une fois, et elle ne doutait pas qu'il le referait si on lui en donnait l'ordre.

Mais elle lui faisait confiance, aussi naïf et stupide que cela puisse paraître.

Les yeux gris d'Alex se firent soudain perçants et directs, et elle eut l'impression de voir une autre facette de cet homme avenant.

— Vous ne devriez pas nous faire confiance. Pas sans avoir

plus d'informations. Mais sachez ceci : si je comptais vous livrer aux Russes ou à une autre entité inconnue, je ne le ferais pas ici. Je ne mettrais pas Mallory en danger, avec des armes et tout le reste.

Il croisa le regard de sa fiancée avec un sourire dénué d'humour.

— Mais voyez les choses comme ceci : si vous vous trompez sur l'innocence de votre père, nous ne faisons que vous protéger pendant que Dorokhov se calme. Cela ne peut faire de mal à personne. D'un autre côté, si vous avez raison au sujet de votre père, alors le FBI et la CIA ont merdé, et il y a de fortes chances qu'un agent russe soit toujours actif au sein du système américain.

Ses lèvres se retroussèrent légèrement.

— L'une de mes spécialités est la cybersécurité, ce qui signifie qu'il contourne probablement tout ce que je fais de l'intérieur. Ça donne l'impression que je suis nul.

— Alors *maintenant*, tu te soucies des apparences ? lâcha Rooney en mâchant un morceau de pain frais.

— Eh bien, ma future femme semble aimer son travail, et j'aime savoir qu'elle travaille pour les gentils.

Parker adressa un sourire à Rooney qui le fit passer de beau à tout simplement incroyable. Le visage rayonnant de la femme montrait qu'elle savait très bien à quel point son homme était séduisant.

— Donc, en supposant que j'ai raison – *parce que c'est le cas* –, vous créez des profils. Quelles caractéristiques recherche-t-on chez un espion ? demanda Scarlett.

Matt et Rooney se regardèrent. Matt fit un signe de tête à Rooney.

— La plupart ont un comportement antisocial, comme les

sociopathes classiques qui ne s'intéressent qu'à leurs propres besoins sans se soucier du bien ou du mal.

Rooney, enthousiaste, maîtrisait clairement son sujet.

— Beaucoup relèvent du narcissisme ou de la mégalomanie. Ils pensent que tout leur est dû et présentent un réel manque d'empathie. Quand ils n'obtiennent pas ce qu'ils pensent mériter, ils accusent les autres et peuvent être mesquins, vindicatifs et vengeurs.

Matt prit le relais.

— Impulsifs, immatures. Des connards émotionnellement instables incapables de s'engager. Ils ne peuvent pas s'en tenir à un seul choix de carrière, ont souvent des liaisons et peuvent être imprudents au point de devenir fous parce qu'ils pensent qu'ils sont meilleurs que tout le monde.

— Rien de tout cela ne ressemble à mon père, l'interrompit Scarlett. Il a fait carrière dans les forces de l'ordre, a servi au Vietnam et a reçu une médaille pour sa bravoure. Lui et ma mère étaient amoureux depuis le lycée.

— Les profils ne sont pas toujours exacts, fit Rooney, de la compassion dans les yeux. Mais vous avez raison. Richard Stone ne correspond pas au profil type d'un espion.

— Et je suis d'accord avec les traits psychologiques des espions avec une réserve, ajouta Matt. Si quelqu'un était victime de chantage à cause d'une indiscrétion, alors il pourrait espionner pour la Russie pour des raisons tout à fait autres.

Rooney acquiesça.

— Le mobile est la clé. Peut-on vraiment supposer que Dorokhov *était* un maître-espion ?

— J'ai vérifié d'autres éléments de son passé, mais franchement, les informations sont incomplètes, admit Parker.

Dorokhov a été ce que les Russes appellent professionnellement « blanchi » et il est à présent blanc comme neige. Même ses racines au sein du KGB ont été aseptisées. Selon les documents, c'est un diplomate d'origine russe modeste. En réalité, il a tenu la main des dirigeants du Kremlin pendant les vingt dernières années – le président et lui ont tous deux servi en Allemagne au même moment et sont apparemment amis depuis.

Des amis puissants en effet. Suffisamment puissants pour que l'homme ose agir seul ? Scarlett l'espérait. L'idée que Dorokhov puisse avoir l'approbation de son gouvernement pour la tuer la glaçait des pieds à la tête.

— Avez-vous eu des nouvelles des autres enquêtes ? demanda Matt entre deux bouchées.

Il remarqua qu'elle ne mangeait pas et poussa un bol et un morceau de pain dans sa direction.

— Mangez.

Elle ne pensait pas pouvoir le faire, mais quand la soupe lui toucha la langue, elle découvrit qu'elle était affamée.

— L'explosion de cette bombe sur votre bateau est une enquête fédérale impliquant trop d'agences pour que je puisse toutes les nommer. Tous les membres des forces spéciales ont été invités à renforcer leur sécurité personnelle.

— À cause de moi, on gaspille du temps et des ressources, fit Matt, la mâchoire crispée.

— Vous nous avez offert un avantage avec lequel il nous fallait composer, dit Rooney.

Elle tourna ses yeux clairs vers Scarlett.

— Avez-vous pensé à disparaître ?

Elle fit les gros yeux.

— Je ne peux pas. J'ai un travail, une réputation scientifique…

— Et vous perdrez tout si vous vous faites tuer, rétorqua Matt.

Elle croisa les bras.

— Donc si vous deviez renoncer à être un agent fédéral… vous seriez d'accord ?

Il haussa les sourcils.

— J'aurais mesuré les risques avant de chercher à faire justice moi-même.

Rooney lui avait effectivement rappelé que toute cette situation était la faute de Scarlett. *Formidable.*

— Vous savez pourquoi j'ai fait ça. Personne ne voulait m'écouter. Mon plan était d'appeler Dorokhov et de voir ce qu'il dirait après avoir raccroché. Et c'est tout. Pas de secrets d'État. Pas de grande invasion de la vie privée.

Les trois opérateurs échangèrent des regards.

— Je devais voir si je pouvais trouver des informations qui prouveraient l'innocence de mon père avant de…

Elle s'interrompit, ne voulant pas penser à l'autre combat de son père – un combat plus personnel, contre les métastases qui envahissaient tout son corps. Elle ferma la bouche. Rien de ce qu'elle dirait ne pourrait changer ce qu'elle avait fait.

— J'ai commis une erreur. Je suis désolée.

— Si cela peut vous consoler, j'aurais fait la même chose. Sauf que je ne me serais pas fait prendre, dit Parker.

Scarlett roula des yeux.

— Je garderai ça à l'esprit la prochaine fois.

Il lui sourit.

— Votre émetteur avait l'air intéressant. Comment fonctionne-t-il ?

— Il s'alimente en captant de manière parasite toutes les

ondes électromagnétiques disponibles – ce qui n'a rien d'exceptionnel, bien entendu. La fréquence de sortie imite la source la plus proche dans la pièce – généralement un téléphone ou un ordinateur portable. L'émetteur profite du réseau Wi-Fi ou d'un téléphone portable pour transmettre des données lorsqu'une personne à proximité se connecte ou passe un appel.

Elle croisa les bras.

— Mais au lieu du silicium, j'ai fabriqué les puces en arséniure de gallium.

Parker plissa les yeux. Il avait compris.

— Qui a une logique de commutation des centaines de fois plus rapide.

— Exactement, acquiesça Scarlett. La vitesse à laquelle la puce fonctionne la rend pratiquement invisible à la détection électronique…

— Je suis désolé d'interrompre votre petite réunion de geeks, mais Scarlett pourra vous montrer ses schémas de circuit une autre fois, dit froidement Matt. Le fait que Maidstone ne soit pas mort va filer un sacré mal de tête à la personne qui a essayé de le tuer.

— On peut tirer ça à notre avantage, murmura Rooney.

— Comment ça ? demanda Matt.

— À mon avis, le tueur n'avait pas envisagé qu'on retrouverait Maidstone vivant, et encore moins que ce serait Scarlett et vous qui le trouveriez. Quand il va le découvrir, il va se demander si Maidstone vous a dit quelque chose.

— On pourrait l'enfumer avec de fausses informations, dit Matt, qui réfléchissait.

— Donc il faut qu'on ait un plan pour le moment où ils identifieront l'empreinte.

— Vous pourriez vous servir de moi comme appât.

Scarlett passa une mèche de cheveux derrière son oreille. Elle aurait été prête à tout pour une brosse à cheveux.

Matt secoua la tête.

— Certainement pas.

Rooney pencha la tête sur le côté.

— Je voterais bien pour ce plan, mais le problème, c'est que nous ne savons pas si l'espion ou les Russes tomberaient dans le panneau. Si c'est un coup des Russes, on risque de nouveau un incident majeur sur le plan international sans avoir la moindre idée la véritable identité de Marlon.

— Alors comment trouver qui est le véritable espion ? demanda Scarlett.

— On passe au crible les comptes bancaires de Maidstone pour voir s'il a reçu des sommes suspectes.

Parker sortit deux bières du frigo et en tendit une à Matt. Il lui en proposa une, mais elle secoua la tête.

— Quelqu'un a caché cette liste de codes dans le bureau de mon père. Quelqu'un, probablement la même personne, a dû persuader Maidstone d'échanger les relevés du polygraphe et de falsifier les résultats.

— Qui était chargé de l'affaire ? Qui a fouillé la maison après son arrestation ? On ne devrait pas chercher de ce côté-là ? demanda Rooney.

— Ridley Branson faisait partie de l'équipe. Je me souviens qu'il était chez nous et qu'il avait l'air terriblement effrayant, dit Scarlett.

Tous les visages dans la pièce se durcirent à la mention du meilleur agent de contre-espionnage du FBI. S'il était corrompu, ce ne serait pas bon pour le moral des troupes.

— Je vais me procurer les noms des personnes qui ont

mené les recherches dès que possible, mais on ne peut pas limiter la liste des suspects.

Parker la fixa jusqu'à ce qu'elle éprouve l'envie de détourner le regard.

— Certaines des informations transmises nécessitaient une habilitation suffisante, mais toutes n'étaient pas spécifiques au contre-espionnage. Et le véritable espion aurait pu s'introduire dans votre résidence et y déposer des preuves juste avant de faire porter le chapeau à votre père. Ce n'est pas si difficile. Franchement, cela aurait pu être n'importe qui au siège du FBI ou dans les bureaux régionaux environnants. Sans oublier la CIA.

— La CIA ? chuchota Scarlett.

Parker prit une gorgée de bière, et s'essuya la bouche avant de répondre.

— Aldrich Ames était de la CIA. L'Agence travaille en étroite collaboration avec le FBI sur les affaires d'espionnage. N'importe qui chez eux pouvait être au courant de l'avancée de l'enquête et de la liste des suspects potentiels.

Les choses se présentaient mal.

— On ne peut donc exclure personne à ce stade, conclut Matt. Les seuls indices que nous ayons qui n'aient jamais fait l'objet de la précédente enquête sont les soupçons de Stone concernant Dorokhov. Son nom n'est jamais cité dans les dossiers ; pourquoi ?

— Quelqu'un l'a tenu à l'écart de l'enquête officielle, intervint Rooney.

Matt fronça les sourcils.

— Ce qui, encore une fois, pointe vers une personne proche de l'affaire. Dorokhov doit être impliqué, puisque dès que Scarlett a essayé de mettre son bureau sur écoute, il y a eu plusieurs tentatives d'assassinat, et plus révélateur encore, le fait de s'en prendre à Maidstone.

— A-t-il été suspecté d'être un espion ? demanda Rooney.

Parker haussa les épaules.

— Je n'ai pas trouvé un seul document électronique le mentionnant. Mais il a gravi les échelons bien trop vite pour être autre chose qu'un membre du SVR. Sa réputation est impeccable sur le papier ; les Russes excellent à réécrire l'histoire pour répondre à leurs besoins.

Dorokhov avait enlevé son amie.

— Est-ce que vous savez s'il a fait du mal à Angel ? Est-ce que vous lui avez parlé ?

Il y eut un long silence. Rooney le brisa :

— Non. Mais malheureusement, ça n'a pas dû être une partie de plaisir.

Une vague de chaud, puis de froid se déversa le long de sa colonne vertébrale et de ses bras.

— Quand est-ce que je pourrai lui parler ?

— Dès que le danger sera écarté, répondit fermement Matt.

Ce qui était arrivé à Angel était entièrement la faute de Scarlett, et tout le monde semblait y penser dans la pièce. Personne n'osait croiser son regard. Elle ne se pardonnerait jamais d'avoir mêlé son amie à tout ça.

— Donc la meilleure chance que nous ayons de découvrir l'identité de Marlon est sous respirateur artificiel ? demanda Scarlett, dévastée.

— Il y a beaucoup d'indices, il nous faut juste les trouver.

Parker ouvrit son ordinateur portable et se mit à taper sur son clavier.

— J'ai mis en place des programmes informatiques qui

examinent les signaux des portables associés aux agences gouvernementales et les GPS des voitures du FBI qui auraient pu borner à proximité de chez Maidstone aujourd'hui. Si quelque chose ressort, ça pourrait nous permettre d'identifier quelqu'un. Mais je n'ai rien pour l'instant.

Rooney observa l'écran par-dessus l'épaule de Parker.

— Compte tenu des polygraphes et des vérifications d'antécédents désormais obligatoires, cette personne a trompé le système pendant des années.

Matt semblait contrarié.

— C'est plus facile à faire quand vous avez l'un des meilleurs techniciens en la matière dans la poche.

Scarlett fut incapable de se taire plus longtemps. Elle éloigna son bol, cherchant à traiter les informations qu'ils venaient d'échanger.

— Alors vous pensez réellement que mon père a été piégé ?

Tous trois la regardaient, mais ses yeux étaient rivés sur Matt.

— Vous me croyez vraiment ?

Ses yeux noisette virèrent à un vert plus chaleureux.

— Je te crois, Scarlett, dit-il doucement.

— Vraiment, vraiment ?

Ses lèvres tressaillirent et elle se souvint du moment où elle l'avait vu pour la première fois. Dans ses yeux brillait un amusement que sa bouche s'efforçait de dissimuler. Il fit un signe de tête.

Elle se jeta à son cou et s'agrippa si fort à lui qu'il pouvait à peine à respirer. Elle ne se souciait pas que les autres regardent. Elle ne relâcha pas son étreinte.

— Merci. Merci, merci, merci.

Il enroula ses bras autour de sa taille et l'attira plus près. Elle se laissa aller dans sa chaleur et sa force. Il lança aux autres par-dessus sa tête :

— Mais le prouver sans se faire tuer, ce ne sera pas une partie de plaisir.

———————

ALORS QUE LES bras de Matt se resserraient autour de Scarlett pour la troisième fois ce jour-là, il sut qu'il était foutu. Il avait une mère qui dépendait de lui pour tout et une carrière qui comptait à ses yeux. Mais Scarlett avait échappé à sa garde sans qu'il s'en rende compte et il s'était retrouvé *impliqué*. Pas seulement parce qu'il était sur l'affaire, mais parce qu'il se souciait de ce qui pourrait lui arriver. Il tenait à ce qu'ils découvrent la vérité sur son père, et pas seulement parce que c'était son travail. Il s'en souciait. Point final.

Et merde.

Lorsqu'elle découvrirait qu'il lui avait menti à plusieurs reprises sur le fait qu'Angel LeMay ait été retrouvée saine et sauve, elle paniquerait. Elle ne l'exprimerait pas bruyamment. Ce serait un retrait silencieux et il n'était pas sûr de pouvoir regagner sa confiance. Il avait suivi les ordres – *Mouais, ça ne va pas marcher comme excuse, pas maintenant que tu l'as embrassée.* Si quelqu'un au sein de son organisation portait atteinte à la sécurité nationale, il ferait de son mieux pour l'en empêcher, même si cela impliquait de mentir. Malheureusement, Scarlett ne le verrait pas de cette façon.

Elle s'écarta de lui, ce qui était tout aussi bien. Il s'était déjà beaucoup trop impliqué, et maintenant Rooney et Parker le savaient également.

— Vous devriez dormir un peu, dit Parker.

Rooney lui donna un coup de coude. Elle grimaça légèrement.

— Malheureusement, *nous* devons passer du temps avec mes parents, que ça nous plaise ou non. Mon père vend la maison au Nouvel An et c'est censé être notre dernier moment en famille. Un dernier adieu à ma sœur.

Scarlett se fit toute petite. Elle semblait triste et seule.

— Je vous présente mes condoléances et je suis désolée d'envahir votre maison comme ça.

Et merde.

Rooney lui sourit avec gravité.

— Oh, ne vous inquiétez pas. J'ai fait mes adieux à ma sœur quand nous l'avons trouvée.

Un soupçon de vulnérabilité passa sur son visage, puis disparut. Parker passa son bras autour de ses épaules.

— De toute façon, on a plus de vingt chambres. Ce n'est pas comme si on allait manquer de place. Mais je dois leur accorder quelques heures. Et Alex aussi.

Il grimaça.

— En venant ici, je pensais avoir l'excuse parfaite pour éviter toute cette histoire de Noël.

— Dans ce cas, tu ne connais pas mes parents.

— J'ai besoin de prendre une douche, puis on pourra commencer à passer en revue les noms, proposa Matt. Histoire de voir qui est encore en vie. De réduire la liste pendant que vos programmes analysent les données.

Parker fit un signe de tête et ils le suivirent dans l'escalier des domestiques et le long de l'aile ouest. Il alluma les lumières au fur et à mesure, et Matt sentit Scarlett se détendre à côté de lui alors que les couloirs magnifiquement décorés ne révélaient pas de tâches de sang ni de visions d'horreur.

Parker ouvrit une porte et leur fit signe d'entrer.

— C'est une suite avec deux chambres et sa propre salle de bain. Les fenêtres sont sécurisées et il y a des verrous sur la porte extérieure.

Il soutint le regard de Scarlett en ajoutant ces mots, cherchant clairement à la rassurer. Elle se mordit la lèvre et hocha la tête. On aurait dit qu'une forte brise aurait pu l'arracher et l'emporter. Il était temps qu'elle se repose.

Un ordinateur portable était posé sur un bureau.

— Le mot de passe du Wi-Fi de la maison est écrit sur le calepin là-bas. Tout comme les mots de passe du FBI de Frazer pour que rien ne paraisse trop suspect venant d'ici.

— Comment avez-vous obtenu les mots de passe de Frazer ? demanda Matt.

Parker haussa les épaules.

— C'est ma spécialité. Reste à voir combien de temps il lui faudra pour le découvrir.

— Il va vous tuer.

— Je lui fais une démonstration de cybersécurité.

— Vous avez piraté le mien ? demanda Matt.

— Je n'ai pas votre mot de passe, mais je suis entré dans le système par une porte dérobée et j'ai lu vos e-mails privés, admit-elle.

Matt secoua la tête.

— En quoi ça vous intéresse ?

— J'ai contacté votre employeur et je lui ai fait part des risques d'effraction. Je leur ai même envoyé un patch qu'ils peuvent utiliser pour boucher le trou s'ils le souhaitent.

— Vous auriez pu leur faire payer cher pour ça, dit Matt.

— J'ai de l'argent, fit-il avec un sourire carnassier. Et la prochaine fois qu'ils auront un problème, je serai la première personne qu'ils appelleront.

Matt n'était pas dupe.

— Je vous parie un billet de vingt dollars que vous ne devinerez pas mon mot de passe avant qu'on ne règle cette affaire.

— J'accepte le défi, mais je dois préciser que je ne « devine » pas. Évitez de consulter votre messagerie ou vos comptes sur les réseaux sociaux si possible, ajouta-t-il à l'intention de Scarlett.

— La fenêtre pour régler cette affaire ne restera pas ouverte bien longtemps.

Scarlett éclata de rire.

— Mais je voulais remplacer mon statut Facebook par « Toujours en train d'éviter les Russes qui cherchent à me tuer ». Hashtag, « pourchassée », hashtag « JoyeuxNoël ».

— Sauf que vous n'avez pas Facebook.

Scarlett haussa les sourcils, surprise.

— Ça pourrait être pire, dit Parker à voix basse.

— Sérieusement ?

— Vous passez du temps avec un mec magnifique – les lèvres de Parker se retroussèrent – et l'agent spécial Lazlo.

— Très drôle.

Matt tint la porte à l'homme avec un signe de tête, mais au moins Scarlett souriait à nouveau. En sortant, les yeux d'Alex Parker rencontrèrent les siens, l'air grave.

Il avait compris. Ils avaient besoin de parler. Seuls. Il devait également discuter avec Frazer, mais pas devant Scarlett. Il adressa un signe de tête quasi imperceptible à l'homme. Il persuaderait Scarlett de dormir un peu, puis le retrouverait.

———————

RAMINSKI NE SAVAIT pas pourquoi ils avaient toujours la fille, mais il savait qu'il ne fallait pas poser de questions. Il avait laissé son patron profiter de la fête de Noël de l'ambassade, qui battrait encore son plein pendant quelques heures. Il entra dans la pièce et inspecta la silhouette assise en tailleur sur le matelas. Du sang séché lui maculait le visage. Sa joue était rouge et gonflée. Mais elle était encore entièrement vêtue et ne se cachait pas, terrorisée. Cela devait signifier que personne ne l'avait violée en son absence. Il n'avait laissé qu'un seul garde en service, ne voulant pas offrir à un duo l'occasion de passer à l'acte si l'envie leur en prenait.

Elle avait toujours le bandeau sur les yeux, mais il portait un masque en nylon juste au cas où elle aurait fait une bêtise, comme essayer de voir son visage. Elle était certainement assez déterminée pour essayer. Il était préférable pour tout le monde qu'elle ne puisse pas l'identifier.

— J'ai un cadeau pour toi. Ouvre la bouche, chuchota-t-il d'une voix grave et rocailleuse.

Elle devait avoir faim à présent.

Ses lèvres se tordirent de dégoût. Il lui prit doucement une poignée de cheveux et lui tira la tête en arrière.

— Je ne vais pas te faire de mal, Angel.

Il sourit presque devant l'inclinaison obstinée de sa mâchoire. Il mit son pouce sur son menton et exerça une pression supplémentaire pour qu'elle ouvre la bouche.

— Tiens.

Il fit glisser un raisin à l'intérieur et vit son comportement passer du dégoût à la surprise. Il lui en donna un autre, qu'elle avala avec avidité.

— Pourquoi est-ce que vous me faites ça ?

Sa voix rauque griffa son corps comme des ongles vernis et acérés. Elle ouvrit la bouche, avide, comme un petit oiseau. Il descendit jusqu'à sa nuque pour la soulager, l'apaisant en passant ses longs doigts sur son cuir chevelu. La douleur causée par les coups que Mikhail lui avait infligés était évidente à sa façon de bouger. À son halètement aigu, alors qu'elle se tenait les côtes.

Il lui mit un autre raisin dans la bouche, mais cette fois, ses doigts s'attardèrent. Il traça les contours de sa lèvre inférieure, puis mordit dans un nouveau grain de raisin et frotta le fruit juteux sur ses lèvres comme du gloss. Elle en lécha le jus. Sa respiration était irrégulière, mais il savait que c'était dû à la peur.

— Mes parents vont s'inquiéter pour moi.

— Oui, concéda-t-il.

— C'est bientôt Noël.

— Oui, répondit-elle à nouveau.

— Combien de temps vais-je rester ici ?

Il passa une mèche de cheveux blonds derrière son oreille. Elle ne chercha pas à le repousser.

— Vous avez dit que je pourrais rentrer chez moi si je vous disais la vérité. Vous demandez une rançon ? Mon père paiera.

Il ne dit rien et se contenta de lui donner un autre raisin. Elle mâcha et avala. Il était envoûté par ses lèvres, qui étaient pleines et d'un rouge profond et naturel.

— Mon père *va* payer, vous n'avez pas besoin de me menacer ou de me faire du mal.

Sa voix tremblait de peur. Elle était à deux doigts de perdre son calme. Elle avait peut-être senti son intérêt pour son corps.

Il précisa ses propos.

— J'ai seulement expliqué ce qu'il arriverait si tu me mentais.

— Vos promesses ressemblaient plutôt à des menaces.

— Alors tu ne m'as pas bien écouté.

— Alors pourquoi je ne suis pas encore rentrée ? lâcha-t-elle.

Sa voix se brisa, mais elle se reprit rapidement.

— Est-ce que vous allez me tuer ?

Il conserva le silence. Il avait fait beaucoup de choses douteuses pour son pays. La tuer était encore une possibilité dans ce double jeu du chat et de la souris.

— Dans ce cas… pouvez-vous me promettre quelque chose ?

— Vous voulez d'autres promesses ?

Elle ignora son ton taquin.

— Pouvez-vous faire en sorte que je ne souffre pas ? Je ne supporte pas la douleur.

Il tressaillit. Puis il lui donna un autre raisin. Il ne savait pas qui il tourmentait le plus. Lui ou elle.

— Je ne vous ferai pas de mal, promit-il.

— Je suppose que je vais devoir vous croire sur parole. N'est-ce pas ?

Elle sourit. Avec ses yeux bandés et ses mains liées, elle ressemblait à une soumise, mais c'étaient ses fantasmes qui prenaient le dessus. Des fantasmes où elle n'avait pas été droguée et arrachée de sa propre maison, battue et gardée en captivité.

Il était idiot de la traiter mieux qu'un chien errant. S'attacher pourrait tout gâcher. Elle l'avait ferré comme un saumon au bout d'une ligne et il n'avait même pas résisté. Le téléphone dans sa poche vibra. Il se leva et s'éloigna d'elle.

En regardant le SMS à l'écran, il se demanda ce qu'il allait bien pouvoir faire à présent.

Raminski n'aimait pas ça. Il n'aimait pas ça du tout. Dorokhov lui avait ordonné de lui amener Angel. Elle allait peut-être être libérée, mais son instinct lui disait que non.

Il savait ce que l'homme lui ferait. Mais s'il cherchait à l'en empêcher, ils mourraient tous les deux. Il prit le sac noir et le mit sur sa tête.

— Il serait préférable que vous ne vous débattiez pas.

Elle commença à donner des coups de pied et à gesticuler malgré ses bras liés. Il réussit à attacher ses jambes déchaînées, mais elle parvint juste avant à lui asséner un coup de pied dans la mâchoire. Les étoiles qui dansaient autour de lui étaient sa récompense pour être un lâche sans cœur.

Lorsqu'elle s'immobilisa enfin, dégoulinante de sueur, il la souleva dans ses bras.

— Faites tout ce qu'on vous dit et vous survivrez peut-être à cette journée.

Elle se mit à pleurer. À chaudes larmes. Il ne pouvait pas le supporter. Il la reposa un instant. Même si son patron allait être furieux, il sortit une seringue de sa poche et l'enfonça dans ses fesses. Il attendit trente secondes qu'elle s'affaisse, puis il la souleva de nouveau.

Scarlett Stone était morte. Quel intérêt Dorokhov avait-il à garder cette femme ? La réponse était pressée contre son corps avec ses courbes douces et ses membres fins. Il récita une petite prière et la porta jusqu'à sa voiture. Il espérait qu'elle survivrait à tout ce qui allait suivre.

CHAPITRE QUINZE

ELLE LUI AVAIT fait jurer qu'il ne la laisserait pas seule.

Le bruit de la douche qui se mettait en route et l'idée que Scarlett soit nue dans la pièce voisine rendaient Matt fou de désir. L'idée de lui faire l'amour l'avait tenté dès leur rencontre. Il se fichait éperdument qu'ils se connaissent depuis aussi peu de temps. Les questions de vie ou de mort tendaient à modifier les règles du jeu en matière de séduction. Cela avait peut-être contribué à augmenter l'attirance, toujours est-il qu'il était à présent accro.

Certes, il avait un travail à effectuer, mais il lui était impossible de le faire alors qu'il ne parvenait à penser à rien d'autre qu'à la femme mouillée et nue dans la pièce d'à côté.

C'était peut-être lui qui avait besoin d'une petite sieste – sauf que s'il se mettait à l'horizontale dans les dix minutes qui suivaient, ce ne serait pas pour dormir.

La vie était courte. Rien n'était garanti.

Il pensa à sa mère, dans le coma sur un lit d'hôpital. Elle lui avait toujours dit de se battre pour obtenir ce qu'il voulait. Les gens mouraient. Il avait perdu certains de ses meilleurs amis à la guerre. Jed Brennan s'était fait tirer dessus et avait failli y rester à peine quelques semaines plus tôt.

Jed avait franchi la ligne avec Vivi Vincent et était toujours un sacré bon agent du FBI.

Il n'y avait même pas de véritable dilemme moral. Scarlett n'était pas recherchée par la justice, elle n'était pas un témoin, elle n'était pas son père, et même si c'était un vrai problème, le dossier contre Richard Stone semblait de plus en plus suspect.

Alors où était le problème ?

Il savait exactement quel était le problème. S'il faisait l'amour avec Scarlett Stone, il deviendrait accro. Il était déjà à deux doigts de l'être et ils n'avaient partagé qu'un baiser. Le sexe le mettrait à genoux. Frazer l'avait mis en garde.

Qu'y avait-il de si mal à se mettre à genoux devant une femme sexy, mouillée et nue ?

Il ne trouvait pas de réponse à cette question.

N'était-ce pas Noël ? N'était-ce pas le temps des miracles ? Parce que coucher avec Scarlett relèverait du miracle.

Il se dirigea vers la salle de bain à toute vitesse pour ne pas changer d'avis. Il retira son haut et le jeta par terre. Il enleva ses chaussures et ouvrit la porte de la douche.

Scarlett poussa un cri et il mit sa main sur sa bouche avant que Rooney et Parker n'enfoncent la porte pour voir ce qui se passait. Même s'ils avaient forcément deviné ce qu'il avait en tête.

Il planta ses yeux dans les siens, écarquillés de terreur jusqu'à ce qu'elle réalise que c'était lui et non un tueur en série qui voulait faire d'elle sa prochaine victime. Ses cheveux semblaient presque noirs, plaqués contre son crâne. Il savait qu'il devait obtenir son approbation, mais les mots ne venaient pas. Ce n'était pas parce qu'il l'attirait qu'elle voudrait forcément coucher avec lui. Il savait qu'elle n'était pas très expérimentée en la matière, et ne voulait pas lui faire peur ou partir du principe qu'elle voudrait faire les mêmes choses que lui.

Elle lui lécha la paume de la main du bout de la langue, répondant à son interrogation silencieuse.

Il tressaillit.

— Tu en es sûre ? Il lui prit la main et passa son pouce sur sa lèvre inférieure.

— Vraiment sûre ?

— Oui.

Elle ne chercha pas à se cacher et il s'autorisa à regarder son corps. De petits seins, des hanches étroites, de longues jambes qu'il connaissait déjà et qui l'avaient mis au supplice. Tout chez elle était petit, mais parfaitement proportionné. Léger. Délicat. Mince. Musclé.

Il se sentait tout retourné. Peut-être était-ce en raison du degré de confiance qu'elle avait en lui. Ou peut-être était-ce autre chose.

— Tu l'as déjà fait sous la douche ?

Sa main descendit vers le bouton de son jean et les yeux de Scarlett suivirent le mouvement avec un regard incertain qui le fit s'interrompre.

Elle secoua la tête.

— Tu aimerais essayer ?

Un sourire illumina ses traits.

Il enleva son jean et se glissa sous la douche.

Un jet chaud se déversait sur les épaules de Scarlett, et des ruisseaux d'eau coulaient entre ses omoplates. Il aurait voulu suivre le ruissellement avec sa langue. Il avait envie de la toucher, de la goûter. Il l'enlaça et l'embrassa, essayant de ne pas aller trop vite. Mais son corps ne l'entendait pas de cette oreille. Il voulait la prendre, la posséder. *Ralentis, connard.* Il tremblait de devoir tant se contenir.

Scarlett n'était ni hésitante ni timide – c'était une bonne

surprise. Il sentait sa peau douce et chaude dans ses bras. Elle dégageait quelque chose de très féminin. Elle ouvrit la bouche et lui rendit son baiser, enroulant ses bras autour de son cou et pressant ses seins contre sa poitrine. Il la saisit par les hanches et l'attira plus fermement contre lui. Il était impossible d'ignorer à quel point il était excité.

Il l'embrassa à nouveau. La chaleur les enveloppait tous les deux, montant en lui alors qu'il essayait de se contrôler. D'y aller doucement. Il ne voulait pas aller trop vite à son goût. Il ne voulait pas se comporter comme un connard et la décevoir.

Il recula de quelques centimètres et regarda l'eau qui gouttait au bout de ses tétons roses et durs. Il baissa la tête pour en récupérer une goutte, et lécha son corps jusqu'à atteindre sa bouche.

— Tu as bon goût.

Il avait faim d'elle. Il était affamé. Elle ne sentait plus le citron, mais les fraises à présent.

— Tu es un bon goûteur.

Scarlett l'embrassa dans le cou et s'arrêta sous son oreille.

— Tu sens vraiment bon.

Il posa ses lèvres sur les siennes et leur baiser s'intensifia. Sa langue suivit la sienne, faisant passer le baiser d'espiègle à volcanique en une fraction de seconde. Leurs mains s'exploraient, se caressaient, dessinant des contours qu'il avait seulement devinés jusque-là sous les vêtements de Scarlett. Il prit le savon et le fit descendre le long de sa clavicule, jusqu'à son nombril, puis remonta sur ses seins. Le rose sombre de ses mamelons se détachait sur la blancheur de sa peau.

— Tu es belle, murmura-t-il.

Ses yeux lui indiquèrent qu'elle ne le croyait qu'à moitié, alors il décida de le lui montrer. Il prit l'un de ses seins dans sa main, faisant rouler son mamelon entre son pouce et son index. Elle laissa échapper un petit gémissement lorsqu'il fit de même avec son autre sein. Les yeux de Scarlett étaient de velours, sa respiration rapide et effrénée.

Il la retourna dans ses bras et son autre main descendit lentement, tandis que sa bouche, contre sa gorge, sentait battre son pouls. Il décrivit des cercles langoureux avec le savon sur sa peau. Arrivé au niveau de son aine, il passa la main entre ses cuisses. Elle les écarta, timidement au début, ce qui lui rappela que c'était nouveau pour elle. *Vas-y doucement. Vas-y doucement.* Pressé contre ses reins, il était si dur que c'en était douloureux. Mais ça ne le tuerait pas d'attendre un peu.

Ça ne le tuerait pas d'arrêter.

Son excitation ne faisait aucun doute. Il ne voulait pas qu'elle panique et regrette ce qui se passait entre eux. Il voulait que cela se reproduise, encore et encore, une fois que le danger serait écarté.

Ce qui la ferait probablement paniquer si elle le savait. Trop nouveau, trop intense, trop incertain.

Il fit glisser le savon entre ses jambes, sur ses lèvres lisses, et appuya plus fort sur son clitoris avant de revenir vers sa poitrine. Il lui mordilla le lobe d'oreille, le cou. La chaleur émanait d'elle par vagues.

Alors qu'il répétait le mouvement, elle gémit et laissa aller sa tête en arrière, sur l'épaule de Matt. Elle ouvrit plus grand les jambes, lui faisant tourner la tête rien qu'au contact de sa peau satinée et lisse.

Le savon lui échappa des mains, mais il n'en avait plus besoin. Il ramena une main sur ses tétons. Ses hanches vinrent se plaquer contre lui lorsqu'il enfonça deux doigts en elle. Dressée sur la pointe des pieds, elle appuya ses mains contre le mur.

— Oh, mon Dieu, c'est trop bon.

Sans blague. Il la retourna et se mit à genoux, exactement là où il rêvait d'être depuis que Frazer lui avait mis cette image en tête. Probablement pas l'effet recherché par son patron.

Il posa sa bouche sur elle, et les genoux de Scarlett tremblèrent. Les mains sur ses cuisses, il lui fit l'amour avec ses lèvres, sa langue et ses dents. Son corps se tendit et ses muscles frémirent quelques instants avant qu'un cri monte de sa gorge. Il attendit qu'elle se remette avant d'inonder son corps de baisers, tout en remontant.

Scarlett passa les mains sur ses épaules, puis sur son torse, jusqu'à ce qu'elle sente son membre raide contre son ventre. Elle enroula ses doigts autour de son membre rigide et commença un mouvement de va-et-vient. Il avait l'impression que ses propres genoux étaient sur le point de flancher.

— Dis-moi quoi faire, demanda-t-elle en embrassant un coin de sa bouche.

— Tu te débrouilles très bien.

— Je veux te sentir en moi.

Même s'il voulait vraiment la prendre sous la douche, même si cela lui faisait mal de ne pas la pénétrer, il ne pouvait pas.

— Matt… oh, bon sang.

Elle appuya son front contre sa poitrine comme si elle allait éclater en sanglots.

Que se passait-il ? Avait-elle des regrets ? Avait-elle changé d'avis ?

— On n'a pas de préservatif.

Il la prit dans ses bras et coupa l'eau. Il sortit de la douche, un nuage de vapeur dans son sillage.

— J'en ai plusieurs dans mon portefeuille.

Elle essuya les gouttes sur son visage.

— Plusieurs ? Je ne sais pas si je dois être horrifiée ou reconnaissante.

— Tu me demandes si je suis un coureur de jupons ?

Les joues de Scarlett rosirent. Il essaya de ne pas laisser paraître son amusement, car rire d'une femme nue n'était pas vraiment conseillé. Il la porta jusqu'à la chambre et la remit sur ses pieds.

— Ce ne sont pas mes affaires.

Elle détourna les yeux.

— Tu es nue et je suis nu. Ça te regarde clairement.

Elle commença à frissonner. Il attrapa une serviette accrochée à l'intérieur de la porte de la salle de bain et l'enroula autour de ses épaules, l'attirant plus près avec une lenteur infinie.

— Quand j'étais dans l'armée, je plaisais beaucoup aux femmes. Parfois, j'en ai profité, parfois non. Mais un de mes amis a fini par épouser une femme qu'il connaissait à peine lorsqu'elle est tombée enceinte après ce qui aurait dû être une aventure d'un soir. C'était une situation merdique, surtout pour le gamin.

Matt ne comptait pas répéter les erreurs de son ami ou de son père. S'il devait avoir des enfants, il serait le meilleur père qu'il puisse être, et le meilleur mari dont une femme puisse rêver. Il ne lui échappa pas qu'il nourrissait de telles pensées avant même que Scarlett et lui n'aient fait l'amour. Il n'était pas sur le point de lui déclarer un amour éternel, mais il avait su dès l'instant où il l'avait vue qu'elle était une femme qu'il *pourrait* aimer, avec le temps.

Il lui prit la main. Cette conversation dépassait de loin le thème des rapports protégés, mais certaines choses devaient peut-être être dites. Peut-être que si quelqu'un méritait d'apprendre les choses, avec une honnêteté brutale, c'était Scarlett.

— Quand j'étais plus jeune, j'ai fréquenté beaucoup de femmes, mais ça fait un certain temps que je n'ai rencontré personne – plus d'un an maintenant

L'atmosphère devenait de plus en plus tendue.

— Ça faisait longtemps que je n'avais pas eu envie d'une femme.

Les yeux de Scarlett se mirent à briller et son regard s'embrasa. Il lui laissa le temps de digérer ce qu'il venait de lui dire. Le temps de changer d'avis.

Il se retourna, récupéra son pantalon, jeta son portefeuille sur la table de nuit.

Quand il se retourna, il vit une ombre passer dans les yeux de Scarlett.

— Je n'ai jamais été très douée pour le sexe.

Il s'amusa de voir qu'elle cherchait à faire comme si ce qui se passait n'était que du sexe. Il lui inclina le menton.

— Tu es belle, Scarlett. Et tu es sexy. Ce n'est pas ta faute si les hommes que tu as rencontrés ne savaient pas faire l'amour à une femme.

Elle éclata de rire, précisément l'effet escompté.

— La féministe en moi meurt d'envie de s'offusquer devant cette affirmation, mais je suis trop curieuse de voir sur quoi elle peut déboucher.

Elle croisa son regard et esquissa un petit sourire.

— Mais je ne veux pas tout gâcher avec mes incertitudes.

Il percevait sa nervosité dans ses yeux, à la façon dont elle crispait les poings.

— Scarlett, ce que j'essaie de te dire, c'est que tu ne peux rien gâcher. C'est juste fantastique.

Il lui mordilla la lèvre inférieure, puis la pinça à nouveau entre ses dents, plus fort, l'obligeant à se concentrer sur ses sensations présentes et à oublier ces vieilles histoires.

— Et si je me souciais des détails et que tu te contentais de penser à toi ?

Ses mains descendirent le long de ses hanches et s'y arrêtèrent. Leurs bouches se faisaient l'amour, de longs et doux baisers qui la firent oublier tout le reste, la ramenant à l'instant présent. Elle mit ses mains sur ses épaules et se hissa sur la pointe des pieds pour être à son niveau. Elle l'embrassa avec fougue, le rendant fou de désir tandis que sa propre envie montait en flèche. Les mains de Matt glissèrent sur ses fesses. Sa peau était d'une douceur insoutenable. Avait-elle conscience du délice qu'était son corps ?

Il la souleva du sol et l'allongea sur le lit, prenant tout son temps même si son cœur semblait sur le point d'exploser tant il lui martelait les côtes. Il ne s'agissait pas de redescendre. Il s'agissait de ne pas tout foutre en l'air. Il se coucha près d'elle. Ils étaient allongés sur le côté, face à face. Du doigt, il effleura la ligne délicate de sa clavicule, puis il fit lentement glisser sa main le long de son bras, de sa hanche. Il s'efforçait de ne pas précipiter les choses.

Son corps était parfait. De petits seins insolents, un ventre légèrement incurvé, des pieds fins et arqués. La vue des boucles sombres entre ses jambes le fit durcir au point de la douleur. Il dut relever les yeux vers elle.

Elle était un peu maigre, ce qui semblait aller de pair avec son esprit hyperactif et les événements très stressants des derniers jours. Il voulait savourer cette découverte de chaque partie de son corps, mais il craignait presque de la toucher, de peur de tout gâcher.

Les mains de Scarlett passèrent sur son torse, ses épaules, et descendirent le long de ses bras jusqu'à ce que leurs doigts s'entremêlent. Il porta leurs mains jointes à sa bouche et les embrassa.

— Tu en es sûre ?

— Tu as changé d'avis ?

Il y avait de la tristesse dans ses yeux, presque de la résignation. Un connard avait clairement laissé des traces.

— J'ai tellement envie de toi que j'ai peur de me mettre dans l'embarras dès que je serai en toi.

Le regard de Scarlett s'embrasa. D'une pression de l'épaule, elle l'étendit sur le dos. À présent, c'était son tour de partir en exploration. Ses mains chaudes parcoururent chaque parcelle de son corps. Elle embrassa son torse, puis descendit jusqu'à son nombril et son érection palpitante et douloureuse. Lorsqu'elle le toucha, il tressaillit sous ses doigts.

N'y tenant plus, il l'attira contre lui et plaqua ses lèvres sur les siennes. Il la toucha à nouveau, mais cette fois-ci, ce n'était plus un jeu. Ses mains étaient avides, fébriles. Elles s'enfoncèrent entre ses boucles sombres pour s'assurer qu'elle était prête. Son sang bouillonnait, lui brûlant les veines. Il attrapa le préservatif et l'enfila. Quand elle écarta les jambes, il eut l'impression que sa tête allait exploser. Il s'installa entre ses cuisses, blotti contre sa chaleur, incapable de chasser le sentiment qu'il n'avait jamais rien connu d'aussi bon. Enfin, il la pénétra lentement. Les doigts de Scarlett se crispèrent dans son dos, ses ongles s'enfonçant dans sa peau. La sueur coulait sur son front et il s'arrêta un instant.

Elle lui passa les mains dans les cheveux et chuchota :

— Tout va bien.

Soutenant son regard, il s'enfonça plus profondément. Elle gémit sans détourner les yeux. Ce son le traversa jusqu'aux os dans une caresse érotique. Il continua le mouvement, écartant ses cuisses jusqu'à se retrouver complètement à l'intérieur. C'était si bon qu'il était incapable de parler. Incapable de penser.

Il se contentait de bouger. De petits coups de reins contrôlés. Il tenait à lui donner du plaisir, mais il ne voulait pas l'effrayer en lui faisant tout ce qu'il avait envie de lui faire en l'espace d'une nuit.

Nous n'aurons peut-être qu'une nuit… Nous n'aurons peut-être qu'une heure.

Cette pensée le poussa à intensifier ses mouvements. Il s'enfonça plus profondément, accentuant les va-et-vient. Elle inclina le bassin, ses jambes autour de ses hanches. Il était désormais incapable d'y aller doucement, lentement. Il la pénétra avec force. Elle parut apprécier son manque de technique et de finesse.

Quelques instants plus tard, les yeux clos, elle rejeta la tête en arrière et cria de plaisir. Ses muscles internes se contractèrent autour de lui et l'orgasme qui déchira son corps fit naître un éclair de plaisir intense dans son cerveau. Le souffle court, il reposa son poids sur ses coudes et attendit de redescendre sur terre.

Lorsqu'il ouvrit les yeux, elle le regardait avec un sourire très féminin aux lèvres.

— Merci.

Il faillit rire.

— Pour quoi ?

— Pour m'avoir offert ma première relation sexuelle digne

de ce nom.

Il repoussa les cheveux de son visage.

— Tu sais que ça ressemble à ça normalement, n'est-ce pas ?

— C'est pour ça que je te remercie.

Un côté de ses lèvres se retroussa.

— Hé, c'était un effort commun. Et ce sera encore mieux la prochaine fois.

Les pupilles de Scarlett se dilatèrent à l'idée qu'ils pourraient recommencer. S'il en avait l'occasion, ils le referaient. Et pas qu'une fois.

Il l'embrassa une dernière fois et roula sur le dos. Il ne voulait pas la laisser, mais il savait qu'il le fallait.

— Dors un peu. Je vais travailler sur cette liste et je te réveillerai dans quelques heures.

Il sortit du lit et se dirigea vers la salle de bain. Il se débarrassa du préservatif, récupéra ses vêtements dans la pénombre et quitta la pièce, refermant doucement la porte derrière lui. À en juger par sa respiration douce et régulière, Scarlett s'était déjà endormie.

Dans un moment de clarté post-coït, Matt réalisa qu'il avait commis une erreur. Les choses venaient de se compliquer, non pas parce qu'ils avaient eu des relations sexuelles, même si ses collègues du FBI allaient désapprouver, mais parce qu'il ne lui avait pas dit la vérité sur Angel. À en juger par la profondeur de sa loyauté, Matt avait le sentiment que ce n'était pas le genre de tromperie que Scarlett pardonnerait facilement. Il avait merdé. Vraiment.

Il pourrait se faire pardonner. Tant qu'ils survivaient tous à cette pagaille, il pourrait se faire pardonner. Mais rien n'était moins sûr, étant donné que la fille LeMay avait disparu depuis vingt-quatre heures et qu'ils étaient sans nouvelles des ravisseurs. Et ils devaient trouver un espion qui avait réussi à rester caché pendant plus de quinze ans. C'était l'intégralité d'une carrière au FBI. Matt ne voulait pas penser au nombre de vies et d'opérations qui avaient été compromises à cause de cette personne. Il ne voulait pas penser au fait qu'il avait reçu des ordres de quelqu'un qui était prêt à lui planter un couteau dans le dos. Il aurait aimé clouer le type au mur et lui lancer des fléchettes. Il voulait que Scarlett soit en sécurité pour qu'ils puissent tous retourner à leur vie – des vies qui pourraient un jour s'imbriquer. Soudain, il se sentit comme ce petit garçon la veille de Noël, priant pour que son père rentre à la maison. Même après toutes ces années, toutes les déceptions que la vie lui avait infligées, il croyait apparemment toujours aux miracles. Que Dieu le garde.

Un coup à la porte l'incita à saisir l'arme qu'il portait à la ceinture.

Parker lança :

— Ce n'est que moi.

Il entra dans la pièce, ses yeux scrutant le moindre détail.

— Scarlett dort ?

Matt hocha la tête et se demanda s'il était capable de voir qu'il avait eu une relation sexuelle époustouflante rien qu'en regardant son visage. Probablement.

— Mauvaise nouvelle. Richard Stone a été attaqué en prison ce matin lors de sa dernière séance de chimio.

Et merde.

— Maidstone est mort sur la table d'opération. Les flics ont identifié l'empreinte sur le téléphone. La police locale a émis un avis de recherche. Vous êtes désormais un témoin capital dans une enquête criminelle.

ANDREI DOROKHOV PARCOURUT le dernier étage de sa résidence et entra dans la dernière pièce sur la droite. Sa femme emballait les cadeaux de Noël avec son assistant et il pouvait s'absenter pendant une bonne heure. La colère qui avait grandi en lui au cours des dernières vingt-quatre heures était sur le point d'éclater.

Raminski se tenait à côté du lit. Une femme inconsciente gisait évanouie sur les couvertures.

— Je voulais qu'elle soit réveillée, s'écria Dorokhov.

— Elle s'est débattue, dit Raminski en haussant les épaules. Je ne voulais pas qu'elle explose les feux arrière au beau milieu de la circulation. J'ai peut-être un peu forcé la dose. Excusez-moi, Votre Excellence.

Bien que son expression soit contrite, il y avait quelque chose dans le ton de l'homme qui suggérait qu'il désapprouvait la situation.

Dorokhov plissa les yeux. Il y avait beaucoup de colère dans cette pièce.

— Déshabillez-la.

Son sourire était diabolique. Entre les LeMay et les Stone, ils avaient réussi à remuer plus de merde qu'il n'y en avait dans les égouts de Moscou. Une petite revanche serait un bon moyen de leur rappeler pourquoi ils ne devaient pas le chercher. Il était particulièrement doué pour la vengeance.

Il défit sa cravate et se servit un grand verre de whisky. Il en versa également un à son assistant. Lorsque Raminski eut fini d'enlever les vêtements de la femme, il se tint en retrait pendant un moment, les lèvres pincées. De vilaines ecchymoses tachetaient sa peau comme de la peinture en aérosol.

Mishka avait toujours fait son travail avec enthousiasme.

Raminski lui avait laissé sa culotte. Andrei passa un doigt au niveau du sous-vêtement en soie et le fit glisser le long de ses jambes. Il regarda son protégé et sourit d'un air entendu.

— Voilà. C'est fait.

Il lui tendit son verre. Il ne ressentait pas le moindre intérêt pour ce qu'il devait faire.

— Voulez-vous commencer ? J'ai vu la façon dont vous la regardiez à la réception de Noël, mon ami.

La mâchoire de l'homme se crispa et ses yeux brillèrent.

— C'est une belle femme, Votre Éminence, et je m'incline devant vos souhaits en toutes choses. Mais… Je préfère quand les femmes sont consentantes.

Dorokhov éclata d'un rire sans joie.

— Il ne s'agit pas de sexe, Sergio. Vous comprenez sûrement cela ? C'est une question de pouvoir, de contrôle et de punition.

Les lèvres de Raminski se resserrèrent.

Dorokhov haussa les sourcils.

— Vous n'êtes pas d'accord ?

Raminski se tenait debout, tête baissée.

— Si vous devez violer une femme sans défense pour prouver votre « pouvoir », alors… Je suis désolé. Tout ne doit pas forcément tourner autour de la peur.

Le jeune homme y croyait-il vraiment ? Il nourrissait de grands espoirs pour Raminski, mais apparemment il était trop tendre.

Dorokhov se servit un autre verre. Il le descendit. Il sentit la fureur le quitter. Il était fatigué. Très fatigué.

— Sortez d'ici.

Raminski hésita assez longtemps pour voir la femme sur le lit.

— Dehors !

Dorokhov ferma la porte derrière lui et se servit un autre verre. La vérité, c'était qu'il n'avait pas envie de baiser cette femme. Sa propre femme était tout à fait disposée à lui faire l'amour, sans y être contrainte. C'était un miracle. Et il n'avait pas l'intention de tout gâcher.

Mais il ne pouvait pas non plus se permettre de faire croire qu'il s'était ramolli. Il était lucide. Il aurait voulu que Raminski la viole pour ne pas avoir à le faire. Le voir passer à l'acte aurait été suffisant pour se venger de ceux qui l'avaient cherché, et cela aurait forgé entre les deux hommes un lien qui aurait duré des années.

Dorokhov s'assit sur le lit. Il aurait aimé être plus souple, moins vieux, moins gros et moins paresseux. Même la vue du corps nu de la femme ne lui faisait aucun effet. Elle était trop jeune. Trop *inconsciente*. Elle ne luttait pas. Ce n'était pas drôle. Le lit grinça sous son poids. Cela lui donna une idée. La seule personne à savoir ce qui se passerait dans cette pièce, ce serait lui. Il commença à rebondir doucement au cas où Raminski écouterait. Il grognait et gémissait entre deux verres de whisky.

La tête de la jeune fille s'affala mollement sur le côté, ses seins oscillèrent. Ses mamelons délicats ressemblaient à de jolies petites framboises.

Elle était magnifiquement faite, mais cela aurait été comme baiser une poupée. Il fit bouger le lit plus fort. Il aurait aimé avoir envie d'elle. Raminski l'avait-il mise K.O parce qu'il savait que cela lui gâcherait tout plaisir ? L'avait-il fait pour protéger la fille et faire en sorte qu'elle ne se souvienne de rien ?

Il n'y avait pas grand réconfort à avoir des trous béants dans sa mémoire. Cela le poussa à sortir son téléphone portable et à la photographier sous tous les angles.

Il rampa sur le lit et la chevaucha, écrasant ses hanches sous son poids. Elle resta allongée là, comme si elle était morte. Il attrapa la bouteille sur la table de chevet, pencha la tête en arrière et but avidement. Puis il versa le reste du liquide sur le corps de la jeune fille et lança la bouteille vide contre le mur en poussant un cri féroce.

Le verre se brisa. Le silence qui suivit était pesant et indigeste. Il descendit du lit, les ressorts gémissant sous son poids. Il lui écarta les cuisses et frotta un peu d'alcool entre ses jambes pour qu'elle brille. On aurait dit qu'il l'avait baisée une bouteille à la main.

Il s'essuya les mains sur les draps, puis prit d'autres photos. Il prit sa cravate dans une main, ouvrit la porte et trouva un Raminski au regard noir qui parlait avec empressement au téléphone.

— Vous en êtes sûr ? demanda Raminski tandis que ses yeux dépassaient les épaules d'Andrei pour voir Angel LeMay exposée au monde.

Il masqua rapidement l'étincelle de colère qui l'avait gagnée, et raccrocha.

— L'agent du FBI et la fille. Ils sont tous les deux vivants. Voulez-vous que je m'en charge ?

La colère lui scellait les dents. Il parvint tout de même à parler.

— Je vais faire appel à un professionnel cette fois.

Il regarda par-dessus son épaule.

— Ramenez-la à l'entrepôt. Je n'en ai pas encore fini avec cette petite salope. Et Raminski... ajouta-t-il d'un ton menaçant. Désobéissez-moi encore, et je vous renvoie chez vous dans une housse mortuaire, *vy ponimayete meniya* ?

CHAPITRE SEIZE

— SCARLETT, REVEILLE-TOI.

Le lit pencha d'un côté, et elle se réveilla en sursaut. Matt était assis à côté d'elle, et la regardait d'un air inquiet. Regrettait-il ce qu'ils avaient fait, ou y avait-il autre chose ?

— Qu'est-ce qu'il se passe ?

Sa voix était éraillée. Elle regarda l'horloge. Il n'était même pas minuit.

— Je venais de m'endormir, non ?

— Oui, désolé.

Elle s'était endormie, comblée et satisfaite. À présent, elle sentait la situation peser sur sa poitrine, écrasant ses poumons, et le sentiment de paix qu'elle avait pu ressentir auparavant avait disparu. Le rappel qu'il y avait des gens mal intentionnés dehors qui essayaient activement de tuer tous ceux qui se mettaient en travers de leur chemin lui fit l'effet d'une douche froide. Elle n'arrivait pas à croire qu'elle ait pu penser l'espace d'un instant qu'ils étaient en sécurité.

— Qu'est-ce qu'il se passe ?

— Il faut que tu t'habilles.

À en juger par l'expression de Matt, quelque chose de terrible s'était produit.

Elle écarta les couvertures, sans se soucier d'être nue. Elle enfila le pantalon de yoga que Mallory Rooney lui avait prêté.

Elle aurait bien aimé pouvoir récupérer certaines de ses affaires. Jusqu'à présent, elle n'avait pas réalisé à quel point il était réconfortant de se glisser dans son propre jean bien usé. Elle enfila son soutien-gorge, son t-shirt et son pull. Matt se rendit dans l'autre pièce. Il serait certainement préférable qu'elle n'ait pas l'air transie d'amour devant ses collègues. Non pas qu'elle soit folle de lui. Elle ne pouvait pas se permettre de tomber amoureuse de lui, pas avant que tout ça ne soit réglé et que son père ne soit disculpé. Le sexe était permis – un peu de sport et un bon moyen de lutter contre le stress –, mais le laisser devenir autre chose pour l'heure serait une grave erreur.

Ce n'est pas mon genre de commettre une grave erreur de jugement.

Elle secoua la tête. De qui se moquait-elle ? Elle était tombée amoureuse de lui dès qu'elle l'avait vu. Qui faisait ça ? Quel genre d'idiote se laissait ainsi gagner par ses émotions juste en voyant quelqu'un ?

Il y avait toute une science derrière l'attirance – les humains trouvaient les traits symétriques plus attrayants que les traits asymétriques. Et elle pouvait témoigner que le visage et le corps de Matt étaient remarquables en matière de symétrie – elle avait chaud à la seule pensée de son corps nu. Peut-être les humains avaient-ils une sorte de schéma directeur de l'être parfait dont ils ignoraient l'existence jusqu'à ce qu'il les submerge de désir.

Mais Matt était parfait, bien au-delà du seul physique. Tout ce qu'il avait fait depuis qu'elle l'avait rencontré avait été héroïque et digne. Elle grinça des dents. De toute évidence, le petit nuage rose sur lequel elle se trouvait lui faisait oublier son arrestation et les menottes. Elle ne voulait pas se ridiculiser à nouveau.

Essayant de ne pas penser à ce qu'il avait pu se produire de terrible, elle passa à la salle de bain et se brossa rapidement les dents. La seule chose que Rooney ne lui avait pas fournie était une brosse à cheveux. Elle passa donc ses doigts dans sa tignasse emmêlée, enlevant les plus gros nœuds, puis elle abandonna et alla chercher Matt.

Parker et Rooney se trouvaient également dans le petit salon. Rooney faisait les cent pas. Parker l'observait, appuyé contre le mur. Les yeux de Scarlett se tournèrent vers Matt, mais elle ne parvint pas à lire en lui. Un peu déconcertant, vu ce qu'ils venaient de faire ensemble.

— Frazer est allé voir votre père en prison aujourd'hui, dit Rooney, prenant les devants.

Scarlett sentit sa gorge se dessécher.

— Comment va-t-il ?

Les yeux ambrés de Rooney se firent compatissants.

— Il est en vie. Il a été poignardé par un codétenu pendant sa chimiothérapie et est en soins intensifs après avoir subi une opération en urgence pour lui sauver la vie. Votre mère est avec lui.

Le choc la cueillit de plein fouet. Ses genoux flanchèrent, mais Matt la rattrapa avant qu'elle ne tombe la tête la première. Il la conduisit vers le canapé où il l'aida à s'installer.

— Il est sorti du bloc opératoire et se trouve dans l'unité de soins intensifs. Son état est stable pour le moment. Rooney poursuivit :

— On pense que cette attaque est liée à vos activités d'hier soir…

Furieuse, Scarlett repoussa la main de Matt.

— Si tout le monde avait fait son travail correctement il y a quatorze ans, je n'aurais pas eu besoin d'essayer de mettre le bureau de Dorokhov sur écoute.

— Je ne vous reproche rien, Scarlett. Je suis désolée pour tout ce qui s'est passé, mais franchement, je *suis* en colère. Pour vous, pour votre père et pour moi. L'idée que quelqu'un du FBI s'en soit sorti en livrant aux Russes des informations qui ont contribué à la mort de six agents américains tout en piégeant un homme irréprochable me rend furieuse.

Le visage de Rooney était pâle. Ses yeux étaient cernés, mais elle n'y lisait aucun blâme. Pas de jugement. Elle aurait dû se reposer. Elle aurait dû profiter de ses vacances de Noël.

Scarlett sentit les larmes monter, mais elle les chassa en clignant des yeux.

— Je suis désolée.

Elle n'aurait pas dû s'en prendre aux quelques personnes dans le monde qui essayaient réellement de l'aider.

— Je veux aller le voir, dit-elle précipitamment. Je dois voir ma mère.

Elle essaya de se relever, mais chancela, et Matt l'aida à se rasseoir.

— Votre mère ne veut pas que vous veniez, fit Rooney sans détour.

Un calme froid s'empara soudain d'elle.

— Je dois être là pour eux. Et s'il meurt sans moi ? Et s'il pense que je m'en fiche ?

Matt l'attira contre sa poitrine et la berça. Il ne semblait pas se soucier de ses collègues ni du fait qu'elle pleurait encore sur sa chemise.

— Vous mettre en danger n'arrangera rien à la situation, dit Rooney.

— Et si on était sur le point de faire une découverte ? De prouver son innocence ? Cela ne vaudrait-il pas mieux pour toi que de veiller un homme qui pourrait ne jamais se réveiller ? demanda Matt. Si quelqu'un peut se porter garant de cette vérité, c'est bien moi.

La douleur de sa voix la tira de son nombrilisme.

D'autres personnes vivaient des choses terribles. Elle devait se ressaisir. Elle sentit son estomac se retourner.

— Est-ce qu'elle va bien ? Ma mère ? Elle doit s'inquiéter.

— Frazer l'a informée de votre situation. Elle travaille avec lui…

— Ma mère aide le FBI ?

La vie de Scarlett avait basculé dans une autre dimension. Peut-être n'était-ce qu'un rêve ?

— Il peut être très persuasif.

Rooney semblait parler d'expérience. Elle lui tendit un morceau de papier.

— Ils ont décodé six noms de personnes parmi lesquelles se cacherait le véritable espion selon votre père.

Scarlett prit la liste des mains de Rooney et se rassit sur le canapé. Ses mains tremblaient si violemment que Matt lui prit le papier, lui couvrant les deux mains avec une pression réconfortante. Il était loin le temps des menottes et des droits Miranda.

— White, MacGyver, Clarkson, Regan, Weber et Branson, dit Matt en parcourant la liste. Merde.

Selon les rapports, ni Weber ni Clarkson ne faisaient partie de l'équipe qui a fouillé la maison des Stone.

— Richard Stone a eu beaucoup de temps et une sacrée motivation pour élaborer cette liste, souligna Rooney. S'il pense qu'ils sont suspects, ils le sont probablement.

Tout ce à quoi Scarlett pouvait penser, c'était que quelqu'un avait essayé de tuer son père, un homme qui était déjà en train de mourir d'un cancer.

— Regan. C'est Jon Regan ? Le chef d'unité des TacOps ? demanda Matt.

Rooney acquiesça.

— À l'époque, c'était un nouvel agent. Maintenant ce sont tous des pointures du FBI. Tous les six sont encore en activité.

Le regard de Matt était rivé sur la liste.

— C'est Regan qui m'a fait venir pour voir la vidéo de Scarlett en pleine action à l'ambassade. Pourquoi ferait-il ça s'il avait un secret aussi important à cacher ?

— Est-ce que *tout le monde* au sein du FBI a vu cette vidéo ? demanda Scarlett, mortifiée.

Parker s'éclaircit la gorge. Matt détourna le regard. Rooney choisit de faire de l'humour.

— Au moins, vous ne portiez pas une culotte de grand-mère.

Scarlett ne trouva pas ça drôle.

Parker haussa les épaules.

— Regan vous a contacté avant qu'ils n'aient identifié Scarlett. Il n'avait peut-être pas réalisé les implications à ce moment-là. Ou peut-être qu'il avait reçu l'information de plus haut et que s'il n'y avait pas donné suite, il aurait paru suspect. Peut-être qu'il voulait vous regarder dans les yeux et voir si vous étiez sur sa piste.

Matt passa une main dans ses cheveux courts.

— Je n'y crois pas. J'ai toujours aimé ce type. Il faut qu'on sache qui a mis en place cette surveillance initiale et pourquoi.

Parker fit un signe de tête.

— Frazer est sur le coup.

Matt se mit à faire les cent pas.

Scarlett le regardait. Elle aurait aimé pouvoir faire autre

chose, mais elle était comme paralysée. Si son père mourait, rien de tout cela n'aurait vraiment d'importance. Elle voulait qu'il soit libre. Que justice soit faite. Qu'il vive.

Matt tendit le doigt vers elle et elle sursauta.

— Ton plan initial. Mettre Dorokhov sur écoute et voir ensuite ce qu'il dirait et qui il appellerait. Est-ce qu'on peut revenir en arrière pour voir qui il a appelé ?

Parker secoua la tête.

— J'ai essayé. Les Russes cryptent toutes leurs données. Un cryptage militaire de haut niveau qu'il faudrait des mois pour déchiffrer.

— Pouvez-vous localiser tous les endroits où les Russes brouillent les données ?

Parker écarquilla les yeux, puis il hocha la tête.

— Ça pourrait prendre quelques heures, mais oui. Bonne idée. Je vais mettre un de mes hommes dessus.

Scarlett ne comprenait pas pourquoi c'était important.

Rooney les interrompit.

— Quelle est la chose la plus importante pour nous ?

— Qu'est-ce que vous voulez dire ?

Scarlett n'arrivait pas à suivre malgré son habituelle vivacité d'esprit. Le manque de sommeil et la terreur de savoir que quelqu'un voulait tuer toute sa famille avaient grillé ses circuits.

— Je veux dire, est-ce qu'on veut Dorokhov ou le vrai espion ?

— Qu'est-ce qu'on veut ?

Scarlett soutint le regard de la femme pendant un long moment.

— *On* veut le vrai espion. On veut la vérité.

Matt arrêta de faire les cent pas.

— Alors Scarlett n'a qu'à appeler Dorokhov. Pour lui dire que Maidstone lui a dit quelque chose avant de mourir. Quelque chose d'important. Elle peut demander à le rencontrer. Lui dire qu'elle lui révélera tout pour avoir la vie sauve.

— Maidstone est mort ?

Scarlett sentit une vague de culpabilité et de pitié pour l'homme. Puis elle se souvint de ce qu'il avait fait à sa famille.

Matt contracta la mâchoire et défia Rooney du regard.

— Hors de question que Scarlett rencontre Dorokhov.

— Elle n'est pas obligée d'y aller, juste dire qu'elle sera là. Avec son ego et son sentiment de supériorité, il sera certainement au rendez-vous. Il voudra aussi savoir ce que Maidstone a dit et à qui cela peut porter préjudice.

Rooney haussa les épaules.

— Sans preuve réelle d'un crime, on ne peut rien contre lui de toute façon, et il le sait. Mais on ne fait pas ça pour Dorokhov. C'est pour faire peur à l'espion. On aura besoin d'une équipe de surveillance, et Frazer va demander à Jon Regan une faveur – nous fournir cette équipe. Notre travail consiste à surveiller ce que vont faire nos suspects – les hommes figurant sur la liste de Richard Stone –, où ils vont aller et qui ils vont contacter après le coup de fil de Scarlett. Heureusement, MacGyver est en Alaska et White est en mission à l'étranger, ce qui nous en laisse quatre.

— Clarkson, Regan, Weber et Branson. Vous en avez déjà parlé avec le patron ? demanda Matt.

Rooney acquiesça.

— Il cherche à rentrer le plus rapidement possible du Colorado. Les US Marshals veillent sur vos parents, Scarlett. Il voulait rester, mais il savait qu'on avait besoin de lui sur place.

— Et l'avis de recherche me concernant ? demanda Matt.

— Frazer a parlé au chef de la police locale de Thornton et a réussi à faire annuler l'avis, mais faites profil bas au cas où quelqu'un ne recevrait pas l'info, conseilla Rooney.

Matt roula des yeux.

— Et merde. Génial.

Rooney pinça les lèvres.

— On a besoin de vous à Washington.

Le regard de Matt se durcit.

— Alors, c'est tout ? C'est tout le personnel auquel on a le droit pour la chasse à l'espion le plus dangereux de l'histoire des États-Unis ? Nous ne sommes même pas des agents de terrain.

Rooney regarda Scarlett et lui, puis Parker et fit un signe de tête.

— Ouaip. Tous les gens en qui on peut avoir confiance, et Frazer, s'il arrive à temps. En gros, le plan est de faire croire que Scarlett sait qui est le véritable espion et de voir qui mord à l'hameçon.

— Alors, Noël est annulé ?

Parker garda un visage neutre, mais Scarlett vit ses yeux briller.

Rooney plissa les yeux.

— Appelez un de vos hélicoptères, M. Parker. Peut-être que nous serons rentrés à temps pour la dinde.

Il ne répondit pas, mais un côté de sa bouche se retroussa en un petit sourire.

FENDRE LES AIRS au beau milieu de la nuit créait une poussée d'adrénaline bien particulière. Voler à l'aveugle était à la fois exaltant et terrifiant. Le bruit était intense. Les vibrations lui transperçaient les os. Des souvenirs d'anciens amis et de missions dont il ne pouvait toujours pas parler s'insinuaient dans son cerveau. Des flashs du passé qui se heurtaient au présent et à ce que pourrait être son avenir, si les choses se passaient comme il le souhaitait.

Scarlett était assise en face de lui dans l'obscurité presque totale. On discernait seulement sa silhouette.

Il avait déjà merdé au début de leur relation, bien que Scarlett n'ait pas été étrangère à ce fiasco. Il n'aurait jamais dû lui faire l'amour avant qu'elle ne sache la vérité sur tout ce qui se passait. Parker avait raison. Malgré toutes ses folles aventures au fil des ans, il suivait les règles. Il ne pouvait toujours pas parler à Scarlett de la disparition d'Angel et de sa probable mort. Il avait prévu d'y remédier dès que la situation le permettrait, lorsqu'il serait sûr qu'elle ne se précipiterait pas au secours de son amie sans se soucier de sa propre sécurité.

Il avait enfin compris quelque chose.

Scarlett ressentait la même chose pour Angel que lui pour ses anciens coéquipiers. Sa profonde loyauté était l'une des raisons pour lesquelles il était tombé amoureux d'elle. Comme un chuteur opérationnel qui sauterait sans parachute. Sa survie dépendrait de Scarlett : le rattraperait-elle ou non ? Ses chances étaient de cinquante-cinquante, *s*'ils retrouvaient Angel en vie et en bonne santé. L'hélicoptère descendit rapidement.

Le pilote fit le tour d'une petite piste d'atterrissage sur un aérodrome situé à une trentaine de kilomètres au sud de la base navale de Quantico et posa doucement l'hélicoptère. Parker sauta le premier et aida Rooney à descendre les marches. Matt ne savait pas ce qu'il ressentirait si c'était sa fiancée enceinte qui se trouvait sur place, mais il savait que Parker ne quitterait pas Rooney pour cette partie de l'opération. De toute façon, ils devaient rester par équipes de deux pour surveiller mutuellement leurs arrières. Il y avait trop de gens en qui ils n'avaient pas confiance. De plus, seuls Rooney et lui étaient des représentants légitimes de la loi et tout cela risquait de leur exploser au visage s'ils n'étaient pas extrêmement prudents.

Il détacha sa ceinture de sécurité, puis attrapa le bras de Scarlett avant qu'elle ne passe la porte. Ses cheveux étaient dissimulés sous un bonnet de laine noir que Parker avait sorti de son sac de voyage. Ses jolis yeux ne pouvaient pas être déguisés, bien qu'elle puisse probablement passer pour un adolescent pour qui ne l'avait pas vue nue.

Lui avait eu cette chance. Il sourit.

— Quoi ? cria-t-elle d'un air suspicieux pour couvrir le bruit des rotors.

Ce n'était pas prémédité, mais à ce moment-là, elle semblait avoir tellement besoin non seulement d'un amant, mais d'un ami, qu'il l'attira vers lui et plaqua sa bouche contre la sienne. C'était peut-être idiot, peut-être baissait-il la garde, mais il ne pouvait pas s'en empêcher.

Elle recula.

— C'était pour quoi ?

— Joyeux Noël, Scarlett.

Elle déglutit. Les émotions passèrent dans ses yeux comme les étincelles d'un feu d'artifice.

— Joyeux Noël, Matt.

Elle l'embrassa alors. Un baiser rapide, mais sauvage. Puis elle descendit. L'instant d'après, il était à côté d'elle, l'éloignant du dangereux rotor de queue, la poussant à courir tête baissée vers la voiture qui les attendait.

Frazer s'était arrangé pour que son véhicule de fonction, une grosse Lexus noire, soit déposé à l'aérodrome. Matt s'installa à la place du conducteur, et Parker vérifia l'absence d'explosifs.

Inutile de chercher d'éventuels dispositifs de repérage. Tout le but de la manœuvre était que l'espion sache où ils se trouvaient – ou du moins qu'il le pense.

La température avait chuté, l'air froid et humide remplacé par une dépression ramenant des gelées du nord. Le mois de décembre avait décidé de se faire glacial, juste à temps pour Noël. De la rosée avait gelé sur l'herbe et les arbres étaient couverts de frimas. Bien que beau à voir, ce paysage ne suffisait pas à égayer l'atmosphère tendue. Ils roulaient en silence, la voiture se comportant bien sur les routes glissantes. Non loin de l'académie du FBI, Parker tendit à Scarlett son téléphone portable. Matt la regarda dans le rétroviseur.

Rooney alluma le plafonnier. Scarlett posa le scénario soigneusement élaboré sur ses genoux, couverts par le pantalon de yoga qu'elle avait emprunté.

Elle composa le numéro que Parker leur avait assuré être le portable personnel de Dorokhov, et passa sur haut-parleur.

— Qui est-ce ?

La voix était bourrue, en colère, avec un fort accent russe.

Il était quatre heures du matin, le jour de Noël. La plupart des personnes de plus de douze ans seraient agacées d'être réveillées si tôt.

— Je m'appelle Scarlett Stone. Je crois que vous me cherchez.

Le plan était de ne pas laisser parler Dorokhov.

— J'ai parlé hier à quelqu'un qui m'a transmis des informations susceptibles de vous intéresser.

Sa voix tremblait, mais elle continua, déterminée. Matt aurait voulu enrouler son bras autour de son épaule, mais elle était sur la banquette arrière avec Rooney.

— Je ne sais pas de quoi vous parlez.

— Il a dit que vous diriez ça.

— Que voulez-vous ?

Le ton était impatient et énervé.

Elle lui laissait une trop grande marge de manœuvre.

— Je vous offre cette information en toute bonne foi en guise d'excuse pour ce que j'ai fait. J'ai fait une erreur. J'ai été stupide et insensée, je suis *désolée* et je veux me racheter. Retrouvez-moi à sept heures du matin près du Mémorial du Vietnam et je vous dirai tout ce que je sais.

— Dites-le-moi maintenant, au téléphone.

Sa voix se brisa.

— Je ne peux pas. Dans trois heures. Sur l'un des bancs du chemin.

— Non.

Et merde. Tout le monde retint son souffle. La tension dans la voiture augmenta de cinq mille pour cent. S'il menaçait la vie d'Angel ou laissait entendre qu'il la détenait toujours, Scarlett saurait la vérité et on pourrait s'attendre à tout.

— Sur les marches du Capitole, face au Mall. Quelque part où je peux voir tout ce qui se passe. Votre petit ami du FBI est-il toujours avec vous ?

Le regard de Scarlett se posa sur lui.

— Plus maintenant.

— Si je le vois là-bas, la rencontre sera annulée et je signalerai l'incident par les voies officielles.

Rooney faisait signe à Scarlett de raccrocher avec des

gestes et des signaux, mais elle était accrochée au téléphone, comme hypnotisée.

— N'avez-vous pas peur de moi ? De ce que je pourrais faire ? demanda Dorokhov.

Matt se figea.

— Honnêtement ? Oui, j'ai peur. *Ne nourris pas le monstre, Scarlett.* J'aimerais que vous vous retrouviez couvert de honte et brisé comme mon père. J'aimerais que vous soyez mort. Mais je ne suis pas assez puissante pour y parvenir toute seule. Je veux retrouver ma vie d'avant.

Elle raccrocha et tout le monde put enfin respirer à nouveau.

LE FAIT DE savoir que la fille de Richard Stone et l'agent spécial du FBI Matt Lazlo avaient non seulement survécu à la destruction de son bateau, mais aussi qu'ils avaient retrouvé Ken Maidstone et lui avaient parlé avant sa mort, le terrifiait tant qu'il était incapable de parler. *Bon sang.* Il croyait que Maidstone était mort quand il était parti. Il n'était pas resté au cas où un des voisins aurait entendu le coup de feu, qui lui avait semblé bien trop bruyant malgré le silencieux.

Maidstone et lui avaient fait l'Académie ensemble, et il avait aidé la femme de Maidstone à se sortir d'une conduite en état d'ivresse des années auparavant. Il avait persuadé son ami de truquer le polygraphe de Stone lors de son interrogatoire. Jusqu'au moment où il avait pointé une arme sur son ami, Maidstone avait cru que Stone était coupable. Les preuves étaient accablantes. Elles avaient toutes été fabriquées, bien entendu.

Lorsqu'il avait appris qu'ils avaient retrouvé l'ancien opérateur de polygraphe en vie, puis qu'ils avaient trouvé les empreintes digitales de l'agent fédéral disparu sur le téléphone de la scène de crime, il s'était dit que ses collègues ne tarderaient pas à l'arrêter. Au lieu de cela, les hauts responsables essayaient de déterminer si l'ex-SEAL avait décidé de la jouer solo.

La bonne nouvelle, c'était que si Lazlo ou la fille Stone connaissaient son identité, ils l'auraient criée au monde entier et à l'heure actuelle, il aurait porté des menottes en métal avec un bracelet assorti.

Donc, ils ne savaient pas. Pas encore.

Il passa sa main à l'intérieur du col de sa chemise. Le fait qu'il vive seul signifiait que sa disparition aux aurores, le jour de Noël ne serait pas suspecte. Ses heures de travail irrégulières constituaient un autre délit d'une longue liste de griefs que son ex-femme avait fait valoir auprès du juge. Elle l'avait dépouillé en divorçant après avoir découvert qu'une strip-teaseuse d'un bar de Washington lui avait donné tout le plaisir qu'elle lui avait refusé. Elle l'avait chassé de leur belle maison avec quatre chambres et il avait déménagé dans un endroit plus petit.

Étant donné qu'il avait supporté ses reproches et ses gémissements pendant plus de vingt ans, il ne savait pas pourquoi le juge ne lui avait pas proposé un meilleur accord. Il était le seul à risquer régulièrement sa vie pour son pays. Elle n'était qu'une mère au foyer qui ne savait pas cuisiner et certainement pas faire le ménage. C'était une pique-assiette, mais comme la société punissait les hommes comme lui, elle avait obtenu ce qu'elle voulait et lui, les miettes.

Heureusement, elle n'était pas au courant pour ses comptes bancaires aux îles Caïmans.

Il avait profité de sa liberté retrouvée en tant que célibataire, en attendant la retraite. Plus que trois petites années. La salope de fille de Richard Stone l'avait rapidement forcé à revoir ses plans.

La bonne nouvelle, c'était qu'il avait toujours été prudent. Il avait créé de faux indices. Il avait brouillé les pistes. À part cet argent aux îles Caïmans, au sein d'une société-écran, il n'y avait aucune preuve qui le reliait à tout ça. Il s'en était assuré.

Il ne se considérait pas comme un espion. On l'avait fait chanter. On les avait fait chanter, tous les deux.

À bien y repenser, seize ans plus tôt, ils auraient dû accepter leur punition. Au lieu de cela, ils avaient cru à la fausse promesse d'un accord unique combiné à la possibilité de gagner de l'argent en apparence facilement. L'idée s'était avérée véritablement attrayante. Mais ils avaient fait un pacte avec le diable. Ils ne pouvaient plus reculer sans aller en prison.

Il avait gagné beaucoup d'argent en peu de temps, mais il n'avait pas pu le dépenser. Tous les agents avaient été passés au crible, et le mieux à faire avait été d'attendre. La pression avait été trop forte dans la chasse au traître qui avait vendu le FBI et fait tuer des gens. L'argent était resté sur son compte en banque, à fructifier, attendant qu'il raccroche son badge et parte pour une retraite ensoleillée.

Il lui avait fallu deux ans pour se libérer de l'emprise de ce bâtard, mais ironiquement, c'était Dorokhov qui avait trouvé comment mettre les fédéraux sur une autre piste : faire porter le chapeau à Richard Stone, qui ne comptait pas laisser tomber l'affaire même s'il avait été transféré plusieurs mois auparavant. Puis il s'était arrangé pour trouver de quoi faire chanter Dorokhov lui-même et avait retourné la situation, forçant le

Russe à quitter le pays.

Il avait appris de ses erreurs. Ils ne les avaient plus jamais refaites. Et il s'était démené pour obtenir si peu de reconnaissance. Mais le FBI ne le verrait pas de cette façon. Ils ne se souviendraient pas de ses années de service, ils se souviendraient juste de sa seule et terrible erreur.

Il ne comptait pas aller en prison.

Seules deux personnes sur la planète étaient au courant de son lien avec Dorokhov. Ces deux personnes devaient mourir.

De la sueur coulait sur sa peau moite, bien que la température ait chuté. Il était au bureau depuis des heures, à surveiller la situation, mais il avait besoin d'une pause. Les rues étaient vides. Le calme avant l'aube. Il alluma une cigarette et inhala profondément, une autre chose dont il pouvait profiter sans culpabiliser en tant que célibataire. Il sortit son téléphone et regarda la photo qu'il avait prise plus tôt dans la journée, de la vieille femme qui dormait si paisiblement dans sa chambre à la maison de retraite. Il aurait facilement pu la tuer. Il aurait rendu service à Lazlo. Mais il avait appris d'un expert en la matière que la chose la plus importante pour amener quelqu'un à faire ce que vous vouliez était de disposer d'un moyen de pression. Le fait de savoir qu'il avait réussi à se faufiler dans cette pièce allait effrayer l'ancien SEAL, l'amener à questionner son allégeance et, espérait-il, le faire reculer. Sinon, il devrait s'en débarrasser.

Alors qu'il fixait l'écran, prêt à envoyer l'image, le téléphone jetable se mit à vibrer. Il décrocha, mais resta silencieux.

— La fille Stone vient d'appeler Dorokhov pour organiser une rencontre dans trois heures.

— Où ça ?

— Elle a demandé à ce que ce soit au mémorial de la

guerre du Vietnam. Il lui a indiqué les marches du Capitole. Il ne m'a pas dit pourquoi elle voulait le rencontrer. Il m'a juste dit de préparer la voiture.

Il avait entretenu un lien avec Sergio Raminski en lui faisant miroiter des rêves de richesse lorsque Dorokhov était rentré aux États-Unis. Si Dorokhov découvrait que le jeune homme l'avait trahi, Raminski était un homme mort. Et il le savait.

Les pensées se bousculèrent dans son esprit. Pourquoi la fille Stone voulait-elle rencontrer Dorokhov ? Maidstone avait dû lui dire quelque chose avant de mourir – mais quoi ? S'il s'agissait de son identité, il aurait déjà arrêté. À moins… qu'elle n'utilise ce savoir et menace de le révéler pour faire libérer son amie.

— Où est l'autre fille ?

— Dans le coffre de ma voiture. Elle est droguée. Je veux quitter le pays. Maintenant. Ce matin. Avant que Dorokhov ne découvre que j'ai fourni des informations aux Américains.

Il cligna des yeux en réalisant soudain comment il pouvait tourner les choses à son avantage, mais il devait agir rapidement.

— Retrouvez-moi à Fletcher's Cove. Je vais prendre des dispositions.

Il raccrocha.

CHAPITRE DIX-SEPT

L E METIER DE Scarlett associait assurance et logique. Les mathématiques et la physique ne mentaient pas. Les propriétés des éléments chimiques ne changeaient pas spontanément. Il y avait une constante sur laquelle on pouvait s'appuyer. Le défi résidait dans la capacité des humains à dévoiler leurs secrets. Étrangement, l'espionnage semblait fonctionner de la même manière. La vérité était ce qu'elle était. Mais découvrir cette vérité, interpréter correctement ces informations était la clé pour en dévoiler les secrets.

Elle toucha l'émetteur fait maison qui se trouvait encore dans la poche de sa veste.

En s'associant à un expert en cybersécurité, ils avaient accès à des informations qui auraient fait pisser dans son froc n'importe quel théoricien du complot gouvernemental. Parker leur avait donné, à elle et à Matt, un deuxième ordinateur portable avec un programme qui suivait tous les téléphones portables des cibles – ainsi que les leurs. Ils disposaient également de voitures officielles du FBI et de véhicules privés équipés d'un GPS où on avait entré leur liste de suspects.

Ils s'étaient arrêtés au « bureau » en passant par Quantico, et Rooney et Matt avaient pris des gilets pare-balles et des munitions. Alors qu'elle se trouvait sur le parking des visiteurs, Matt lui lança un gilet pare-balles. Elle sortit de la voiture.

— Sous ton pull, ordonna-t-il.

Elle enleva son col roulé noir et passa le gilet par-dessus son t-shirt. Il l'aida avec les sangles, s'assurant qu'elles étaient bien ajustées. Aussi agréable qu'il soit de sentir ses mains sur elle, le gilet était la chose la plus inconfortable qu'elle ait jamais portée, avec les talons hauts d'Angel.

Elle eut un pincement au cœur en pensant à son amie. Elles avaient traversé tellement de choses toutes les deux. Scarlett espérait qu'Angel n'avait pas été traumatisée par ce qu'elle avait vécu. Elle regarda son téléphone, qui était toujours dans sa main. Elle avait envie de l'appeler, mais on était au beau milieu de la nuit et Angel devait probablement dormir. Matt ne la laisserait jamais s'écarter du plan.

Elle lutta pour remettre son pull, se débattant comme si elle avait pris quinze kilos, puis enfila son manteau.

— Enlève la batterie du téléphone pour l'instant. Ne faisons pas de nous des cibles plus faciles que nous ne le sommes déjà.

Matt la regardait attentivement. C'était un peu gênant qu'il lise si facilement dans ses pensées. Elle retira la batterie et remit le portable dans sa poche.

Quelques heures de plus ne feraient aucune différence pour parler à Angel. En fait, connaissant son tempérament, ça ne pouvait être que préférable.

— Et merde.

Parker regarda la banquette arrière où il avait posé son ordinateur portable pendant qu'il s'équipait.

Les nouvelles ne semblaient pas bonnes.

— Je viens de recevoir un résultat concernant les comptes bancaires. De l'argent a été transféré d'un compte au nom de

R. Branson à un compte au nom de Ken Maidstone.

Scarlett eut l'impression d'avoir reçu un coup de poing dans la poitrine.

— Quel enfoiré arrogant ! Assis dans ce bureau à *me* dire d'être bien sage. Le salaud.

— J'ai un autre résultat. Même compte. Cinq mille dollars américains virés vers une banque au Mexique ce matin. Joyeux Noël, Mme Marquez.

Il vérifia la chambre de son arme et la glissa dans l'étui qu'il portait au côté. Puis il fit de même avec une autre arme qu'il attacha à la partie inférieure de sa jambe.

— Pour l'attaque de Richard Stone ? demanda Matt.

Parker haussa les épaules et donna à Rooney un chargeur de rechange.

Les entrailles de Scarlett se tordirent.

— Cinq mille dollars ? C'est tout ce que ça coûte de faire tuer quelqu'un ?

Elle posa sa main sur son ventre pour arrêter la désagréable sensation de nausée. Pas de temps pour la fragilité. Elle jouait dans la cour des grands à présent, et ses acolytes ne semblaient pas connaître la faiblesse. Ils portaient tous des armes. Elle n'avait jamais touché une arme à feu, et encore moins tiré. Son père avait prévu de lui apprendre. Au fond d'elle-même, elle espérait encore qu'il le ferait.

Parker haussa les épaules.

— Des gens ont tué pour moins que ça, surtout quand il s'agit d'un homme de loi dans un établissement fédéral. Ils le feraient volontiers gratuitement. Bon. On est prêts à y aller.

Rooney et Parker récupéraient son véhicule de fonction, qu'elle avait laissé derrière.

— On va surveiller Branson ; c'est notre suspect numéro

un et il vit à Washington même. Vous êtes prêts à suivre Regan ?

Matt acquiesça. Il consulta sa montre.

— Si le gars est à la hauteur, il ira directement au Centre pour se préparer dès que Frazer aura fini l'appel.

Scarlett consulta sa montre. Frazer appellerait l'homme dans quinze minutes.

— Il le fera probablement de toute façon, déclara Parker. Restez en contact en utilisant les portables jetables que je vous ai donnés et ne faites confiance à personne.

Il adressa un sourire triste à Scarlett. Puis ils partirent. Elle était seule avec Matt et son cœur bondissait de joie à cette idée.

C'était ridicule. Ils étaient en mission.

— Tout va bien ? demanda-t-il.

— Oui.

Elle avait une petite voix. Ils étaient si près de découvrir le fin mot de l'histoire. Elle priait pour qu'ils trouvent une solution et que son père survive à la fois à cette attaque et au cancer. Elle avait fermé les yeux et serré les poings. Elle n'avait même pas réalisé qu'elle priait jusqu'à ce qu'une grande main chaude vienne recouvrir la sienne. Elle ouvrit les yeux.

— Merci d'être là.

Le coin de ses lèvres tressaillit et une lueur déterminée passa dans ses yeux.

— Je ne voudrais être nulle part ailleurs.

Elle ouvrit la bouche pour répondre, mais c'était comme s'il lisait dans ses pensées.

— Ma mère voudrait que je t'aide. Si elle savait.

Il s'éclaircit la gorge et détourna le regard.

Scarlett se hissa sur la pointe des pieds et déposa un baiser sur sa joue. Ils étaient tous deux confrontés à des tragédies concernant leurs parents. Tous deux avaient besoin d'un miracle.

— Il est temps d'y aller.

Matt l'éloigna de lui. Il était concentré sur la mission, et Scarlett ne voulait pas le distraire. Ils se dirigèrent vers Woodbridge où vivait Regan.

Scarlett gardait un œil sur les points à l'écran.

— Weber est en mouvement.

Il travaillait à l'académie. Son cœur battait la chamade et ils n'avaient encore rien fait. Ils ne pouvaient pas suivre tout le monde à cause de leur manque de personnel et de leur besoin d'agir en secret. Il s'agissait plutôt d'une approche « diviser pour mieux régner », d'un processus d'élimination. Mais cela fonctionnait aussi dans le domaine de la science.

— Regan aussi.

Matt hocha la tête, la mâchoire crispée. Il était extrêmement concentré.

— Dans quelle direction se dirige Regan ?

Elle lui donna des indications et ils le suivirent à une distance raisonnable. Dix minutes plus tard, le Cherokee de Regan s'arrêta au niveau d'un bâtiment bas, bien en retrait de la route. Matt passa devant et s'arrêta plus loin sur la route.

— C'est une installation du FBI ? demanda-t-elle.

— Je ne peux pas te le dire.

Elle rit.

— Classé secret défense, hein ? Tu n'auras qu'à effacer ma mémoire avec la lampe torche des Men in Black quand ce sera fini.

— Et effacer le souvenir de nos fabuleux rapports sexuels ? Je ne pense pas, non.

Ses yeux brûlaient d'intensité.

— C'étaient de fabuleux rapports sexuels, n'est-ce pas ?

Elle le regarda et sourit. L'idée qu'ils pourraient être amenés à le refaire planait dans l'air entre eux.

— C'est certain.

Un coup métallique sec porté sur le verre lui fit étouffer un cri.

Un homme masqué, entièrement vêtu de noir, se tenait devant la fenêtre du côté conducteur et pointait un pistolet mortel directement sur la poitrine de Matt. Ils avaient commis une erreur. Une erreur fatale.

EN TANT QUE soldat, Sergio Raminski avait tué des gens. Il aurait mis Scarlett Stone en joue et aurait appuyé sur la gâchette sans hésitation, plus que désireux de mettre fin à sa vie. Mais voir Angel LeMay étalée comme un morceau de viande lui avait brisé le cœur. Il avait cru pouvoir le supporter. Tuer quelqu'un aurait dû être pire qu'un viol. Mais ce n'était pas le cas.

Il ne s'attendait pas à ce que Dorokhov viole réellement la fille. Mais il n'avait rien fait pour l'arrêter.

Parce qu'il t'aurait tué.

Cela n'avait pas d'importance. Raminski allait brûler en enfer pour ça. Il l'avait fait. Il avait kidnappé une femme qui ne savait rien de ce qui se passait, qui voulait simplement assister à une belle fête et rencontrer un homme séduisant. Ils auraient pu faire l'amour. Au lieu de quoi, elle avait été attachée, battue, droguée et violée, tout ça parce que sa soi-disant amie avait voulu faire tomber son patron. Stupide amatrice. Ruiner des plans soigneusement élaborés en quelques minutes, par son ignorance.

Scarlett Stone aurait dû mourir. Elle aurait dû souffrir.

Son contact au FBI l'avait approché dans une rue quelques jours seulement après son arrivée à Washington. Il avait dit qu'il avait vu clair à travers la nouvelle image aseptisée que les pouvoirs en place avaient créée pour leur nouvel ambassadeur. Cet étranger avait compris que l'homme était impitoyable et brutal. C'était comme s'il avait lu dans l'esprit de Sergio et savait exactement à quel point il était désespéré d'échapper au dangereux tapis roulant de la politique et de la diplomatie russes. Il lui avait donné des informations de base. De petites choses. Des détails insignifiants. Des détails d'emploi du temps. Des détails sur le personnel. Rien qui comptait vraiment. Puis il avait copié quelques fichiers.

Et il avait dépassé les limites.

Ils le savaient tous les deux.

Il vit la maison en pierre blanche sur le canal et tourna dans Fletcher's Cove. Le quartier était calme. D'autant plus en cette matinée de Noël.

Une berline bordeaux banale était garée là. Raminski se gara à côté dans l'une des Cadillac officielles de l'ambassade.

La vitre de la berline s'abaissa lentement.

— Il y a un problème ?

— *Nyet.*

— Vous avez la fille ?

Raminski désigna le coffre d'un signe de tête. Elle était habillée, au chaud et plus en sécurité que nulle part ailleurs.

— Où pense-t-il que vous êtes en ce moment ?

— Il croit que je la ramène à l'entrepôt.

Il garda un visage impassible. Le fait qu'il l'ait emmenée à Dorokhov initialement lui donnait mal au ventre.

— Vous avez un GPS sur ce véhicule ?

Il haussa les épaules.

— Je l'ai désactivé. Je veux quitter le pays. Maintenant. Ce soir.

Ses doigts se crispèrent sur le volant. L'idée d'y retourner… de remettre cette femme dans sa cellule lui était insupportable. Il en était incapable.

— Bien sûr, bien sûr.

L'homme hocha la tête. La vapeur de son souffle s'échappait par la vitre.

— Mais il y a une alternative… vous pourriez tuer Dorokhov.

— Quoi ? Qu'est-ce que vous voulez dire ?

— Je veux dire prendre un fusil et lui faire sauter la cervelle. Vous êtes un sniper. Vous savez où il sera à sept heures du matin. Il est trop égoïste et arrogant pour ne pas se montrer. Il y a une visibilité directe depuis le haut de la National Art Gallery, bâtiment est. Je peux vous permettre d'accéder à ce toit. Le FBI vous laissera tranquille et vous laissera vous échapper. Vous retournez à votre ambassade, catastrophé, et personne ne vous soupçonnera. Laissez-vous quelques semaines et vous pourrez rencontrer une fille. Tomber amoureux. Je vous garantis que je peux vous obtenir une carte verte.

Raminski fixait les sombres reflets sur le canal. C'était tentant. Il n'aurait pas besoin de fuir. Il n'aurait pas besoin de changer d'identité ou de couper les ponts avec les membres de sa famille restés au pays. Ils s'attendraient à ce qu'il espionne pour eux, bien entendu, mais il s'assurerait de ne leur donner rien de valeur ou bien de fausses informations. Il se rendrait tellement inutile qu'ils ne se soucieraient pas de savoir s'il espionnait ou non. Et l'idée de mettre une balle dans la tête de ce gros salaud…

— Pourquoi vous ne le faites pas vous-même ? demanda-t-il d'un air suspicieux.

— Je ne suis pas un si bon tireur, et on ne peut pas être vu en train de prendre des mesures directes à moins de vouloir déclencher une guerre. Nous avons besoin d'un démenti plausible. Vous avez votre fusil ?

Raminski acquiesça. Il avait caché son arme dans cette voiture après la fusillade dans le parc. Les plaques diplomatiques signifiaient qu'il était pratiquement impossible pour les Américains de fouiller le véhicule.

— Et pour la fille ?

Raminski fit un signe de tête vers le coffre.

— On va la transférer dans ma voiture. Je la ramènerai chez ses parents dès que possible.

Il sentit la tristesse et le regret le gagner.

— Elle va dormir encore quelques heures.

Sa gorge lui sembla soudain irritée. Vivant, Dorokhov serait toujours une menace pour lui, et pour Angel LeMay. Une fois mort, tout serait fini. Il hocha la tête et passa la main dans l'interstice étroit.

— C'est d'accord.

———————

— ET MERDE.

Matt n'arrivait pas à croire qu'il ait fait une telle erreur de débutant. Regan – c'était forcément lui – avait repéré la filature et avait fait en sorte de se retrouver derrière eux. Il leva ses deux mains et les posa sur le volant.

— Distrait par nos fabuleux rapports sexuels.

La silhouette sombre frappa à nouveau contre la vitre et désigna Scarlett.

— Mets tes mains en vue.

Lentement, elle leva les mains et les posa sur le tableau de bord.

Il avait baissé la garde. Il était devenu arrogant.

— Est-ce qu'on est morts, Matt ?

La peur dans sa voix lui enfonça des pieux dans le cœur.

— Ça dépend, murmura-t-il. Ne fais rien d'irréfléchi. Il est du genre à tirer d'abord et poser les questions ensuite.

L'homme ouvrit la portière du côté conducteur, puis recula, se mettant hors de portée. Après quelques secondes tendues, la silhouette étouffa un juron et souleva le bas en nylon qu'elle avait sur le visage.

— Lazlo ?

C'était Regan. Il avait l'air énervé.

— Ravi de voir que vous n'êtes pas mort. Mais qu'est-ce que vous faites à me suivre – sa voix trembla de fureur lorsqu'il vit Scarlett – en trimballant une criminelle présumée avec vous ?

— Je ne suis pas une criminelle présumée…

— J'ai vu la vidéo, princesse – joli cadeau de Noël avec les talons et la culotte en dentelle –, mais cela ne change rien au fait que vous vous êtes introduite illégalement sur ce qui est techniquement le sol étranger.

— Si c'est le sol étranger, pourquoi vous en préoccupez-vous autant ? rétorqua Scarlett.

— Ça suffit.

Matt ne savait pas si cet homme était le traître ou non. Son instinct lui disait que non, mais il était hors de question qu'il laisse la survie de Scarlett au hasard.

Quatorze ans plus tôt, Regan faisait partie des nouvelles recrues, et il avait réussi haut la main sa première mission. Il ne correspondait certainement pas au profil de l'espion type. Il n'avait rien de narcissique et n'était certainement pas médiocre. Il était passé de l'armée au FBI et, malgré son esprit acerbe, tous ceux que Matt connaissait l'appréciaient.

— Frazer vient de vous appeler ?

Regan plissa les yeux.

— Comment le savez-vous ?

— Il vous a dit que la cible de la surveillance était Andrei Dorokhov ? Et que vous deviez être en position dans l'heure qui suivait ?

Les yeux de Regan passèrent de Matt à Scarlett. Il garda le silence, comme tout bon agent doit le faire lorsqu'on l'interroge sur une affaire en cours.

— Montrez-moi votre téléphone et je pourrai régler tout ça immédiatement.

Matt sortit de la voiture et Jon Regan fit un pas en arrière.

Regan sortit son portable, mais ne le lui donna pas.

— Très bien. Appelez Frazer et demandez-lui ce qui se passe, insista Matt.

Regan baissa les yeux. C'était la distraction dont Matt avait besoin. Il ôta le pistolet de la main de l'homme et l'écrasa par terre, le visage contre le bitume. Il s'empara de ses poignets et les maintint fermement dans son dos.

— Prends le téléphone, Scarlett. Vérifie l'historique des appels.

Matt commença à fouiller les poches de l'homme, à la recherche d'un autre téléphone portable.

— Je ne sais pas ce que vous pensez faire, Lazlo, mais je

vais vous botter le cul et vous dénoncer pour ça. Et ensuite, je vais encore vous botter le cul.

Matt pouvait sentir la fureur qui tendait les muscles du corps de l'homme. Il *allait* se faire botter le cul, mais c'était le dernier de ses soucis.

Il n'avait pas de deuxième téléphone. Pas de jetable. Bonne nouvelle.

— Rien sur le journal des appels sortants, sauf un…

Elle releva un numéro que Matt savait appartenir aux TacOps.

— Mes hommes vont arriver d'une minute à l'autre, Lazlo. Vous allez vraiment gâcher votre carrière pour une paire de fesses que vous ne reverrez plus jamais de l'intérieur d'une cellule de prison ?

Scarlett ignora les propos de Regan. C'était une bonne chose.

— Est-ce que c'est lui ?

Regan changea d'angle lorsqu'il sembla entendre les paroles de Scarlett et constater que ses railleries n'avaient aucun effet.

— Je ne pense pas, mais si je me trompe, on est tous les deux morts. Retourne dans la voiture. Côté conducteur et démarre-la. S'il se lance à ma poursuite, je veux que tu t'en ailles. Compris ?

Elle hésita alors il répéta plus fort :

— Compris ?

Elle hocha la tête et se précipita vers la Lexus.

Regan se raidit sous lui quand Matt le libéra, faisant un grand pas en arrière. C'était un véritable saut de la foi.

— Parlez à Frazer. Faites vite pour être certain qu'on ne vous dise pas de conneries, parce que croyez-moi, on dirait que ça vient de quelqu'un qui a consommé du LSD en fumant un joint.

Regan se leva lentement et ramassa l'arme que Matt lui avait ôtée. Ce dernier n'essaya pas de l'arrêter. Aucun agent n'aimait perdre son arme. Il y aurait des représailles. Il le voyait dans les yeux de Regan.

Matt composa le numéro de Frazer et lança le portable à Regan qui l'attrapa d'une seule main.

Il mit le téléphone à l'oreille.

— J'ai Lazlo et la fille Stone assis devant mon bureau et à moins que vous ne me donniez une bonne raison de ne pas le faire, je vais mettre une raclée à l'un et enfermer l'autre.

Ses yeux s'écarquillèrent et il tendit le cou.

— Vous vous foutez de moi.

Il lui relança le téléphone. Matt l'attrapa, mais ne lâcha pas son arme pour autant et le garda en joue. Il mit le portable à l'oreille.

— Patron ?

— Ce n'était pas le plan, Lazlo.

— J'ai merdé. Il est clean ?

— Je pense.

Cette réponse était relativement peu flatteuse. Regan le regardait attentivement.

— Dites-lui tout ce qu'il y a à savoir sur l'affaire, mais rien sur les pistes que nous suivons. Franchement, une personne qui a su se cacher aussi longtemps est assez intelligente pour donner toutes les bonnes réponses au bon moment. Laissez-le mettre en place la surveillance de la rencontre. Je veux voir comment ça se passe, dit Frazer. Surveillez vos arrières. Je vous verrai à Washington.

Matt fixa le téléphone, puis sa tête partit en arrière lorsque

Regan le frappa en plein dans le nez. Du sang jaillit. Scarlett hurla. Matt n'avait même pas vu Regan bouger. *Et merde.*

Regan secoua son poing, qui le lançait probablement autant que le visage de Matt.

— C'est une revanche pour avoir sali mes vêtements. Le reste viendra quand on aura réglé cette merde dans laquelle vous vous êtes fourré.

Matt cracha sur le bitume, mais ne dit rien. Regan voulait se mesurer à lui, il était tout à fait capable et désireux de le faire.

— On perd du temps, fit Scarlett, irritée, depuis le siège conducteur.

Jon Regan lui adressa un sourire acéré.

— Amène la voiture dans l'enceinte, trésor.

Il leva le doigt.

— Une question. Culotte noire ou rouge aujourd'hui ?

Scarlett lui fit un doigt d'honneur. Elle referma violemment la portière de la voiture et s'éloigna.

Ils se mirent à marcher vers le bâtiment des TacOps.

— Son père pourrait vraiment être innocent ?

— Il y a des chances.

Regan poussa un soupir et secoua la tête en regardant le sol.

— Bon sang. J'avais des doutes à l'époque. Mais j'étais nouveau et Stone a avoué. *Et merde.*

— Juste une chose, dit Matt à voix basse. Elle ne sait pas que la fille LeMay n'a pas encore été retrouvée.

Regan plongea ses yeux dans les siens.

— Formidable.

Ils atteignirent les portes. Scarlett se tenait à côté de la Lexus, les bras croisés, ne sachant visiblement pas ce qu'elle devait faire.

— C'est une petite chose fougueuse. Dites-moi quand vous en aurez fini avec elle, je pourrais lui donner un…

Matt lui donna un coup sur le côté de la tête. Regan rit en frottant l'endroit douloureux.

— Je me suis dit que je pourrais tâter le terrain. *Tâter* étant le mot clé.

Matt secoua la tête. Amener Scarlett dans la fosse aux lions était une grave erreur, mais il ne pouvait pas se permettre de la perdre de vue, et il devait désormais garder un œil sur Regan. Heureusement qu'elle ne portait pas d'arme.

— Restez là pendant que je vais chercher le détecteur, dit Regan.

C'est cela oui. *Ou pas.*

Matt suivit Regan à l'intérieur, Scarlett sur les talons, s'agrippant au dos de son t-shirt comme si elle avait peur qu'il disparaisse. Son gilet frottait contre sa peau. Regan les passa au détecteur. Scarlett eut un rictus lorsqu'il hocha la tête à contrecœur pour les autoriser à entrer.

Elle mit la main dans la poche de sa veste et en sortit un petit gadget plat.

— Vous allez devoir revoir votre technologie.

— Donnez-moi ça, ordonna Regan.

Il brandit l'objet et l'examina à la lumière. Il l'observa attentivement, tandis qu'il passait le détecteur directement sur le dispositif, sans déclencher la moindre réaction.

— Ça fonctionne vraiment ?

— Le rayon de transmission est de quatre-vingt-dix mètres. Le moindre signal de téléphone portable lui permet de transmettre les informations. Il n'est pas activé, c'est pour ça que vous ne l'avez pas détecté.

Regan parut impressionné.

— Vous savez que je dois vous fouiller maintenant, n'est-ce pas ?

Scarlett recula de trois pas et heurta Matt en battant en retraite.

Regan eut un rictus. *Bon sang, il allait vraiment prendre plaisir à se venger.*

— Croyez-moi, dit Matt. J'ai vérifié qu'elle ne portait pas de micros.

— *Partout* ?

— Partout.

Il mit sa main sur l'épaule de Scarlett et la serra.

Ses joues devinrent aussi écarlates que son prénom. Elle s'éloigna d'un air digne.

— Je peux attendre dans la voiture si vous vous sentez plus en sécurité.

— Non, répondirent à l'unisson Regan et lui, probablement pour des raisons différentes.

Scarlett tendit la main pour récupérer le dispositif.

— Je le laisserai dans ma veste dans la voiture.

Regan le lui rendit à contrecœur.

Matt lui tint la porte tandis qu'elle courait mettre sa veste dans la voiture. Le pantalon de yoga la moulait, ne laissant que peu de place à l'imagination.

Regan ne la quitta pas les yeux.

— Joli cul.

— Je vais vous tuer.

— Oh, vous aurez certainement envie de le faire.

L'homme sourit sans repentir. Il tendit à Matt une serviette en papier pour éponger le sang sur son visage.

Scarlett revint en les regardant tous les deux avec méfiance.

— Quoi ?

— Rien.

Regan les conduisit vers une autre pièce à l'arrière au moment où deux autres hommes franchissaient la porte.

— Quoi de neuf, patron ?

Les deux paires d'yeux se tournèrent vers Scarlett et même s'il leur fallut un moment pour passer outre le bonnet et le gilet, leurs pupilles s'écarquillèrent lorsqu'ils la reconnurent.

Elle secoua la tête.

— On a besoin de surveiller les marches du Capitole, dès que possible, leur dit Regan.

Matt consulta sa montre.

— La rencontre est fixée à sept heures du matin.

Tout le monde se mit à râler et à se plaindre.

— Assez, fit Regan. La camionnette blanche est déjà chargée. Prenez vos armes et vos gilets et allons-y. Nous en discuterons en chemin. Silence radio complet. C'est parti.

— On va suivre dans la voiture de Frazer. Il nous retrouve là-bas, lui expliqua Matt.

Scarlett commença à frissonner et Regan lui lança un regard plutôt bienveillant.

— Garez-vous derrière le Musée des Indiens d'Amérique sur Maryland. Restez hors de vue du Capitole.

— Compris.

Matt hocha la tête, et prit la main de Scarlett en sortant. Ils devaient faire vite, et il voulait vérifier la localisation de tous les acteurs. Voir si Rooney avait déjà un visuel sur Branson. Mettre un terme à tout ça.

CHAPITRE DIX-HUIT

R AMINSKI BAISSA SA casquette du FBI tandis qu'un agent de sécurité qui parlait sans cesse et s'arrêtait constamment pour reprendre son souffle et remonter son pantalon le conduisait en haut du bâtiment Est de la NAG.

Raminski portait des lunettes de soleil, un coupe-vent avec écrit FBI dans le dos, une chemise noire, des bottes noires. Il gardait la bouche fermée. Le garde le conduisit là où il devait aller, exactement comme l'avait promis l'agent du FBI. Ils montèrent les escaliers d'une tour n'accueillant pas d'œuvres d'art, puis le garde déverrouilla une porte sécurisée permettant d'accéder au toit.

— On y est.

Le garde se retourna et le regarda. Ses yeux brillaient d'excitation, mais la flamme disparut lorsqu'il vit que Raminski ne répondait pas.

— Je, euh, je suppose que je ferais mieux de retourner à mon poste, dit-il nerveusement.

Raminski lui fit un bref signe de tête et attendit qu'il parte. Puis il sortit sur le toit de la structure à l'allure moderne, avec ses lignes nettes et ses angles aigus, reconnaissant qu'il fasse encore nuit. Il fixa le bâtiment du Capitole à environ 500 mètres de là. Une faible brise de quatre nœuds venait du nord. Il s'allongea à plat sur le béton et aligna son fusil. Ce n'était pas évident. Pas tant à cause de la distance que du balancement des branches d'arbres qui pourrait dévier la balle. Il se leva et changea de position. Trouva un meilleur angle. Il consulta sa montre et se prépara à attendre.

———

LA CAMIONNETTE DE surveillance était à l'arrêt, avec le moteur éteint. Ils étaient garés près du Musée des Indiens d'Amérique, avec une vue dégagée sur le Capitole à travers le pare-brise. Scarlett frissonnait malgré ses multiples couches de vêtements, les yeux rivés sur l'écran de l'ordinateur portable posé sur ses genoux. Elle avait remis la batterie dans son téléphone parce qu'ils voulaient que Dorokhov croie qu'elle allait vraiment se montrer et qu'ils savaient que les Russes suivaient le signal.

Ils avaient suivi la camionnette pendant la majeure partie du trajet, avec gyrophares allumés et sirènes hurlantes. Ils les éteignirent juste au moment où ils atteignaient le 14th Street Bridge. En moins de cinq minutes, l'équipe de Jon Regan avait réussi à placer des dispositifs d'écoute sous certains bancs et sur certains lampadaires au bas des marches du Capitole. Des microphones paraboliques étaient dirigés dans cette direction, ainsi que des caméras vidéo.

La scène en elle-même était totalement fascinante. Ciel marin profond, froid, spots blancs faisant briller le dôme du Capitole. Un sapin de Noël scintillait sur l'herbe en dessous des marches, le tout se reflétant dans le miroir d'eau magique. Ces images emblématiques de l'Amérique avaient de quoi élever l'âme.

Il y avait un sans-abri qui dormait sous un banc du côté sud, mais à part ça, les rues étaient désertes. Le Mall était calme. Dans la plupart des foyers du pays, les enfants se levaient, impatients de voir ce que le père Noël leur avait apporté. Scarlett avait onze ans la dernière fois qu'elle avait fait cela. Elle y avait cru assez tard, s'accrochant à ce fantasme jusqu'à ce que sa bulle éclate avec une force nucléaire et qu'on lui enlève son père.

Cela avait marqué la fin de ses rêves d'enfants. La fin des faux-semblants stupides. Le début d'une réalité froide et dure.

Son père risquait encore de mourir. Il était possible que l'espion ne soit pas démasqué et que Matt fasse semblant de s'intéresser à elle juste à cause de l'affaire.

Sept heures moins dix.

Jon Regan la regarda.

— Prête ?

Matt se leva.

— Elle ne va pas réellement rencontrer Dorokhov.

Regan parut énervé et confus.

— Qu'est-ce qu'on fait là alors ?

— On observe. On attend. C'est une ruse.

Regan plissa les yeux. Il pinça les lèvres.

Le téléphone portable de Scarlett vibra avec insistance dans sa poche. Il était réglé sur silencieux.

C'était Rooney à l'autre bout du fil.

— Branson n'a pas bougé, mais une lumière vient de s'allumer à la fenêtre de la chambre. La voiture est là. Le téléphone est là.

Mais il se pouvait qu'il n'y soit pas. Ils le savaient tous les deux.

— Clarkson est au bureau régional de Washington et Weber est à Quantico.

— Personne au FBI n'a de vie en dehors du travail ? demanda-t-elle.

Son père en avait une. Jusqu'à ce qu'on la lui vole.

— Apparemment pas, dit Rooney avec regret. Parker est allé voir si Branson est bien dans le bâtiment, si possible sans se faire tirer dessus ou arrêter.

Elle raccrocha.

Le portable de Matt vibra dans sa poche. Scarlett le regarda. Ses yeux s'écarquillèrent lorsqu'il consulta l'écran, puis il étouffa un juron et composa un nouveau numéro sur son autre téléphone. Ouvrant la portière arrière de la camionnette de surveillance, il sortit dans l'air froid et glacé. Il faisait des allers et retours incessants, hors de vue du Capitole. La patience n'était pas son point fort. Il parlait à voix basse, mais avec empressement au téléphone. Scarlett le suivit dehors, pour prendre un bol d'air frais.

Il couvrit le combiné et leur expliqua à elle et à Jon Regan qui les avait suivis :

— Je viens de recevoir une photo de ma mère par e-mail, me disant de faire machine arrière.

Oh, mon Dieu. Elle n'avait jamais imaginé qu'ils s'en prendraient à une femme dans le coma pour obtenir ce qu'ils voulaient.

— Est-ce qu'elle va bien ?

— Je demande à la maison de retraite de vérifier en ce moment même. Ensuite, je vais mettre la sécurité sur le coup.

Ses articulations étaient blanches. Il remit le téléphone à son oreille en faisant les cent pas. Tous ses muscles étaient tendus. Elle savait qu'il aurait voulu s'y précipiter pour protéger sa mère. Elle le forçait à rester avec elle.

Pour la millième fois, elle se dit qu'elle aurait aimé s'y être prise différemment, sans impliquer personne d'autre. Mais après toutes ces années, Dorokhov et l'espion avaient tous deux si bien dissimulé leurs traces qu'elle n'aurait jamais pu découvrir la vérité toute seule. Quelqu'un finissait toujours par être blessé, mais Scarlett aurait préféré que ce soit elle plutôt qu'un spectateur innocent.

Son portable sonna de nouveau. Probablement Rooney avec des nouvelles. Lorsqu'elle sortit le portable qui vibrait de sa poche, elle réalisa que c'était son téléphone personnel et non le jetable. Elle ne connaissait pas ce numéro. Matt ne lui prêtait pas attention, il essayait de s'assurer que sa mère était en sécurité. Une image était en cours de téléchargement. Elle s'attendait à recevoir la même photo que Matt. Au lieu de cela, une image floue d'une jeune femme recroquevillée dans le coffre d'une voiture apparut. Des cheveux blonds étaient visibles malgré le bandeau. Elle zooma sur l'écran et son cœur s'accéléra sous son gilet pare-balles. C'était Angel. *Bon sang.* Scarlett regarda le journal qui était placé à côté de la tête d'Angel comme preuve de vie. Elle ne pouvait pas voir la date, mais elle pouvait voir la photo de la scène de l'explosion au port de Quantico.

Elle fronça les sourcils. C'était impossible. Angel avait été libérée le soir de la fête, avant l'explosion… L'avait-on enlevée à nouveau ? *Non.* Il était impossible que le service de sécurité du FBI ait laissé la fille d'un député se faire kidnapper deux fois. Elle se figea et fixa le dos de Matt. Elle ressentit une décharge dans tout son corps. Il avait menti. Bien sûr qu'il avait menti. Il lui avait dit ce qu'elle voulait entendre pour qu'elle coopère. *Oh, mon Dieu.*

Elle était froide. Détachée. Elle comprenait pourquoi il lui avait menti. Pourquoi ils lui avaient tous menti. Elle ne faisait pas partie de l'équipe. Elle était une étrangère. Elle comprenait.

Elle y était même habituée. Mais cette trahison lui fit l'effet d'un coup de poignard dans le dos.

Matt croisa son regard. Elle sourit, masquant la bile qui lui montait à la gorge, et attendit qu'il se retourne pour se remettre à faire les cent pas. Dès qu'il le fit, elle se faufila discrètement derrière la camionnette, sur le chemin qui menait au Capitole. Puis elle se mit à courir, car l'homme qui retenait sa meilleure amie prisonnière allait débarquer dans quelques minutes, et si elle le suppliait à genoux, peut-être qu'il laisserait Angel partir.

———

BON SANG. MATT s'en voulait de n'avoir pas prévu que les choses se dérouleraient ainsi. Les menaces et la manipulation étaient monnaie courante dans ce genre d'affaires, et il ne se laissait pas intimider facilement. Mais si quelque chose arrivait à sa mère, il ne se le pardonnerait jamais. Son cœur battait la chamade. Le timing était atroce. Dorokhov devait arriver d'un moment à l'autre. Il doutait que ce soit une coïncidence.

Enfin, l'infirmière de service arriva dans la chambre de sa mère. Il l'entendait respirer fort, comme si elle avait couru.

— Elle est là. Elle va bien.

Alléluia.

Elle lui envoya une photo de sa mère qui dormait paisiblement dans son lit.

Dieu merci.

— Je veux quand même que vous appeliez la police. J'ai reçu une photo non autorisée d'elle avec des menaces de mort…

Il se retourna. Scarlett n'était pas là. Il supposa qu'elle était dans la camionnette.

— … depuis cet endroit.

Il s'approcha du véhicule et se retrouva nez à nez avec Regan, qui avait une drôle d'expression. Il regarda derrière lui. Pas de Scarlett. Que se passait-il ? Puis il la repéra en train de courir vers le Capitole. *Et merde.* Il raccrocha et se mit à courir, avant de se retrouver plaqué au sol, les bras dans le dos.

— Servez-vous de votre tête, idiot. Si Dorokhov vous repère, il se tirera et tout ça aura été inutile.

Regan lui faisait mal aux bras et sifflait dans son oreille. Puis Matt réalisa que c'était parce qu'il se débattait et il se força à se détendre.

— Laissez-la aller lui parler. On voit et on entend tout ce qu'ils font. Il y a cinq agents du FBI dans un rayon de 300 mètres. C'est une femme intelligente. Elle ne va rien faire de stupide.

Matt lui lança un regard signifiant *Vous vous foutez de moi ?*

— Pensez avec votre tête, Lazlo, c'est *exactement* ce que Frazer voulait qu'il arrive et vous le savez. C'est sûrement ce renard rusé qui l'a appelée.

Matt inspira profondément. Pas évidemment en étant écrasé par cent kilos de muscles.

— Je veux savoir qui a passé cet appel. Et lâchez-moi, putain.

— Vous promettez de monter dans la camionnette et de bien vous comporter ?

— Oui, monsieur.

Matt bouillait à l'intérieur, mais sa colère n'était pas dirigée contre Regan. Il avait besoin de parler à Parker, de se renseigner sur l'appel qui avait fait décamper Scarlett. Si c'était

Frazer, il comptait bien lui mettre une raclée pour l'avoir manipulé, patron ou pas.

Il devait également vérifier où se trouvaient tous les suspects. Le plan n'avait pas changé. Scarlett ne risquait probablement pas grand-chose puisque Dorokhov ne pouvait pas faire n'importe quoi étant donné l'endroit choisi. Il était filmé sous vingt angles différents, indépendamment de la surveillance du FBI, et il le savait certainement.

Regan relâcha Matt. Il ôta la rosée glacée de son pantalon et Regan fit signe à Matt de le précéder dans la camionnette. Sur les écrans de surveillance, Matt vit Scarlett se hâter le long du chemin. Il allait lui botter le cul quand il la retrouverait, en supposant qu'il ne soit pas mort de peur entre temps.

Il composa le numéro de Parker, tout en vérifiant sur l'écran de l'ordinateur portable la localisation de leurs suspects et en surveillant Scarlett.

Personne n'avait bougé. Pourquoi diable avait-il l'impression que l'enfer était sur le point de se déchaîner ? Il inspecta les environs frénétiquement, à la recherche de réponses. Puis une grande limousine noire, portant les drapeaux rayés blanc, bleu et rouge de la Fédération de Russie, remonta Pennsylvania Avenue.

Parker finit par répondre à son satané téléphone.

— Branson est dans sa cuisine avec sa femme, en train de farcir la dinde – ce n'est pas une façon de parler.

— Scarlett vient de recevoir un appel sur son portable. Qui était-ce ?

Matt entendit Parker pianoter.

— L'appel venait d'un portable prépayé. Une image a été envoyée de Washington, et… oh, merde. On est foutus. C'est une photo d'Angel dans le coffre d'une voiture avec le journal du jour.

Et merde.

— Dorokhov est là, dit Matt à Parker.

— Branson n'a pas envoyé cette image en personne. Je l'observais à ce moment-là. Mais notre hypothèse était que les Russes avaient Angel LeMay. Est-ce qu'on l'attend ou est-ce qu'on vient vous retrouver ?

— Même si les preuves pointent vers lui, je ne pense pas que ce soit Branson.

— Ouaip. C'est ce que mon instinct me dit aussi.

Les autres téléphones n'avaient pas bougé de leur bureau. Matt n'aimait pas ça. Il n'aimait pas ça du tout. *Bon sang.*

— Continuez à le surveiller. Allons jusqu'au bout.

Matt raccrocha, puis retint son souffle tandis qu'un chauffeur ouvrait la portière de la limousine. La silhouette robuste d'Andrei Dorokhov s'extirpa de la banquette arrière. L'ambassadeur regarda autour de lui dans le silence de l'aube.

Regan le frappa à la poitrine.

— N'oubliez pas. Avant tout, il est le représentant de la Russie sur le sol américain. Ne créez pas un incident diplomatique qui nous ferait tous perdre notre emploi et déclencherait la troisième guerre mondiale. Compris ?

Matt acquiesça. Mais chaque pas que ce fils de pute faisait vers Scarlett était un pas de trop.

SCARLETT TREMBLAIT DE tous ses membres. Debout au bas des marches du Capitole, elle regardait Andrei Dorokhov se diriger vers elle. Son visage était hagard, ses yeux injectés de sang, ses cheveux blonds et gras. Une barbe fournie lui couvrait les joues et la mâchoire. Il avait une beauté bourrue et dégageait un sentiment de force qui la fit frissonner. Il gardait son amie prisonnière dans le coffre d'une voiture – peut-être même de cette voiture. Cette idée lui donna envie de vomir. Que lui avait-il fait ?

Il fit un signe de tête vers un banc.

— Venez. Asseyez-vous.

Il l'invita à s'y asseoir en premier. La seule personne à proximité était le sans-abri, recouvert par une fine couverture à l'extrémité des marches. Il avait de longues dreadlocks sales, qui dépassaient du haut de la couverture, et il n'avait pas bougé d'un pouce. Il était peut-être mort. Mais c'était plus probablement l'un des gardes du corps de Dorokhov, venu s'installer plus tôt pour protéger l'homme.

Ha ha ! Comme si *elle* était une menace. Elle s'assit à l'extrémité du banc. Elle s'éclaircit la gorge.

— Je voulais m'excuser pour ce que j'ai essayé de faire l'autre soir.

— *Essayé* de faire ? gronda-t-il.

Son haleine empestait l'alcool. Il avait bu.

Que pouvait-elle répondre à cela ? Elle pouvait difficilement dire *Oh, non c'est le FBI qui vous a mis sur écoute, pas moi*. Malgré tout, elle était une patriote. Elle n'avait pas plus envie de trahir son pays que son père.

— Ce que j'ai *fait*. Sans succès.

Vraiment sans succès.

Il se mit à rire.

— Ah, les Américains ! fit-il en secouant la tête. Y a-t-il une raison pour laquelle je ne devrais pas porter plainte ? L'espionnage n'est pas une chose que nous prenons à la légère.

Il la jaugeait de son regard perçant.

Elle pinça les lèvres, puis dit :

— Je veux que vous me rendiez mon amie. Intacte.

Il plissa les yeux. On aurait dit un serpent sur le point d'attaquer, et Scarlett fit attention à ne pas faire de mouvements brusques.

Elle s'empressa de poursuivre :

— Avant de mourir, M. Maidstone m'a dit qu'il y avait des photos.

Dorokhov releva le menton, les yeux rouges de fureur.

Elle avait bluffé, mais de toute évidence, elle avait visé juste. Son cœur se mit à battre la chamade dans sa poitrine. Elle serra ses mains pour se donner du courage.

— Je veux ces photos.

Il se leva, et elle essaya de ne pas se faire toute petite devant lui.

Scarlett était terrifiée, mais elle ne pouvait pas se permettre de le laisser paraître.

— Je veux retrouver mon amie. Libérez-la et je vous dirai où se trouvent les photos.

Il tendit le bras et la saisit à la gorge.

— Dites-le-moi maintenant.

Elle prit conscience de plusieurs choses en même temps. La douleur l'inonda des oreilles aux poumons, tandis qu'il resserrait sa poigne de fer sur sa gorge. Elle entendit un bruit de pas derrière elle, et vit deux hommes sortir de la limousine du Russe et courir vers eux, fouillant dans leur veste.

Puis Dorokhov sembla reprendre ses esprits. Il relâcha la pression, la transformant en caresse, mais son cou la lançait atrocement.

— Donnez-moi les photos, et je vous ramènerai la fille.

Il recula, les mains levées en signe de reddition, et tout le monde se figea. Et soudain, alors que la première lueur de l'aube apparaissait à l'horizon, la tête de Dorokhov explosa.

———

UN INTENSE SENTIMENT de satisfaction s'empara de Raminski lorsque la balle atteignit sa cible. Il aurait bien visé la fille aussi, mais il n'en avait pas le temps. Il devait s'en aller au plus vite. Il dévala les escaliers et traversa la galerie de la Mezzanine, empruntant le même chemin qu'à l'aller.

En voyant le corps du garde à côté du poste de sécurité, il s'arrêta dans un dérapage. *Qu'est-ce que… ?*

La première balle le toucha à la jambe et lui brisa l'os comme une fusée. Il tomba à terre, son fusil glissant sur le sol.

Le sang s'écoulait abondamment de sa blessure. Il se traîna vers le fusil, sachant qu'il n'y arriverait pas avant que la prochaine balle ne le frappe. L'autre jambe cette fois. La douleur fut tout aussi atroce. Il roula sur le dos, haletant, pour pouvoir voir le visage de son meurtrier.

L'Américain. L'agent du FBI.

Ses mains essayaient d'arrêter l'hémorragie.

— Pourquoi ? demanda-t-il. N'ai-je pas fait tout ce que vous m'avez demandé ?

———

— SI, SERGIO. Je suis désolé.

Il appuya de nouveau sur la détente – cette fois-ci en visant la tête.

L'agent du FBI plaça le pistolet qui avait tué le garde à côté du cadavre du Russe et mit l'arme du garde dans la paume du mort. Il portait des gants en latex sous une fine paire de gants en laine. Il fit preuve d'une extrême prudence, s'assurant de ne pas marcher dans le sang. Les fédéraux ne tarderaient pas à arriver et à conclure que le gardien de nuit avait trouvé le sniper qui avait tué l'ambassadeur Dorokhov en train de s'échapper et était mort dans une fusillade.

Terriblement triste. Très courageux. L'homme méritait une médaille.

Raminski allait porter le chapeau en tant qu'employé mécontent. Des rumeurs diraient peut-être que les Russes eux-mêmes avaient mis Dorokhov hors-jeu, faisant croire que c'était l'œuvre des Américains, mais Barney Fife ferait éclater la vérité.

La guerre serait évitée, et il se servirait du chaos qui s'ensuivrait pour disparaître des écrans radars. Il n'avait plus qu'un dernier détail à régler, et il avait déjà tendu le piège.

Ce n'était peut-être pas le crime parfait, mais on n'en était pas loin. Il se faufila dans l'ombre avant l'arrivée de l'aube.

———————

DES QUE DOROKHOV mit la main Scarlett, Matt se mit à courir. Il n'avait plus rien à faire de la mission, de l'espion ou de quoi que ce soit d'autre, il voulait juste éloigner Scarlett de ce gros fils de pute hideux pour qu'il ne puisse pas lui faire de mal – et peut-être même lui mettre une raclée pour avoir posé les mains sur elle, immunité diplomatique ou non.

Il en avait assez de suivre les ordres.

Il sauta par-dessus des haies et des murets, réalisant qu'il n'aurait jamais dû écouter Regan ou Frazer. C'était un plan stupide, et ils n'étaient pas plus près de découvrir qui était le traître que la veille au matin. L'idée initiale de Scarlett était plus sensée – et pourtant elle aussi avait échoué.

Ses pieds martelaient le sol, et il savait que Jon Regan le suivait de près. Puis il vit les gardes du corps de Dorokhov sortir de la voiture, et le sans-abri se lever du banc où il dormait et sauter sur ses pieds, l'arme au poing. Matt accéléra encore. Il ne comptait pas laisser les Russes s'emparer de Scarlett. C'était hors de question.

Il tira sur ses bras. Ses poumons le brûlaient, mais il était encore à quinze mètres quand un coup de feu retentit. Il se mit à courir plus vite. Du sang gicla en un large arc de cercle et Dorokhov tomba à la renverse.

— À terre ! cria-t-il, ses mots se répercutant sur la pierre sacrée au-dessus de lui.

Le sans-abri attrapa Scarlett et la poussa par terre, derrière un muret en pierres. Matt reconnut alors son patron. Il plongea pour se mettre à l'abri à côté d'eux, en respirant fort. Jon Regan les rejoignit. Ils étaient tous allongés là, haletant, tenant de reprendre leur souffle. Le corps de Dorokhov se tordit sur le trottoir. La scène était macabre. Frazer était au téléphone. Il appelait les groupes tactiques d'intervention de la police locale. Il n'y avait plus qu'à espérer que les renforts viennent pour attraper le tireur et non les arrêter eux.

Frazer courut vers les Russes, tête baissée, badge du FBI en vue, pointant le côté nord du Mall d'où le tir était venu, et leur faisant signe de rester baissés.

Les gardes du corps russes se tournèrent vers leur camarade à terre pour qui, de toute évidence, ils ne pouvaient plus rien, et remontèrent dans le véhicule, qui était probablement l'endroit le plus sûr pour eux.

— Tout va bien ? demanda Matt à Scarlett.

Il la retourna vers lui. Elle hocha la tête, mais semblait incapable de parler. Il y avait du sang sur sa joue. Il l'essuya avec son pouce, mais ses yeux étaient écarquillés et ses pupilles dilatées. Elle était totalement paniquée. En voyant les marques de doigts sur son cou, il se sentit soulagé que ce connard soit mort, mais il aurait préféré que ce ne soit pas de cette façon, pas devant Scarlett. Il réalisa qu'elle aurait pu se faire tuer aussi facilement que Dorokhov. Cela lui retourna l'estomac.

Il saisit Jon Regan par le col.

— Qui a ordonné cette surveillance initiale ?

Regan montra les dents.

— Je ne suis pas censé être là, Lazlo. Si je suis appelé à témoigner à la barre, alors ma carrière aux TacOps est terminée.

Matt ne baissa pas les bras. C'était plus important que n'importe laquelle de leurs carrières.

— Dites-moi qui l'a ordonnée. Branson ?

Regan secoua la tête.

— C'est une information *classifiée*, bordel.

Puis son regard se reporta vers la forme prostrée sur le béton.

— Et merde.

Il semblait enfin se rendre compte de l'ampleur de la situation.

— La demande venait du WFO. Le bureau régional de Washington. Guy Clarkson a proposé de mettre Dorokhov sur écoute.

— Ce genre de demandes ne vient pas habituellement de la division du contre-espionnage ?

— Oui, mais pas toujours. Et Clarkson et Branson ont toujours été proches. Branson avait l'habitude de faire passer ses demandes par Clarkson tout le temps. Des choses qu'il ne voulait pas voir figurer sur un document officiel.

Se pouvait-il que Branson utilise Clarkson comme couverture, ou était-ce l'inverse ?

— C'est impossible que ce soit lui…

Soudain, Regan ne semblait plus aussi sûr. Les sirènes se mirent à hurler dans toute la ville.

— Vous ne m'avez jamais vu ici.

Il retourna à la camionnette de surveillance et Matt le laissa partir. Ils n'avaient rien à perdre en rendant cette enquête officielle à présent. L'espion savait déjà qu'ils étaient à sa recherche. Il devait se tenir prêt à s'enfuir s'il n'était pas déjà parti depuis longtemps.

Frazer revint.

— Il faut que quelqu'un se rende au bureau de Washington pour parler à Clarkson, dit Matt. Regan vient de me dire que c'est lui qui a ordonné la surveillance de Dorokhov. Il m'a aussi expliqué que Clarkson rendait souvent des « services » à Branson. On ne peut toujours pas les écarter.

Frazer acquiesça.

— Je vais devoir rester sur place.

Il semblait contrarié.

Matt prit Scarlett dans ses bras et la serra contre lui quelques instants de plus, à l'abri du béton solide, alors qu'elle tremblait encore du contrecoup de l'assassinat.

— Est-ce qu'ils auraient pu me tirer dessus ? demanda-t-elle.

— Ils auraient pu.

— Un gilet pare-balles n'aurait pas été très utile contre ça…

Elle désigna du menton le cadavre de Dorokhov et se mit à

pleurer. Sa cervelle suintait sur le trottoir.

Il la serra plus fort contre lui tandis qu'un frisson lui parcourait l'échine.

— Il est temps d'y aller.

Frazer était de nouveau au téléphone.

— Le tir provenait de la National Art Gallery. La police a été dépêchée sur place. Nous devons ramener Scarlett à la camionnette de surveillance et la mettre en sécurité.

Matt acquiesça. Il y avait beaucoup de terrain à découvert entre leur position et la camionnette, mais il y avait de fortes chances pour que le tireur soit parti depuis longtemps, en supposant que ce n'était pas une mission suicide. Il se mit entre Scarlett et l'endroit d'où était provenu le coup de feu. Frazer se plaça de l'autre côté.

— Vous auriez pu me mettre au courant de votre plan, dit Matt en colère à son patron.

— Je n'ai pas eu le temps.

— Jolies dreads, murmura-t-il.

Son patron eut un petit sourire.

— C'est le mieux que j'ai pu trouver sachant que tous les magasins de costumes d'Amérique du Nord étaient fermés.

Il se gratta la tête.

— Je pense qu'il y a des poux dedans.

Ils atteignirent la camionnette blanche. Regan et son équipe étaient agglutinés à l'intérieur, scrutant les écrans à la recherche d'un sniper potentiel. Matt attrapa une couverture que Regan lui jeta, puis l'enroula autour de Scarlett alors qu'il la faisait s'asseoir sur le marchepied de la camionnette. Ses yeux étaient rougis par la fatigue, mais son cerveau tournait à nouveau.

— Ce n'est pas fini, n'est-ce pas ? Tu m'as menti à propos

d'Angel.

Il la fixa droit dans les yeux. Il soutint son regard, se perdant dans ses yeux marron infinis, avant de faire un signe de tête. Les yeux de Scarlett se détournèrent des siens, il sentit une légère torsion dans ses tripes.

— Je devais t'empêcher d'aller voir ce type. Laisser les professionnels s'en occuper.

— Tu m'as traitée comme une suspecte.

— Je t'ai traité comme une civile.

— Tu m'as traitée comme une criminelle, lui cracha-t-elle au visage.

Il haussa le ton et se retrouva soudain à crier.

— C'est faux. Je ne fais pas l'amour à des suspectes, et je ne tombe pas amoureux de criminelles.

Et merde.

Il regarda autour de lui et se rendit compte que tout le monde s'était figé pour assister au spectacle. Il passa sa main dans ses cheveux, surpris de ne pas être devenu chauve sous l'effet du stress occasionné par l'arrivée de cette femme dans sa vie. Trente-six heures qu'ils se connaissaient, et il était prêt à tout sacrifier pour elle.

Elle ne répondit pas à sa déclaration inattendue. Peut-être qu'elle ne le croyait pas, ou peut-être qu'elle s'en fichait tout simplement. Elle était certainement en état de choc et vu ce qui venait de se passer, il n'était pas surpris. Il s'était comporté comme un idiot.

— Comment on va retrouver Angel ? Et si elle était morte ?

La culpabilité était une chose terrible. Il prit la tête de Scarlett entre ses mains et la regarda dans les yeux. Il voulait qu'elle le croie.

— On va la retrouver. Je te le promets.

Regan passa la tête par la porte.

— On est en train de la chercher. Nos gars travaillent sur les métadonnées de l'image de sa mère envoyée à l'agent Lazlo et de celle d'Angel LeMay qui vous a été envoyée. Les deux provenaient du même téléphone.

Les voitures de police commençaient à remplir le Mall. Il faisait encore sombre. La lueur de l'aube commençait à poindre dans le ciel. Frazer retira sa perruque et la jeta par terre avant d'aller parler aux premiers secours.

Une voiture se gara sur Maryland. Une Mercedes argentée. La mère d'Angel LeMay sortit du véhicule, parcourant frénétiquement la foule des yeux jusqu'à ce qu'elle voie Scarlett.

La femme se mit à courir vers eux. Matt se prépara à un accès de colère, mais la femme ouvrit grand les bras, et Scarlett s'y réfugia volontiers. Plus volontiers qu'elle n'avait accepté son réconfort à lui.

Parce que tu lui as menti, idiot, et que tu as ensuite crié ta déclaration d'amour comme une insulte.

Mme LeMay caressa les cheveux de Scarlett, tout en le regardant.

— Vous l'avez trouvée ?

Sa voix se brisa.

— Non, madame. Pas encore.

Elle cligna des yeux pour chasser les larmes.

— Mon mari est introuvable. Il est parti il y a une heure, en disant qu'il allait chercher Angel, car personne ne semblait faire quoi que ce soit.

Elle déglutit bruyamment.

— J'ai deux agents du FBI inutiles assis chez moi alors

qu'ils pourraient être en train de parcourir les rues.

Elle semblait avoir du mal à ravaler sa colère.

— J'emmène Scarlett à la maison avec moi.

Frazer cria :

— La police a retrouvé le sniper à la NAG. Abattu par l'agent de sécurité. Allons-y.

Matt ne voulait pas quitter Scarlett, mais il avait un travail à faire. À eux seuls, les événements du jour promettaient des heures de débriefing et de rapports, et des retombées importantes à gérer.

Scarlett le regarda, les yeux grands ouverts et suppliants. Elle aussi aurait le droit à son lot de questions, mais elle ne tenait plus sur ses jambes. Elle devrait être en sécurité chez les LeMay avec les agents du FBI qui s'y trouvaient.

Matt acquiesça. Il aurait voulu la toucher. L'embrasser.

— Essaie de dormir quelques heures. Après ça, tu devras parler aux enquêteurs.

Il aurait voulu lui dire qu'il était désolé et qu'il l'aimait, mais il l'avait déjà crié au monde entier. *Et merde.* Elle n'était peut-être pas intéressée. Peut-être qu'elle ne lui pardonnerait jamais.

Mme LeMay garda son bras autour de Scarlett pendant qu'elle la conduisait vers sa voiture. Elle plaça la couverture sur les genoux de Scarlett et se précipita ensuite du côté conducteur. Elle se glissa à l'intérieur et démarra rapidement.

En voyant Scarlett partir, il sentit un cratère se creuser dans sa poitrine. Il tourna les talons et retourna à la camionnette pour prendre l'ordinateur portable de Parker, puis suivit Frazer qui s'élançait dans le Mall. Il était temps de trouver le véritable espion et de faire tomber ce bâtard. Prouver l'innocence de Richard Stone pourrait bien être son seul moyen d'entrer dans le cœur de Scarlett. C'était certainement la seule façon pour lui de faire justice. Il espérait juste que cela suffirait.

———————

SCARLETT N'AVAIT JAMAIS ressenti un tel froid de toute sa vie. C'était comme si ses os avaient été trempés dans de l'azote liquide. Elle claquait des dents.

— Je suis désolée pour Angel, Mme LeMay. Le FBI m'a dit qu'elle avait été libérée. Je n'ai jamais voulu l'entraîner là-dedans.

Les lèvres de la mère d'Angel se resserrèrent, mais elle hocha la tête.

— Je sais. Tu essayais juste d'aider ton père.

Elle augmenta le chauffage. Elles décrivirent une grande boucle autour de la Bibliothèque du Congrès, pour revenir sur Pennsylvania Avenue, et se dirigèrent vers le nord sur la 6e rue.

Scarlett se blottit sous la couverture. Aux dernières nouvelles, l'état de son père était stable. Elle espérait qu'il allait toujours bien. Peut-être mentaient-ils aussi à ce sujet ? Non. Elle comprenait pourquoi Matt lui avait dit qu'Angel était libre. Elle serait allée chez Dorokhov et serait probablement morte. Il lui avait sauvé la vie trop souvent pour qu'elle puisse douter de lui. Il avait eu raison de l'arrêter. De lui mentir.

Ses mensonges avaient ironiquement contribué à lancer le processus de rédemption de son père et à reconstruire sa foi dans le système.

Elle n'en était pas encore là, mais au moins certaines personnes du FBI croyaient son père et voulaient connaître la vérité. Elle cessa de frissonner. Le chauffage faisait enfin son travail.

Le regard de Matt… Elle cligna des yeux quand elle réalisa qu'il lui avait dit qu'il l'aimait. Sa gorge se serra à mesure que l'émotion augmentait. Matt Lazlo l'aimait. *Elle*. La fille de Richard Stone. Cela semblait trop difficile à croire et pourtant, malgré tout, elle le croyait. Et elle l'aimait également. Cela n'avait aucun sens. C'était fondé sur l'instinct plutôt que sur la logique, mais l'instinct existait depuis bien plus longtemps qu'eux, alors qui était-elle pour s'y opposer ?

Elle se redressa légèrement. Elle ne lui avait pas répondu. En fait, elle était trop traumatisée pour comprendre ses paroles. Et s'il pensait qu'elle n'était pas intéressée ? Et s'il pensait qu'elle l'avait juste utilisé pour obtenir la réouverture du dossier de son père ?

Elle sortit son téléphone portable.

— Que fais-tu ? demanda Mme LeMay.

— J'appelle Matt. L'agent Lazlo.

Mme LeMay sortit son propre téléphone portable et envoya un message en conduisant. Elle garda le portable sur ses genoux.

— Lazlo, répondit immédiatement Matt.

— C'est Scarlett.

— Tout va bien ? demanda-t-il d'un ton méfiant.

Elle déglutit péniblement.

— Oui, enfin pas vraiment. Ce n'est pas tous les jours qu'on voit la tête d'un homme exploser.

Les mots ravivèrent l'image et elle pressa sa main sur sa bouche.

— Mais je vais bien.

— Tant mieux. On a trouvé le tireur. Tu te souviens de

l'autre gars de la fête ?

Raminski ?

— Vraiment ?

À quoi cela rimait-il ?

— Je ne peux pas t'en dire davantage pour l'instant.

— Non, non, bien sûr que non.

Le fait qu'il lui ait tout de même communiqué l'information montrait qu'il lui fait confiance. Elle avait été stupide.

— Je voulais m'excuser pour ce qui s'est passé. J'aurais dû t'écouter. J'aurais dû te faire confiance.

Mais une certaine colère demeurait à l'égard de sa trahison.

— Tu aurais dû me faire confiance. Tu n'aurais pas dû me mentir sur quelque chose d'aussi important. Surtout pas après que…

Elle déglutit. Il y eut une longue pause.

— Écoute, Scarlett, quand ce sera fini, toi et moi, on devra parler. Ne quitte pas la résidence des LeMay.

Il avait l'air tendu et crispé. Regrettait-il sa déclaration d'amour ?

Elle ouvrit la bouche pour lui dire ce qu'elle ressentait, mais elle se ravisa. Ce n'était peut-être pas le bon moment.

— Trouve le vrai espion, Matt. Pour mon père.

— J'en ai l'intention. Il raccrocha.

Avait-elle aussi tout gâché à ce niveau-là ? Avait-elle gâché la meilleure chose qui lui soit arrivée depuis des années en agissant de manière impulsive et en ne faisant pas confiance à Matt, qui ne faisait que son travail ?

Mme LeMay tourna à droite sur New York Avenue.

— Ce n'est pas la mauvaise direction ? fit remarquer Scarlett avec douceur.

Mme LeMay lui jeta un coup d'œil.

— Je voudrais passer au cimetière. La mère d'Adam y est enterrée et on y passe toujours la veille de Noël. Je me dis qu'il aurait pu aller là-bas…

Sa voix s'éteignit.

— Où est Sarah ? demanda Scarlett.

— On ne lui a pas encore dit. Le FBI semblait si sûr de récupérer Angel, et ce n'est pas comme si elle pouvait faire quoi que ce soit pour aider.

Elle se mordit la lèvre, visiblement déchirée par cette décision.

— Elle aurait insisté pour revenir, et elle est probablement plus en sécurité dans l'Utah.

Scarlett serra les poings. Ils la gardaient dans l'ignorance pour la protéger – comme Matt l'avait fait avec elle. Tout était de sa faute.

— Je suis vraiment désolée, Mme LeMay.

Les yeux marron de Valerie soutinrent son regard pendant un moment avant qu'elle ne détourne la tête.

— Tu n'aurais jamais dû essayer de le mettre sur écoute.

Scarlett grimaça. Elle ne comptait pas débattre de ce sujet avec elle. Pas alors que sa fille était portée disparue.

Il n'y avait personne sur la route. La ville semblait déserte. Dix minutes seulement après avoir quitté le Mall, elles passaient les piliers de pierre qui marquaient l'entrée du cimetière de Mount Olivet. Bien que l'aube ait commencé à poindre à l'horizon, il faisait encore sombre, et l'endroit était effrayant.

— Vous pensez vraiment qu'il est venu ici ? Dans la pénombre ?

Mme LeMay se dirigea vers le nord, en direction du mausolée.

— Il a le cœur brisé, Scarlett. J'ai peur qu'il ne fasse quelque chose de stupide.

Oh, mon Dieu. À l'idée que le père d'Angel puisse se faire du mal, Scarlett cessa de s'apitoyer sur son sort. Elle ôta la couverture et balaya du regard l'immense cimetière, cherchant frénétiquement le député LeMay. Elle finit par repérer une forme massive un peu plus loin sur la droite.

— C'est lui, là ?

Mme LeMay plissa les yeux dans la direction qu'elle indiquait.

— Je pense que oui.

Scarlett écarquilla les yeux ; la femme venait de sortir un pistolet qu'elle pointait droit sur elle.

CHAPITRE DIX-NEUF

MATT OBSERVAIT LE corps de Sergio Raminski. Il avait transformé la galerie d'art en un véritable bain de sang. Le garde n'avait sans doute eu aucune chance. Mais quelque chose dans cette scène le perturbait.

Au fond de son esprit, quelque chose d'autre le tracassait également. Trop d'éléments à assembler et à clarifier. Trop de détails à régler.

Matt observa le fusil à lunette ArmaLite AR-50 à un coup, à action rapide. Fonctionnel, utilitaire, rien de trop clinquant, mais entre de bonnes mains, il faisait l'affaire. Il y avait un pistolet, un Glock sur le sol. Qu'est-ce qui le dérangeait dans cette scène ?

— C'est un fusil pour gauchers.

Les yeux de Frazer passèrent du fusil au pistolet. Le pistolet était fait pour les droitiers.

— Il était peut-être ambidextre.

Matt acquiesça. Les bons agents de la force publique s'exerçaient toujours avec les deux mains, mais ils avaient généralement une préférence et s'y tenaient. Il regarda de nouveau le garde.

On frappa à la porte. Un officier en uniforme les regarda d'un air interrogateur. Frazer hocha la tête, et Rooney et Parker entrèrent, en faisant attention aux éclaboussures de sang.

Leur visage exprimait le dégoût.

— Branson n'a pas bougé et ne semble pas vouloir s'en aller. Parker a même réussi à pénétrer dans l'ordinateur privé de Branson et il n'y avait aucune trace des transactions bancaires que nous avons découvertes.

— Il aurait pu aller dans un cybercafé, suggéra Matt.

— Sauf qu'un gars à son poste a à peine le droit de pisser tout seul, alors se rendre dans un cybercafé… On a appelé le bureau de Washington.

Parker avait l'air d'avoir quelque chose à partager.

— Un agent du FBI du nom de Rosemary Fatima a décroché. Elle a dit qu'elle était seule au bureau. Je lui ai demandé de vérifier le bureau de Clarkson, et elle m'a répondu qu'il était vide. Mais son téléphone portable était là, sur son bureau.

Ils avaient suivi son portable en supposant que l'homme l'avait sur lui. Erreur.

— Clarkson semble de plus en plus coupable. Je dois impliquer Branson, fit Frazer.

— Pourquoi ne pas aller directement voir la direction du contre-espionnage ? demanda Rooney.

— Parce que Branson pourrait nous dire quelque chose d'utile pour retrouver Clarkson, surtout s'il découvre qu'il l'a piégé pendant toutes ces années, expliqua Frazer.

— Tout comme il a piégé Stone, dit Matt.

Parker fit un signe de tête.

— Le nouveau plan B.

Puis il montra du doigt le Russe mort.

— C'est une mise en scène.

— Comment pouvez-vous le savoir ? demanda Frazer.

Si vite ?

— Les douilles, dit Parker en désignant le sol. Elles sont toutes rassemblées de l'autre côté de la pièce. Il n'y en a aucune derrière ce type. Vous avez évidemment remarqué que notre homme ici est gaucher.

Il pointa du doigt Raminski.

Matt hocha la tête, soulagé d'avoir au moins remarqué cela.

— Vous avez de bons yeux. Comment avez-vous compris tout ça si vite ?

Le visage Parker se ferma, et Matt ne chercha pas à en savoir plus.

— Où est Scarlett ? demanda Rooney.

— La mère d'Angel est venue au Mall et l'a ramenée chez elle…

Il s'interrompit en pensant à une chose étrange.

— Comment savait-elle que nous serions là ? Avec Scarlett ?

Il regarda Frazer, et comprit soudain qu'ils avaient commis une énorme erreur. Il appela sur le portable de Scarlett pendant que Frazer composait le numéro des agents du FBI chez les LeMay.

Scarlett ne répondit pas. *Et merde.*

— Adam LeMay est là ? Vous en êtes certain ? demanda Frazer, en attirant l'attention de Matt.

Elle leur avait dit que son mari était parti à la recherche d'Angel.

— Demandez-lui où il pense que sa femme est allée. Il n'en sait rien ? Très bien. Donnez-moi les plaques et le type de véhicule. Merci.

Il appela la police locale.

— J'ai besoin d'un avis de recherche concernant une Valerie LeMay, conduisant une Mercedes argentée.

Il leur dicta son immatriculation. Parker tapait sur son ordinateur portable d'une seule main.

— Son téléphone est éteint. Merde. Comment j'ai pu passer à côté ? Une certaine Valerie *Jones* a travaillé comme secrétaire au siège du FBI – elle a gardé son nom de jeune fille pour son travail. Elle est partie environ un an avant l'arrestation de Stone. Je parie que c'est comme ça que les LeMay et les Stone sont devenus amis. Des familles avec des enfants du même âge qui traînent ensemble ?

Frazer semblait contrarié.

— Elle aurait pu récupérer la photo chez eux le jour de l'arrestation de Stone, et placer les codes et les informations accablantes que les agents ont trouvées sur place.

— Elle ne peut pas s'en être prise à Maidstone ou avoir pris cette photo de la mère de Lazlo parce que le FBI était avec elle la majeure partie de la journée. Elle a donc un complice, probablement Clarkson, déclara Rooney.

— Quelle que soit la façon dont elle est impliquée, elle est clairement impliquée, dit Matt, qui commençait à y voir plus clair. Nous devons la trouver.

Parce qu'elle venait de partir avec la femme qu'il aimait.

— Le portable de Scarlett ne fonctionne pas.

Parker fit un signe de tête.

— Aucun signal visible. Soit désactivé, soit brouillé.

— Scarlett avait un second mouchard dans la poche de sa veste. Pouvez-vous le tracer ?

Parker fit une grimace.

— Je peux essayer, mais on ne connaît pas la fréquence de transmission – elle a dit qu'il se servait du signal d'un téléphone portable ? S'ils utilisent un brouilleur de signal, on ne trouvera rien de toute façon. Pas avant qu'ils ne l'éteignent.

Matt réfléchissait frénétiquement.

— Pouvez-vous voir les zones de la ville où les signaux sont brouillés ?

Les yeux de Parker s'illuminèrent.

— Ouaip. Ça devrait être facile à voir selon le rayon du brouilleur, mais ça risque de prendre un peu de temps.

Il recommença à taper sur son ordinateur.

Le temps jouait contre eux.

Rooney était au téléphone.

— La police a repéré sur les caméras de circulation cette plaque d'immatriculation se dirigeant vers le nord sur New York Avenue. Allons-y.

— Pas de sirènes. Laissez Parker conduire, ordonna Frazer.

Matt tenta d'expliquer que Parker était occupé avec l'ordinateur, mais son patron était inflexible.

— Faites-moi confiance. Ce sera plus rapide.

———————————

LA BOUCHE DE Scarlett devint soudain très sèche.

— Mme LeMay ? Que faites-vous avec cette arme ?

La femme arrêta la voiture, éteignit les phares et pointa l'arme directement sur sa poitrine.

— Donne-moi ton téléphone portable.

— Je ne comprends pas.

— Tu n'as pas à comprendre, ma chère. Tu dois juste le *faire*, siffla-t-elle.

Scarlett mit la main dans sa poche, touchant l'émetteur. Son cœur se mit à battre la chamade lorsqu'elle vit une silhouette près de la voiture. Un homme. Des vêtements sombres. Un bonnet en laine. Elle sortit son portable.

— Retire la batterie.

Mme LeMay agita l'arme dans sa direction, et le pouls de Scarlett manqua quelques battements. Il y avait des bâtiments devant. Un mausolée et quelques hangars de stockage, difficiles à distinguer dans la grisaille. Le bruit occasionnel d'une voiture laissait entendre qu'ils n'étaient pas loin de l'autoroute.

Elle portait toujours le gilet en Kevlar sous sa veste et son pull. Si elle voulait s'en sortir, elle devrait probablement garder cette information pour elle. Elle sortit la batterie et la posa sur le tableau de bord.

— Et l'autre.

Scarlett se tourna vers Valerie, bouche bée.

— Je sais que tu as un téléphone prépayé. Sors-le doucement et retire sa batterie aussi. Je ne vais pas te faire de mal. Cet homme détient Angel.

Scarlett tourna la tête tandis que la silhouette ouvrait le coffre.

— Il veut t'échanger contre Angel parce qu'il s'inquiète de ce que tu pourrais savoir.

Elle sentit la peur la paralyser de l'intérieur. Elle avait dit à Dorokhov que Maidstone lui avait révélé quelque chose avant sa mort. Quelqu'un avait-il transmis cette information à cet homme ? Raminski avait-il trahi son patron russe avant de l'abattre ?

Était-ce l'homme qui avait piégé son père toutes ces années auparavant ? Était-elle enfin sur le point de découvrir la vérité ? Elle ne s'était pas vraiment attendue à ce que les choses se passent ainsi.

Scarlett posa le portable prépayé sur le tableau de bord, et en profita pour activer son émetteur. Puis elle vit Valerie sortir le brouilleur de signal de sa poche et le placer à côté des portables. *Et merde.* Son mouchard enregistrerait, mais ne transmettrait pas jusqu'à ce qu'il trouve un signal de téléphone portable. Alors, le fichier audio numérique serait envoyé directement sur son compte de messagerie électronique. La vérité finirait par éclater, mais tant que le brouilleur ne serait pas désactivé, personne ne pourrait la localiser. Mme LeMay retira les clés du contact et sortit de la voiture. Elle se dirigea vers l'arrière du véhicule avant de revenir ouvrir la portière de Scarlett. Scarlett, toujours assise, essayait de trouver une solution, mais en vain. C'était trop tard. Valerie agita l'arme pour lui faire signe de sortir du véhicule. Scarlett obtempéra. La morsure froide de l'air eut au moins le mérite de la réveiller.

— Marche vers lui. Il s'agit d'un échange direct. Toi contre Angel. Tu as dit toi-même que tout était de ta faute. Je veux juste récupérer ma fille. Elle n'a rien fait de mal.

Scarlett hocha la tête et inspira doucement.

— Je veux qu'elle revienne, moi aussi.

Mais elle ne voulait pas mourir, et quelque chose lui disait que le ravisseur risquait de ne pas laisser ses captifs s'enfuir.

— Qu'est-ce qui vous fait croire qu'il tiendra parole ?

— Oh, il fera ce que je lui dis.

La femme avait l'air confiante. Trop confiante.

Scarlett se retourna à moitié pour regarder son visage, mais son attention fut attirée par une silhouette aux cheveux blonds qui sortait du coffre de la voiture. La forme vacilla.

— Angel, ma chérie. Est-ce que ça va ? lança Mme LeMay.

— Maman ?

Scarlett ravala un cri de soulagement en apprenant que

son amie était toujours en vie. Puis Valerie la poussa en avant avec le pistolet. Angel était vivante, mais Scarlett doutait que cela dure encore longtemps. Cet homme ne voudrait pas laisser de témoins.

Dire qu'elle avait hésité à avouer à Matt ce qu'elle ressentait vraiment. Quel optimisme insensé de penser qu'elle aurait eu une seconde chance.

Scarlett devait faire en sorte qu'ils continuent à parler. Elle voulait s'offrir cette seconde chance. Elle voulait avoir un avenir avec lui. Matt la retrouverait. Lui et Parker et Rooney et Frazer. Ils étaient intelligents et brillants, et ils la retrouveraient. Elle espérait juste qu'il ne serait pas trop tard.

— Laisse-la partir, Guy.

Guy ? Clarkson ?

— J'ai amené Scarlett. Pour l'amour de Dieu, laisse partir ma petite fille.

— Je t'avais dit que je la récupérerais pour toi.

L'homme releva le bandeau sur le front d'Angel. Même dans la faible lumière, Scarlett vit une coupure sur la joue de son amie. Ses yeux gonflés étaient presque fermés. Elle avait clairement été battue. Les bras d'Angel étaient attachés derrière son dos, et elle titubait comme si elle était incapable de tenir sur ses jambes. L'homme la saisit par-derrière et elle cria de douleur.

— Oh, mon Dieu, oh, mon bébé. Qu'est-ce qu'ils t'ont fait ? sanglota Valerie.

— Je pense qu'elle a peut-être une côte cassée. Les effets de la drogue s'estompent. Elle va se remettre.

— Merci. Je ne te remercierai jamais assez, sanglota Valerie.

— Donne-moi la fille, ordonna Guy. C'est tout ce que je

veux.

— Toi d'abord.

Valerie attrapa le bras de Scarlett et y enfonça ses ongles. *Aïe.*

L'homme sourit tristement. Il n'avait rien de particulier, il était relativement quelconque. C'était une personne qui passait facilement inaperçue.

— Après toutes ces années, tu ne me fais pas confiance ? Tous ces après-midi que nous avons passés ensemble, nus ? Toutes ces promesses que tu m'as faites ?

— Maman ? fit Angel sur un ton hésitant.

— Tais-toi, Guy, lança Valerie.

Sa voix se fit plus dure.

— Tu as toujours été du type dominatrice, Valerie. J'en ai profité au lit. Je m'en fichais le reste du temps.

Les pièces du puzzle s'imbriquaient dans la tête de Scarlett.

— Vous étiez amants ?

— Qu'est-ce que ça veut dire, maman ?

— Pas étonnant que tout le monde dise que vous êtes si intelligente, Scarlett Stone, fit Guy d'un ton moqueur. Votre père chantait vos louanges comme si vous étiez le seul enfant à avoir appris l'alphabet. J'ai entendu dire qu'il ne se portait pas très bien…

Scarlett sentit la rage monter en elle, mais parvint à se contrôler.

— Tais-toi, Guy. Tu vas tout gâcher.

Valerie se rapprocha. Elle essayait d'atteindre sa fille.

— Non, Valerie, dit-il en élevant le ton. Tu ne peux plus me dire ce que je dois faire. Plus maintenant. Je t'ai crue. Je t'ai *aimée*. Tu as dit que tu allais le quitter, mais tu ne l'as jamais fait.

— Oh, mon Dieu, maman. Comment as-tu pu faire ça à papa ? demanda Angel.

C'était un cauchemar.

Valerie resserra sa poigne sur son bras, accentuant la douleur, mais Scarlett avait compris.

— Dorokhov a découvert que vous aviez une liaison, n'est-ce pas ? Il vous a fait chanter pour que vous espionniez pour lui. Vous êtes Marlon, tous les deux.

Clarkson ricana.

— Il a dit que ce serait l'affaire d'une fois et il nous a ensuite photographiés en train de faire ça. Il nous tenait par les couilles.

— Vous avez persuadé Raminski de lui tirer dessus.

Scarlett ne savait pas comment, mais elle savait que c'était vrai.

— Dorokhov méritait de mourir.

— Tais-toi, Guy !

Il mit son pistolet sur la tête d'Angel. Mme LeMay en eut le souffle coupé. Ces deux personnes avaient détruit tant de vies en refusant simplement d'admettre qu'elles avaient eu une liaison.

Scarlett refusait de se taire. Elle devait gagner du temps. S'offrir une chance de s'enfuir. Elle regarda les pierres tombales lugubres, la brume s'accrochant au sol. Il faisait assez sombre pour qu'elles puissent courir se cacher. Peut-être.

— Et vous avez tous les deux décidé de faire porter le chapeau à mon père. Vous avez détruit ma famille.

Elle se tourna à demi vers Valerie.

— Et ensuite vous avez fait comme si vous nous faisiez une faveur en acceptant de nous parler.

Elle en était malade. La trahison dépassait tout ce qu'elle

avait imaginé.

— Vous avez placé cette preuve chez nous.

Tous les éléments s'imbriquaient enfin.

— Vous avez piégé le père de Scarlett ? Il est vraiment innocent ? murmura Angel. Oh, Scarlett, je suis tellement désolée. Toutes ces années et je ne t'ai jamais crue.

Scarlett souffrait pour son amie. Elle ne pouvait pas imaginer ce que cela ferait à leur famille. Sa famille à elle avait déjà tellement souffert, mais un scandale d'espionnage sexuel impliquant la femme d'un député et un agent du FBI véreux ? Combiné à la condamnation injustifiée d'un homme innocent et à l'assassinat de l'ambassadeur russe ? À côté de ça, la couverture médiatique remontant à quatorze ans plus tôt aurait l'allure d'un pique-nique entre voisins.

En supposant que la vérité éclate.

Angel avait une touche de folie sur le visage.

— Tout est de ma faute. Je n'aurais jamais dû te pousser à aller à cette fête, Scar.

Elle se mit à rire, mais un son horrible sortit. C'était le rire de celle qui se sait condamnée.

— L'année prochaine, on restera à la maison et on regardera de vieux films, je te le promets. C'est encore Noël ?

Scarlett acquiesça.

— Tu es la meilleure amie qu'on puisse avoir, tu le sais ?

Guy Clarkson éclata d'un rire dur.

— Sans cette amitié, ton cher vieux papa ne serait jamais allé en prison.

— Peut-être, peut-être pas. C'est vous et Valerie qui l'avez piégé.

Elle ne pouvait plus masquer le dégoût dans sa voix.

Valerie LeMay la poussa en avant.

— Rends-moi Angel. Maintenant. Prends celle-ci et fais ce que tu as à faire.

Angel tituba tandis que Clarkson la poussait en avant.

— Tu veux dire la tuer, c'est ça, maman ?

— Tais-toi, Angelina.

— Pourquoi ? Parce que tu es ma mère ?

Angel cracha aux pieds de sa mère.

— Tu me dégoûtes.

Angel fit un pas vers elle, et Scarlett enlaça son amie, s'assurant qu'elle sentait bien le gilet rigide qu'elle portait sous ses vêtements.

Par-dessus la tête d'Angel, elle observa l'homme, Guy Clarkson. Ses yeux brillaient, rivés sur Valerie.

Un bruit dans l'obscurité lui fit tourner la tête.

Était-ce la cavalerie qui arrivait ?

Elle devait réfléchir vite.

— J'ai menti, s'empressa d'ajouter Scarlett, quand j'ai dit que Maidstone m'avait révélé quelque chose. Le FBI s'en est servi comme d'un appât pour voir la réaction des suspects qu'ils surveillaient. Ils seront là d'une minute à l'autre.

Elle écarta légèrement Angel. Elle la serra de nouveau dans ses bras et lui murmura à l'oreille :

— Il faut qu'on s'enfuie.

Clarkson pinça les lèvres.

— Il n'y a aucune chance qu'ils fassent le lien avec moi.

— Ils ont surveillé Branson toute la nuit. Ils savent que ce n'est pas lui.

Il leva l'arme, visant non pas elle, mais la mère d'Angel, la femme qui avait fini par le trahir – la seule personne encore en vie qui connaissait toute l'étendue de ses crimes. Valerie était la véritable raison de leur présence ici.

La mère d'Angel parut le comprendre au même moment. Sa main trembla lorsqu'elle pointa l'arme sur Guy. Ils se regardèrent droit dans les yeux.

— S'il te plaît, dit-elle.

Puis elle appuya sur la gâchette.

———

PARKER CONDUISAIT TEL un braqueur s'enfuyant d'une banque. Rooney était à l'arrière, attachée, son ordinateur portable sur les genoux tandis que Matt et elle planchaient sur les images satellites. Il avait perdu de vue Scarlett depuis vingt-cinq minutes. Elle était probablement en danger de mort, et il ne pouvait s'en prendre qu'à lui-même. Il s'était fait avoir à cause d'un préjugé. Les femmes au foyer américaines ne pouvaient pas être des espionnes, ne pouvaient pas être dangereuses ? Comment avait-il pu être aussi stupide ?

Avait-il perdu Scarlett pour toujours ? Même s'il la retrouvait vivante, lui pardonnerait-elle d'avoir menti au sujet de sa meilleure amie ? Pour l'instant, il ne pensait qu'à la mettre en sécurité. Tout le reste pouvait attendre.

Il avait le téléphone de Rooney à l'oreille pendant que les agents de la circulation lui fournissaient des informations.

— Les caméras les ont repérées au nord de Fenwick Street.

Ils venaient d'y passer.

— Mais elles n'ont pas passé Bladensburgh Road.

Il répétait ce que l'opérateur lui disait.

— On arrive à un grand carrefour, dit Parker sans ralentir. Gauche ou droite ?

Matt regardait une carte de la région. Des terrains indus-triels et des maisons. Il zooma sur un grand espace vert. Il y avait deux grandes croix au sol, visibles du ciel. Qu'est-ce que c'était que ça ?

— Gauche ou droite ? insista Parker.

— Gauche, ordonna Frazer.

Matt regarda de plus près. C'était un cimetière.

— Droite.

Parker tourna à droite. Ils prirent le virage à pleine vitesse, et Matt amortit Rooney, pressée contre lui par la force gravitationnelle. Ils roulaient trop vite pour reprendre la première à droite et se retrouvèrent sur Montana Avenue.

— Le cimetière de Mount Olivet est à droite.

L'opérateur lui confirma qu'elles n'apparaissaient pas sur d'autres caméras de circulation. Soudain, la communication fut coupée.

— Merde. J'ai perdu le signal.

Parker donna un tel coup de frein que Matt évita de peu le coup du lapin.

— Alors elles sont là, fit Parker, indiquant les grilles de fer qui entouraient le cimetière.

— Comment pouvez-vous en être aussi sûr ? demanda Matt.

Puis il la repéra. Une grosse tour de téléphonie cellulaire à quinze mètres de là, qui aurait dû leur offrir un signal excellent, or ce n'était pas le cas.

— Bingo.

Ils sortirent de la voiture, et il sauta par-dessus la clôture. Rooney était furieuse d'avoir besoin d'aide pour franchir la haute clôture métallique.

— Tout le monde porte un gilet pare-balles, n'est-ce pas ?

Ils hochèrent la tête, l'arme à la main. Frazer fit signe à Parker et Rooney de contourner le bâtiment par le nord pendant qu'ils faisaient de même de l'autre côté.

———————————

SCARLETT N'ATTENDIT PAS de voir si Valerie avait touché Clarkson ou non. Elle poussa Angel devant elle.

— Cours !

Il y eut un autre coup de feu derrière elles. Et puis un autre. Scarlett risqua un coup d'œil. Valerie était à terre, les bras étendus au-dessus de sa tête.

Angel voulut se retourner.

— Maman ?

Scarlett attrapa son bras et la poussa en avant.

— Cours, bon sang.

Elle entendit des pas derrière eux et sut que Clarkson était à leur poursuite. Elles étaient presque arrivées au hangar de stockage le plus proche quand un quatrième coup de feu retentit. La balle la toucha juste sous l'omoplate droite, assez fort pour la faire tomber à genoux. Angel s'arrêta pour voir comment elle allait, mais une silhouette sombre – Matt – sortit de derrière le mur. Un autre homme plongea sur son amie alors qu'une balle lui passait au-dessus de la tête et venait s'écraser contre le mur. Matt visa et tira deux coups.

Le silence qui s'ensuivit parut engloutir le son. Tout ce qu'elle entendait, c'était le son rauque émanant de sa poitrine alors qu'elle s'enfonçait dans l'herbe glacée.

Des bras la firent rouler sur le dos.

— Scarlett ? Ça va ?

Matt. Il l'avait retrouvée.

Ses mains parcoururent son corps. Un froid glacial s'infiltra en elle quand il déchira son pull pour inspecter chaque centimètre de peau. Elle essaya de lui saisir les mains.

— Ne t'en fais pas. Je ne suis pas blessée. J'ai juste le souffle coupé.

Bon sang, ça faisait vraiment *mal*.

— Je suis vraiment désolé de les avoir laissés mettre la main sur toi.

Matt ferma les yeux. Sa voix se brisa.

— Quand je t'ai vue tomber… J'ai cru que je t'avais perdue.

Elle lui toucha la joue et sourit.

— Tu m'as retrouvée.

Il resserra les bras autour d'elle.

— Je n'aurais jamais dû te laisser partir.

— Je t'aime.

On aurait dit qu'elle lui avait déjà déclaré son amour des millions de fois.

— J'aurais dû te le dire au téléphone tout à l'heure, mais j'avais peur que tu ne le penses pas, ou que tu aies changé d'avis.

Matt l'embrassa. Pas un baiser poli sur les lèvres, mais renversant, époustouflant. Son pouls s'accéléra aussitôt et son sang se mit à chauffer. Elle passa ses bras autour de lui. Elle ne voulait plus jamais avoir à le lâcher.

— Maman !

Le cri déchirant d'Angel fit voler en éclats sa sensation de bonheur et de soulagement. Elle s'accrocha à Matt en écoutant son amie hurler son chagrin. Même si Scarlett était soulagée qu'ils aient enfin trouvé les vrais traîtres, elle souffrait également. Pendant toutes ces années, elle avait trouvé du réconfort auprès de la personne qui avait piégé son père. Elle se sentait stupide. On s'était servi d'elle. Matt l'aida à s'extraire de l'herbe humide et la prit sous son bras.

Le sol gelé craquait sous leurs pas tandis qu'ils s'approchaient de l'endroit où Guy Clarkson gisait mort. Matt remit son arme à Frazer qui la prit avec un signe de tête. Scarlett savait que toute personne impliquée dans ce type de fusillade devait passer par toutes sortes d'interrogatoires, mais il ne faisait aucun doute, dans le cas présent, que le tir était justifié.

Angel était penchée sur le corps de sa mère. Elle lui tenait la main. Quelqu'un l'avait libérée de ses entraves.

— Maman, sanglota-t-elle. Ne meurs pas. Je t'en supplie, ne meurs pas.

Parker croisa le regard de Scarlett et secoua la tête.

Après avoir écouté Angel pleurer pendant quelques minutes, Rooney passa doucement ses bras autour d'elle et l'éloigna. Scarlett voulait aller voir son amie, mais Matt ne la laissa pas faire.

— Pas avant que vous n'ayez toutes les deux fait vos déclarations officielles.

La zone était une scène de crime. Les choses devaient rester aussi intactes que possible.

C'était terminé.

C'était enfin terminé.

Une vive lumière rose striait l'horizon.

Scarlett se tourna vers Matt.

— Je dois aller retrouver mes parents. Je dois les voir. Je dois leur dire la vérité sur tout ce qui s'est passé.

Les larmes lui brûlaient les yeux. Mais elle aurait aussi voulu rester avec Matt, s'assurer qu'il était en sécurité et qu'il ne s'attirerait pas d'ennuis pour l'avoir aidée.

Les yeux de Matt brillèrent quand il passa sa main dans les

cheveux de Scarlett. Il l'embrassa, et elle se mit sur la pointe des pieds pour être à sa hauteur. Puis il recula et posa son front contre le sien.

— Tu dois y aller. Mais je dois rester. Pour l'instant.

Elle lui prit la main.

— Tu me promets que ce n'est pas fini entre nous ? Que ce n'était pas une de ces aventures liées à l'adrénaline qui s'essouffle une fois le danger écarté ?

Il l'embrassa à nouveau.

— Je suis tombé amoureux de toi quand je pensais que tu étais la fille d'un politicien. J'ai encore craqué pour toi quand j'ai cru que tu étais la fille d'un espion. Je ne pense pas avoir de problème à rester amoureux d'une scientifique super-intelligente. Crois-moi.

Elle lui faisait confiance. Presque depuis le début. L'émotion lui nouait la gorge.

— Je te dois toujours un bateau. Tu aimerais rencontrer mon père ? Dès que tu pourras ?

Matt jeta un coup d'œil à son patron.

— Je serais ravi et honoré de rencontrer ton père, Scarlett.

Frazer acquiesça. Au loin, des sirènes retentirent.

— J'envoie Rooney et Parker avec vous au Colorado, Scarlett. Un jet vous attendra à Andrews dans trente minutes.

— Très bien, dit fermement Matt.

— Rooney pourra prendre ta déposition en chemin.

Scarlett savait qu'elle aurait dû être euphorique. Elle était en vie et elle avait rempli ses objectifs. Elle avait prouvé que son père n'était pas l'espion qu'on avait prétendu. Elle commença à s'éloigner de Matt et d'Angel, mais un puits de tristesse s'ouvrit en elle, se remplissant à chaque pas qu'elle faisait. Elle s'arrêta. Parker se retourna et la regarda d'un air interrogateur.

— En fait, lui dit-elle, Rooney et vous devriez retourner en Virginie-Occidentale comme prévu. Je vais attendre Matt. On ira dans le Colorado ensemble.

Les yeux de Matt lui semblèrent étrangement humides quand elle se retourna.

Elle courut vers lui, passa ses bras autour de son cou et s'agrippa fermement à lui. Elle avait déjà attendu toute une vie. Elle pouvait bien attendre quelques heures de plus.

Parker consulta son téléphone portable, puis entra dans la Mercedes de Mme LeMay pour éteindre le brouilleur de signal, en utilisant la manche de sa chemise, probablement pour ne pas y laisser ses empreintes digitales. Un instant plus tard, Frazer était au téléphone, parlant à quelqu'un de haut placé à en juger par sa posture.

— Donne-moi ton téléphone, insista-t-elle auprès de Matt.

Il le lui tendit. Elle composa un numéro et ferma les yeux quand Susan Stone répondit.

— Salut, maman. Papa va bien ?

Elle s'affaissa légèrement contre Matt quand sa mère lui dit que son père s'était réveillé et avait même dit quelques mots.

— On a réussi, maman. On a trouvé le véritable espion.

Elle croisa le regard de Frazer.

— Je pense que papa va être disculpé.

Frazer acquiesça.

— Nous allons nous assurer qu'il reçoive le meilleur traitement possible, dit Matt dans ses cheveux.

Scarlett discuta pendant quelques minutes, puis dit au revoir à sa mère et raccrocha.

— Je ne pense pas qu'elle me croie vraiment.

Frazer lui serra le bras.

— Elle le croira quand le procureur général viendra cet après-midi lui présenter ses sincères excuses et offrir à votre père une grâce présidentielle.

Scarlett acquiesça.

— Tant mieux. Merci. On doit en finir avec les interrogatoires le plus rapidement possible. Matt doit aller voir sa mère, et ensuite on part tous les deux pour le Colorado ce soir.

Elle ne quittait pas du regard les yeux bleus de Frazer.

— Il faut que ce soit ce soir. S'il vous plaît. Le FBI peut venir avec nous et nous interroger en route.

Elle plongea la main dans la poche et frôla l'émetteur. Elle le sortit.

— J'ai failli oublier… Il a probablement enregistré les aveux de Clarkson et de Valerie. Ils étaient amants, et Dorokhov les a fait chanter pour qu'ils travaillent pour lui quand il l'a découvert.

Elle trembla et Matt l'enlaça fermement. Frazer prit le micro et le lança à Parker.

— Maintenant que le brouilleur de signal de Valerie est désactivé, le fichier audio a dû utiliser les signaux du téléphone portable et être envoyé sur ma messagerie. Du moins, en théorie.

Des policiers arrivaient en criant le long des allées du cimetière tranquille. Elle se tendit lorsqu'ils arrivèrent, l'arme au poing. Frazer, Rooney et Matt avaient sorti leurs insignes dorés et essayaient d'expliquer la présence de deux cadavres.

Scarlett n'en revenait pas du poids qui avait disparu de sa poitrine. Le poids de la tristesse.

Matt la regarda et lui sourit. Au milieu de toute cette douleur, elle avait la nette perception que tout allait s'arranger. Elle avait demandé un miracle et en avait obtenu deux.

— Combien coûte un voilier ? demanda-t-elle à Parker, qui s'était rapproché d'elle pendant que les policiers essayaient de régler des questions de juridiction.

— Un voilier comme celui de Lazlo ? Environ dix mille dollars.

Oh, bon sang. Heureusement, elle avait quelques économies.

Parker regarda dans la direction de Rooney qui réconfortait Angel.

— Dites à Lazlo qu'il me doit vingt dollars, au fait. J'ai craqué son mot de passe.

Scarlett éclata de rire.

— Vraiment ? Au milieu de tout ça, vous avez pris le temps de pirater son mot de passe ?

Un sourire illumina le visage de Parker.

— LSJFCH, tout en majuscules.

— LSJFCH ? Je ne comprends pas.

Scarlett claqua des dents.

— La seule journée facile, c'était hier. La devise des SEALs.

Parker lui fit un clin d'œil, puis s'éloigna alors qu'une bande d'agents du FBI arrivait. Ridley Branson était parmi eux. Il s'arrêta devant elle, et Matt apparut miraculeusement à ses côtés.

Le chef du contre-espionnage baissa la tête.

— Je ne sais pas quoi dire, Dr Stone. Je suis accablé par mes défaillances personnelles.

— Ce n'est pas à moi qu'il faut le dire.

Toute la colère qui l'avait maintenue en vie pendant ces quatorze longues années la frappa à nouveau de plein fouet.

— Allez le dire à mon père, tout de suite. Aujourd'hui.

Implorez *son* pardon. Pas le mien.

Branson hocha la tête et s'éloigna. Des émotions qu'elle pensait contrôler refaisaient surface.

Matt lui prit la main et la serra.

— Est-ce que je t'ai déjà dit que je t'aimais, sans te crier dessus ?

Elle cligna des yeux pour chasser les larmes stupides qu'elle sentait monter. Elles ne couleraient pas.

— Je pourrais m'habituer à ce que tu me le dises, tu sais.

— Tu as intérêt.

Il se tourna pour lui faire face.

— Et voilà, Scarlett. Tu sais, ce cliché du coup de foudre ? Nous y sommes. Nous en sommes la preuve vivante.

Des reflets dorés brillaient dans ses yeux noisette.

— Il va falloir un certain temps pour comprendre les mécanismes de notre relation, mais ne doute pas de mes sentiments. Je t'aime. Et ça ne risque pas de s'arrêter. *Jamais*.

— Je sais.

Elle leva les yeux vers lui. Lui toucha sa joue.

— Je crois que je t'ai attendu toute ma vie.

— Promets-moi une chose.

Il scruta son visage. Elle repéra par-dessus son épaule un agent qui attendait manifestement de l'emmener pour un interrogatoire ou un débriefing, ou quel que soit le nom qu'ils lui donnaient.

— Quoi ?

— N'essaie plus de faire justice toi-même.

Elle éclata de rire.

— Ce n'est pas difficile comme promesse. Tu dois aussi me promettre quelque chose.

Elle se hissa sur la pointe des pieds et lui murmura à

l'oreille :

— Ça implique de faire l'amour sous la douche à chaque occasion possible pendant les vingt prochaines années.

Il recula.

— Seulement vingt ?

— Je ne voulais pas t'effrayer avec un engagement trop long.

Il plissa les yeux.

— Très bien. On en reparle dans vingt ans.

L'agent du FBI s'approcha.

Matt devint soudain sérieux.

— Tu devrais aller voir ton père, tu sais. Je te promets de venir dès que possible.

Il regarda par-dessus son épaule.

— Ça pourrait prendre un certain temps.

Scarlett acquiesça.

— Je veux que tu sois avec moi.

— Je suis avec toi, Scarlett.

Il mit sa main sur son cœur et se laissa enfin entraîner.

Elle fut ramenée contre le torse d'un autre homme qui lui offrait du réconfort.

— Venez.

Alex Parker lui prit la main et la guida au milieu des voitures de patrouille et des officiers en uniforme.

— C'est presque fini. Et ensuite, toutes les bonnes choses vont pouvoir commencer.

ÉPILOGUE

Un mois plus tard.

S CARLETT SE TENAIT dans le salon de son enfance, attendant l'arrivée de la voiture. Elle avait nettoyé la maison littéralement de fond en comble. Les rues étaient noires de monde. Toute la presse était là.

— Détends-toi.

Matt la prit dans ses bras pour l'embrasser. Elle savoura le goût, la chaleur, le réconfort que lui apportait cet homme robuste. Il était tout ce qu'elle avait imaginé quand elle l'avait vu pour la première fois, et plus encore.

Sa mère était toujours dans le coma. C'était la seule chose qui n'avait pas changé ces dernières semaines. C'était déchirant, mais Scarlett essayait de lui tenir compagnie autant que possible lorsqu'il allait lui rendre visite. C'était tout ce qu'ils pouvaient faire. Le député LeMay avait démissionné. Scarlett était allée voir Angel, et elles avaient parlé pendant des heures de tout ce qui s'était passé. Angel n'était plus la même personne qu'avant l'enlèvement, mais Scarlett ne se tenait plus entièrement responsable – Dorokhov l'avait enlevée pour tenter de contrôler Valerie. Angel était suivie par un psychologue. Scarlett serait là si elle avait besoin d'elle.

Les fédéraux essayaient encore de tout tirer au clair.

Le fait que Raminski ait tiré sur Dorokhov ne semblait pas

faire de doute. Cela avait empêché qu'un incident majeur ne se transforme en guerre totale. Pour ce qui était du reste de l'enquête, aucun d'entre eux ne savait réellement ce qui se passait. Ils avaient tous été écartés ; réprimandés pour ne pas avoir suivi le protocole d'une part, applaudis pour avoir résolu l'affaire de l'autre. Frazer leur avait dit que c'était la bureaucratie contre la politique, et pour une fois, la politique jouait en leur faveur.

Elle avait repris le travail deux semaines plus tôt. Pendant ce temps, son père se rétablissait et était soigné dans l'un des meilleurs hôpitaux du pays. Il allait enfin pouvoir rentrer chez eux.

— J'ai quelque chose pour toi.

Matt lui tendit un écrin, trop grand pour une bague, bien que son cœur se soit mis à battre plus vite à cette idée. Elle se le reprocha aussitôt.

Le FBI avait interrogé Matt pendant trois jours entiers. Même l'influence de Frazer n'avait pas réussi à accélérer les choses. Ils avaient manqué leur premier Noël ensemble.

— Qu'est-ce que c'est ?

Elle sourit, lui prenant la boîte des mains. Elle avait aussi un cadeau pour lui, mais il ne rentrait pas dans une boîte.

Il avait rencontré son père et ils semblaient s'apprécier. C'était plus facile à présent que son père avait bénéficié d'une grâce présidentielle publique et que sa condamnation avait été annulée, grâce notamment à Matt.

Elle ouvrit l'écrin. À l'intérieur se trouvait une clé sur une chaîne en argent. Elle fronça les sourcils.

— C'est la clé de quoi ? Tu m'as acheté une Ferrari ?

— C'est la clé de ma maison.

— Mais tu n'as pas de maison.

— Maintenant j'en ai une ou plutôt, *nous* en avons une. À Arlington, en supposant que tu veuilles, tu sais… vivre avec moi ?

Son visage se décomposa devant l'expression de Scarlett.

— Oh, non. Je suis allé trop vite, ou trop lentement, je…

Elle lui prit les mains.

— Non. Non ! C'est juste que…

Elle se mordit la lèvre.

— J'ai demandé à Alex de m'aider à te trouver un bateau. On l'a fait livrer à la marina hier.

Il sourit.

— Tu comptais vivre avec moi sur un bateau ?

Elle acquiesça timidement.

— Enfin, si tu l'avais voulu.

— Évidemment, mais crois-moi, ce sera plus pratique de vivre dans une maison.

Il plaqua ses lèvres contre les siennes et, le temps qu'ils reprennent leur souffle, elle avait oublié qu'il y avait un millier de personnes devant la porte.

— Je peux t'apprendre à naviguer.

Son sourire se fit espiègle.

— Je peux t'apprendre toutes sortes de choses.

Elle frissonnait d'impatience. Puis elle entendit le bruit d'une voiture qui s'arrêtait. Matt l'entendit aussi et recula.

Scarlett lui prit la main et ouvrit la porte. Un cortège aux allures présidentielles s'aligna le long de l'allée et jusque dans la rue. Des agents du FBI étaient chargés de contenir la presse et la foule. Tout le monde essayait de voir l'homme qui avait été victime d'une terrible erreur judiciaire. Ridley Branson en personne ouvrit la portière pour que son père puisse sortir de la limousine. Il était pâle, mais il semblait en bien meilleure forme que la dernière fois qu'elle l'avait vu à l'hôpital, une semaine plus tôt. Il avait repris du poids et pouvait se déplacer sans grimacer de douleur. Scarlett n'en croyait pas ses yeux. Sa mère fit le tour de la voiture et prit le bras de son mari. Scarlett remarqua qu'ils levaient le menton, haut et fier. Ignorant les flashs aveuglants, elle descendit les marches en courant et serra son père dans ses bras, en prenant soin de ne pas le renverser dans son enthousiasme. Matt sortit à son tour et ils s'écartèrent pour regarder Richard Stone rentrer dans la maison qu'il avait quittée quatorze ans plus tôt, pensant passer une journée normale au bureau.

— Bon retour chez vous, agent Stone, dit Ridley Branson, assez fort pour que la foule l'entende.

Son père acquiesça, d'un air très digne selon Scarlett, et commença à monter les marches sans l'aide de personne. Elle sentit l'émotion lui nouer la gorge. Elle était incapable de parler. Matt lui passa la main dans le dos.

— Respire. Tu as réussi, Scarlett. Tu as blanchi son nom.

Elle lui sourit et l'embrassa, devant le monde entier.

— *On* a réussi. On a blanchi son nom. Ensemble.

Merci d'avoir lu *Entre chien et loup*, l'un de mes livres de la série *Le Sommeil des justes*. J'espère que vous avez apprécié l'histoire de Matt et de Scarlett ! Pour en savoir plus sur Alex Parker et Mallory Rooney, découvrez le premier tome de la série *Le Sommeil des justes : Dans l'ombre de la loi*.

Agent du FBI, elle recherche le meurtrier de sa sœur.
Assassin professionnel, il est prêt à mourir pour la protéger.
Un secret les menace et risque de les détruire.

Alex Parker, ancien assassin de la CIA, travaille pour une organisation gouvernementale clandestine vouée à supprimer les tueurs en série et les pédophiles avant qu'ils n'entrent dans le système judiciaire. Alex n'aime pas tuer, seulement voilà, il a un talent pour cela.

L'agent spécial du FBI, Mallory Rooney, a passé des années à traquer l'homme qui a enlevé sa sœur jumelle, il y a dix-huit ans. À l'occasion d'une enquête sur un tueur en série, elle commence à soupçonner l'existence d'une milice hors la loi auto-proclamée.

Quand Mallory se met à poser des questions, Alex reçoit l'ordre de la surveiller. Dès leur rencontre, c'est le coup de foudre. Mais les mensonges et les trahisons dont la vie d'Alex est tissée menacent de les détruire, surtout quand l'homme qui a enlevé la sœur de Mallory, des années auparavant, décide de la prendre pour cible.

Lindsey Keeble chantait à tue-tête avec la radio à fond, essayant de ne pas penser à l'obscurité terrifiante. Il était une heure du matin et elle détestait conduire sur ce tronçon d'autoroute isolé entre Greenville et Boden. La pluie menaçait de se transformer en neige. Le vent soufflait avec une telle force que les arbres imposants qui se dressaient au-dessus de sa tête la faisaient dévier nerveusement vers la ligne centrale. Les pneus arrière glissèrent sur l'asphalte et elle ralentit ; elle ne voulait surtout pas abîmer sa jolie petite voiture.

Elle travaillait le soir dans une station-service de Boden. Ses soirées étaient plutôt calmes en général, et elle avait pris l'habitude de réviser entre deux clients. Ce soir-là, tout le monde faisait le plein pour se préparer à une éventuelle tempête hivernale. Comme s'ils n'avaient jamais vu de neige.

Un éclat de lumière rouge dans son rétroviseur fit battre son cœur plus vite. *Et merde !*

Elle n'avait pas commis d'excès de vitesse et ne buvait jamais d'alcool. Elle ne pouvait pas se permettre de payer une amende. On lui fit signe de se ranger et elle s'arrêta sur le bas-côté de la route. Lindsey vivait de manière responsable, car elle aspirait à échapper à sa ville natale. Elle ne faisait pas partie de ces péquenauds. Elle voulait voyager et voir le monde : Paris, la Grèce, peut-être même les pyramides si la situation là-bas s'apaisait. Elle regarda à travers la vitre maculée de neige fondue et vit un SUV noir se garer derrière elle.

Une grande silhouette sombre s'approcha de son véhicule. L'insigne doré d'un flic vint taper contre sa portière. L'air froid et humide s'insinua à l'intérieur de sa voiture lorsqu'elle baissa la vitre, et elle se recroquevilla dans sa veste en sentant les gouttes de pluie.

— Permis et papiers du véhicule.

L'homme avait la voix grave et autoritaire typique d'un représentant des forces de l'ordre. Il portait un ciré noir sur des vêtements noirs. Ses phares éclairaient le pistolet qu'il portait à la ceinture. Elle ne reconnut pas son visage, mais de toute manière, elle ne pouvait pas réellement distinguer ses traits avec la glace qui lui piquait les yeux.

— Que se passe-t-il ?

Elle claquait des dents. Sortant les papiers de la boîte à gants et de son sac à main, elle les lui tendit. Puis elle s'agrippa au volant en plastique dur pendant qu'elle patientait.

— Je n'étais pas en excès de vitesse.

— On nous a signalé une Neon rouge volée, c'est une simple vérification de routine.

— Eh bien, c'est *ma* voiture et je n'ai rien fait de mal. Vous n'avez aucune raison de m'arrêter.

Elle connaissait ses droits.

— Vous aviez une conduite suspecte.

La voix s'était faite plus grave, plus tendue. Elle grimaça. *Ne jamais énerver un flic.*

— En plus, vous avez un feu arrière cassé. Cela me donne une bonne raison de vous contrôler.

L'inquiétude de Lindsey fut remplacée par la gêne. Elle détacha sa ceinture de sécurité et serra le frein à main. Elle s'était fait arnaquer l'année précédente lorsqu'un conducteur l'avait accrochée dans un parking et avait ensuite déclaré à son assurance qu'elle était en tort.

— Il n'y avait pas de problème en allant au travail cet après-midi. Je n'ai rien heurté entre-temps.

Bon sang.

— Allez jeter un coup d'œil.

Le flic recula. Il avait un beau visage malgré sa bouche sévère et ses yeux encore plus durs. Peut-être pourrait-elle le convaincre de ne pas lui mettre d'amende, même si elle n'était pas très douée pour faire les yeux doux. Son père pourrait réparer son feu le lendemain, mais si elle devait aussi payer une amende, elle aurait travaillé pour rien ce soir-là.

Rabattant la capuche de son imperméable, elle sortit de la voiture. Les phares du SUV l'aveuglèrent tandis qu'elle s'approchait du coffre. La main en visière devant ses yeux, elle fronça les sourcils.

— Je ne vois rien…

Une décharge électrique lui transperça le dos. La douleur explosa en une onde de choc qui la traversa de la pointe des oreilles jusqu'au bout des orteils. Elle n'avait jamais rien ressenti de tel. Sa peau se couvrit de sueur, qui se mêla à la neige fondue lorsqu'elle heurta le bitume. Des mains brutales l'attrapèrent par la taille et la soulevèrent sans ménagement. Impossible de contrôler ses bras ou ses jambes. Il la prit sous son bras et elle sentit quelque chose de rigide au niveau de sa hanche, qui vint se planter dans son ventre. Elle réfréna une violente envie de vomir ; la tête lui tournait.

Il lui fallut un moment pour comprendre ce qui se passait.

Cet homme n'était pas un flic.

Toujours sous l'effet du pistolet paralysant, elle n'avait pas la force nécessaire pour le frapper, mais elle tenta de gesticuler, visant ses genoux et essayant de lui décocher un coup de coude dans les parties. Cela ne fit aucune différence et elle se retrouva jetée à l'arrière de son SUV glacial. Il utilisa de nouveau le pistolet pour faire bonne mesure. Elle eut l'impression que ses plombages allaient sauter et sa vessie se relâcha d'un coup.

Tout son monde bascula et elle se retrouva sur le ventre, le visage enfoncé dans un tapis en caoutchouc crasseux. L'homme lui tira les bras dans le dos et elle sentit la morsure du métal contre un poignet, puis l'autre. Des menottes. *Oh, mon Dieu.* Elle était menottée. Une douleur aiguë lui lacéra la poitrine. Si elle ne se calmait pas, elle allait mourir d'une crise cardiaque.

Un bruit de déchirure retentit dans l'obscurité. L'homme la repoussa sur le dos et plaqua un morceau de ruban adhésif sur sa bouche. Il colla quelques cheveux au passage. Ça lui ferait un mal de chien au moment de l'arracher.

Pourtant, son instinct lui disait que c'était le dernier de ses soucis.

Il n'avait aucune raison de la kidnapper, sauf pour lui faire du mal. *Ou la tuer.*

Elle se figea soudain à cette pensée. Chaque mouvement. Chaque respiration frénétique. Son cœur se mit à battre la chamade et la bile lui brûla la gorge tandis qu'elle regardait fixement ces yeux froids et impitoyables. Avec un grognement, l'homme claqua la porte, la plongeant dans une obscurité vaste et dévorante. La pluie martelait la carrosserie autour d'elle comme un tambour de mauvais augure. Elle avait peur du noir. Peur des monstres. Elle se sentait humiliée par la tache froide entre ses jambes. Comment cela avait-il pu lui arriver ? Elle rentrait chez elle, et tout à coup…

Où était son téléphone ?

Elle roula sur le côté, essayant de le sentir dans l'une de ses poches. Et merde. Il était resté dans son sac à main, sur le siège passager de sa voiture. Un fracas retentit parmi les arbres. Elle ferma les yeux, en proie à une montée de panique. Il s'était débarrassé de sa voiture. Elle manqua de s'étouffer. Elle s'était démenée pour se la payer, mais ses finances et sa solvabilité ne seraient plus son problème si elle ne s'en sortait pas vivante. Cet homme allait lui faire du mal. Elle se tortilla vers l'arrière pour tenter de jouer avec la serrure, mais en vain. La paroi au-dessus de sa tête ne bougea pas, même lorsqu'elle lui assena un coup de pied. *Comment ose-t-il me faire ça* ? Comment osait-il la traiter comme une moins que rien ? Elle voulait se débattre, se dresser contre cette injustice, mais lorsque le SUV démarra, elle fut paralysée par la terreur. Toute sa vie, elle s'était battue pour améliorer les choses, pour s'assurer un avenir, et cet homme, ce *salaud*, voulait tout lui voler. Ce n'était pas juste. Il devait y avoir un moyen de s'en sortir. Il devait y avoir un moyen de survivre.

Elle ne voulait pas mourir. Elle ne voulait surtout pas mourir dans le noir, aux mains d'un inconnu aux yeux aussi froids que la mort. Des larmes jaillirent. Ce n'était pas juste. Pas juste du tout.

Commandez dès aujourd'hui, *Dans l'ombre de la loi* !

DEFINITIONS UTILES DE QUELQUES ACRONYMES UTILISES DANS LES LIVRES DE TONI

PG : procureur général

ASAC (Assistant Special-Agent-in-Charge) : agent spécial adjoint responsable

ATF (Alcohol, Tobacco, and Firearms) : alcool, tabac et armes à feu

DSC : département des sciences du comportement

BOLO (Be On the Look-Out) : avis de recherche

BUCAR (Bureau, Car) : voiture du FBI

CIRG (Critical Incident Response Group) : groupe de réaction aux incidents critiques

CMU (Crisis Management Unit) : cellule de gestion de crise

CN (Crisis Negotiator) : négociateur de crise

CNU (Crisis Negotiation Unit) : cellule de négociation de crise

CODIS (Combined DNA Index System) : banque de données qui répertorie les profils ADN

PC : poste de commandement

DEA (Drug Enforcement Administration) : administration pour le contrôle des drogues

DDN : date de naissance

DOJ (Department of Justice) : département de la Justice

EMT (Emergency Medical Technician) : urgentiste

ERT (Evidence Response Team) : (police) scientifique

FOA (First-Office Assignment) : première affectation

FBI (Federal Bureau of Investigation) : bureau fédéral d'enquête

FO (Field Office) : bureau régional

IC (Incident Commander) : commandant des interventions

HRT (Hostage Rescue Team) : équipe de libération d'otages

HT (Hostage-Taker) : preneur d'otages

LAPD (Los Angeles Police Department) : département de police de Los Angeles

LEO (Law Enforcement Officer) : agent des forces de l'ordre

ML : médecin légiste

MO : mode opératoire

NAT (New Agent Trainee) : nouvel agent stagiaire

NCAVC (National Center for Analysis of Violent Crime) : centre national pour l'analyse des crimes violents

NCIC (National Crime Information Center) : centre national d'information sur la criminalité

NYFO (New York Field Office) : bureau local de New York

CO : crime organisé

OCU (Organized Crime Unit) : unité de lutte contre le crime organisé

OPR (Office of Professional Responsibility) : bureau de la responsabilité professionnelle

POTUS (President of the United States) : président des États-Unis

RA (Resident Agency) : agence locale

SA (Special Agent) : agent spécial

SAC (Special Agent-in-Charge) : agent spécial en charge

SAS (Special Air Squadron) : forces spéciales aériennes

SIOC (Strategic Information & Operations) : informations et opérations stratégiques

SSA (Supervisory Special Agent) : agent spécial superviseur

SWAT (Special Weapons and Tactics) : armes et tactiques spéciales

TC (Tactical Commander) : tacticien

TOD (Time of Death) : heure du décès

UNSUB (Unknown Subject) : sujet inconnu, suspect

ViCAP (Violent Criminal Apprehension Program) : programme d'arrestation pour actes criminels violents

WFO (Washington Field Office) : bureau régional de Washington

REMERCIEMENTS

Je tiens à remercier le mari d'Angela Knight, le lieutenant Michael G. Woodcock, pour ses informations précieuses sur le stockage des résultats des polygraphes et pour d'autres détails divers. J'espère ne pas l'avoir trop choqué lorsque je lui ai demandé en criant, à la sortie de l'ascenseur à San Antonio, si je pouvais lui envoyer mes questions par e-mail. Un grand merci de tolérer les frasques des auteurs. Merci également à Angela Bell, au bureau des Affaires publiques et au FBI d'avoir répondu à mes nombreuses questions sur le stockage des preuves et la procédure. Merci pour votre patience. Merci à l'auteure Saranna DeWylde qui m'a fourni tout un tas de détails sur le fonctionnement des prisons. La communauté des auteurs ne manque jamais de m'étonner par la diversité de leurs expériences et leur volonté de partage. Il va sans dire que j'ai traité les informations qui m'ont été fournies avec une certaine licence artistique. Toute erreur ou faute est donc de mon fait.

Comme toujours, un grand merci à mon incroyable partenaire critique Kathy Altman – elle déchire ! Merci à mes relectrices, Alicia Dean et Joan de JRT Editing, qui ont contribué à faire briller ce manuscrit. Un grand merci à Regina Wamba d'avoir donné vie à mes idées en créant les superbes couvertures de la série *Le Sommeil des Justes*.

Merci à ma formidable famille, proche comme lointaine. Merci aussi à mes lecteurs et amis dans la vie réelle et en ligne.

Je tiens également à remercier Diane Garo et Valentin Translation pour la version française.

DECOUVREZ L'UNIVERS DE LA SERIE COLD JUSTICE (EN ANGLAIS)

COLD JUSTICE

A Cold Dark Place (tome #1) Téléchargement gratuit
Cold Pursuit (tome #2)
Cold Light of Day (tome #3)
Cold Fear (tome #4)
Cold In The Shadows (tome #5)
Cold Hearted (tome #6)
Cold Secrets (tome #7)
Cold Malice (tome #8)
A Cold Dark Promise (tome #9 ~ nouvelle de mariage)
Cold Blooded (tome #10)

COLD JUSTICE – CROSSFIRE

Cold & Deadly (tome #1)
Colder Than Sin (tome #2)
Cold Wicked Lies (tome #3)

La série *Cold Justice* en anglais est également disponible en audiolivres interprétés par Eric Dove, et dans de nombreuses collections et coffrets.

Surveillez les nouvelles parutions de Toni sur son site web (www.toniandersonauthor.com/books).

À PROPOS DE L'AUTEURE

Toni Anderson est une auteure de best-sellers classés par le *New York Times* et *USA Today*, finaliste de RITA®, accro aux sciences, touriste professionnelle, amoureuse des chiens, jardinière et maman. Originaire d'une petite ville d'Angleterre, Toni a étudié la biologie marine à l'Université de Liverpool (B.Sc.) et l'Université de St. Andrews (Ph.D.) avec l'intention de ne jamais s'éloigner de l'océan. Jusqu'à ce que ce plan vole en éclats et qu'elle atterrisse dans les prairies canadiennes avec son mari, professeur de biologie, deux enfants, un chien rescapé et un gecko léopard nonchalant. Ses plus belles réussites sont d'avoir compris le fonctionnement du métro de Tokyo, gravi le mont Ben Lomond, plongé dans la Grande Barrière de corail et survécu à de nombreux hivers à Winnipeg. Elle adore voyager à des fins de recherche et elle a eu la chance de visiter le centre des opérations et de l'information stratégique au quartier général du FBI à Washington en 2016. Elle a également réussi l'exploit notoire de déclencher une sortie de route lors de sa formation en course-poursuite à l'académie de police pour écrivains, dans le Wisconsin. Chaud devant, le monde, j'arrive !

Inscrivez-vous à la newsletter de Toni Anderson en anglais :
www.toniandersonauthor.com/newsletter-signup

Suivez Toni Anderson sur Facebook :
facebook.com/toniannanderson

Découvrez la bibliographie de Toni Anderson :
www.toniandersonauthor.com/books-2

Suivez Toni Anderson sur Instagram :
instagram.com/toni_anderson_author